清代诗文研究丛书

丛书主编 杜桂萍

王猷定文学创作研究

鲁慧 著

中国社会科学出版社

图书在版编目(CIP)数据

王猷定文学创作研究 / 鲁慧著. —北京：中国社会科学出版社，2023.11
（清代诗文研究丛书）
ISBN 978-7-5227-2914-5

Ⅰ.①王… Ⅱ.①鲁… Ⅲ.①王猷定—文学创作研究 Ⅳ.①I206.49

中国国家版本馆CIP数据核字(2023)第242621号

出 版 人	赵剑英
责任编辑	张 潜
责任校对	贾森茸
责任印制	王 超

出　　版	中国社会科学出版社
社　　址	北京鼓楼西大街甲158号
邮　　编	100720
网　　址	http://www.csspw.cn
发 行 部	010-84083685
门 市 部	010-84029450
经　　销	新华书店及其他书店

印　　刷	北京明恒达印务有限公司
装　　订	廊坊市广阳区广增装订厂
版　　次	2023年11月第1版
印　　次	2023年11月第1次印刷

开　　本	710×1000　1/16
印　　张	17.75
插　　页	2
字　　数	256千字
定　　价	95.00元

凡购买中国社会科学出版社图书，如有质量问题请与本社营销中心联系调换
电话：010-84083683
版权所有　侵权必究

现状与反思：
清代诗文研究的学术进境
（代总序）

杜桂萍

1999年，清代诗文研究还是"一个期待关注的学术领域"[①]，和明代诗文一样，亟待走出"冷落寂寞"的困境；至2011年，"明清诗文研究由冷趋热的发展过程非常明显"[②]，清代诗文研究涉及之内容更为宽广、理解之视域更为开放、涉及之方法也更为多元。如今，明清诗文研究已然成为古代文学研究的一个新的学术生长点，而清代诗文与明代诗文研究在方法、内容乃至旨趣诸方面均有所不同，独有自己的境界、格局和热闹、繁荣之处，取得的成绩也自不待言。无论是用科研项目、研究论著或从业人数等来评估，都足以验证这个结论，而所谓的作家、作品、地域性、家族性乃至总集、别集的研究等，皆有深浅不一的留痕之著，一些可誉为翘楚之作的学术成果则为研究者们不断提及。这其中，爬梳文献的工作尤其轰轰烈烈，新著频出，引人关注。吴承学教授说："经过七十年的发展，近年来的明清诗文研究可谓跨越学科、众体兼备，几乎是全方位、无死角地覆盖了明清诗文的各个方面。"[③] 对于清代诗文的研究而言，大体

[①] 吴承学、曹虹、蒋寅：《一个期待关注的学术领域——明清诗文研究三人谈》，《文学遗产》1999年第4期。

[②] 周明初：《走出冷落的明清诗文研究——近十年来明清诗文研究述评》，《文学遗产》2011年第6期。

[③] 吴承学：《明清诗文研究七十年》，《文学遗产》2019年第5期。

也是如此。回首百廿年之学术演进,反观二十年来之研究状态,促使清代诗文学术进境进一步打开,应是当下反思的策略性指向,即不仅是如何理解研究现状的问题,也关涉研究主体知识、素养和理念优化和建构的问题。袁世硕先生曾就人文学者的知识构成如是表述:"文科各专业的知识结构基本上是由三种性质的因素组成的:一是理论性的,二是专业知识性的,三是工具手段性的。缺乏任何一种因素都是不行的,但是,在整个的知识结构中,理论因素是带有方向性、最有活力的因素。因此,我认为从事文学、历史等社会科学研究的人应当重视学习哲学,提高理论素养,形成科学的思维方法。"① 以此来反思清代诗文的研究,是一个颇为理想的展开起点与思考路径。

一

清代文化中的实证学风,带给一代诗文以独特的性征,促成其史料生成之初就具有前代文学文献难以比拟的完善性、丰富性和总结性,这给当下的清代诗文整理和研究带来难得的机遇,促使其率先彰显出重要的文学史、学术史价值。史料繁多,地上、地下文物时常被发现,公、私收藏之什不断得到公布,让研究者常常产生无所措手足之感,何况还有大量的民间、海外收藏有待于进一步确认与挖掘。这带来了机遇和热情,也不免遭遇困惑与焦虑。顾此而失彼,甚至于不经意间就可能陷入材料的裹挟中,甚而忽略了本来处于进行中的历史梳理,抑或文本阐释工作。史料的堆砌和复制现象曾经饱受诟病,目前依然构成一种"顽疾",误读和错判也时常可见,甚至有过度阐释、强制解说等现象。清代诗文研究的展开过程中,不明所以的问题可以找到很多原因,来自文献的"焦虑"是其中一个重点。这当然不是清代诗文研究的初衷,却往往构成了学术过程的直接结果。张伯伟教授说:"我们的确在材料的挖掘、整理方

---

① 袁世硕:《治学经验谈——问题意识、唯物史观和走向理论》,《中国研究生》2018年第2期。

面取得了很好的成绩，而且还应该继续，但如果在学术理念上，把文献的网罗、考据认作学术研究的最高追求，回避、放弃学术理念的更新和研究方法的探索，那么，我们的一些看似辉煌的研究业绩，就很可能仅仅是'没有灵魂的卓越'。"① 是的，清代诗文研究应该追求"灵魂的卓越"。

　　文献类型的丰富多元，或云史料形态的多样化，其实是清代诗文研究的独家偏得，如今竟然成就了一种独特性困境，也是我们始料不及。或者来自对于史料存在认知之不足，或者忽略了史料新特征的探求，或者风云变幻的宏观时代遮蔽了有关史料知识谱系的思考。的确，我们要面对如同以往的一般性史料，如别集、总集、笔记等，又有不同于以往的图像、碑刻乃至口述史料等；尤其是，这一切至清代已经呈现了更为复杂的文献样态，需细致甄别、厘定，而家谱、方志、日记等史料因为无比繁复甚而有时跻身于文献结构中心的重要位置。如研究清代行旅诗专题，各类方志中的搜获即可构成一类独立的景观，这与彼时文人喜欢出游、偏爱游览名胜古迹的行迹特征与创作习惯显然关系密切。在面对大量的地域性文人时，有时地方文献如乡镇志、乡镇诗文集都可能发挥决定性作用；而对类型丰富的年谱史料的特别关注，往往形成对人物关系的更具体、细致的解读，促成一些重要作家的别致理解。笔者对乾嘉时期苏州诗人徐爔生平及创作的研究即深得此益。就徐爔与著名诗人袁枚的关系而言，一贯不喜欢听戏读曲的袁枚几次为其戏曲作品《写心杂剧》题词，固然与徐爔之于当世名人的有意攀附有关，但袁枚基于生存、交际诉求进入戏曲文本阅读的经验，几乎改变了他的戏曲观念，一度产生了创作的冲动。② 题跋、札记、日记等史料的大量保存，为文人心灵世界的探究提供了便利，张剑教授立足于近代丰富的日记史料遗存所进行的思考，揭示了日常生活场景中普通文人的

---

　　① 张伯伟：《现代学术史中的"教外别传"——陈寅恪"以文证史"法新探》，《文学评论》2017年第3期。
　　② 杜桂萍：《戏曲家徐爔生平及创作新考》，《苏州大学学报》（哲学社会科学版）2007年第3期。

生活与创作情况,并于这些不易面世的文字缝隙处发现了生命史、心态史的丰富信息,为理解个体与时代的真实关系提供了新的维度和视角。① 显然,在面对具体的研究对象与问题时,史料的一般性认知与民间遗存特征有时甚至需要一种轩轾乃至颠覆传统认知的错位式理解。只有学术理念的不断优化,才可能冷静面对、正确处理这些来自史料的各种复杂性,并借助科学的分析方法和理性、淡定的心态,在条分缕析中寻找脉络、发现意义。知其然又能知其所以然,其中之困难重重,实在不亚于行进在"山阴道上";不能说没有"山重水复"之后的"柳暗花明",但无功而返、无能为力乃至困顿不堪等,也是必须面对之现实。

　　清代诗文研究过程中的困惑、拘囿或者也是其魅惑所在,一种难以索解的吸引力法则似乎释放着一种能量,引领并吸纳我们:及时占有那些似乎触手可及之存在的获得感与快感,成为一个富有时代性的学术症候。近二十年来,清代诗文研究的队伍扩充很快,从事其他研究的学者转入其中,为这一领域的突破性进展做出了重要贡献,著名学者如蒋寅、罗时进教授等由"唐"入"清",带来了清代诗文研究崛起所稀缺的理念与经验;如今青年学者参与耕耘的热情更令人叹为观止:"明清诗文的研究者主要集中在三十岁至五十岁之间,很多博士硕士研究生加入到元明清诗文研究的行列中,新生代学人已经成为元明清诗文研究的生力军,越来越多地涉足明清诗文的研究。"② 而相关研究成果更是以几何倍数在增长,涉及的话题已呈现出穷尽这一领域各个角落的态势。这一切,首先得益于清代诗文及其相关领域深厚的史料宝藏。各类史料的及时参与和独特观照,为清代诗文研究提供了多元、开阔的视野,为真正打开文本空间、发现价值和意义提供了更多可能:"每一条史料的发掘背后几乎都有一个故事,这也是一部历史,充满血和泪,联结着人的活的

---

① 详见张剑《华裘之蚤——晚清高官的日常烦恼》一书相关论析,中华书局 2020 年版。
② 石雷:《明清诗文研究的观念、方法和格局漫谈》,《文学遗产》2011 年第 3 期。

生命。"① 每当这个时刻，发现历史及其隐于漫漶尘埃中的那些惊心动魄，尤其那可能揭示"你"作为一种本质性存在的真正意义时，文学的价值也随之生成、呈现，成功的喜悦和收获的满足感一定无以复加。蒋寅教授说："明清两代丰富的文献材料为真正进入文学史过程的研究提供了可能。"② 21世纪以来清代诗文研究的多维展开已然证明了这一判断。只有对"过程"有了足够的理解，才可能发现"内在层面的重大变革或寓于平静的文学时代，而喧嚣的时代虽花样百出，底层或全无波澜"③ 的真正内涵，而以此来理解清代诗文构成的那个似近实远的文学现实，实在是最恰切不过。譬如乾嘉时期的诗文，创作人群和作品数量何其巨大，文本形态又何其繁复，以"轰轰烈烈"形容这个诗文"盛世"并非不当；然深入其过程、揆诸其肌理，就会洞见这"轰轰烈烈"的底部、另一面，那些可被视为"波澜"的因子实在难以捕捉，其潜隐着、蛰伏着，甚至可以"隐秘"称之："彼时一般文人的笔下，似乎不易体察到来自个体心灵深处的压迫感、窒息感，审美的'乏力'让'我'的声音很难化为有力的'呻吟'穿透文本，刺破云霭厚重的时代天空。即便袁枚、赵翼、蒋士铨、张问陶等讲求性灵创作的诗人，现实赋予他们的创作动力和审美激情都只能或转入道德激情，或转入世俗闲情。"④ 如是，过程视角下的面面观，可能让我们深入到历史的褶皱处，撷出样态迥异的不同存在，借助历史与逻辑相统一的基本方法，廓清其表里关系，解释文学现象的生成机理，进而揭示文学史发展的多样性、复杂性。

作为特殊史料构成的文学文本也应得到特别关注。由于对清代诗文创作成绩的低估，认为清代诗文作品不如前代（唐宋），进而忽

---

① 钱理群：《重视史料的"独立准备"》，《中国现代文学研究丛刊》2004年第3期。
② 蒋寅：《进入"过程"的文学史研究》，《王渔洋与康熙诗坛》，"导论"，中国社会科学出版社2001年版，第2页。
③ 蒋寅：《进入"过程"的文学史研究》，《王渔洋与康熙诗坛》，"导论"，中国社会科学出版社2001年版，第3页。
④ 杜桂萍：《重写与回溯：清代文学创作中的"明代"想象》，《中国社会科学报》2022年9月5日第4版。

略文本细读的现象依旧十分普遍。文学作品在本时期具有更加丰沛的史料意义,已毋庸讳言,大量副文本的存在尤其可以强化这样的认知。实际上,将诗文作品置放于史料编织的"共时性结构"中给予观照,可以为知人论世的研究传统提供很多生动的个案。如陆林教授借助金圣叹的一首诗歌及其他史料的互文,细致考证出其生命结束之前的一次朋友聚会,不仅诗歌创作的时间、地点和参加聚会者的姓名等十分精确,还明晰推断出聚会的前因后果、来龙去脉,尤其是细掘出"哭庙案"发生后即金圣叹生命后期的心态、思想、交往方式等,还原了一次具有特殊意义的人生"欢会",金圣叹的人格风采亦栩栩如生。[①] 很多时候,文学文本被视为与外部世界、与读者接受关系密切的开放式而不是封闭性结构,这是值得赞同之处,但到底如何发现与理解其审美性内容,也是研究清代诗文必须直面的关键性问题。蒋寅教授《生活在别处——清诗的写作困境及其应对策略》从全新的视角理解清代文人的创作努力,极富启发意义,值得特别关注。[②] 从美学、哲学、文化学或心理学等理论维度进入文本,对清代诗文进行意义阐发,是对作为一种古代文化"不可再生的资源"的价值发现,也是一种基于当代文化的审美建构过程。事实上,清代文人从没有放弃文学创作的审美追求,对审美性的有意忽略恰恰是当下清代诗文研究趋于历史化的原因之一。而对文学审美性选择性忽略的研究现状,也从一个侧面说明基础研究仍然处于缺位的状态。只有具有方法论意义的理论介入,才可能将史料与文本建构为一个完整的意义世界,形成对其隐含的各种审美普遍性的揭示、论证和判断。

的确,我们从未如今天一样如此全面、深切地走进清代诗文的世界,考察其历史境遇,借助政治、地域、家族、作家等维度的研究促其"重返历史现场",或使其禀有"重返历史现场"的资质和

[①] 陆林:《生命中的最后一次欢会——金圣叹晚期事迹探微》,《南京师大学报》(社会科学版) 2000 年第 6 期。
[②] 蒋寅:《生活在别处——清诗的写作困境及其应对策略》,《文学评论》2020 年第 5 期。

能力；我们由此发现了清代诗文带来的纷繁的、具体的和独特的文学现象，索解之，阐释之，并以同情之理解的眼光看待置身其中的大大小小的"人"，小心地行使着如何选择、怎样创作、为什么评价等权力。当然，我们也不应放弃探索深厚的文化传统的塑造之力以及清人对有关文学艺术经验的建构与解构；人文研究所应禀赋的主体价值判断，不应因缺乏澄明的理论话语而逐渐"晦暗"。微妙地蛰伏于清代诗文及其相关史料中的那个灵魂性的存在，将因话语方式的丰富、凸显而成就其当代学术研究的意义。丰富的学术话题，将日益彰显清代诗文研究独有的深度与厚度，以及超越其他时代文学的总结性、综合性的优势，而多视角、跨学科的逐渐深入与多元切入，将伴随着继续"走进"的过程而让清代诗文呈现为一种更加丰盈的学术现实。

二

葛兆光教授说："我们做历史叙述时，过去存在的遗迹、文献、传说、故事等等，始终制约着我们不要胡说八道。"① 其实，将"历史叙述"引进文学研究的话语结构中，即借助史料阐释已然发生的文学现象时，也需要有一种力量"制约着我们不要胡说八道"，那应该是思想的力量。我们应该追求有思想的学术。古人云"文章且须放荡"②，既是内容的，也是理念的，而从理念的维度出发，最重要者毫无疑问是方法论的变革。在史料梳理、考订的基础上回应文学现象的发生以及原因，辨章学术，考镜源流，揭示其中各种学术观点和思想的产生、演变及渊源关系，又能逻辑地提取问题、评价其生成的原因，借助准确的话语阐释发明其在文学史构成中的地位和价值，这是清代诗文研究面临的更重要的任务。我们并不急于提出

---

① 葛兆光：《思想史研究课堂讲录：视野、角度与方法》，生活·读书·新知三联书店2005年版，第94页。
② （梁）萧纲：《诫当阳公大心书》，（清）严可均辑《全梁文》卷十一，商务印书馆1999年版，第113页。

有关人类命运的思考，但人文学科的思想引领确实需要这样一个终极指向；而在当下，只有基于方法论变革的理论性思考，才能推动清代诗文研究学术境界的拓展和学术品格的提升。将理论、批评与史料"相互包容"并纳入对文学现象的整体评价，是当代学术史视野下一项涵盖面甚广的系统性工程。

近年，当代文学学科一直在促进学科历史化上进行讨论，古代文学则因为过于历史化而需认真面对新的问题。史料在学科体系中的基础地位，已然成为一种传统，然如何实现史料、批评、理论的三位一体，进而推动古代文学研究理论品格的提升，是人文学科研究应该担负的历史责任。清代诗文研究的水平提升和进境拓展尤其需要这一维度的关切。常见史料与稀见史料的辨别和运用、各类型史料的边界与关系、因主客观因素而形成的认知歧义等比比皆在的问题，皆需要理论性话语的广泛介入。在某种意义上，研究主体理论素养的提升是史料建设工作的根基。清代诗文别集的整理之所以提出"深度整理"的原则，也是基于这样一种理念所进行的学术选择。仅仅视别集整理工作为通常的版本校勘、一般性的句读处理，忽略对其所应具备之学理性内涵的发掘，会形成对别集整理工作的简单化理解。可以说，这种不够科学的态度是别集整理质量低下、粗制滥造之作频出的重要原因。钱理群教授说："文献学是具有发动学术的意义的，不应该将其视为前学术阶段的工作。"[①] 即是对文献研究深邃的理论内涵的强调。将史料及其处理方式视为文献学的重要方法，是专业性、学术性的表达，也是具有鲜明理论意义的方法论原则。在史料所提供的纵横坐标中为一个人、一件事或一种现象寻找历史定位，在史实还原中完成对真相的探索是必要的，然将其置放于一个完整的意义链中，展示或发现其价值和影响，才能促成真正有思想的学术。随意取舍史料，不仅容易被史料遮蔽了眼睛，难以捕捉到一些重要的细节和关键性的线索，也无法发现与阐释那

[①] 王风：《现代文本的文献学问题——有关〈废名集〉整理的文与言》，《中国现代文学研究丛刊》2004年第3期。

些具有重要价值的论题，无法将文学问题、事实、现象置于与之共生的背景、语境进行长时段考察，而揭示其人文意涵、文学史价值，更可能是一句大而无当的空话。注入了价值判断的史料才能进入文学史过程，而具备了理论思考的研究方法才能为诸多价值判断提供观念、方式和视野。

当然，我们也应该避免将一些理论性话语变成某些理论所统摄的"材料"，将史料的文献学研究真正转变为有意味、有生命意识和人文担当的理论研究，这是古代文史研究中尤其需要关切的方法论问题。清代诗文研究中，普遍存在似"唐"类"宋"类的批评性话语，以"唐""宋"论说诗文创作之特色与成就已然体现为一种习见思维。如钱锺书先生之所论，甚为学者瞩目："夫人禀性，各有偏至。发为声诗，高明者近唐，沉潜者近宋，有不期而然者，故自宋以来，历元、明、清，才人辈出，而所作不能出唐宋之范围，皆可分唐宋之畛域。"① 诗分唐宋，尊唐或佞宋，助力于唐宋诗文的发现及其经典化，也打造了清代诗文演进中最有标志性的批评话语。唐宋诗文成就之高，以之为标的本无可厚非，然清代诗文的存在感、价值呈现度究竟如何呢？揆诸相关研究成果，或不免有所失望。唐宋，作为考察清代诗文时一种颇具理想性的话语方式，其旨趣不仅在乎其自身的理论内涵、价值揭示，更应助力于清代诗文系统化理论形态的发现与完成，而这样的自觉尚未形成，显然是相关理论话语缺乏阐释力量的反映。"酷似""相似"等词语弥漫于清代诗文评点和批评中，作为一种意义建构方式，其内蕴的文学思想和批评观念有时竟如此模糊、含混，固然有传统文论行文偏于感性的影响，也昭示出有关清代诗文创作的批评姿态，即其与唐宋之高峰地位永远不可能相提并论。我们并不纠结孰高孰低的评价，清代诗文的独特性和价值定位却是不能不回答的学术问题。作为清代诗文批评的方法论，"唐""宋"应该成为富含内质的话语方式，以之进行相关理论思考时，应关注清人相关概念使用的个性色彩，或修辞色彩，

---

① 钱锺书：《谈艺录》，生活·读书·新知三联书店2001年版，第3页。

创作或理论审视的历史语境，甚至私人化的意义指向，不能强人就我，或过度阐释。整合碎片化的话语成就一个整体性的理论体系内容，对古代文论中的理论性话语给予现代性扬弃，是清代诗文研究理论性提升不可或缺的路径。

进入 21 世纪的清代诗文研究，早已摆脱简单套用一般社会历史研究诸方法的时代，有意识地探索多学科方法的交叉并用，日益理性地针对史料和时代性话题选用最具科学性的研究方法，已成为观念性共识，并因学科之间的贯通彰显了方法的张力与活力。在具体话题的选取和展开中，来自西方的历史主义、接受美学、结构主义、原型批评等方法，成为与中国传统的知人论世等观照原则融通互助的方法，西方话语的生成语境与中国经验之间的独特关系得到了充分的尊重与关注；以往经常出现的悖逆、违和之现象已得到明显的改善，而对中国传统文论话语的重视也给予文学研究以足够的理论自信。借助于中西经验和多学科方法论的审视，清代诗文丰富的学术内涵正得到有效发现和阐释。但是，如何保持文学研究的独立性和学术旨归，尚需要进一步的深入探讨。如交叉研究方法，已逐渐成为一个广泛使用的方法，在面对复杂的文学现象时，集中、专门、精准地发挥其特点，调动其功能，往往能取得事半功倍的效果。新文科倡导所带来的方法论思考，于人文学科的融合与创新质素的强调亦提供了重要的思维方式和阐释路径。在守正创新的前提下，借助不拘一格的研究方法的使用，进一步发现清代文人的日常生活、心态特征和精神面貌，发现其创作的别样形式以及凝结其中的丰富意义，所生成的发现之乐和成就感，正是清代诗文研究多样性和价值的体现。沐浴在一个文化多元的时代，让我们有机会辗转腾挪于各种不同性质的方法之间，并以方法的形式完成对研究对象的反思、调整、建构和应用，在这一过程中与古人对话，建构一种新的生命过程，这是清代诗文研究带给当代学人的特殊福利。我们看到，近十年许多具有精彩论点或垂范性意义的论著先后问世，青年学者携带着学术个性迥异的成果纷纷登台亮相，清代诗文研究所富有的开拓性进展昭示了一个值得期盼的学术未来。

现状与反思：清代诗文研究的学术进境（代总序） 11

　　文学毕竟是人学，是一种基于想象的关于人类存在的思考。发现并理解人作为主体性存在的价值，呈现其曼妙的内心世界景观，借此理解现实世界和精神世界的构成方式，其实是文学研究必须坚持的起点、理应守护的终点，清代诗文研究也必须最后回到文学研究所确立的这一基本规定性。我们不仅应关注"他"是谁，发现其文学活动生成与展开的心理动因，且应回答"他"为文学史贡献了什么，进而理解政治、经济乃至文化如何借助作家及其创作表达出来、折射出来。我们已经优化了以往仅仅关注重要作家的审视习惯，不仅对钱谦益、王士禛等文坛领袖类文人进行着重点研究，也开始关注那些"不太重要"的文人，恰恰是这一类人构成了清代诗文创作的主体，成就了那些繁复而生动的文学现象，让今天的我们还有机会探寻到文学史朦胧晦暗的底部，进而发现一些弥足珍贵的现象。笔者多年前曾关注的苏州人袁骏就是这样一位下层文士，其积五十年之久征集表彰其母节烈的《霜哺篇》，梳理研究后才发现包含着作为"名士牙行"的谋生动力，借助这一征集过程所涉及的文人及彼此的交往、创作情况，能够透视出类似普通文人其实对文学生态的影响非同凡响①，而这是以往关注不够的。作为袁骏乡党的金圣叹本是一介文士，但关于其生平心态和精神世界的挖掘几乎为零。陆林教授的专著《金圣叹史实研究》改变了这一现状。针对这位后世"名人"生平语焉不详的状况，他集中二十多年进行"史实研究"，最终还原了这位当时"一介寒儒"的生平、交游及文学活动。相关研究厘清了金圣叹及相关史实，以往有关其评点理论等的众说纷纭恐怕也需要"重说"；更重要的是还揭秘了一大批名不见经传的普通文人的生活景观："金氏所交大多是遁世隐者、普通士人，对他的交游研究，势必要钩稽出明末清初一大批中下层文士的生平事迹，涉及当时江南地区身处边缘阶层的普通文人的活动和情感，涉及许多向来缺乏研究的、却是构成文学史和文化史丰满血肉和真实肌理的

---

① 杜桂萍：《袁骏〈霜哺篇〉与清初文学生态》，《文学评论》2010 年第 5 期。

人和事的细节。"① 这形成了金圣叹研究的"复调",构造了一个丰满且具有精神史意义的文学世界。所以,越过一般性的史料认知,借助文本阐释等方法,达成实证研究与理论解析的有机结合,进而形成对"人"的审视和意义世界的探讨,才可能建构自足性的文学研究。意义的缺失会使本来可以充满生机的清代诗文研究生命力锐减,其研究的停滞不前自然难以避免。

阮元说:"学术盛衰,当于百年前后论升降焉。"② 清代文学的结束距离我们已百年有余,足可以论"升降"了,而作为距离我们最近的"古代",存在着说不尽、道不完缠绕的诸多问题,亦属正常。彼时的当代评价、20世纪以来的批评乃至如今我们的不同看法,也在纠缠、汇聚、凝结中参与着清代诗文研究的现实叙事;我们不断"后撤",力求对学术史做出有效的"历史"回望,而"历史"则在不断近逼中吸纳了日渐繁杂的内容,让看似日趋狭窄的"过程性"挤压着、浓缩着、建构着更为丰富的内容,这对当代学人而言,实在是一种艰难的考验和富有魅力的吸引。史实的细密、坚实考索,离不开学术史评价的纵横考量,不仅文学史需进入"过程",文学史研究也应进入"过程",只有当"过程"本身也构成为当代文学理论审视的对象,有关学术创获才更具维度、更见深度。文学史运动中的复杂性是难以想象的,学术史评价更是难而又难,研究者个人的气质、趣味和人格等皆不免渗入其中,对于清代诗文研究亦是如此。好在对一个时段的文学研究进行反思和盘点,也是时代的现实需求和精神走向的表达,作为个中之人,我们有足够的清醒意识与担当之责。吴承学教授在总结七十年来明清诗文研究的成就与不足时,针对研究盛况下应当面对的各种问题,强调填补"空白"和获得"知识"已不是目前的首要问题,如何"站在学术

---

① 陆林:《论明清文学史实研究的学术理念——以金圣叹史实研究为中心的反思与践行》,《社会科学战线》2015年第11期。

② (清)阮元:《十驾斋养新录序》,钱大昕《十驾斋养新录》,杨勇军整理,上海书店出版社2011年版,第1页。

史的高度，以追求学术深度与思想底蕴为指归"① 才是亟需思考的重点。的确如此。琐碎与无谓的研究随处可见，浮泛和平庸隐然存在着引发学术下行的可能性，我们必须克服日渐侵入的诸多焦虑，在过程中补充、拓展、修正、改写清代文学研究的现状。"学术史的高度"某种意义上也是一个时代的高度，清代诗文研究真正成为一代之学，是生长于斯的当代学者们回应时代赋能的最好文化实践。

三

转眼，21世纪又有20年之久了。无论是否从朝代角度总结中国古代文学研究的成绩，清代诗文研究作为一个重要内容和学术热点已然绕不过去。研究成果之数量自不待言，涉及之领域亦非常宽广，重要的文学现象多有人耕耘，而不见于经传的作家、作品也借助于新史料的发现、新视野的拓展而得到关注，相关的独特性禀赋甚至带来一些不同凡响的新的生长点。包容性、专门化和细致化等特征多受肯定，而牵涉问题的深度和切入角度之独特等也提供了启人新思的不同维度。一句话，清代诗文的优长与不足、艺术创获之多寡与特色及其文学史价值等都在廓清中、生长中、定位中。面对纷繁的内容和大大小小的问题，我们往往惴惴不安，而撷取若干问题以申浅论，当是清代诗文研究中需要不断请益的有效方式之一。

譬如清代是一个善于总结的文学时代，这是当代学人颇为一致的观点。然彼时的文人会意识到他们是在总结吗？面对丰厚的文学遗产，清人的压力和焦虑一定超出我们今天的想象。或者，所谓的"总结"不过跟历代相沿的"复古"一样，是一种创新诉求的另辟蹊径。如是，力求在累积的经典和传统的制约中创新，应该构成了有清一代文人的累积性压力。职是之故，他们的创作不仅在努力突破前人提供的题材范围、表现方式和主题传达等，还有很多文人注重日常与非日常的关联、创作活动与非创作活动的结合；不仅仅关

---

① 吴承学：《明清诗文研究七十年》，《文学遗产》2019年第5期。

注并从事整理、注释和评介等工作，还努力注入其中一种"科学"的意识，并将之转化为一种学术。在清代诗文乃至戏曲小说的研究中，我们已经发现了那些足以与现代学术接轨的思想、观念乃至话语，其为时代文化使然，也是一代文学开始的底色。

　　清代文坛总体来看一片"宽和"之气，并没有呈现出如明人那般强烈的门户之见乃至争持；二元对立的思维并不是他们思考问题的特点，恰恰相反，融合式的思考是有清一代文人的主导性思维。比如"分唐界宋"的问题，有时是一个伪命题，相关论述多有不足或欠缺；就清代诗文的总体性来评价，唐宋兼宗最为普遍，"唐""宋"本身又有诸多层面的分类。"融通"其实是多数清人的观念，"转益多师"才是他们最为真实的态度。在这方面，明代无疑提供了一种范式性存在，明人充满戾气的论辩尤其为有清一代文人自觉摒弃。入清之初，汉族文人已在伤悼故国的同时开启了多元反思中的复古新论与文化践行。尽管在规避明人的错误时，清人仍不免重复类似的错误，比如摹拟之风、应酬之气等①，不过"向内转"的努力也是他们践行的创作自觉。如关于诗文创作之"情""志"的讨论，如关于趣、真、自然等观念的重新阐释，等等。只是日渐窄化的思维模式并未给诗文创作带来明显的突破与创获，反而让我们看到了文学如何受制于特定历史时期的政治、文化的诸多尴尬，以及文学的精神力量和审美动能日渐衰退的过程。而清人所有基于整体性回顾而进行的诸种探究，为彼时诗文创作、理论乃至观念上呈现出的总结性特征提供了充分的证据。

　　譬如清代诗文创作"繁荣"的评价，一度构成了今人认知上的诸多困扰。清代诗文数量、作者群体等方面的优势，造成了其冠于历代之首的现实。人们常常以乾隆皇帝的诗歌作品与有唐一代诗歌相比较，讨论其以一人之力促成的数量之惑。而有清一代诗文创作经典作家、作品产量所占数量比之稀少，又凸显了其总体创作成绩

---

　　① 参见廖可斌《关于明代文学与清代文学的关系——以诗学为中心的考察》一文相关论述，《文学评论》2016 年第 5 期。

的不够理想。清代诗文作品研究曾饱受冷落的现实,让这种轩轾变得简单明了,易于言说。量与质的评说,对于文学创作而言是一个仅靠单一、外在诸因素难以判断的问题吗?显然不是。实际上,存世量巨大的清代诗歌作品,很多时候来自普通文人对庸常现实生活的超越,因之而带来内容的日常化乃至艺术的平庸化,审美上的狭隘和琐碎比比皆然,不过其中蕴积的细腻情感、变革力量和剥离过往的努力等,也体现了对以往文学经验和传统的挣脱;没有这样的过程,"传统"怎么可能在行至晚清时突然走向"现代"?

近十年如火如荼的研究,让我们对清代诗文有了更进一步的体认,与之并生的是难以释解的定位困惑。我们往往愿意通过与前代诗文的比较进行价值评判。唐诗宋词一直与清诗研究如影随形,汉魏文、两宋文乃至明文,往往是进行清代文章审视时不可或缺的话语方式。我们常常不由自主地回首那些制造出经典的时代,用以观照当下,寻找坐标或范式。李白以诗歌表达生命的汪洋恣肆,诗歌构成了他的生命意识,杜甫、李商隐、李贺等皆然;但清人似并非如此。在生命的某一个空间,或一个具体的区间,确实发现了诗构成其生命形式的现象,却往往是飘忽而短暂的。以"余事为诗人"在很多时候是一种心照不宣的"假话"或"套话",这决定了清代诗文创作的工具性特征,而与生命渐行渐远的创作现象似乎很多,并构成了我们今天进行审视的障碍。也因此,相比于那些已经被确认的诗文创作高峰时期,如何理解有清一代诗文创作的所谓"繁荣",或将继续困顿我们一段时间。

譬如来自不同社会层面的诗文创作主体,形成了群体评价上的"众声喧哗"。几乎所有可能涉及的领域,都有清代诗文作家的"留痕",所传达之信息的丰富、广泛也超过了历代:"上至庙堂赓和、酬赠送迎,下至柴米油盐、婚丧嫁娶,包括顾曲观剧、赏玩骨董等闲情雅趣,日常生活的方方面面全都成为诗歌书写的内容,甚至作诗活动本身也成为诗歌素材。"① 这其中,洋溢着日常的俗雅之趣,

---

① 蒋寅:《生活在别处——清诗的写作困境及其应对策略》,《文学评论》2020 年第 5 期。

也深深镌刻出那些非日常的凝重与紧张,为我们了解和理解文人的生活世界与心灵景观提供了更多可能;在清代诗文作品中,更容易谛见以往难以捕捉的多面性和复杂形态。很多时候,我们撷取的一些文学现象来自所谓的精英创造,他们在实际的社会文化结构中位置突出,有条件也很容易留下特别深刻的历史印迹;但其在那个时代的影响究竟如何,是需要谨慎评价和斟酌话语方式的。袁枚的随园、翁方纲的苏斋,其中文学活动缤纷,颇为今人所瞩目,但其在当时这些主要属于少数文人的诗意活动,对那些长距离空间的芸芸众生究竟怎样影响的?影响到底如何评价呢?至于某些为人瞩目的思想观点,最初"常常是理想的、高调的、苛刻的,但是,真正在传播与实施过程中间,它就要变得妥协一些、实际一些"①;当我们跨越时空将之与某些具有接受性质素的思想或话语相提并论时,大概应该考量的就不仅是接受者的常规情况,也还需要加入一个"传播与实施"关系的维度。因之,我们应特别关注"创造性思想"到"妥协性思想"的变化理路。

　　如是再回到清人是否以诗文为性命问题,又有另一种思考。李之仪"除却吟诗总是尘"②之说历来影响甚大,以之观照清人的情感世界和抒情方式,却少了很多诗情画意,多了喧嚣的世俗烟火气。文字不单单是生命的形式,更是生命存在的附加物,其生成往往与生存的平庸、逼仄相关。功名利禄与诗的关系从来不是有你无我的存在,而是你中有我、我中有你的现实。为了生存而进行繁复的诗歌活动,是阅读清代诗文时见到最多、感受最为深刻的印象。我们必须面对清代文学中更多的"非诗"存在,正视清诗中的缺少真情,或诗味之寡淡,并以理解之同情面对一切。诗文创作有时不是为了心灵之趣尚,也不是为了审美,反而是欲望的开始、目标和实现方式,由此而生成的复杂的诗歌活动、文学生态,其实是清代诗文带

---

　　① 葛兆光:《思想史研究课堂讲录:视野、角度与方法》,生活·读书·新知三联书店2005年版,第296页。

　　② (宋)李之仪:《和友人见寄三首》其三,北京大学古文献研究所编《全宋诗》卷九五四,北京大学出版社1995年版,第11174页。

来的一言难尽的复杂话题，其价值也在这里：这不仅仅是清代诗歌研究的本体问题，也能够牵涉出关于"人"的诸多思考。

譬如文献的生成方式及其形态特征等，带来了关于文献发生的重新审视与评价。以文字而追求不朽，曾经是文人追求形而上生命理想的主要方式，然在文献形态多元的清代，这一以名山事业为目的的实现方式具有了更多的机缘。大量诗文作品有机会留存，众多别集得以"完整"传世，地域总集总在不断被编辑中，这是清代成为诗文"盛世"的表征之一。"牙签数卷烦收拾，莫负生前一片功"①，很多文人通过汇集各个时段的诗文作品表达人生的独特状态，已然成为一种生命存在的方式。如是，在面对丰富的集部文献以及大量序跋、诗话、笔记等，实证研究往往轻而易举，面对汉唐、先秦文献的那种力不从心几乎可以被忽略。不过，清代诗文史料的类型繁复以及动态变化之性征，也容易造成其传播过程中知识的繁杂错讹，甚至促成"新"的知识生成，进而影响到后人的价值判断、学术评价等；而"新""旧"史料的传播过程、原因以及蛰伏其中的一些隐秘性因素，都可能生成新的问题，进而带来文学性评价的似是而非、变化不定。如何裁定？怎样评判？对于今天的我们实在是一个挑战性的选择，是一个难度系数极高的判断过程。根据学术话题对史料进行新的集合性处理，借助其不断生成的新意义链及时行使相关的学术判断，决定了我们对文献学意义的新理解，而避免主观化、主义化乃致强制阐释等，又涉及研究主体学养、修为乃至心态等的要求。如是，在有关文本、文献与文化的方法论结构中，理论具有特殊的建构意义，有时可能超过了勤奋、慧心、知识等一般意义上的文献功力要求。

譬如传统文学对周边文化群的影响和建构，已构成清代诗文研究不可或缺的重要内容。境外史料的不断发现提供了一个重要维度，中国汉语文学不同程度地参与了其他国家与地区文学的发展；但也

---

① （清）邓汉仪撰，陆林、王卓华辑：《慎墨堂诗话》卷十"余垒"条，中华书局2017年版，第409页。

应重视另外一个维度,在沐浴"他乡"文化风雨的过程后,史料的文献形态中多多少少会带有新的质素,即"回归"故国的史料绝对不仅仅是简单的"还原"问题。如何面对返回现场后的史料形态?如何评价其对本土文学建设的重新参与?这是需要格外重视的问题。如是,究竟有哪些异质文化元素曾经对清代诗文创作发生过影响,影响程度究竟如何,都会得到有效判断。19世纪末以来,中国逐渐进入世界结构体系,"他者"不仅参与到近代以来的文学建构,还以一种独特的眼光审视着清代乃至之前的社会、文化和文学;具备平等、类同的世界性视角,才能形成与海外文化的多向度对话,彰显一种国际观念、开阔视野,以及不断变革的方法论理念。立足于历史、现实人生和世界体系中回望清代文学,我们才可能超越传统疆域界限,以全球化视野,进行更全面、准确、深刻的清代诗文省察和评价。就如郭英德教授所言:"一个民族的文化要立足于世界文化之林,就应该在众声喧哗的世界文化中葆有自身独特的声音,在五彩缤纷的世界图景中突显自身迷人的姿态,在各具风姿的世界思想中彰显自身特出的精神。"①

也还有更多的"譬如"。清代诗文各阶段研究的不平衡,已经得到了有效改善,但各具特色的研究板块之间的关系尚需辨析、总结;诗文创作的地域问题,涉及对不同区间地理、人文尤其是"人"的观照,仅仅聚焦经济文化发达的江南并非最佳方略,在北方文明及其传统下的士心浮动、人情展演和文学呈现自有独特生动之处;就清代而言,多民族汉语创作的情况呈现出更为复杂的状态,蒙古族、满族作家对于传统诗文贡献的艺术经验,以斑驳风姿形成汉语雅文化的面貌和风情,值得进一步总结。当然还有清代诗文复古之说,作为寻求思想解放、文学创新的思想方式,有待清理的问题多不胜数,这与中国的文化传统有关,与政治权力之于文学的干预有关,也与作家思维方式中注重变易、趋近看远的习惯等有关。清人复古

---

① 郭英德:《探寻中国趣味:中国古代文学之历史文化思考》,商务印书馆2017年版,第3—4页。

的多向度探索来自一种基于创新的文化焦虑，应给予理解之同情。而学者们关注的唐宋诗之争，不仅是诗歌取向的问题，也不仅是诗歌本质、批评原则、审美特征诸多命题的反映，更不仅仅涉及文学思潮、文学流派等，还是交往原则、权力话语等的体现，标新立异、标旗树帜等的反映，所牵系的一代文学研究中或深或浅的问题，亦有待深入。所以，面对清代诗文研究中的繁复现象，"不断放下"与"重新拾起"，都是我们严谨态度、思考过程的生动彰显，而在不远的将来实现丰富、鲜明和具有延展性的学术愿景，才是清代诗文研究进境不断打开、真正敞开之必然。

四

钱谦益说："夫诗文之道，萌折于灵心，蜇启于世运，而苗长于学问。"① 衡量诗文创作的状况应如此，评估当下清代诗文研究之大势，也不能忽略世道人心之于学术主体的重要作用。一代又一代的学者在这样的历史语境中开启了文化实践的过程，让百廿年的清代诗文研究成长为一门"学问"，如今已经很"富有"。基本文献如袁行云《清人诗集叙录》，李灵年、杨忠《清人别集总目》，柯愈春《清人诗文集总目提要》等工程浩大，其贡献不言而喻；而就阐释性著述的学术影响而言，著名学者刘世南先生、严迪昌先生等成绩斐然，其开辟荆榛的研究至今具有不可替代性，正发生着范式性的影响。朱则杰先生依然在有计划地推出《清诗考证》系列成果，进行甘为人梯的基础性文献研究工作，也实践着他有关《全清诗》编纂的执念；蒋寅先生立足于清代诗学史的建构，力求从理论上廓清清代诗歌演进中的重要性问题，也还在有条不紊的探索中。新一代学者的崛起正在成为一种"现象"，清代诗文研究的学者群将无比庞大而贡献卓越。作为年富力强的后起之秀，他们的活力不仅体现在著

---

① （清）钱谦益：《题杜苍略自评诗文》，《牧斋有学集》卷四十九，钱曾笺注，钱仲联标校，上海古籍出版社1996年版，第1594页。

述之丰富、论点之纷纭诸方面，更重要的是让清代诗文研究呈现出喧嚣嘈杂的声音聚合，活力、新意和人文精神都将通过这个群体的研究工作得以更好的表达。

  作为历史的一个部分，我们应时刻注意自身的局限性以及与历史呈现的关系，研究主体与"世运"的互文从来不仅仅是一个学术问题。一个尊重学术的时代不需要刻意追求主调，清代诗文研究也应在复调中灿烂生存，"喧嚣嘈杂"正可以为"主调"的澎湃而起进行准备、给予激发。而只有处于这样的文化进境中，我们才能切实释解清代诗文的独特性所在，真正捕捉到清代文人的心灵密码，促成一代文献及其文学研究意义的丰沛、丰满，并由此出发，形成有关清代诗文及其理论的重新诠释，进而重构中国古代诗文理论及其美学传统。郭英德教授说："在改革开放的时代语境中，学术研究仍然必须坚守'仁以为己任'的自觉、自重和自持，始终以'正而新'为鹄的，以'守而出'为内驱，'以文会友，以友辅仁'。"① 反观清代诗文的当代研究，这确实是一个至为重要的原则。谨以此言为结，并与海内外志同道合者共勉。

---

① 郭英德：《守正出新：四十年中国古代文学研究随想》，《文学遗产》2019 年第 1 期。

目　　录

引言　王猷定研究现状及其文学史意义 ………………（1）
　一　王猷定家世、生平及交游的研究 ………………（2）
　二　王猷定散文、诗歌及书法的研究 ………………（6）
　三　王猷定研究的可行性思考 ………………………（15）

第一章　王猷定家世、生平与著述 ……………………（19）
　第一节　王猷定家世述考 ……………………………（19）
　　一　"矜贫好善"之曾祖父王廷望 …………………（20）
　　二　"内直外和"之从祖父王希烈 …………………（22）
　　三　"忠直敢言"之父王时熙 ………………………（32）
　　四　"命途多舛"之妻妾、兄弟、子女 ……………（39）
　第二节　王猷定生平经历述略 ………………………（45）
　　一　青壮年时期（1599—1643）……………………（46）
　　二　中年时期（1644—1650）………………………（54）
　　三　老年时期（1651—1662）………………………（63）
　第三节　王猷定著述考 ………………………………（71）
　　一　《四照堂集》版本述略 …………………………（72）
　　二　《王于一遗稿》版本述略 ………………………（74）
　　三　《轸石文钞》版本述略 …………………………（75）
　　四　《王于一文选》……………………………………（76）
　　五　《四照堂集文录》…………………………………（77）
　　六　其他著述考略 ……………………………………（77）

本章小结 …………………………………………………… (79)

第二章　王猷定交游考述 …………………………………… (81)
第一节　王猷定与宋琬交游考 ……………………………… (81)
　　一　京师之晤，初始订交 …………………………………… (82)
　　二　管鲍之谊，福难与共 …………………………………… (84)
　　三　《昌谷集注》宋琬序作者考辨 ………………………… (90)
第二节　王猷定与毛先舒交游考 …………………………… (93)
　　一　文章创作，相交纽带 …………………………………… (93)
　　二　亦师亦友，忘年之交 …………………………………… (97)
第三节　王猷定与周亮工交游考 …………………………… (102)
　　一　王猷定与周亮工交游时间考 …………………………… (102)
　　二　王猷定与周亮工交往若干事迹考察 …………………… (103)
　　三　王猷定与周亮工交情深厚原因初探 …………………… (111)
　　本章小结 …………………………………………………… (116)

第三章　王猷定散文综合研究 ……………………………… (118)
第一节　王猷定散文创作概述 ……………………………… (119)
第二节　王猷定散文渊源初探 ……………………………… (123)
　　一　上溯秦汉 ………………………………………………… (123)
　　二　师法唐宋 ………………………………………………… (137)
第三节　"侯王"并称及其文学史意义 …………………… (146)
　　一　"侯王"并称的由来及文学影响 ……………………… (147)
　　二　"侯王"之异及文学史意义 …………………………… (151)
　　本章小结 …………………………………………………… (158)

第四章　王猷定散文分体研究 ……………………………… (161)
第一节　不落窠臼之传记文 ………………………………… (161)
　　一　"以小说为古文辞" …………………………………… (161)
　　二　"情韵绝好" …………………………………………… (169)

三　"郁勃"之气 …………………………………………（173）
　第二节　风格多变之序体文 …………………………………（175）
　　一　赠序文：情真意切，不拘形式 …………………………（175）
　　二　寿序文：摆脱束缚，独辟蹊径 …………………………（180）
　　三　诗序：因人而异，风格多样 ……………………………（185）
　第三节　各有风貌之其他文体 ………………………………（189）
　　一　碑志文：托物寓意，思辨性强 …………………………（189）
　　二　哀祭文：情感丰富，不求章法 …………………………（193）
　　三　题跋文：寄意颇深，体式灵活 …………………………（198）
　本章小结 …………………………………………………………（202）

第五章　王猷定的诗歌创作 ……………………………………（205）
　第一节　王猷定诗歌创作概述 ………………………………（206）
　第二节　王猷定的诗学思想 …………………………………（209）
　　一　"作诗之本" ………………………………………………（209）
　　二　诗以纪史 …………………………………………………（217）
　第三节　王猷定诗歌题材及艺术特色 ………………………（223）
　　一　行旅诗：慨行路之难，诉飘零之苦 ……………………（224）
　　二　酬唱诗：自我情感的抒发 ………………………………（230）
　　三　祝寿诗：少恭维，重史实 ………………………………（236）
　本章小结 …………………………………………………………（242）

结　语 ……………………………………………………………（243）

参考文献 …………………………………………………………（246）

后　记 ……………………………………………………………（258）

引言　王猷定研究现状及其文学史意义

王猷定（1599—1662），字于一，号轸石，又号楮厓，江西南昌人。明末清初著名的文学家，诗、文、书法皆擅。他是典型的遗民作家，一生颠沛流离，南北游走，早年家境富裕，明亡后曾被史可法征为记室参军，名噪一时的迎立福王之檄文即出自其手。后来南京沦陷，王猷定"绝意人世，日以诗文自娱"①，前后寓居扬州十年之久，与钱谦益、周亮工、顾炎武、宋琬、毛先舒等人多有往还。晚年卒于杭州，幸得毛先舒、陆丽京等友人资助，方得以灵柩归里。由于生前穷困，其作品并未刊刻成集，卒后赖由友人周亮工等集资成集刊印，有《四照堂集》《王于一遗稿》《轸石文钞》《王于一文选》等存世。对于王猷定的文学成就，历来评价极高。如"天下言文章者，自虞山钱氏而外，皆推南昌王于一、归德侯朝宗"②"自出机轴，为一家言"③，等等。尤其是以《义虎记》《汤琵琶传》《李一足传》为代表的传奇性散文被赞为"力矫公安、竟陵之习，重开风气"④，被黄宗羲称为"近日之铮铮者"⑤。遗憾的是，面对这样一

---

① 王钟翰点校：《清史列传》卷七十，中华书局1987年版，第5721页。
② （清）董以宁：《正谊堂诗文集》文集，《黄庭表文集序》，清康熙书林兰荪堂刻本。
③ （清）王玠：《四照堂集序》，（清）王猷定《四照堂文集》卷首，清康熙二十二年（1683）王玠刻。
④ （清）黄嗣艾《南雷学案》："文之最铮铮者，如《汤琵琶传》《李一足传》《寒碧琴记》，力矫公安、竟陵之习，重开风气，是亦足多已。"（正中书局1947年版，第386页）
⑤ （清）黄宗羲《思旧录》："其文如《汤琵琶传》《李一足传》《寒碧琴记》，亦近日之铮铮者。"（《黄宗羲全集》第1册，浙江古籍出版社2012年版，第395页）

位引领当时文坛风尚的文人,有关其文献记载却十分零散琐碎,现有研究成果为数不多,而且多集中在生卒年、交游、散文等方面,尚有许多可待挖掘和深入的空间。本书即尝试从王猷定家世、生平、交游、散文、诗歌及书法等研究角度对三百年余来王猷定的研究情况加以细致、深入地梳理,并在此基础上展望未来王猷定研究的可行性方向,以推进其研究的进展,丰富对明末清初文坛的认识。

一 王猷定家世、生平及交游的研究

关于王猷定的家世、生平,清人韩程愈《王君猷定传》所述较详,魏元旷《南昌县志》亦有记载,清人李元度《国朝先正事略·王于一先生事略》、嵇曾筠《(雍正)浙江通志》卷一百九十四、徐鼒《小腆纪传》补遗卷六十九、曾燠《江西诗征》卷六十五、张维屏《国朝诗人征略》卷五、民国时赵尔巽所编《清史稿》均有传,清人陈田《明诗纪事》、陈维崧《箧衍集》卷十、裘君弘《西江诗话》卷十、沈德潜《清诗别裁集》卷七、卓尔堪《遗民诗》卷一等王猷定诗前皆对王猷定生平有简短介绍,后人对王猷定家世、生平的介绍多源于这些材料,惜多篇幅简短,又有诸多语焉不详之处。

今人对王猷定家世、生平的研究主要集中在对其生卒年的探讨上,这或许是因为相关记载较多且差异较大之故。[1] 目今所及,共有两篇文章专门探讨这一问题。一为杨剑兵《王猷定生卒年考辨》[2],专门对王猷定的生卒年进行了考辨。文中引用了王猷定《毛母许孺人传》和陆莘行《老父云游始末》等材料作为佐证,推翻了之前有关王猷定生卒年种种不实的记载和推断,得出王猷定"当生于万历二十七年(1599),卒于康熙元年(1662)"的结论。该文首次梳理了有关王猷定生卒年的种种记载并得出相关结论,对研究王猷定的生平而言具有重要价值。二为吴可文《王猷定生卒年月补正——兼

---

[1] 参见鲁慧《20世纪以来王猷定研究若干问题述论》,《励耘学刊》2021年第2辑。
[2] 杨剑兵:《王猷定生卒年考辨》,《贵州师范大学学报》(社会科学版)2014年第5期。

与杨剑兵先生商榷》①，该文引用《哭王于一》《王君猷定传》等文献，力证王猷定"生于明万历二十七年己亥（1599）二月初六（或二月上旬），卒于清顺治十八年辛丑冬季（以十一月可能性最大）"②。概而言之，两位学者对王猷定生年的结论是一致的，分歧主要集中于王猷定的卒年。笔者经过综合考辨，较为倾向杨文得出的结论，即认为王猷定当生于万历二十七年（1599），卒于康熙元年（1662），这也为未来王猷定相关问题的研究打下了坚实基础。此外，近几年还出现了两部王猷定年谱。一是杨剑兵、郁玉英的《南昌明遗民王猷定年谱简编》，二是廖小玲的《王猷定行年简谱》，对王猷定之生平行迹进行了编年，对研究王猷定而言有一定的参考价值，但其中的粗疏讹误之处还有待后来者进一步考辨、厘清。

王猷定一生南北游走，所交甚广，"交游半天下，所至宜无不合"③，"客扬十余载，所交客满寰区……时或饮酒，涕泗并下，其亦所感者深也。岁辛丑，薄游武林，武林当轴莫不虚左事之"④。刘勇强认为，王猷定一生交游广泛，"其中虽不乏名流，更多的还是与他一样的遗民文人"⑤，这基本符合王猷定的交游实际。但仔细阅读王猷定文集便会发现，一生都在游走之中的王猷定，与清初不同身份、地位的人皆有往来，如归庄、钱谦益、顾炎武、屈大均、梁以樟、毛奇龄、龚鼎孳等。他们常常共同泛舟、诗文唱和，如《同江右王猷定、禾中朱彝尊越城泛舟，赴姜国昌廷梧暨承烈、启埈三令侄南华山庄宴集即事》、《秋夜同王于一、纪伯紫、杜于皇、余澹心、陈伯玑、冒辟疆、蒋子久、姜绮季、子鬻、陈其年、椒峰，饮

---

① 吴可文：《王猷定生卒年月补正——兼与杨剑兵先生商榷》，《扬州大学学报》（人文社会科学版）2017年第2期。
② 吴可文：《王猷定生卒年月补正——兼与杨剑兵先生商榷》，《扬州大学学报》（人文社会科学版）2017年第2期。
③ （清）周亮工著，李花蕾点校：《赖古堂集》，华东师范大学出版社2014年版，第277页。
④ （清）韩程愈：《王君猷定传》，见陶福履、胡思敬编《豫章丛书》（集部十一），江西教育出版社2007年版，第218页。
⑤ 刘勇强：《王猷定及其〈四照堂集〉》，《中国典籍与文化论丛》（第二辑），中华书局1995年版，第158页。

徐氏寓园，分得"洗"字》及《同祁止祥、张稚恭、王于一、许力臣、许师六、陈其年看玉兰》等等，都揭示了这一点。

今人很明显注意到了这个现象，并专门撰文探讨这一问题。如罗宗阳在《开清初散文风气之先的王猷定》一文中通过他与钱谦益、顾炎武、毛先舒、周亮工等唱和之文来揭示王猷定交游之广泛及士林对他的尊重。① 方良《王猷定与顾炎武文字交往之评判》一文专门探讨王猷定与顾炎武的交往情况，认为王猷定作为前辈，不但没有对一直找机会向他求教的顾炎武有任何偏见，反而对后辈坦诚相待，并在此基础上对顾炎武提出了许多建设性意见，二人的交往坦诚愉快，王猷定对顾炎武后来成熟思想的形成起到了一定作用。该文较为系统地梳理了王猷定、顾炎武交往的前因后果，试图通过"阐释王猷定与顾炎武文字交往的意义"，以"揭示王猷定的生命价值和历史存在"②，对后来的研究者有一定借鉴意义。方良的这种学术敏锐性值得我们后来者学习，而且为笔者深入研究王猷定的交游情况提供了一种新思路。

翻检王猷定文集，发现王猷定文集中有《与顾宁人书》一文，从二人书信往来内容来看，顾炎武"凡文之不关于六经之指、当世之务者，一切不为"③的思想极有可能受到了王猷定不作"无意之诗文"④的影响，顾炎武在当时也是奉王猷定为前辈，极为尊重王猷定的。这一点罗宗阳看得很清楚，否则也不会明确地指出王猷定"推崇当世之务，倡导经世致用"，认为虽然他"没有专门言事、议政的文章"，但是他在文章中相关的零星评论，"已可说是顾炎武等崇实致用思想的先声"⑤，这实属可贵。

周萍萍的硕士论文《王猷定及其散文研究》⑥虽然选取了袁继咸、顾炎武、毛先舒、钱谦益、宋琬、古月头陀等众多人物来探析

---

① 罗宗阳：《开清初散文风气之先的王猷定》，《南昌大学学报》2002年第4期。
② 方良：《王猷定与顾炎武文字交往之评判》，《上饶师范学院学报》2006年第1期。
③ （清）顾炎武：《日知录》，北方妇女儿童出版社2001年版，第107页。
④ （清）周亮工著，李花蕾点校：《赖古堂集》，华东师范大学出版社2014年版，第277页。
⑤ 罗宗阳：《开清初散文风气之先的王猷定》，《南昌大学学报》2002年第4期。
⑥ 周萍萍：《王猷定及其散文研究》，硕士学位论文，南昌大学，2012年。

王猷定的交游情况，但都没有深入展开论述，尚有许多可待挖掘、完善的空间。笔者《王猷定与宋琬交游考述》①一文从王猷定与宋琬交游的角度切入，探讨王猷定其人其文对宋琬为人为文的影响，弥补了此前学界关于宋琬的研究较少关注王猷定对宋琬的影响之缺憾，丰富了现有研究。《王猷定与周亮工交游考述》②一文立足于相关文献，对王猷定与周亮工交游情况展开研究，认为二人既有书信往来，亦有诗文唱和。王猷定曾为周亮工《榕厄》诸集作序，周亮工在王猷定卒后帮其整理、刊刻《四照堂集》，并为其作序，功不可没。无论是对王猷定研究、周亮工研究还是对明清之际文坛生态研究，均具有重要意义。

综上，不难发现，王猷定交游确实非常广泛，但同时需要注意的是，广泛却无法等同于推心置腹。事实上，能够与王猷定真正达成心灵默契的人并不多："于一为古文高自标置者三十余年，天下之大，真知于一者周栎园、宋荔裳诸先生外，不过数人。"③ 可见，天下之大，能够称为王猷定知己的不过周亮工、宋琬等数人。正所谓"相识满天下，知心能几人"④。故而，王猷定与周亮工、宋琬等好友的交游尤其值得深入探究。这样，不仅能够充分说明王猷定的择友观，而且也可以更好地审视出他最本真的生命状态。

入清以后，王猷定迫于生计，不得不经常"在路上"，结交甚多。在这个过程中有些人成为了知己，但更多的人只是"过客"，有时候甚至可能是逢场作戏。他曾发出喟叹："世之沦落不偶，而叹息于知音之寡者，独君也乎哉！"⑤ 可见对他的心态和创作都不可避免产生深刻的影响。所以，考察王猷定的交游情况，不仅要考察他的"交际圈"，更应该透过其"交际圈"审视王猷定的心态，从文献进

---

① 鲁慧：《王猷定与宋琬交游考述》，《文艺争鸣》2016 年第 11 期。
② 鲁慧：《王猷定与周亮工交游考述》，《许昌学院学报》2022 年第 1 期。
③ （清）计东：《改亭集》文集卷五，清乾隆十三年（1748）计琰刻本。
④ （宋）释普济：《五灯会元》卷十五，宋刻本。
⑤ （清）王猷定：《汤琵琶传》，见陶福履、胡思敬编《豫章丛书》（集部十一），江西教育出版社 2007 年版，第 112 页。

王猷定文学创作研究

入文心,这样不仅有利于对其遗民心态的把握,更有利于对明末清初社会大变革之际文人群体的把握,客观地审视明末清初文坛,得出严谨、科学的结论,丰富、推动现有研究。

二 王猷定散文、诗歌及书法的研究

对王猷定散文、诗歌及书法的评论在明清之际即已开始。如王晫《今世说》中载"于一遭乱,居广陵,穷愁著书,力追大雅,海内能文之士翕然推之"①,王猷定在明清之际文学创作的影响力可以想见。清人裘君弘赞王猷定"明季与黄冈杜濬俱以诗、文名天下,世称于一、于皇"②,沈德潜谓其"遭乱居广陵,以诗古文自负"③,朱彝尊说他"以诗、古文词自负,对客断断讲论,每举一事,辄原其本末,听之霁心,盖兼有笔札、喉舌之妙者"④,徐鼒称其"工诗古文""名著一时"⑤,震钧亦称王猷定"以诗古文辞自负"⑥等等,虽然这些还算不上真正意义上的研究,但对王猷定散文、诗歌、书法的整体评价已经能够充分肯定其文学才华且确有文名,为后人客观认识王猷定提供了珍贵的原始素材,为其诗文研究打下了坚实的文献基础。

(一) 散文研究

对王猷定散文的评价探究在清初便已有之,且赞誉颇高。如董以宁将之与钱谦益、侯方域并誉:"天下言文章者,自虞山钱氏而外,皆推南昌王于一、归德侯朝宗。"⑦彭士望则直言王猷定"有文名于江左"⑧,李元度评价王猷定"为文多郁勃,如殷雷未奋;又如

---

① (清) 王晫撰,陈大康校点:《今世说》,上海古籍出版社2012年版,第155页。
② (清) 裘君弘:《西江诗话》卷十,清康熙刻本。
③ (清) 沈德潜,李克和等校点:《清诗别裁集》,上海古籍出版社2013年版,第262页。
④ (清) 朱彝尊著,黄君坦校点:《静志居诗话》(下)卷二十一,人民文学出版社2006年版,第664页。
⑤ (清) 徐鼒:《小腆纪传补遗》卷六十九,清光绪金陵刻本。
⑥ (清) 震钧:《国朝书人辑略》卷一,清光绪三十四年刻本。
⑦ (清) 董以宁:《正谊堂诗文集》,清康熙书林兰苏堂刻本。
⑧ (清) 彭士望:《耻躬堂诗文钞》卷三,清咸丰二年刻本。

引言　王猷定研究现状及其文学史意义　　7

崩崖压树，枒槎盘礴，旁枝得隙，突然干霄"①，颇为肯綮。张符骧曾引钱陆灿之语痛吊之："自王于一死，而扬州无古文。"②由此可见王猷定的文学成就在时人心中的地位。徐斐然盛赞王猷定"少即能文，东南主埤坫者，啧啧称道之，由是名声籍甚。轸石文不沾窠臼，独写性灵，其心花之所结撰，往往情文相生、沁人肺腑，而骨节姗姗、风神奕奕，读者有餐霞吸露之思焉。当是时，士竞为公安竟陵之文，诡琐俚碎，或类于优俳者之所为，得此不啻拨云雾而见青天也。自后名流辈出，咸知通经学古为高，先生其开风气之先者与"③，认为其文能"开风气之先"，评价之高显而易见。无独有偶，李元度肯定了王猷定对文学史做出的独特贡献，谓"自明季公安、竟陵之说盛行，文体日琐碎，先生与新建陈士业、徐巨源、欧阳宪万辈均能独开风气"④，王猷定的散文成就毋庸讳言。

清人何契在《与宗子发书》提到的一个细节可以佐证王猷定散文在当时的影响力："子发兄工古文，计可以糊其口，于笔墨无难也。然二三十年间，布衣之士，惟王于一作文一首，或可得数十金，后此于文，固无取焉。"⑤在"'布衣之文'崛起而立"⑥的清前期，只有"王于一作文一首，或可得数十金"，王猷定散文的辐射力可想而知。此外，朱彝尊在《与查韬荒弟书》中写道："文章之难，古今不数。仆频年以来，驰驱道途，幸不后君子之教。然自商丘侯朝宗、南昌王于一二子之外，其合于作者盖寡。二子又未尽其蕴以死。仆诚痛之。比来京师，五方之人操翰管而高视者何啻百计。求其若二子者已不多得，况夫与古人方驾者哉！"⑦将王猷定与"清初古文三大家"之一的侯方域相提并论并非朱彝尊一人，事实上，将二者

---

① （清）李元度纂，易孟醇校点：《国朝先正事略》，岳麓书社2008年版，第1137页。
② （民国）闵尔昌：《碑传集补》卷四十五，民国十二年排印本。
③ （清）徐斐然辑评：《国朝二十四家文钞》，清道光十年刻本。
④ （清）李元度纂，易孟醇校点：《国朝先正事略》，岳麓书社2008年版，第1137页。
⑤ （清）何契：《晴江阁集》卷十一，清康熙刻增修本。
⑥ 郭英德：《布衣之文：清前期文坛身份意识的强化与文化权力的转移》，《福建师范大学学报》（哲学社会科学版）2019年第5期。
⑦ （清）朱彝尊：《曝书亭集》卷三十一，四部丛刊景清康熙本。

王猷定文学创作研究

并称在清初是十分常见的现象，如"侯朝宗、王于一，其文之佳者，尚不能出小说家伎俩，岂足名家。"① "夫以小说为古文辞，其得谓之雅驯乎？既非雅驯，则其归也，亦流为俗学而已矣。夜与武曾论朝宗《马伶传》、于一《汤琵琶传》，不胜叹息，遂书此语于后"②等等。由是可见，无论对王猷定"以小说为古文辞"持何种态度，喜将侯方域与王猷定并称是不争的事实，王猷定在当时亦确属"名家"之列，其文学地位不言而喻。值得一提的是，尽管汪琬对王猷定"以小说为古文辞"颇有微词，但他评文的标准也为时人所诟病："而长洲汪苕文琬，操绳尺衡量诸家，失之过严，去取多未惬人意。其自著类稿亦多可议者。"③ 所以，对于王猷定散文的成就还是要以全面、发展的眼光来看，不能拘泥于一家之言。当然，无论是朱彝尊还是汪琬，其观点都为今人研究王猷定提供了不同的维度，有着重要的参考价值。

总之，在清人眼中，虽然对王猷定"以小说为古文辞"持有异议，但确无法否认王猷定的"名家"之实，更无法否认王猷定与侯方域的散文成就不分伯仲："侯公子《壮悔堂集》，其必传者也。与公子后先接踵者，豫章王于一猷定之《四照堂集》、宁都魏冰叔禧之《易堂集》、吴江计甫草东之《改亭集》，皆在伯仲之间"。④ "能独开风气，名与方域相埒"⑤ 虽然这些还算不上对王猷定真正研究的文章，但已经基本能够确立王猷定散文在清初文坛的地位与影响。

近代以来，学者胡思敬认为王猷定之文得名在魏禧之先，深为时人所推崇："于一治古文，得名在魏冰叔先，同时流辈皆极口推服

---

① （清）黄宗羲：《陈令升先生传》，《黄宗羲全集》第 10 册，浙江古籍出版社 2012 年版，第 599 页。
② （清）汪琬：《跋〈王于一遗集〉》，李圣华笺校《汪琬全集笺校》，人民文学出版社 2010 年版，第 907 页。
③ 胡介祉：《侯朝宗公子传》，（清）侯方域著，王树林校笺：《侯方域全集校笺》，人民文学出版社 2013 年版，第 1192 页。
④ 胡介祉：《侯朝宗公子传》，（清）侯方域著，王树林校笺：《侯方域全集校笺》，人民文学出版社 2013 年版，第 1192 页。
⑤ 王钟翰点校：《清史列传》卷七十，中华书局 1987 年版，第 5722 页。

无异辞。"① "集中与驰黄诸友论文书，要以明理为重，偶及异代沧桑，辄有无穷悲感奔注笔端，匪独文辞之足贵。"② 这与汪廷珍"相与论吾乡古文，不数魏叔子，而称于一《四照堂集》"③ 的观点不谋而合，不仅将王猷定散文成就置于魏禧之上，而且兼及王猷定散文的独特风貌，虽然仍然难以称为真正意义上的研究，但却为以后的王猷定研究提供了新的视角和思路。

进入到 20 世纪 80 年代，王猷定算是真正进入研究者的视野。1989 年，谢苍霖《王猷定其人其文》明确指出"作为清初遗民文学和'性灵派'文学的重要作家，王猷定理应在文学史上占有一席之地"，并对以《汤琵琶传》《李一足传》《义虎记》等为代表的王猷定作品给予了充分肯定，认为被列在《国朝二十四家文钞》第一位的王猷定"至性真情的直接流露和真实写照，自不同于他人"④，对文学史做出了其独特的贡献，颇有为王猷定正名之意。

20 世纪 90 年代，刘勇强在《王猷定及其〈四照堂集〉》一文中对王猷定散文中那些以《汤琵琶传》《李一足传》为代表的"最具个性而争议也最多的那些富于小说意味的记叙文"发表了自己的见解："这一创作倾向，原本可能为古文注入新鲜血液、开辟一个紧追时代潮流的审美天地，终因抵制轻蔑势力过强，未能形成声势，消失于对'义法'复归的声浪中。唯其如此，王猷定等人的创作才弥足珍贵。黄宗羲称王猷定的《汤琵琶传》《义虎记》等篇为'近日之琤琤者'，信非滥誉。甚至不妨说，他的这类作品如果再多些，笔法再活泛些，其文学地位一定比现在更高。"⑤ 可见，他十分赞赏王猷定的这类争议颇多的传记文，且认为其散文"不拘一格""别出

---

① 胡思敬：《四照堂集·识》，见陶福履、胡思敬编《豫章丛书》（集部十一），江西教育出版社 2007 年版，第 217 页。
② 胡思敬：《四照堂集·识》，见陶福履、胡思敬编《豫章丛书》（集部十一），江西教育出版社 2007 年版，第 217 页。
③ 李祖陶：《四照堂集文录·引》，清道光十九年瑞州府凤仪书院刻本。
④ 谢苍霖：《王猷定其人其文》，《江西社会科学》1989 年第 2 期。
⑤ 刘勇强：《王猷定及其〈四照堂集〉》，《中国典籍与文化论丛》（第二辑），中华书局 1995 年版，第 164 页。

心裁"①，不仅对王猷定的散文成就做出了客观的评定，同时为相关问题的研究有所推进。

新世纪以来对王猷定散文创作研究产生较大影响的当推罗宗阳《开清初散文风气之先的王猷定》、方良《为留道义存天下——评清初文学家王猷定》等文章。2002年，罗宗阳《开清初散文风气之先的王猷定》一文较有影响，提出了许多颇有见地的观点。如他认为，"从清代散文发展流程上看，转变明末文风、开清初散文风气的决非这三人（侯方域、魏禧、汪琬——笔者注）所独有。比他们早出10多年的王猷定，实际上早已站在转变明末文风、开清初散文风气的前列，在当时引起过很大反响"②。王猷定的某些治学思想是顾炎武、黄宗羲、王夫之等崇实致用思想的先声，"当顾、黄、王名声大盛之时，王猷定早已出道"③。这实为难能可贵。在肯定王猷定作品内容的同时，还指出其作品的开创性意义："他的散文，独抒己意，学古而不泥古，感情强烈，气势磅礴，描写细致，关注现实，具有开拓性和明显的历史特征。"④ 罗宗阳的评价颇中肯綮，比较符合王猷定的创作实际，也对后来的研究者影响比较大，基本上能够代表今人对王猷定文学史价值、地位的论定。

2006年，方良《为留道义存天下——评清初文学家王猷定》一文，以甲申之变为界，将其人生分为两个阶段，认为时局的变化对其人生、创作均产生重大影响；同时认为其文学作品贵在"充满了激情，表达了那个时代的人文精神，其中的亮点感召了一代人，使他成为有社会责任感的遗民文学家"，堪称"苏北明遗民的杰出代表"⑤。该文给予了王猷定较高的文学地位，但对于王猷定散文创作的探究明显不够深入，尚存诸多继续探讨的空间。总体而言，这一

---

① 刘勇强：《王猷定及其〈四照堂集〉》，《中国典籍与文化论丛》（第二辑），中华书局1995年版，第165页。
② 罗宗阳：《开清初散文风气之先的王猷定》，《南昌大学学报》2002年第4期。
③ 罗宗阳：《开清初散文风气之先的王猷定》，《南昌大学学报》2002年第4期。
④ 罗宗阳：《开清初散文风气之先的王猷定》，《南昌大学学报》2002年第4期。
⑤ 方良：《为留道义存天下——评清初文学家王猷定》，《九江学院学报》（社会科学版）2006年第2期。

时期的研究成果虽然较之前有所丰富，但多停留在浅尝辄止的阶段，有许多具体问题如王猷定的散文渊源、分类及特点等问题尚需进一步深入探究。

值得一提的是，在对待王猷定"以小说为古文辞"的创作风貌时，与古人不同，今人多持肯定与赞赏态度："王猷定以小说笔法融入散文创作的时候，大力打破传统古文以叙述和议论为主的固有模式，而代之以精当细致的描摹，这种绘声绘色的描摹只有稍后的侯方域可与之颉颃。"[1]"清代文学传记之所以能取得显著成绩，与大量采用小说的表现方法有重要关系。在这方面起了带头作用的，是清初侯方域、王猷定等人。"[2] 谢苍霖更是对清代汪琬等人的观点直接反驳，表达不满："李白可以'白发三千丈'，王维可以画雪地绿蕉，汤显祖可以教杜丽娘还魂……王猷定让老猿显怪、李一足成仙，难道就值得大惊小怪，喋喋不休吗？"[3] 这些评论基本能够代表20世纪以来学者们对这一问题的看法，由是可见，随着时间的推移，学者们能够站在理性、客观的立场从文学史的角度出发，审视王猷定的作品，得出客观的结论，对推进文学史相关问题的研究是十分有益的。这一方面可以窥见不同历史时期对同一问题的不同审视，另一方面也足以证明王猷定"以小说为古文辞"的创作手法在明清之际确实是起到了引领当时文坛风尚的作用，有着其独特的文学、文化价值。

此外，周萍萍《王猷定及其散文研究》[4] 专门以王猷定的散文为研究对象，意义值得肯定，但对于王猷定的家世、生平、散文等相关论题的研究还有待进一步深入和拓展。另，笔者《〈昌谷集注〉宋琬序作者新考》[5] 一文结合新发现材料，综合考辨，得出王猷定所作《安雅堂诗序》实作于顺治十八年（1661），《昌谷集注序》的真

---

[1] 罗宗阳：《开清初散文风气之先的王猷定》，《南昌大学学报》2002年第4期。
[2] 王凯符：《论清代散文的繁荣及其原因》，《北京社会科学》1994年第2期。
[3] 谢苍霖：《王猷定其人其文》，《江西社会科学》1989年第2期。
[4] 周萍萍：《王猷定及其散文研究》，硕士学位论文，南昌大学，2012年。
[5] 鲁慧：《〈昌谷集注〉宋琬序作者新考》，《学术交流》2017年第1期。

正作者是王猷定而非学界普遍认为的宋琬的新结论，无论是对王猷定研究还是宋琬研究，都向前推进了一大步。

除上述论文以外，郭预衡的《中国散文史》、尹恭弘的《小品高潮与晚明文化：晚明小品七十三家评述》等著作均将王猷定作为明末清初较有代表性的文学家列单章加以评述。郭预衡认同清人王玠和周亮工的观点，即认为王猷定之文有"激郁缠绵"的特点，同时举《闲情阁记》《题宣宗画册》等文的例子证明除"激郁缠绵"之外，王猷定之文还"颇见情志"①。尹恭弘认为王猷定的散文是"小品的笔调和风格"，并以此为题展开叙述，认为王猷定是在"以晚明小品的笔调从事散文创作"②，"王猷定（误作王遒定——笔者注）的小品对奇人异事特感兴趣，往往倾注极浓的感情叙述它、描写它"并以《汤琵琶传》《元日冒雨寻诗序》等作品为例，说明王猷定"尚奇的审美情趣"③；还认为王猷定的作品擅长以小见大，"物件虽小，却有深刻的启迪"④，并用《寒碧琴记》《桓暑记》等文印证他的观点。郭预衡和尹恭弘都结合王猷定的部分散文篇章对其散文提出了自己的见解，为后人深入研究王猷定奠定了基础。概而言之，此期对王猷定的散文研究虽然有推进之功，但仍存在诸多可待深入、开拓的问题，待后来者进一步探究。

综上，可以发现，尽管王猷定在散文史上的地位毋庸置疑，但很遗憾，对于王猷定的散文研究，除去有清一代零星式的点评，近代以来真正对王猷定展开研究的学者并不多。虽然已经有相关研究成果问世，但很显然，这与王猷定的文学史地位和意义相比，远远不够。因此，在这种学术背景下，对王猷定散文进行全面而深入的研究实有必要。

---

① 郭预衡：《中国散文史》（下），上海古籍出版社2011年版，第352页。
② 尹恭弘：《小品高潮与晚明文化——晚明小品七十三家评述》，华文出版社2001年版，第472页。
③ 尹恭弘：《小品高潮与晚明文化——晚明小品七十三家评述》，华文出版社2001年版，第472—476页。
④ 尹恭弘：《小品高潮与晚明文化——晚明小品七十三家评述》，华文出版社2001年版，第476页。

（二）诗歌研究

除散文以外，王猷定还有近三百首诗存世，其独特价值亦不容忽视。遗憾的是，相较于王猷定的散文研究，对王猷定诗歌的研究更是少之又少。清人裘君弘说他"明季与黄冈杜濬俱以诗文名天下，世称于一、于皇"①，孙默评其为"最知名而诗最工者"之一②，陈田则赞其诗"骚情古意，跌宕萧寥，五律一体，尤哀咽动人"③，徐世昌谓其诗"沉郁萧森，五言近体雅近杜老乱中诸作"④，并非虚言，亦代表了有清以来文人对王猷定诗歌的认识。

进入到20世纪以后，有学者注意到了王猷定的诗学成就并给予积极评价，如刘勇强将王猷定看做是"深具民族感情的爱国诗人"，认为"在诗歌理论上，王猷定主张以情为本，不计工拙"，而且"特别强调诗歌关乎世运，应纪录时代变迁"⑤。虽然对王猷定诗歌着墨不多，但评价较为公允，尤其认为王猷定"不少诗句内涵丰富，对仗齐整，极见工力"，"显示出阔大超脱的胸襟"⑥，可谓一针见血道出王猷定诗歌的特点。总体观之，刘勇强的观点比较切合王猷定诗歌创作实际，对于研究王猷定的诗歌而言具有较强的启发意义。当然，也有学者在提及王猷定的诗歌时，仅轻描淡写地用"王猷定的创作，诗歌成就不高，最见功力的是散文"⑦一笔带过，这未免有失偏颇。事实上，王猷定诗歌的光彩不仅不应为其散文成就所遮蔽，更应该将二者放在同一个平面上，客观地去看待，这样才有利于全面审视其文学思想、文学成就等相关问题，更好地揭示出易代之际文人的心态及对文坛风尚的影响。

---

① （清）裘君弘：《西江诗话》卷十，清康熙刻本。
② 计东：《改亭集》文集卷六，清乾隆十三年计瑸刻本。
③ （清）陈田：《明诗纪事》，上海古籍出版社1993年版，第3381页。
④ 徐世昌编，闻石点校：《晚晴簃诗汇》卷十八，中华书局1990年版，第532页。
⑤ 刘勇强：《王猷定及其〈四照堂集〉》，《中国典籍与文化论丛》（第二辑），中华书局1995年版，第168页。
⑥ 刘勇强：《王猷定及其〈四照堂集〉》，《中国典籍与文化论丛》（第二辑），中华书局1995年版，第169页。
⑦ 罗宗阳：《开清初散文风气之先的王猷定》，《南昌大学学报》2002年第4期。

综上所述，可以发现，对于王猷定的诗歌，现有研究成果甚少，目今所及，笔者尚未发现对王猷定诗歌的专门研究。基于此，本书即从王猷定的诗歌创作实际入手，结合其为他人作的诗序及其他相关文献，努力提炼出诗学思想并对其诗歌题材、内容等方面展开研究，以期充实完善王猷定的现有研究。

（三）书法研究

除诗文创作外，师学董其昌的王猷定亦以书法闻名于时。卓尔堪在《明遗民诗》中称赞王猷定"精楷法，以古文自雄"①。时人对王猷定的书法作品颇多赞誉，如王珹《四照堂集序》中说王猷定"尤工书法，片纸只字，人皆竞宝，以此名闻东南"②。韩程愈《王君猷定传》更进一步称王猷定"天资善书，临池之技，可以笼鹅。而远近之慕于一名者，笔秃可数十瓮计也"③，方文曾有"眼前书法王于一"④之语。谢旻则谓其书法"擅名一时"⑤。李元度亦赞其"书法亦重一时"⑥，由此可见王猷定书法方面成就斐然，在当时已名气远扬，丝毫不逊于诗文方面。

此外，朱彝尊更赞王猷定"行书楷法，亦自通神"⑦，《清史列传·王猷定传》中亦有相同记载，当是据此而来。王晫《今世说》中云王猷定"书法亦遒劲，有晋人风度"⑧；沈德潜云其"书法亦在晋、唐之间"⑨；饶宇朴认为王猷定的书法同其诗文作品一样"必传无疑"："君绩学纂言，工法书，自欣赏，棋酒莺花，生产益落，意豁如也……书法初仿华亭，丙戌以后笔力遒劲，奕奕有北海风气，

----

① （清）卓尔堪选辑：《明遗民诗》（上册）卷一，中华书局1961年版，第5页。
② （清）王珹：《四照堂集序》，四照堂诗文集，清康熙二十二年刻本。
③ （清）韩程愈：《王君猷定传》，见陶福履、胡思敬编《豫章丛书》（集部十一），江西教育出版社2007年版，第218页。
④ （清）方文：《嵞山集》续集卷四，清康熙二十八年王槩刻本。
⑤ （清）谢旻：《（康熙）江西通志》卷七十，清文渊阁四库全书本。
⑥ （清）李元度纂，易孟醇校点：《国朝先正事略》，岳麓书社2008年版，第1137页。
⑦ （清）朱彝尊著，黄君坦校点：《静志居诗话》（下）卷二十一，人民文学出版社2006年版，第664页。
⑧ （清）王晫撰，陈大康校点：《今世说》，上海古籍出版社2012年版，第155页。
⑨ （清）沈德潜，李克和等校点：《清诗别裁集》，上海古籍出版社2013年版，第262页。

其必传无疑，故并论之。"①震钧谓其"善书，得李北海笔法"②，很明显，以上种种评价皆是对王猷定书法作品的自信和了解，可以窥见其书法独特的风貌和师法。

当代学者刘勇强曾不无惋惜地慨叹王猷定书法作品"流传甚少"，坦言只在清吴修《昭代名人尺牍小传》卷七中看到两页他的手书，写得"清圆秀润中有劲健遒逸之姿"③。笔者有幸在清人王端淑所辑的《名媛诗纬初编》中发现王猷定手迹，笔风大气磅礴，赏心悦目，确染不俗。此为顺治十八年（1661）王猷定代许兆详书写的《名媛诗纬初编序》，文末有王猷定的签章④。

由是可见，王猷定的书法在当时亦取得了不俗的成绩，这些文献对全面、客观地研究王猷定仍然大有裨益。可惜时间久远，现存墨迹较少，无法对其展开深入研究。

三 王猷定研究的可行性思考

通过以上学术史的梳理可以发现，尽管近二十年来对王猷定的研究取得了一定进展，但研究成果仍较为分散和零散，缺乏系统性，有许多可待挖掘和深入的空间。有关其家世、生平研究亦不成体系，著述版本研究不全面，虽有别集整理成果但缺乏相关的研究资料，散文研究不够深入，与其在散文史上地位相比极不相称，其诗歌研究更是一片空白之地，有待开拓。凡此，构成了王猷定研究的可行性方向和内容。

其一，家世生平方面。王猷定家学渊源深厚，祖、父辈对王猷定性格的形成、"国变"后人生方向的选择产生了重要影响。但现有研究对其家世情况多一笔带过，不仅没有深入研究，甚至出现了以

---

① （清）饶宇朴：《四照堂集序》，见陶福履、胡思敬编《豫章丛书》（集部十一），江西教育出版社2007年版，第221—222页。
② （清）震钧：《国朝书人辑略》卷一，清光绪三十四年刻本。
③ 刘勇强：《王猷定及其〈四照堂集〉》，《中国典籍与文化论丛》（第二辑），中华书局1995年版，第160页。
④ （清）王端淑：《名媛诗纬初编》，清康熙间清音堂刻本。

讹传讹的情况，如现有成果多直接采用王猷定祖父为王希烈的表述，对王希烈生平经历鲜有提及，只是惯以用之。然笔者经过翻检文献，发现张四维《封通议大夫礼部左侍郎兼翰林院侍读学士澹斋王公墓志铭》、徐阶《明嘉靖三十二年癸丑科进士同年便览录》、欧阳德《明嘉靖三十二年癸丑科进士登科录》、过庭训《本朝分省人物考》、孙继皋《通议大夫吏部左侍郎兼翰林院侍读学士掌詹事府事赠礼部尚书谥文裕王公墓志铭》等文献不仅对王希烈之生平事迹所述较详，而且对王猷定之曾祖父王廷望亦多有涉猎，对今人全面了解、研究王氏一族具有重要意义和价值，尤其是王希烈的学生孙继皋写的《通议大夫吏部左侍郎兼翰林院侍读学士掌詹事府事赠礼部尚书谥文裕王公墓志铭》一文，对王希烈不平凡的一生从多个方面进行了总结，既有对王希烈生平事迹的客观描述，又饱含其对恩师的感激怀念之情，是全面研究王氏一族的重要参考材料。此外，《明万历二十九年辛丑科进士登科录》《万历二十九年辛丑科进士履历便览》《（同治）苏州府志》等文献对王猷定之父王时熙的情况皆有记载，通过这些文献有效勾连史实，综合考辨，笔者发现王希烈并非王猷定之祖父，而是王猷定之从祖父，这对于王猷定研究而言，其重要的文学史价值与意义不言而喻。再如王猷定之父王时熙虽然"仕宦于朝"但却"足迹在天下"，经常到处游走。王猷定因聪颖异常，深得其父喜爱，经常"出入必随"，耳濡目染，其祖、父辈对王猷定潜移默化的影响可以想见。然而，关于王猷定家世尤其是其父对王猷定影响的研究尚十分薄弱，甚至可以说尚未起步，颇为遗憾，但这同时也为后来的研究者提供了较大的研究空间。此外，与对王猷定生卒年考证较详形成鲜明对照的，是对其生平行迹研究的不足，对于这样一位在明清之际举足轻重的文人而言，对其生平行迹给予充分的观照，实属必要。因此，对王猷定家世、生平情况的系统、深入研究是一个非常重要的问题。

其二，著述与别集整理方面。目前学界多提及王猷定的《四照堂集》，对《王于一遗稿》《轸石文钞》《王于一文选》《夏小正辑注》《怪山谈录》等鲜有提及，尤其是《夏小正辑注》和《怪山谈录》，现有研究几乎从未关注。诚然，《四照堂集》堪为王猷定的代表作，对研究王猷定而言具有重要价值，但除《四照堂集》外，尚有《王于一遗稿》《轸石文钞》《王于一文选》等存世；王猷定还曾著有《夏小正辑注》和《怪山谈录》，尽管这两部书目前还难以窥其全貌，是否存世也未可知，但现有材料可以丰富、增进对王猷定的认识，进而有助于我们得出科学、合理的结论，更好地审视明末清初文坛生态。此外，王猷定还曾为戴明说的《定园文集》作序，评点毛先舒的《巽书》、戴明说的《定园文集》等，并同方文一起选《幽草轩诗集》，这些理应受到应有的观照。因此，尽管《四照堂集》整理本（《豫章丛书》（集部十一），江西教育出版社2007年版）基本体现了王猷定创作的面貌，但因所收不全，王猷定的诗文辑佚作品尚待进一步搜寻，别集整理的工作仍需继续。尤其是，相关研究资料的持续问世，如有关其曾祖、从祖父、父亲的生平资料、碑传志铭等新史料，为更好地体现古籍整理的学术深度提供了条件。本着"'深度整理'指向和强调'整理即研究'的古籍整理思想与学术精神"[1]，这些新发现的家世、碑传志铭等珍稀文献和相关评论材料等理应收进新的《王猷定集》整理本中。王猷定别集的"深度整理"不仅是对王猷定及其家族研究资料的丰富，也将嘉惠学林，促进王猷定及其相关研究的进一步展开，对明清之际文坛生态的深入考察也十分必要。

三、文学创作方面。王猷定的创作主要表现在散文和诗歌上。其散文向有"独开风气"[2]之评，在明末清初文坛的重要地位毋庸置疑，诸多文人、学者亦针对其散文发表过有价值的评论："综观王猷定的散文，学古而又不泥古，气势磅礴，感情充沛，描写细致，关注现实，有明显的历史特征。这与明末空泛孤寂的公安、竟陵末流文风，大相径庭。"[3]事实亦如此，王猷定的散文不仅实现了对

---

[1] 杜桂萍：《清代诗人别集丛刊总序》，杜桂萍主编，杜广学辑校：《清代诗人别集丛刊·姜宸英集》，人民文学出版社2018年版，第3页。
[2] 王钟翰点校：《清史列传》卷七十，中华书局1987年版，第5721页。
[3] 罗宗阳：《开清初散文风气之先的王猷定》，《南昌大学学报》2002年第4期。

"明末空泛孤寂的公安、竟陵"文风有力的反拨，而且自问世之初就受到了众多有识选家的青睐，如《国朝二十四家文钞》《虞初新志》《国朝文录》《明文远》等均有收录，《国朝二十四家文钞》更是将其文列于诸家之首，《国朝文录》给予其极高评价："首卷书三首，便足压倒一切。"[①] 然至今除前文提及的周萍萍的硕士论文以外，并未见到其他相关的专题研究，这就需要研究者从文本出发，对王猷定散文进行细致、深入地研究，进而确立王猷定散文独特的文学、文化价值。此外，王猷定对诗歌创作有独特的审美追求，如前所言，清人对王猷定诗歌不仅有许多精到之评，而且常将王猷定的诗歌选录到各种诗集中，如卓尔堪《明遗民诗》、沈德潜《清诗别裁集》、朱彝尊《明诗综》、徐釚《本事诗》、曾燠《国朝江右八家诗选》、陈田《明诗纪事》、徐世昌《晚晴簃诗汇》等均收录其诗并给予较高评价，今人选本所收其诗的情况更是不胜枚举。如袁行霈、张相儒《中国山水诗选》，韩进廉主编《禅诗一万首》等均收录其诗，并赞王猷定"诗风沉郁苍劲"[②]，古今选家对王猷定诗歌的青睐程度可从侧面佐证王猷定诗歌的价值。然长期以来，王猷定的诗歌一直处于被遮蔽的状态，无人研究，这显然不利于全面审视王猷定的作品，并且影响对王猷定文学史价值和意义的论定。因此，对王猷定诗歌全面而深入的研究确有必要。

综上所述，还应从王猷定的家世、生平、著述、散文、诗歌等问题继续出发，对王猷定坎坷的遭际、独特的心态、丰富的创作等予以全方位的观照和深层次的把握；进而借助对王猷定的研究，对清初文坛生态、诗文演变给予全新的认知，为探究明末清初文学生态提供新的维度。

---

① （清）李祖陶：《四照堂集文录引》，《国朝文录》，清道光十九年瑞州府凤仪书院刻本。
② 袁行霈，张相儒注释：《中国山水诗选》，中州书画社1983年版，第209页。

第一章　王猷定家世、生平与著述

关于王猷定的家世生平，散见于《明遗民诗》《碑传集》《清诗纪事初编》《清史稿》《清史列传》等多种著述中，但多篇幅简短，又有诸多语焉不详之处。诚如章学诚所言："不知古人之世，不可妄论古人文辞也。知其世矣，不知古人之身处，亦不可以遽论其文也。"[①] 迄今为止，尚未发现有对王猷定家族世系、生平、著述等加以系统考述的研究成果。而"人物世系非全举难以明其源流"[②]，所以，为了更好地对王猷定散文、诗歌等进行整体把握，本章将在客观描述的基础上，对王猷定家世、生平、著述等做深入系统的梳理，努力还原其真实的历史风貌，探求其家世对王猷定为人为文的影响，力图做到知人论世，为其后续研究奠定坚实而有力的基础。

第一节　王猷定家世述考

关于王猷定的家世，清人韩程愈《王君猷定传》记载："南昌王于一，天挺异材，家学渊源。"[③] 魏元旷《南昌县志》载王猷定之高祖王崇祯"以孙希烈贵，赠侍郎兼学"[④]，卒后葬在连珠岭。王崇

---

① （清）章学诚：《文史通义》，上海古籍出版社2015年版，第86页。
② 张剑：《晁说之研究》，学苑出版社2005年版，第308页。
③ （清）韩程愈：《王君猷定传》，见陶福履、胡思敬编《豫章丛书》（集部十一），江西教育出版社2007年版，第218页。
④ （清）魏元旷：《南昌县志》，台湾成文出版社有限公司1935年版，第543页。

祯"家政方严，子姓日会食一堂，逡巡甚肃"①、"性方洁，不苟殖货利，食指日繁，兼之宾祭诸需，日不暇给"②，王氏深厚的家学渊源于此可见端倪。曾祖王廷望（1492—1574）"以子希烈贵，赠承德郎。"③卒后葬在本里官庄④。需要说明的是，王廷望之子王希烈身份固然显贵，但另外一个不容忽视的事实是王廷望本人亦十分受乡人推崇，其生活恬淡、虽然极富才华却从不卖弄，尤喜近体诗，且"诸所倡和，兴至立就"⑤，王猷定为文亦"意之所至，滔滔汩汩"、"意所不至，不复强为，甚有经岁不成一字者"⑥，乃有其曾祖之遗风。王猷定祖父王希佐生平事迹不详，仅知其为"国子生，娶樊氏"⑦。从祖父王希烈在仕途上较有作为，与张居正同朝为官时能够巧妙地周旋于政坛之中，得以善终，生前曾任礼部右侍郎、吏部左侍郎兼侍读学士等职，卒后得赠礼部尚书。王猷定之高祖、曾祖皆因王希烈而身份显贵，王时熙、王猷定骨子里的某些性格特质如正直等亦有王希烈之遗风。王希烈在王氏一门的重要地位于此可见。因此，本书也会着力探求其在王氏一族中的地位及对王猷定性格形成的影响。

一 "矜贫好善"之曾祖父王廷望

张四维《封通议大夫礼部左侍郎兼翰林院侍读学士澹斋王公墓志铭》一文中有"万历甲戌八月九日，诰封通议大夫礼部左侍郎兼

---

① （明）张四维：《封通议大夫礼部左侍郎兼翰林院侍读学士澹斋王公墓志铭》，《条麓堂集》卷二十六，明万历二十三年张泰征刻本。

② （明）张四维：《封通议大夫礼部左侍郎兼翰林院侍读学士澹斋王公墓志铭》，《条麓堂集》卷二十六，明万历二十三年张泰征刻本。

③ （清）魏元旷：《南昌县志》，台湾成文出版社有限公司1935年版，第543页。

④ （明）章潢：《（万历）新修南昌府志》卷二十二："封礼部侍郎王廷望墓在本里官庄"，明万历十六年刻本。

⑤ （明）张四维：《封通议大夫礼部左侍郎兼翰林院侍读学士澹斋王公墓志铭》，《条麓堂集》卷二十六，明万历二十三年张泰征刻本。

⑥ （清）周亮工著，李花蕾点校：《赖古堂集》，华东师范大学出版社2014年版，第277页。

⑦ （明）张四维：《封通议大夫礼部左侍郎兼翰林院侍读学士澹斋王公墓志铭》，《条麓堂集》卷二十六，明万历二十三年张泰征刻本。

翰林院侍读学士南昌王公卒于家，距其生弘治丙辰，享寿七十有九"①之语，据此可知，王廷望当生于弘治九年（1496），卒于万历二年（1574），享年七十九岁。嘉靖三十七年（1558）受封翰林院编修，隆庆元年（1567）进封侍读，隆庆二年（1568）进封国子监祭酒，万历元年（1573）受封通议大夫礼部左侍郎兼翰林院侍读学士②。

王廷望自小性格聪慧、敏捷，入学后成绩甚佳，后来曾经到黄池游学，受到当地人极高的礼遇。受其父影响，王廷望一直孝顺恭谨，游学归家后，侍奉双亲，"备极色养"③，不仅帮助其父处理繁冗琐碎的日常祭祀等事宜，而且从不私自侵吞其中的每一文钱，因此也得到了其父的欢心。其父年事已高时，王廷望更是"每饭必侍侧，夜则依膝前承训问，俟即安而后退"④。其孝顺、恭谨的性格对后世子孙当产生了重要影响，王希烈、王时熙、王猷定等祖孙三人均对父辈孝顺有加，与此当有关联，这种影响是潜移默化的。此外，王廷望个性洒脱，虚怀若谷，不为流俗：

> 公质直坦夷，不为崖岸，虽命数荐锡，而目视常如布素时，诸里耆旧凤昔从公游者，岁时过从，相与饮宴笑谑，亦忘公之贵也。其襟怀洞豁，秀眉修髯，人望若神仙然。居常恬简，不自衒材智，澹于世味，而惟喜为近体诗，诸所倡和，兴至立就。晚年精神完固，能于灯下作蝇头字，兀坐一室，行吟自得，留心内典，积佛书盈二藏。矜贫好善，尤乐于施予，由是大为乡人所怀。每肩舆出行，无论里社城市，咸老稚欢迎，谓为佛

---

① （明）张四维：《封通议大夫礼部左侍郎兼翰林院侍读学士澹斋王公墓志铭》，《条麓堂集》卷二十六，明万历二十三年张泰征刻本。
② （明）张四维：《封通议大夫礼部左侍郎兼翰林院侍读学士澹斋王公墓志铭》，《条麓堂集》卷二十六，明万历二十三年张泰征刻本。
③ （明）张四维：《封通议大夫礼部左侍郎兼翰林院侍读学士澹斋王公墓志铭》，《条麓堂集》卷二十六，明万历二十三年张泰征刻本。
④ （明）张四维：《封通议大夫礼部左侍郎兼翰林院侍读学士澹斋王公墓志铭》，《条麓堂集》卷二十六，明万历二十三年张泰征刻本。

至。及公殁，则远迩奔赴，如哭所怙恃云。①

由此可见，王廷望孝顺父母、友爱乡邻，不仅受到其父的喜爱，更是"大为乡人所怀"，这一方面是因为其乐善好施的性格，更重要的是因为他对乡邻十分重情，邻居"二亲丧，年且六十，其哀毁不异少壮人"②，终其一生，"岁时生忌，荐享必涕泣"③，足见其至情至性的性格，这种性格亦是王猷定身上的一个重要特质，由此可见家族传统对后世子孙之影响深远。

二 "内直外和"之从祖父王希烈

王希烈，"字子忠，枫林山人"④。有文献记载其为王猷定之祖父，如清人韩程愈《王君猷定传》记："于一王父希烈中嘉靖己丑进士；"⑤清人盛子邺辑《类姓登科考》谓："王时熙，江西南昌人，希烈子，父子清卿，三甲，太仆寺卿"等，然笔者综合《明万历二十九年辛丑科进士登科录》所记王时熙"父希佐。母樊氏，继母袁氏"⑥、"时纯、时熙、时锡、时命，佐出"⑦、"王希烈……子时文"⑧、"王时熙……父希佐"⑨等文献综合考辨，认为王希烈当为王猷定之从祖父。王希烈之弟王希佐才是王猷定之祖父。而且经笔者考证，发现王希烈当卒于万历五年（1577）六月二十一日，王时熙

---

① （明）张四维：《封通议大夫礼部左侍郎兼翰林院侍读学士澹斋王公墓志铭》，《条麓堂集》卷二十六，明万历二十三年张泰征刻本。
② （明）张四维：《封通议大夫礼部左侍郎兼翰林院侍读学士澹斋王公墓志铭》，《条麓堂集》卷二十六，明万历二十三年张泰征刻本。
③ （明）张四维：《封通议大夫礼部左侍郎兼翰林院侍读学士澹斋王公墓志铭》，《条麓堂集》卷二十六，明万历二十三年张泰征刻本。
④ 魏元旷：《南昌县志》，台湾成文出版社有限公司1935年版，第783页。
⑤ （清）韩程愈：《王君猷定传》，见陶福履、胡思敬编《豫章丛书》（集部十一），江西教育出版社2007年版，第218页。
⑥ 佚名：《明万历二十九年辛丑科进士登科录》，清抄本。
⑦ （明）张四维：《封通议大夫礼部左侍郎兼翰林院侍读学士澹斋王公墓志铭》，《条麓堂集》卷二十六，明万历二十三年张泰征刻本。
⑧ （明）徐阶：《明嘉靖三十二年癸丑科进士同年便览录》，明嘉靖刻本。
⑨ 佚名：《明万历二十九年辛丑科进士登科录》，清抄本。

当生于万历七年（1579）二月初二日，且王希烈长王希佐数岁，所以王时熙之父为王希佐之可能性极大。《王君猷定传》《类姓登科考》中所记当为误记。

王希烈曾与张居正同朝为官，二人关系颇为微妙，笔者后文将予以探讨。如前所言，其在王氏家族中的地位不言而喻。关于其生年，学界一直存疑，笔者大量翻检文献后，发现其字、号、籍贯等基本信息虽然很多文献均有提及①，但关于其生年记载的文献并不多，家庭成员信息也多语焉不详，这或许也是其生年学界一直存疑的原因。庆幸地是，笔者在查阅明代徐阶《明嘉靖三十二年癸丑科进士同年便览录》、欧阳德《明嘉靖三十二年癸丑科进士登科录》时，不仅发现了相关记载，而且发现这些文献所记相对较全，因材料珍稀，兹将全文移录如下：

> 王希烈，字子忠，号东岑，江西南昌籍，临川人，辛巳十一月初十日生，庚子乡试会诗三房二甲，翰林庶吉士，授编修。祖崇祯。父廷望，封编修。母徐氏，封太孺人。兄希昂，生员。弟希周、希程、希张、希佐。娶李氏，赠孺人。继娶戴氏，封孺人。子时文。②

> 王希烈，贯江西南昌府南昌县，民籍，临川县人。国子生。治《诗经》。字子忠，行四，年三十三，十一月初十日生。曾祖绍肃。祖崇祯。父廷望。母徐氏。重庆下。兄希昂。弟希周、希程、希张、希佐。娶李氏，继娶戴氏。江西乡试第九十三名，会试第二百五十八名。③

---

① 如（明）王希烈：《明隆庆元年丁卯科应天府乡试录》中明确记载："王希烈，字子忠，江西南昌县籍，临川县癸丑进士"，明隆庆刻本；（明）徐阶《明嘉靖三十二年癸丑科会试录》载："王希烈，第二百五十八名，江西南昌县人，监生"，明嘉靖刻本；焦竑：《国朝献征录》："王希烈，江西南昌人，嘉靖癸丑进士"明万历四十四年徐象枟曼山馆刻本；等等。

② （明）徐阶：《明嘉靖三十二年癸丑科进士同年便览录》，明嘉靖刻本。

③ （明）欧阳德：《明嘉靖三十二年癸丑科进士登科录》，明嘉靖刻本。另，明代周吉《明嘉靖十九年庚子科江西乡试录》载："第九十三名，王希烈，南昌县学附学生"，明嘉靖刻本。

结合以上两种文献，可以确切得知王希烈生于明正德十六年（1521）十一月初十日，于嘉靖三十二年（1553）高中进士，由此也可以印证韩程愈《王君猷定传》"于一王父希烈中嘉靖己丑进士，官庶吉士，历任礼部侍郎"① 的叙述当为误记。其时虚龄三十三，"行四"很可能是族内排行，祖父母、父母俱在，兄弟五人②。此外，其父母、妻子皆因其高中进士而受封、显贵。王时文乃其子之一。

> 嘉靖三十二年癸丑，会试。礼部尚书、东阁大学士徐阶，侍讲学士敖铣为考试官，取中曹大章等。廷试，赐陈谨、曹大章、温应禄及第。是岁，特开科，凡四百人。改进士张四维、王希烈二十八人为庶吉士。③

由是可见，王希烈于嘉靖三十二年（1553）为庶吉士。王希烈"幼颖异，七岁有'敲落梅花衬笔香'之句，人咸奇之"④、长大成人特别是入仕后"粹中休度，内直外和，居常以名节自持"⑤。这尤其体现在他与张居正的微妙关系上。万历二年，王希烈为当年会试的主考官，张居正之子恰好参与了当年的考试，关于这段历史，文献有不同的记载，分别为：

> 万历二年会试，沈一贯以检讨为同考官，张居正子敬修卷在一贯所，主考侍郎王希烈以为言，一贯乙其卷藏之。⑥

---

① （清）韩程愈：《王君猷定传》，见陶福履、胡思敬编《豫章丛书》（集部十一），江西教育出版社2007年版，第218页。
② 张四维：《封通议大夫礼部左侍郎兼翰林院侍读学士澹斋王公墓志铭》一文所记与此有出入，文中提及王廷望有子女五人，分别为男四人：希昂、希烈、希元、希佐，女儿一人。参见（明）张四维《封通议大夫礼部左侍郎兼翰林院侍读学士澹斋王公墓志铭》，《条麓堂集》卷二十六，明万历二十三年张泰征刻本。
③ （清）彭孙贻：《明朝纪事本末补编》卷二，涵芬楼秘笈本。
④ （明）过庭训：《本朝分省人物考》卷五十八，明天启刻本。
⑤ （明）过庭训：《本朝分省人物考》卷五十八，明天启刻本。
⑥ （清）钱维乔修，钱大昕纂：《（乾隆）鄞县志》卷二十七，清乾隆五十三年刻本。

万历二年，当会试，张居正欲私其子嗣修，以嘱副主考吏部侍郎王希烈，而嗣修卷适在一贯所，希烈为言，一贯不纳，退取其卷乙而藏之。①

两条文献均记载了张居正为其子顺利中试特地嘱王希烈帮忙之事实。其实，张居正权倾朝野，面对张居正的指示，王希烈巧妙地周旋其中，表面上"以为言"，实际上却"取中孙鑛等三百人……张嗣文不与中式"②，结果显而易见，张敬修并未如其父所愿，顺利中试。③ 士林皆服其不私："甲戌典会试，张江陵以子希进，则矢日不私，士论服之"④，"万历甲戌典会试，江陵子落第，人服其不私"⑤。为此，他也赢得了士人的赞扬。

可以说，王希烈这种"内直外和"的性格在他处亦有体现。"立朝三十余年，未尝私谒政府。侍经筵日讲，每引经寓规讽，忠悃溢然。尝摄礼部尚书事，会肃王薨，无嗣，中尉某阴援为代，希烈正色不许"⑥、"屡与乡、会试，门生例献赘，悉峻绝之"⑦，面对当时愈演愈烈的党争，官场的种种腐败，王希烈深知无力改变，于是他采取了"内直外和"的生存策略，一方面在小心翼翼地维护着和以张居正为代表的官场权势的关系，竭尽全力做好本职工作，"每引经寓规讽，忠悃溢然"；另一方面在努力的坚守士人固有的操守，即

---

① （清）万斯同：《明史》，清抄本。
② （明）王世贞著，许建平、郑利华主编，吕浩校点，郑利华审订：《弇山堂别集》，上海古籍出版社2017年版，第2036页。许振东所著《明代京畿文人编年史》一书中所记"张嗣文与中式"，当为遗漏了文献中的"不"字。参见许振东《明代京畿文人编年史》，山东人民出版社2017年版，第541页。
③ 按：结合前面两则材料，当年张居正请王希烈帮忙的儿子很可能是张敬修，张嗣修疑为误记。
④ （明）过庭训：《本朝分省人物考》卷五十八，明天启刻本。
⑤ 魏元旷：《南昌县志》，台湾成文出版社有限公司1935年版，第783页。
⑥ （明）过庭训：《本朝分省人物考》卷五十八，明天启刻本。魏元旷《南昌县志》中也有相似记载："王希烈……嘉靖三十二年，进士改庶吉士，授编修，累官国子祭酒、礼部侍郎，改吏部，兼侍讲学士，掌詹事府，充经筵日讲，尝摄宗伯事，肃府中尉某阴规为嗣，正色绝之"。参见魏元旷《南昌县志》，台湾成文出版社有限公司1935年版，第783页。
⑦ （明）过庭训：《本朝分省人物考》卷五十八，明天启刻本。

使是"门生例献贽",也都"悉峻绝之"。

事实上,在他的职业生涯中,除了万历二年担任主考官以外,他还多次以不同身份多次参与会试、殿试等。如:嘉靖三十八年(1559),其时任翰林院编修承事郎,与胡正蒙、姜金和、林燫、诸大绶、曹大章、李贵、赵祖鹏、晁瑮、马自强、马一龙、赵锵、蓝璧、王文炳、王秩、叔果、庄士元一起担任会试的同考试官[①];嘉靖四十一年(1562),其时任翰林院编修文林郎,与唐汝楫、汪镗孙、丁士美、吕旻、胡汝嘉、张四维、姚弘谟、吴可行、陆泰、马自强、梁梦龙、丘岳、张益、吴承恩、许汝冀、罗一道一同担任当年会试的同考试官[②];与陶大临、吴可行、魏元吉、罗嘉宾一同担任殿试的掌卷官[③];嘉靖四十四年(1565),其时任翰林院侍读承直郎,同林燫、吕旻、赵灼、李邦义一同担任殿试的受卷官[④];隆庆元年(1567),其时任左春坊左谕德兼翰林院侍读,同孙铤一起担任应天府乡试的考试官,编《隆庆元年丁卯科应天府乡试录一卷》[⑤];隆庆五年(1571),其时任嘉议大夫、礼部左侍郎兼翰林院侍读学士,同礼部尚书一同担任当年会试的知贡举官;同潘晟、诸大绶一同担任当年殿试的提调官[⑥];万历二年(1574),其时任资治尹、吏部左侍郎兼翰林院侍读学士、掌詹事府事,与吕调阳一起担任当年会试的考试官,并撰写了《万历二年会试录后序》[⑦];同张居正、吕调阳、王崇古、朱衡、张瀚、王国光、谭纶、王之诰、葛守礼、王好问、李幼滋、申时行等一同担任殿试的读卷官[⑧]。以上记载不仅可以感受到王希烈官职的变化,而且可以看出他几乎每隔3年左右都会参加会试、殿试的阅卷、主考等工作。这说明他对科举考试中的种

---

① (明)李玑:《明嘉靖三十八年己未科会试录》,明嘉靖刻本。
② (明)袁炜:《明嘉靖四十一年壬戌科会试录》,明嘉靖刻本。
③ (明)严讷:《明嘉靖四十一年壬戌科进士登录录》,明嘉靖刻本。
④ (明)李春芳:《明嘉靖四十四年进士登科录》,明嘉靖吉安府刘氏刻本。
⑤ (明)王希烈:《隆庆元年丁卯科应天府乡试录》,明隆庆刻本。
⑥ (明)潘晟:《明隆庆五年辛未科进士登科录》,明隆庆刻本。
⑦ (明)吕调阳:《明万历二年甲戌科会试录》,明万历刻本。
⑧ (明)汪镗:《明万历二年甲戌科进士登科录》,明万历刻本。

种不成文的规则深谙于心，但仍旧能够坚持操守，未碍于张居正的权势、借助手中的权力让张敬修成功中试，这实属难得。当然，他的"温文直谅，孝友忠贞"①，也为他在朝廷内外带来了声誉："行谊素重于乡评，声华聿隆于朝宁。"② 这种良好的声誉对族人、尤其是后辈影响之大可以想见。

此外，他还曾奉神宗之命"往天寿山择陵"③，参与编纂《永乐大典》，担任《永乐大典》的分校官："嘉靖四十一年（1562年）八月十三日，正式决定重录，命礼部左侍郎高拱、右中允兼翰林院编修张居正主持。命右春坊右谕德兼侍读瞿景淳为总校官，翰林院修撰林燫、丁士美、徐时行，翰林院编修吕旻、王希烈、张四维、陶大临、检讨吴可行，马自强等担任分校官，"④ 受明穆宗之命任《世宗实录》的副总裁官："（隆庆四年八月丁酉）命礼部左侍郎兼翰林院侍读学士王希烈、右侍郎兼翰林院侍读学士诸大绶、翰林院学士张四维俱充实录副总裁官。"⑤ 纂修《世宗实录》："原系世宗肃皇帝实录副总裁官……专管纂修《世宗肃皇帝实录》，"⑥ 其在明代历史、文学史上所起到的重要作用不言而喻。

事实上，王希烈能在后来的人生中受到朝廷的重视、取得卓越的成绩，与他担任日讲官有着密不可分的关系。王希烈曾因为他的讲官身份而获得过升迁："穆宗即位后，从前裕邸的讲官和侍从诸臣，都获得加官和重要的升迁。……当时任命的其它经筵官和日讲官，还有带翰林院官衔的各级文官赵贞吉、林树声、潘晟、殷士儋、吕调阳、吕旻、王希烈、诸大绶、丁士美、孙铤、张四维、林士章、陈栋，以及国子监祭酒林燫十四人……以后隆庆一朝续任的日讲官

---

① （明）潘季驯：《督抚江西奏疏》卷四，明万历六年刻本。
② （明）潘季驯：《督抚江西奏疏》卷四，明万历六年刻本。
③ （明）谈迁：《国榷》，清抄本。
④ 曹子西主编，贺树德撰著：《北京通史》（第六卷），北京燕山出版社2012年版，第402页。
⑤ 谢贵安：《明实录研究》，上海古籍出版社2013年版，第215页。
⑥ （明）张居正著，（明）张嗣修，张懋修编撰：《张太岳集》（上），中国书店2019年版，第38页。

有林燫、吕调阳、丁士美、申时行、王希烈五人。他们除了申时行之外，都是原班的经筵官。"① 万历元年（1573），张居正再次任命经筵讲官，王希烈赫然在列："辛卯，大学士张居正等请开经筵，命礼部具议，命成国公朱希忠、大学士张居正知经筵，大学士吕调阳同知经筵，侍郎等官陶大临、王希烈、汪镗、丁士美、申时行、王锡爵、陈经邦、何雒文、沈鲤、许国、沉渊、陈思育为讲官。"② 由此可见，日讲官的特殊身份不仅会增加与皇帝接触的机会，而且无形中会拉近与皇帝的距离，进而得到升迁的可能，王希烈无疑亦是其中的受益者之一。后来，在王希烈服满之后，张居正曾有一篇《推举官员教习庶吉士疏》，疏中言：

> 先该臣等会同吏、礼二部堂上官，将原蒙发下考取庶吉士正卷二十八卷，照依名次开拆，填写名籍，上进圣览。遵照钦依，将沈自邠等改授庶吉士，与同一甲进士沈懋学、张嗣修、曾朝节俱送翰林院读书进学。所有教书官例用二员，臣等推举得原任詹事府掌府事、吏部左侍郎兼翰林院侍读学士、今服满奉旨起补原职王希烈，署掌府事少詹事兼翰林院侍读学士王锡爵，俱堪任。合候命下，行令王希烈上紧复任，王锡爵不妨纂修事务，俱管理教习。每月终将所作文课，即用教书官所批改原本，类送内阁呈看。臣等仍照例每月二次出题考试，以验进益。其有怠肆不率教者，亦听教书官呈送臣等，以凭参请旨处治③

由此可见，张居正特向皇帝举荐王希烈很可能也是受到其"翰林院侍读学士"的特殊身份影响。

此外，同是在万历元年（1573），他为首辅张居正专为小皇帝明

---

① 参见朱鸿林《高拱与明穆宗的经筵讲读初探》，《中国史研究》2009年第1期。
② 刘建明：《张居正秉政与晚明文学走向》，复旦大学出版社2013年版，第164页。
③ （明）张居正，（明）张嗣修，张懋修编撰：《张太岳集》（上），中国书店2019年版，第297页。

神宗朱翊钧创作的《帝鉴图说》作序，因"今《四库全书存目丛书》所收该书，乃清代后期刻本，书后删去王希烈《后序》而加以《四库提要》之文"①，后世见之不易，故将全文迻录如下，以飨读者：

  今元辅少师张公既辑《帝鉴图说》奏御，刻其副以传间示烈，使叙诸后列。尝考载籍，究观古大臣之义，则叹公之所为虑至远也。自昔嗣德守文之主，莫盛于商周；商周之臣，左右启沃，其著者在训诰、保衡。当嗣王之初，称引烈祖，陈风愆之戒甚悉。成王生八年而践阼，公旦明勖棐迪、劳逸、修短之戒，益加严焉。其大指可睹已。夫辅养之道，与匡救异。辅养之于冲年与鼎盛之年异，人主至有佚德，然后忠谏直鲠之士相与随而争之，其转移之甚难，而用力甚倍。辅养之道，常止邪于水形，起善于微眇，故渐渍日益，而从之也轻。夫人少而习之，长而安焉，及其安也，骤而告语，未可卒禁。而方其习也，则取舍未定，志意常虚。未定，故可道而趋；虚，故可乘而入。与之为贤圣，非难也。《语》曰：少成若性，途之人皆然，何况人主哉！盖显诤默移，机有深浅；先入后戒，施有逆顺；格心正事，效有微博。故曰："异。"商周之大臣，辨于是矣。公以顾命元辅受上眷倚，襄赞密勿，孳孳夙夜，居常持议，与官保吕公言国家大体，必以辅养君德为急。其绘图陈说，皆意所指授，手所疏列，精思极虑而后成之。时时被顾问，质所疑，及圣哲之际，未尝不反复诵之也。至覆亡已事，未尝不愤惋为上深陈之也。斯已勤矣。上以英妙之龄，神智天授，即商周令王，不足侔。公辅养得其道，又及其时，积之以精诚，而发之乎忠恳，盖信在未谏，功在不言，而海寓蒙福，社稷赖之。即商周大臣不能过。是《图说》也，即训诰之义，何以殊焉。于戏！

---

① 杨翼骧编著，乔治忠、朱洪斌订补：《增订中国史学史资料编年·元明卷》，商务印书馆2013年版，第333页。

使当世士大夫，知今日所亟，在君德，不在政事，一切省谈说而除文苛。知公辅养之深意，益务励翼，以佐下风，人人各举其职，则主必益圣，治必益隆，太平可期日而望。是亦公刻以传之意也。《图说》大指，具公所进疏及大宗伯陆公叙中，故不著。著公之心如此。

万历元年孟夏之吉吏部左侍郎兼
翰林院侍读学士掌詹事府事
豫章王希烈撰[①]

此文除充满赞誉之辞外，王希烈还指出张居正出版此书的另一原因，即"使当世士大夫，知今日所亟，在君德，不在政事……人人各举其职，则主必益圣，治必益隆，太平可期日而望。是亦公刻以传之意也"，张居正"希望以此来突出他自己的威信"[②]，这就表明，王希烈不仅有文才，而且非常有识见，有自己独特的思想。他所作的《游白鹿洞》诗，于嘉靖三十七年（1558）刻在"中国四大书院"之一——白鹿洞书院的石碑上，成为"明代白鹿洞书院诗歌、游记类碑刻三十余块"[③]中的一块。诗云："偶系扁舟湖水滨，穿云蹑屐破秋旻。丹霞迥隔红尘界，瑶草长留玉洞春。自去真儒谁地主，才登蓬岛即天人。朋来亭上开新酌，五老参前成主宾"[④]，尽管距今已四百余年，但读者仍能从王希烈之言辞间感受到其"内直外和"之性格及在当时朝廷中的独特地位和影响力。

万历五年（1577）六月二十一日，王希烈走完了他的一生。这在明代潘季驯《请恤典疏》一文中有详细记载，疏云："……丁父忧，回籍守制，于万历四年十二月内服阕，蒙恩，行取仍以原官掌

[①] （明）张居正撰、王飞飞译注：《皇帝是这样炼成的·帝鉴图说赏析》，故宫出版社2013年版，第280—281页。

[②] ［美］孟久丽（Julia K. Murray）：《道德镜鉴：中国叙述性图画与儒家意识形态》，何前译，生活·读书·新知三联书店2014年版，第171页。

[③] 吴国富、黎华：《白鹿洞书院》，湖南大学出版社2013年版，第209页。

[④] （明）王希烈：《游白鹿洞》，见王金平、邹阳辉主编《江右书院行之诗文》，江西美术出版社2019年版，第250页。

管府事，起程赴任间，万历五年六月二十一日在家病故。"① 结合其他文献所载王希烈"居父丧，哀毁，服阕以原官召用，而烈竟以毁瘁卒"②的说法，王希烈很有可能是在其父去世后回到家乡守制期间，忧伤过度，积劳成疾，所以才导致在服阕后仅半年左右的时间里也因病撒手人寰，享年五十七岁。在他离世后不久，吏部就奏呈《覆吏部左侍郎王希烈赠官疏》一篇，疏中说：

> 题为比例陈情，恳乞天恩俯赐恤典，以励臣节，以光泉壤事。看得巡抚江西都御史潘季驯等题称，原任吏部左侍郎兼侍读学士、掌詹事府事王希烈在家病故，乞要赠官一节为照。本官博综之学，素重公评，开朗之怀，绰有古意，佐理擅誉于春曹，启沃效勤于讲席。所据赠官，似应题请。但恩典出自朝廷，臣等未敢定拟。③

由此可见，这篇奏疏中所提及的"潘季驯等题称"当为上文提到的《请恤典疏》，潘季驯等人的疏文也在王希烈去世一年后得到了万历皇帝的批复："万历六年七月二十三日题奉圣旨：'王希烈准赠礼部尚书。'"④ 综观王希烈的一生，他是嘉靖三十二年（1553）进士，选庶吉士，"初任翰林院编修，二任侍读，三任左春坊左谕德，四任国子监祭酒，五任礼部右侍郎，六任本部左侍郎，七任吏部左侍郎兼侍读学士，掌詹事府事"⑤。卒后得赠礼部尚书，"谕祭葬祀乡贤"⑥，"葬在赤冈岭"⑦。这也与《南昌县志》中所记"卒赠礼部

---

① （明）潘季驯：《督抚江西奏疏》卷四，明万历六年刻本。
② （明）过庭训：《本朝分省人物考》卷五十八，明天启刻本。
③ 杨淮、任健、李雪梅、王丽娟、莫丽燕、杨海娜整理，冀东审订：《阳城历史名人文存》（第1册），三晋出版社2010年版，第131页。
④ 杨淮、任健、李雪梅、王丽娟、莫丽燕、杨海娜整理，冀东审订：《阳城历史名人文存》（第1册），三晋出版社2010年版，第131页。
⑤ （明）潘季驯：《督抚江西奏疏》卷四，明万历六年刻本。
⑥ （明）过庭训：《本朝分省人物考》卷五十八，明天启刻本。
⑦ （明）范涞修，章潢纂：《（万历）新修南昌府志》卷二十二："吏部侍郎赠礼部尚书王希烈墓在抚界赤冈岭"，明万历十六年刻本。

尚书，谥文裕"一致。①

综上，王希烈的一生或许在历史的长河中只是一瞬即逝，但是他"内直外和"的性格不仅为他赢来了声誉，同时也保全了他，得以善终："自束发以至垂老，士论攸归；由筮仕以及宦成，官箴罔愧"②。在他逝世后，其学生孙继皋为其撰写了墓志铭，不仅回顾了他一生中的重要事件，而且也提及了他特有的文才、"恬穆"的性格、不畏权贵的操守、孝顺的品格等等，文后铭文可兹佐证：

> 豫章之生，七年可知；公年甫七，咏梅赋诗。赋丽以新，中乃铁石。广平往矣，宛见风格。南宫典校，择才而收。天临日鉴，谁为贵游？宁触贵臣，敢辱公典？贞心亮节，愧彼选软。豫章之产，豫章之材；言升庙堂，地切三台。梅则有实，不以调鼎；肖其芳华，鸿业炳炳。征车在门，哭者在庐；行服死孝，苍生其如！帝悯遗德，赠恤有异；考实易名，华衮一字。小子服义，污不至阿。人思泰岱，世叹江河。公神行天，公魄斯瘗。追铭其幽，用诏来世。③

可以说，王希烈的这种品格对后代如王时熙、王猷定等均产生了重要影响，王时熙的"忠直敢言"④，王猷定在国家鼎革之后拒不出仕的选择，借诗文以寄托对明朝的思念等显然皆有王希烈之遗风。综上可见，王希烈不仅在家族中有着重要的影响力，更是在明代的历史中、文学史中均书写了重要的一笔。

三 "忠直敢言"之父王时熙

王猷定的父亲王时熙，"字仲缉，号止敬"。《明万历二十九年

---

① 魏元旷：《南昌县志》，台湾成文出版社有限公司1935年版，第783页。
② （明）潘季驯：《督抚江西奏疏》卷四，明万历六年刻本。
③ （明）孙继皋：《宗伯集》卷七，清文渊阁四库全书本。
④ （明）孙居相：《两台疏草》，明万历四十年刻本。

辛丑科进士登科录》中载其"年二十三，二月初二日生"①、《万历二十九年辛丑科进士履历便览》亦载其"己卯二月初二日生"，由此可知，王时熙当生于万历七年（1579）二月初二日。关于其生平情况，《明万历二十九年辛丑科进士登科录》所记较详，迻录如下：

> 王时熙，贯江西南昌府南昌县。民籍。治《诗经》。字仲缉，行二，年二十三，二月初二日生。曾祖崇祯，赠礼部左侍郎、翰林院侍读学士。祖廷望，封礼部左侍郎、翰林院侍读学士。父希佐。母樊氏，继母袁氏。永感下。兄：时圣，礼部儒士；时文，浔州知府；时武，詹事府儒士；时泰、时勋，俱庠生。娶涂氏。江西乡试第三十二名，会试第二百五十四名。②

此则材料传递出几条重要的信息：第一，王时熙同其伯父王希烈一样，治《诗经》，不同的是，其中进士时年仅二十三岁，比伯父王希烈早出整整十年，可谓青出于蓝而胜于蓝；第二，其中进士时祖父母、父母均已亡故；第三，其在族内排行第二，有兄弟至少六人③；第四，王时熙在江西乡试中位列第三十二名，在会试中位列第二百五十四名。其实，王时熙在未成年时即已显出独特的才华，这也吸引了熊孺人的注意。熊孺人即熊从贞，涂炜卿之妻："孺人，姓熊氏，南昌人，为丰城涂公炜卿之妻。公号霁宇，府学弟子。公大父御史巽斋，公父国子监生屏罗，公孺人为府学弟子汝骥公女，按察司副使公楫从孙。"④ 熊从贞从小聪明好学，七岁率意口占，多警

---

① 佚名：《明万历二十九年辛丑科进士登科录》，清抄本。
② 佚名：《明万历二十九年辛丑科进士登科录》，清抄本。
③ 张四维《封通议大夫礼部左侍郎兼翰林院侍读学士澹斋王公墓志铭》一文中说王希昂有子四人：时圣、时武、时霖、时成；王希烈有子一人：时文；王希元有子一人：时麟；王希佐有子四人：时纯、时熙、时锡、时命。如此算来，王时熙即有兄弟十人，与此处所记出入较大，待考。参见（明）张四维《封通议大夫礼部左侍郎兼翰林院侍读学士澹斋王公墓志铭》，《条麓堂集》卷二十六，明万历二十三年张泰征刻本。
④ （清）王猷定：《熊孺人列传》，见陶福履、胡思敬编《豫章丛书》（集部十一），江西教育出版社2007年版，第94页。

语","生平敏慧善书,书摹率更令,至阴阳占候、方技音律之学无不习,远近以为异"①。喜读《孝经》《列女传》等书籍,至诚至孝:

> 时御史公卒,太姑于、庶太姑祁及翁若姑皆在,孺人曲尽孝谨,每馔必出其手,且进呼婢子还,执器细视者数。间有减食,必长跪以请。其后,祁卒,于亦卒,屏罗公又卒。孺人持诸丧,哭必极哀。及姑又病且卒,孺人搏颡吁神以祷,至血出。姑委顿,日取中裙厕牏亲浣涤之。姑寻卒,发箧得金并手书曰:"以予孝妇。"孺人悉以佐丧事。先是,于且卒,箧金珠及券授孺人,孺人泣,强受。及卒,乃以上屏罗公,其诚孝盖天性也。②

熊孺人真诚、孝顺、善良的优良品格显而易见。从中可以体悟到王猷定与外祖母的深厚感情,外祖母的至诚、至孝都在春风化雨般地浸润着王猷定的心灵,并时常影响着他。

王时熙的才华不仅引起了熊孺人的注意,更得到了熊孺人的青睐,当即决定将女儿嫁给她:"先太仆总角时,孺人闻歌声,惊曰:'此谁氏子也?若巨钟。'召见令属文,乙其半,奇一二语,曰:'是子必贵。'遂许字先恭人。"③王时熙虽未成年,但却能够凭借声如巨钟的歌喉和罕见的文才赢得熊孺人"是子必贵"的高度评价,并将女儿以身相许,王时熙的才华可见一斑,其年仅二十三岁即中进士亦在情理之中了。

此年登科以后,王时熙开始步入仕途,"官御史,历太仆寺卿。天启中,名在东林,子猷定"④。《清史列传·王猷定传》中亦记载

---

① (清)王猷定:《熊孺人列传》,见陶福履、胡思敬编《豫章丛书》(集部十一),江西教育出版社2007年版,第94页。
② (清)王猷定:《熊孺人列传》,见陶福履、胡思敬编《豫章丛书》(集部十一),江西教育出版社2007年版,第94页。
③ (清)王猷定:《熊孺人列传》,见陶福履、胡思敬编《豫章丛书》(集部十一),江西教育出版社2007年版,第94页。
④ (清)刘坤一修,刘绎、赵之谦纂:《(光绪)江西通志》卷一百三十八,清光绪七年刻本。

如下："（王猷定）父时熙，明进士，官太仆寺卿，天启中，名在东林。"① 综上可知，王时熙为东林党内名人。也正因其为"东林党"中的重要成员之一，被"阉党"视为大敌，名列《东林点将录》。众所周知，《东林点将录》中所录108人对应《水浒传》中108位好汉而命名，王时熙被列为"东林步军头领二十八员"②之一，其在当时的处境可想而知，这也注定了其在仕途上难以施展自己的抱负。况其"忠直敢言"，曾因上疏论汤宾尹科场作弊案而受到牵连：

> 王时熙，万历二十九年进士，官御史。劾人刘世学，诚意伯刘荩臣从祖也，疏诋顾宪臣③。时熙与其同官周起元交章论列，力斥其非。南京缺提学御史，吏部尚书赵焕调浙江巡按，吕图南补之，为周永春所劾，弃官归。时熙与汤兆京为图南申雪。又疏论汤宾允为韩敬关节事，赵焕乃以年例转时熙于外，分巡浙东。越二年，京察复被黜。寻擢太仆寺卿，珰祸起，以忧愤呕血，卒京师，名在东林朋党录。④

诸多文献均记载了此事，如《两台疏草》中有言："于是学臣吕图南去矣，宪臣孙玮去矣，道臣汤兆京去矣，王时熙、魏云中忠直敢言，又借年例处矣。一时风宪之臣，驱逐殆尽，二百年纪纲之地，黯惨无光。"⑤ 其子王猷定亦有此类记载："乙卯，先君以御史例转分巡浙东。越二年，京察复被黜，此党人仇辛亥之察，百计以倾东林，未快其志，而又借丁巳计典以修前隙者也。"⑥ 可见此事确为历史事实无疑，王时熙于万历四十三年（1615），以御史身份巡

---

① 王钟翰点校：《清史列传》卷七十，中华书局1987年版，第5721页。
② （明）吴应箕：《启祯两朝剥复录》，卷十，清初吴氏楼山堂刻本。
③ 笔者按："臣"应为"成"，此处应为笔误。
④ 魏元旷：《南昌县志》，台湾成文出版社有限公司1935年版，第867—868页。
⑤ （明）孙居相：《两台疏草》，明万历四十年刻本。
⑥ （清）王猷定：《表贞遗墨弁言》，见陶福履、胡思敬编《豫章丛书》（集部十一），江西教育出版社2007年版，第148页。

按浙东。万历四十五年（1617），因党人诬陷，京察被废黜。以王时熙、魏云中等为代表的忠义爱国之士在当时所受到的政治打压程度可想而知，其处境的艰难亦不难想象，但即使是在这样的政治环境中，王时熙、魏云中等人仍不屈服，为国家呕心沥血，清正廉洁，"令昆山，以清正擢侍御史。直声满天下，见嫉于时，外转兵备道副使，巡海于浙。崔、魏用事，削籍归。烈皇帝御极，起太仆寺少卿"①。无论外部环境如何险恶，王时熙在何处为官，他都始终为民着想，以造福一方为己任："初知河南灵宝县，甲辰调知昆山。承聂云翰、樊玉冲两廉吏后，时熙能守其条约，以古教化为治，尤喜表章节孝，"②如为刘宗周之母建牌坊之事即能说明一二，王猷定特有一篇文章记载此事：

> 先是，忠正公太夫人以旌节请于朝，报可。郡大夫谋建坊，苦费，绌十三年不克举。先君至，慨然力任，请之三台使者，又率郡县官各捐俸以助，坊乃成。先君题之曰"宇宙完贞，冰霜劲节"。先生作《孤儿行》，书高丽纸，装潢一卷以贻先君，先君受而藏之。琅琅数百言，悽恻缠绵，感动行路。③

王时熙凭借一己之力，将十三年未建成之坊建成，这一方面固然可能与他和刘宗周"同籍，且同志，复同厄于党人"④、"与会稽刘念台同讲学，为莫逆交"⑤的特殊情感有关，但更重要的是能看出王时熙做事的魄力和高效，在他到达之前，"十三年不克举"，他到

---

① （清）韩程愈：《王君猷定传》，见陶福履、胡思敬编《豫章丛书》（集部十一），江西教育出版社2007年版，第218页。
② （清）李铭皖修，冯桂芬纂：《（同治）苏州府志》卷七十一，清光绪九年刻本。
③ （清）王猷定：《表贞遗墨弁言》，见陶福履、胡思敬编《豫章丛书》（集部十一），江西教育出版社2007年版，第148页。
④ （清）王猷定：《表贞遗墨弁言》，见陶福履、胡思敬编《豫章丛书》（集部十一），江西教育出版社2007年版，第148页。
⑤ （清）韩程愈：《王君猷定传》，见陶福履、胡思敬编《豫章丛书》（集部十一），江西教育出版社2007年版，第218页。

达之后，亲力亲为，不仅"坊乃成"，而且还亲自为之题词，这足以见出其为人做事之率真、务实。此事在刘宗周之子刘汋之文里亦可得到印证：

> 秋七月，建章太夫人贞节坊于万安里。《令甲》，节妇膺旌典者，得表其庐。浙东观察使王时熙下所司，如例为太夫人建坊，颜其额，北面曰"宇宙完贞"，南面曰"冰霜劲节"。其书为先生亲笔也。①

"如例"二字可看出王时熙确喜表彰节孝，其不仅可以为刘宗周之母建坊，亦可以为毫无身份、地位的女性墓题词：

> 孝子王安鼎，妻秦氏，姑梁氏，性苛。一日，跪安鼎于风雨中，氏瀹茗进姑以求解。姑掷碗破面，而氏则逆来顺受。幼女夜啼，姑恚甚，安鼎提至中庭，女冻死不敢出哭声。及卒，知县王时熙题其墓曰"孝子顺妇"。②

这一方面可以看出其对"孝子顺妇"的重视，另一方面也足以说明王时熙对女性独有的理解与尊重、对百姓的关注。在昆山担任邑令期间，与教谕沈应奎一道，修缮文庙，使得许多荒芜许久的祠堂焕然一新："邑令王时熙雅重应奎，相与修葺文庙，增置祭器，余如敬一、射圃、名宦诸亭祠，芜废一新。"③ 在极为重视祖先的传统文化中，王时熙此举势必会赢得当地百姓的信赖，可谓是民心所向。他心系百姓之情可以想见，乃其为国家尽"忠"之深刻体现。而"一个王朝之归宿，最终必系于民心之向背"④，只可惜万历后期怠政，朝政混乱，党争加剧，民不聊生，尽管王时熙等人有"挽狂澜

---

① （清）刘汋：《先君子蕺山先生年谱》卷上，清乾隆四十二年山阴刘毓德刻本。
② （清）李铭皖修，冯桂芬纂：《（同治）苏州府志》卷一百二十三，清光绪九年刻本。
③ 金吴澜、李福沂：《（光绪）昆新两县续修合志》卷二十一，清光绪六年刻本。
④ 罗宗强：《明代后期士人心态》，中华书局2019年版，第513页。

于既倒，扶大树之将倾"①之心，"希望办一点实事使政局趋于正常"②，但是"面对烂透了的政治局面"③，很显然无法从根本上改变。而且面对这样一种复杂的政治局面，王时熙始终怀有一颗为国、为百姓之心，尽自己最大所能去为百姓做实事，造福一方，这在今天看来也是十分可贵的，令人感佩。

王时熙的"忠直敢言"虽是对国家的一片赤诚，但却一直被"阉党"视为眼中钉，这不仅使他仕途颇为不顺："自崑山令入为御史，抗疏论万历庚戌科场，击党魁，劾勋贵，再起而陟囧寺者也。"④更常常让他忧心忡忡，甚至不乏愤怒之情，在激烈的党争中，他最终奉献出了自己的生命。王猷定在《表贞遗墨弁言》中直言"寻先君擢太仆，珰祸起矣。乙丑，以忧愤呕血，卒京师。"⑤由是可见，王时熙乃抱憾而去。王猷定在回忆其父时如此说道：

> 先君为御史时，以抗疏见嫉党人。后官太仆，珰燄方炽。文端公既罢政归，而庙堂一二君子不顾国家倾覆，借铨政立门户，先君遂以忧国呕血卒京师。此乙丑三月事也。余不获侍先君易箦，不及亲见行事之详。而当年国事纠纷，邪正消长之故有记载所不及。微兄，孰知之？早夜伤心，思就兄尽询其本末以成一书，岂意兄遽舍我而逝也？呜乎！方与兄谋同归而竟不得矣。吾赖兄闻过，尚惧不免。而今又安得闻矣？先朝典故，谁复为老成人？而先君之行事益无从问矣。伤哉！伤哉！⑥

---

① 罗宗强：《明代后期士人心态》，中华书局2019年版，第514页。
② 罗宗强：《明代后期士人心态》，中华书局2019年版，第514页。
③ 罗宗强：《明代后期士人心态》，中华书局2019年版，第514页。
④ （清）饶宇朴：《四照堂集序》，见陶福履、胡思敬编《豫章丛书》（集部十一），江西教育出版社2007年版，第221页。
⑤ （清）王猷定：《表贞遗墨弁言》，见陶福履、胡思敬编《豫章丛书》（集部十一），江西教育出版社2007年版，第148页。
⑥ （清）王猷定：《祭尚宝丞刘公文》，见陶福履、胡思敬编《豫章丛书》（集部十一），江西教育出版社2007年版，第134页。

王时熙做事有原则、不轻易妥协的鲜明个性显而易见。他呕心沥血，最终于天启五年（1625）卒于京师。显然，王猷定对其父有着深深的愧疚感。王时熙逝世时，王猷定并未在身边，所以导致很多当时的细节都不清楚，他本想就此事始末详询刘西佩，"以成一书"，可惜刘西佩逝世，导致他未能如愿，这也让王猷定愈加伤心不已。

值得一提的是，王时熙当时虽在朝为官，但也时常到处游走，王猷定晚年曾提到万历四十二年（1614）之前"天下太平，民物安阜，亲戚虽远在异地，往来问遗犹东西州也。况仕宦于朝而足迹在天下如先太仆者，尚或以道阻且长不得岁时相见"①。王时熙常常"足迹在天下"，这对王猷定的少年时期和未来的人生选择都会存在着潜移默化的影响，王猷定的一生都在不断地游走，乃至最终客死他乡，或多或少都与其父的这种人生行迹有一定关联。无论如何，王时熙"忠直敢言"之个性、多舛之仕途势必会对子孙产生影响，尤其是对其爱子王猷定的影响更是如此。

四 "命途多舛"之妻妾、兄弟、子女

王猷定一生妻妾至少有五人，可是都相继离世："予不穀，自壮至老，哭妻妾者五，胡孺人，其殿也。曩有'一生盥面尝余泪'之句，斯已苦矣！又两室媵予，七见星回，遂以永毕。吁嗟乎！修短何常之有？乃两妇厄于七霜，五人不逮百岁，司天籥者暑度不愆，谁谓视天梦梦哉？最悼痛者，氏从予不半载，流离转徙，百罹备经。"② 其中悲痛可以想见。值得一提的是，王猷定之发妻为丁氏，名豫贞，新建人，与王家应该是门当户对，遵从父母之命、媒妁之言所娶："太仆公为聘新建丁大参女。女，文人，博通六经，大肆其力于文章，与于一幽独倡和，风雨镞砺。于一学成，行尊为时祭酒，

---

① （清）王猷定：《寿卢乐居表兄六十序》，见陶福履、胡思敬编《豫章丛书》（集部十一），江西教育出版社2007年版，第87页。

② （清）王猷定：《黄叶篇·纪年七咏》，见陶福履、胡思敬编《豫章丛书》（集部十一），江西教育出版社2007年版，第198页。

虽曰自致，其妻豫贞实左右之也。"① 可见，其妻颇有文才，不但通晓六经之学，还能时常与王猷定诗文唱和，二人互相砥砺，伉俪情深。此外，曾燠曾说王猷定"与喻宣仲、丁仲阳号三隐君"②，王猷定在《东湖二仲诗序》中自言"仲阳，予妻兄，宣仲，则执友也。"与曾燠所说之丁仲阳当属同一人。丁仲阳当为王猷定之妻兄。

从现有材料来看，王猷定至少是兄弟五人，其中三弟竺生、四弟子展、五弟五庸其多有提及。他有《壬辰除夕同三弟竺生、五弟五庸声侄暨舒子固卿守岁，随所忆，口占得八首》（三弟竺生）、《雨中发舟往通州怀三弟竺生病中》《五月十九日，集济之北园，闻海警，因忆闰三月十九日同人毕集园中，余闻竺生病革仓皇走归，今日重游，一俯仰间，悲凉何限，同游者仍杜子方朔，王子闇衣，顾子天目，香令孙子皆山》等诗。为便于说明，现迻录如下：

  屡梦难为觉，真成此夕欢。七年才顷刻，千里共艰难。短蜡村醪薄，单衣幽井寒。有家傍战地，翻作异乡看。（《三弟竺生》）③

  作客何凄楚，为心非一端。雨含千树暗，雾去几家残？敲火荬湾近，牵舟蜀道难。举头看雁序，泪落晚风寒。（《雨中发舟往通州怀三弟竺生病中》）

  池畔伤心一鸟啼，暮暮此日草萋萋。相看仍是飘零客，绿树阴中听鼓鼙。（《五月十九日，集济之北园，闻海警，因忆闰三月十九日同人毕集园中，余闻竺生病革仓皇走归，今日重游，一俯仰间，悲凉何限，同游者仍杜子方朔，王子闇衣，顾子天目，香令孙子皆山》）

---

  ① （清）韩程愈：《王君猷定传》，见陶福履、胡思敬编《豫章丛书》（集部十一），江西教育出版社2007年版，第218页。
  ② （清）曾燠辑：《江西诗征》卷六十五，清嘉庆九年刻本。
  ③ （清）王猷定：《三弟竺生》，见陶福履、胡思敬编《豫章丛书》（集部十一），江西教育出版社2007年版，第182页。

结合诗题和诗的内容可以看出，在动荡的岁月里，其三弟竺生的身体亦不好，时常生病，王猷定惦念的同时更多的展现出爱莫能助、伤心凄凉。兄弟本是同根生，可是却无法欢聚，因为常年战乱，家乡俨然已变成异乡："有家傍战地，翻作异乡看"，无奈与凄楚跃然纸上："作客何凄楚，为心非一端"、"相看仍是飘零客，绿树阴中听鼓鼙"，客居他乡，家人团聚成为了奢望，"举头看雁序，泪落晚风寒"、"池畔伤心一鸟啼，暮暮此日草萋萋"，"一切景语皆情语"，大雁、小鸟、芳草无不着"我"之色，充满悲凄。一位客居他乡、"飘零"之人在寒凉的晚风中静默哭泣的场景浮现出来，其中的辛酸与凄苦不言自明，这又何尝不是明末清初之际大多数士人情感的生动体现？故国已亡，家又不存，这让一向以"修身、齐家、治国、平天下"为己任的文人们何去何从？面对突入其来的国破家亡之巨大变故，他们复杂的情感无处安放，只好借助文字来表达内心的矛盾、彷徨与不安，这几首诗虽然是写自己的亲人，但其字里行间所体现出的"飘零"之感、生命多舛亦是此际士人们情感的普遍、生动写照，乃是一代文人命运的缩影。

关于王猷定之四弟子展，五弟五庸的生平情况，目前尚未发现详细记载，但是仍然可以通过王猷定之诗文窥知一二。《祭梁君仲木文》中说："君死前一年，李子小有死，刘子西佩死，吾弟子展死。"[1] 此外，他还留有《壬辰除夕同三弟竺生、五弟五庸声侄暨舒子固卿守岁，随所忆，口占得八首》（《四弟子展》）、《客淮雪夜同四弟子展宿天兴观·时子展将归江右》《坐蔷亭有怀·时子展方别余往白门》等诗，现迻录如下：

忽别韩台下，三年泪不干。朋来无一字，汝病有千端。岁阅干戈戏，心伤俎豆欢。嗟余更飘泊，长夜路漫漫。（《四弟子展》）

---

[1] （清）王猷定：《祭梁君仲木文》，见陶福履、胡思敬编《豫章丛书》（集部十一），江西教育出版社2007年版，第135页。

廿年布被拥荒城，古寺惊心俟二更。特地冷风窥鼠窜，横天大雪下钟声。弟兄语少衣多泪，老病愁深夜不明。尔去战场谁作伴？康郎山下又移兵。（《客淮雪夜同四弟子展宿天兴观·时子展将归江右》）

　　半世残书里，相怜白发存。无家怆旧友，垂老别诸昆。浩翠明溪路，寒鹍下菊门。何当木叶尽？重聚更伤魂。（《坐蔷亭有怀·时子展方别余往白门》）①

　　这几首诗均作于与四弟子展相聚之时，这与怀念三弟竺生的诗略有不同。但是"重聚更伤魂"，自古多情伤离别，兄弟二人夜宿古寺之中，夜半的钟声伴随着漫天的大雪，无语凝噎："弟兄语少衣多泪，老病愁深夜不明"，即将离别，泪水沾衣，其中之愁苦与担心显而易见："尔去战场谁作伴？康郎山下又移兵"，战火纷飞的岁月，诸多不确定性增添了许多不安，"长夜路漫漫"乃是诸多漂泊在外的百姓们的真实感受，从中可以管窥当时百姓的真实境遇。

　　综上，可以看出，王猷定家中至少是兄弟五人，除目前尚未发现有关他哥哥的资料外，他与三个弟弟的感情很深厚，因为战乱，他们聚少离多，每一次分别都是那么依依不舍，诗中所充斥着满满的酸楚之情令人唏嘘不已。

　　王猷定长大成人的儿子有两个。长子为王孙茂，次子为王明表。关于王孙茂的"字"，曾燠《江西诗征》记载："孙茂，字汉臬，南昌人，猷定子，著有《龙眠游草》《蜀道集》。"② 邓汉仪《诗观》载："王孙茂，字汉卓，江西南昌人。"③ 王孙茂的好友王玘记载："乙卯岁，余与汉卓联谱京师，始知汉卓为于一先生长子。述其尊人生平行事甚悉。"④ 可见，曾燠所记"孙茂，字汉臬"是错误的，邓

---

① （清）王猷定：《坐蔷亭有怀·时子展方别余往白门》，见陶福履、胡思敬编《豫章丛书》（集部十一），江西教育出版社2007年版，第177页。
② （清）曾燠辑：《江西诗征》卷六十八，清嘉庆九年刻本。
③ （清）邓汉仪：《诗观三集》卷十一，康熙慎墨堂刻本。
④ （清）王玘：《四照堂诗文集》，清康熙二十二年刻本。

汉仪所记"王孙茂,字汉卓"当为正确。邓汉仪《诗观》三集卷十一王孙茂诗后附记:

> 曩时尊君于一先生侨居广陵,与梁仲木、公狄、李小有、悻道生、杜于皇诸君,交情极恰,而余亦窃附嘤鸣之好。迨于一客死武林,而令嗣汉卓依人入蜀,久不得其消息。丙寅来海陵,把晤甚欢。出其诗篇见示,沉毅有家法。且闻其担簦远游,而周旋骨肉,馨囊不厌,岂惟工文,而至行非人可及,能无敬美?

可见,王孙茂继承了父辈的才华,亦善于作文。孔尚任曾在《与王汉卓》中云:"海上风烟,时时入梦。足下醇雅孤洁,实不愧尊公高风。幸托兰籍,自应献丑。但仆近住昭阳城上,风雨满楼,吟啸自赏,所为诗无一惊人句,又不得足下确为甲乙,昧昧付梓,实属自欺耳。"①从诗歌内容可以看出,孔尚任十分尊重王汉卓,敬佩其继承了王猷定的优秀品质,可见王汉卓乃是"醇雅孤洁"之人。他曾于康熙十二年(1673)随宋琬入蜀,泊石子滩,《蜀道集》当为旅蜀时所作。曾燠《江西诗征》收录了王孙茂《夔门书怀兼寄成都堵羽三》《白帝城怀古》《贺兰山》《劳巨能入山即事》等诗,蒋溥《盘山志》收录其《送拙菴和尚还山》一诗。②

杜濬曾有《送王孙茂之广陵》诗一首:

> 烁燎原劫火屯,何人剥啄响柴门。殷勤唤我声犹昔,卧起看儿眼倍昏。故里有楼歌帝子,殊方无地饭王孙。横经家学传三百,只恐蒿莪渍泪痕。③

诗题后,杜濬自注:"于一子也,"由此可见,王孙茂确为王猷

---

① (清)孔尚任著,汪蔚林编:《孔尚任诗文集》,中华书局1962年版,第512页。
② (清)蒋溥:《盘山志》卷十四,清乾隆二十年武英殿刻本。
③ (清)杜濬:《变雅堂遗集》(诗集·卷七),清光绪二十年黄冈沈氏刻本。

定之子。王猷定诗集中存有《五儿茂》和《除夕又示儿茂》两首诗，兹移录如下：

> 失学吾谁咎？长贫汝乏师。江天风浩浩，母榇草离离。弟妹何时壮？袁临又合围。欲归那可得，白发任肩垂。（《五儿茂》）

> 忆汝头平案，全知汉将名。龙精又戒旦，麟角几时成？茅舍三更梦，云台万里情。当知吾勉学，白发少年生。（《除夕又示儿茂》）

王猷定所说的"五儿茂"所指当是王孙茂，为何说是"五儿"，或许是族内排行。亦或许是在他之前有子早夭，如王猷定有"一子甫五龄，不能俟其成立，弃之而往泉门"[①]之语，儿子刚刚年满五岁，却奔黄泉而去，其中悲苦可以想见。

从王猷定的诗中，可以得知，从小就"全知汉将名"的王孙茂聪明伶俐，但却因为贫穷而失学，对此，王猷定的无可奈何跃然纸上，只得寄希望于王孙茂自己，勉励他勤奋好学。

王猷定次子王明表，目前尚未发现关于其字号的记载，但根据古人命名习惯，"明表"当为其"字"或"号"，他的本名是什么，尚有待于考证。不过根据饶宇朴《四照堂集序》中的叙述："太学王明表归自越州，持伯兄汉卓千里手书过谒草堂，将命曰：'先君遗稿刻成，非椽笔莫能发其幽光，愿先生图之。'予辱两世游好且同业，虽不文，无以辞……汉卓与其弟孤穷历志以承家学，君有子矣。"[②]可以确定，王明表确为王孙茂之弟，而且也有一定的文学造诣，否则也不可能入太学。

除儿子以外，可以肯定王猷定至少有一女，因为他的女儿嫁给

[①] （清）王猷定：《黄叶篇·纪年七咏》，见陶福履、胡思敬编《豫章丛书》（集部十一），江西教育出版社2007年版，第198页。

[②] （清）饶宇朴：《四照堂集序》，见陶福履、胡思敬编《豫章丛书》（集部十一），江西教育出版社2007年版，第221—222页。

了袁继咸之子袁一藻。从"袁公继咸为公儿女姻"①句可以看出二人乃儿女亲家。王猷定因与袁继咸私人感情比较好，遂结为儿女亲家："初，君与分宜御史继咸袁公相友善，因为婚姻"②。可惜的是，好友袁继咸和女婿袁一藻均受"国变"所累，死于非命。王猷定乃为袁继咸"收骨"："乙酉，金陵不守。总督袁公督师下九江，遭变，被执京师。余以纳馆收骨，故间道北行。已而公死节三忠祠。公子一藻闻变奔赴，道死乱兵，盖予婿也。"③可见，王猷定之女婿袁一藻是在为其父奔丧途中，死于乱兵之手。

综上，可以看出，无论是王猷定之妻妾、兄弟还是子女，均在不同程度上受到了"国变"之影响，妻妾的突然离世、兄弟的病体之躯、女婿的突遭不幸等一系列变故对王猷定的打击可想而知。鼎革之际的特殊历史时期，草木泣血，对生活在其中的人们所带来的考验可以想见。透过对王猷定家族兴衰荣辱的研究，不仅可以感受到一代士子们跌宕起伏的命运，更可以审视出明代中后期社会环境对一个家族、对一代文人的深刻影响。

第二节 王猷定生平经历述略

甲申国变后，王猷定虽无意于仕进，但仍很关心国事，并时常与友人就"天下事"侃侃而谈："于一身长八尺，貌魁梧，意气豁如，胸中无城府。见同人，虽倾盖如久要。议论风发，谈天下事如观手中庵摩罗果，纤细举似，不失毛发。"④事实上，能够做到"谈天下事如观手中庵摩罗果，纤细举似，不失毛发"并非易事，只有

---

① （清）韩程愈：《王君猷定传》，见陶福履、胡思敬编《豫章丛书》（集部十一），江西教育出版社2007年版，第218页。

② （清）饶宇朴：《四照堂集序》，见陶福履、胡思敬编《豫章丛书》（集部十一），江西教育出版社2007年版，第221页。

③ （清）王猷定：《外孙袁子制义序》，见陶福履、胡思敬编《豫章丛书》（集部十一），江西教育出版社2007年版，第42页。

④ （清）韩程愈：《王君猷定传》，见陶福履、胡思敬编《豫章丛书》（集部十一），江西教育出版社2007年版，第218页。

身处其中之人方能有更深刻的体会，王猷定能够做到这一点恰与其非同寻常的人生经历有着密不可分的联系。

笔者通过细读《四照堂文集》《四照堂诗集》及相关作家、作品，对其生平经历进行考述发现，丧父、国变、丧妻等事件对王猷定的人生经历产生了重要影响，打击尤大，可以说是他一生中的重要转折点。而一生漂泊无依，时常处于困窘之中，深刻影响了他的心态与文学创作。故而本节对王猷定生平经历主要以客观描述为主，力求揭示王猷定生平、创作的相关情况，以期推进明清之际文坛生态的一些认识。

一 青壮年时期（1599—1643）

王猷定出生在官宦之家，祖、父辈都科名显赫，家学渊源深厚。他的青少年时期自然是在无忧无虑中度过，而且因为深得其父喜爱，常常能够随父亲到外地游览，这自然增长了他的见识，为他后来取得的文学成就奠定了坚实基础。

王猷定少时聪慧，"不屑为章句学"①。兴趣广泛，喜琴善书："余幼嗜琴，闻四方有蓄，必造观，然佳者往往不多见。余论琴颇与人异。审其质以考声，而知阴阳之所自生；察其形以验气，而知清浊之所由出。"② 甚至到了睡觉都要怀抱其中的地步："于一有洁癖，一匙一盏非手涤不入口。所爱博山、焦尾瘖瘝怀抱中，拂拭未尝假仆婢。"③ 世交饶宇朴说他"天资善书"④，曾拜著名书法家董其昌为师。他在《跋董文敏公书》中自言：

> 余少学书于董文敏公。公曰："子知琴乎？余释褐时，有琴

---

① （清）王巩：《四照堂集序》，王猷定《四照堂文集》卷首，清康熙二十二年王王巩刻本。
② （清）王猷定：《寒碧琴记》，见陶福履、胡思敬编《豫章丛书》（集部十一），江西教育出版社2007年版，第119页。
③ （清）韩程愈：《王君猷定传》，见陶福履、胡思敬编《豫章丛书》（集部十一），江西教育出版社2007年版，第218页。
④ （清）韩程愈：《王君猷定传》，见陶福履、胡思敬编《豫章丛书》（集部十一），江西教育出版社2007年版，第218页。

师讽学琴，因请教严中舍。中舍曰：'此事极难。初下指时，一声不合即终身无复合理。书道亦然。然则初下指时，一笔不合则竟不合，顾所合者何法也。'米南宫谓'吾书右军，无一点俗气'。东坡诋子厚，谓从门入者不是家珍。乃知离合之故，理绝言提，古人妙悟，故自不传。"

公书初学北海、南宫，晚学颜平原。然皆独露本色，天然秀拔，迥出标格之外，其合处当从未落笔时参取，惟菊溪先生知之耳。[①]

王猷定"善书，得李北海笔法"[②]。少时得到董其昌的亲授，这也可以窥见其书"得李北海笔法"之端倪。但王猷定亦染晚明之习气，倾尽家财："驰骋声伎、狗马陆博、神仙迂怪之事，无所不好，故产为之倾"[③]。种种行为让王猷定似乎颇有"不肖子孙"的味道，但是这恰恰也体现出了他的名士之气。明代名士如袁中道、陈所学等皆尚"趣"，如袁中道在《南北游诗序》中言："夫名士者，固皆有过人之才，能以文章不朽者也。然使其骨不劲，而趣不深，则虽才不足取"[④]，强调了"趣"的重要性。由此可见，此期的王猷定不自觉地受到了当时社会环境的影响，名士之气初露端倪。

在这一时期，对王猷定影响最大的莫过于家人和老师。其中，父亲对王猷定的影响是巨大的。王猷定是王时熙的第二个儿子，因天资过人，聪颖异常，深得父亲喜爱。"于一为太仆公仲子，以颖悟见钟爱，出入必随。太仆公与客讲良知之学，于一咸侍侧，则能执

[①] （清）王猷定：《跋董文敏公书》，见陶福履、胡思敬编《豫章丛书》（集部十一），江西教育出版社2007年版，第154—155页。

[②] 震钧：《国朝书人辑略》卷一，清光绪三十四年刻本。

[③] （清）李元度纂，易孟醇校点：《国朝先正事略·王于一先生事略》，岳麓书社2008年版，第1137页。

[④] （明）袁中道：《珂雪斋集》（中），上海古籍出版社2019年版，第485页。

笔记其语。及长,一目十行下,无书不读,视金紫如拾地芥。"① 王
猷定常常随父亲四处游宦,耳濡目染,对时势有着较为深刻的理解,
这不仅会直接影响到他的创作风格,而且让他增长了许多见识,结
识了许多朋友。在《许氏七义烈传》中,王猷定回忆起当年随父亲
游宦至大梁的情景,如是说:"余与菊溪先生有世好,自尊府君与先
太仆始。先生官金陵,余获从游。因念昔从先人游宦道大梁,时方
幼,能问昔有宋宫阙陵寝,贤士大夫所聚及李纪、种师道用兵之所,
而独未至南阳。今乃于先生问之。"② 可见,他与按察司许宸③的友
情是从父辈那里延续下来的。幼年良好的家风、丰富的阅历、多彩
的见识,对王猷定未来的人生产生重要影响。

此外,外祖母熊孺人对幼时的王猷定也颇多教诲,常常向其
"口授史传诸事"④,而王猷定有些许进步、"略背上口"⑤都会让外
祖母颇为欣喜。王猷定的母亲亦时常告诫王猷定"小子识之",这些
都让他幼时的心灵倍感温暖,日后深情回忆道:

> 昔猷定日侍先恭人,每道外王母事,未尝不泫然曰:"小子
> 识之。"呜乎!定生也晚,犹记方髫时,从母之外家,孺人发鬖
> 鬖,尝拥树面予,口授史传诸事,略背上口则喜。比稍长,见先
> 恭人事姑孝,声言不出梱,曰:"孺人是仪也。"孺人于先太仆有
> 神鉴,今已矣。向之口授予者亡矣。先恭人之所仪而命予"小子
> 识之"者,不复闻矣。世远事湮,使无闻于后,予罪也夫!⑥

---

① (清)韩程愈:《王君猷定传》,见陶福履、胡思敬编《豫章丛书》(集部十一),江西教育出版社2007年版,第218页。
② (清)王猷定:《许氏七义烈传》,见陶福履、胡思敬编《豫章丛书》(集部十一),江西教育出版社2007年版,第105页。
③ 许宸,字素臣,号菊溪,内乡人。官至江西按察使。参见吕友仁、查洪德编:《中州文献总录》(下),中州古籍出版社2002年版,第1085页。
④ (清)王猷定:《熊孺人列传》,见陶福履、胡思敬编《豫章丛书》(集部十一),江西教育出版社2007年版,第93页。
⑤ (清)王猷定:《熊孺人列传》,见陶福履、胡思敬编《豫章丛书》(集部十一),江西教育出版社2007年版,第93页。
⑥ (清)王猷定:《熊孺人列传》,见陶福履、胡思敬编《豫章丛书》(集部十一),江西教育出版社2007年版,第93页。

可见，外祖母、母亲的学识、性格在无形中浸润着王猷定的心灵，潜移默化地对王猷定其人其文产生影响，王猷定散文尤其是传记文生动的叙事、娴熟的笔法当与其外祖母幼时常"口授史传诸事"有关。

王猷定的青少年时期不仅受到家庭环境的熏陶，亦有良师的影响，除上文提到的书法受教于著名书法家董其昌以外，文学方面亦曾受教于黄汝亨、李嗣京等名师。黄汝亨"博学多才，能文善诗，又善书法，名气很大"①。王猷定受业于黄汝亨，受益良多。他在《黄母顾夫人七十寿序》中说：

> 吾师少参黄寓庸先生，以文章名天下，一时学者翕然宗之。其后乃以节义著，称备德焉。予少受知先生，则自先生而下，凡其壸教与其子孙之贤者皆可得而知也。先生长子东生，有才，早世。其元配顾夫人以未亡人抚两孤者三十年。辛丑夏六月，春秋七十。其子灿、炜暨孙敬修属余言以介觞……今少参公下世若而年，文章节义备德于前，而夫人如其才节继之于后……余奉教于师门，不敢同世俗之誉，谨述其大者若此。夫人其以余为知言，而进一觞也？②

从以上材料可知，王猷定是受黄汝亨子孙之托为师母顾夫人作寿序的。其与老师感情深厚，黄汝亨的亲自指导对他后来的文学创作势必会产生重要影响。

他的另外一位老师李嗣京是明朝内阁首辅李春芳之曾孙。崇祯元年（1628）进士，官南昌府推官。与哥哥李长科、弟弟李乔皆以文名传天下，时称"淮南三李"③。王猷定与他的感情极其深厚，如

---

① 龚笃清：《八股文汇编》，岳麓书社2014年版，第342页。
② （清）王猷定：《黄母顾夫人七十寿序》，见陶福履、胡思敬编《豫章丛书》（集部十一），江西教育出版社2007年版，第75页。
③ 郭馨馨：《明末清初李长科世系、著述考述》，《苏州大学学报》（哲学社会科学版）2010年第5期。

同父子一般:"师初理南昌时,法甚峻。宰相铨部子弟入见,不少宽以礼数。独遇定欢然若家人父子,尝角巾野服,抵掌而谈当世之务。忌者侧目,定不顾,师亦不顾。"① 二人高谈阔论,有许多共同的话题。不仅如此,在崇祯三年(1630)王猷定母亲去世、懵然之时,李嗣京竭其所能、亲自为其操持丧事:

> 庚午,定有母之丧,懵然不能须臾,师日事鬼薪贯索,慰恤靡有间。先是,学使者举先太仆乡贤,旋入闱校士。会先恭人病且笃,小子忧劳窘棘,谋裏事,格于势,不得达。师从风雨中,举体淋漓,角崩踞请督学,得俞旨乃起,人以此诧师。师曰:"我为王生自寻常事。"②

王猷定晚年对此事仍记忆犹新,面对老师的无私帮助,不禁慨叹:

> 为人父母谋,而生者得以济,死者得以荣,此岂寻常事乎?定怀此恩二十五年,入祠庙如见师焉,过丘墓如见师焉。庶竭顶踵以报万一,何期不才沦丧若此。定之负师,天欤?人欤?③

认为自己有负恩师。此外,王猷定还写到了尽管李嗣京"抱济世之略,顾庀于时",有许多人想主动拜谒他,但能够"相与伤往事者",只王猷定一人而已:

> 定每过金陵造谒,师必曲尽宴款,感愤流连,念龙沙蚓于

---

① (清)王猷定:《祭侍御少文李老师文》,见陶福履、胡思敬编《豫章丛书》(集部十一),江西教育出版社2007年版,第132页。
② (清)王猷定:《祭侍御少文李老师文》,见陶福履、胡思敬编《豫章丛书》(集部十一),江西教育出版社2007年版,第132页。
③ (清)王猷定:《祭侍御少文李老师文》,见陶福履、胡思敬编《豫章丛书》(集部十一),江西教育出版社2007年版,第132页。

百战，弦歌十万户荡为冷灰，幸存余息，相与伤往事者，小子一人而已。仲春，觞定郊园，足站站遮泥涂，惟恐别。岂意渡江一月，而师遂弃予小子，作百年永诀耶？痛哉！师初病痿痹，定与师之伯兄小有居广陵，惊闻，趣国医诊视，尼不用。未几，遂疽发不可救。噫！人事果无憾乎？天之殄绝善类，兵不已而重以疾乎？抑师厌世之不可居，宁绝见闻，郁郁以至于死乎？皆非小子所能知也。所无解于心者，闻师病革，犹殷殷以不获遗赠为恨。命似君简定生平笔墨藏之。呜乎！小子何修，而师谬爱若此哉？定悔不能举学道事，劝师从事于早；又不能躬视师疾，听颠倒于庸医之手。负师之痛，讵止一端？惟有辑师嘉言懿行以传千古，如斯已耳。呜乎，师其鉴诸！[1]

字里行间渗透出对老师离世悲恸的同时，更多的是"负师之痛"。对李嗣京无限怀念的文字背后蕴藏着恩师当年对其的谆谆教导，虽然李嗣京已故去，但王猷定会"辑师嘉言懿行以传千古"，让老师的精神不朽。透过这篇祭文，足以看出李嗣京对其影响之大。

过人的天资、得天独厚的家庭环境、良师授业，让王猷定度过了丰富、快乐、充实的青少年时期。但不幸也接踵而至。天启五年（1625），父亲王时熙去世，不久发妻也奔赴黄泉："太仆没，豫贞亦捐闺阁。于一既服阕，弗乐于家，辄徙维扬居之。"[2] 父亲的离世对一向乐观、爽朗的王猷定而言，打击是巨大的，已经达到了"困踬跬步不敢前"[3] 的地步。王猷定守丧期满之后，不愿再留在故园，即离家到扬州，并于天启七年（1627）拜见与父同籍且同志、私交甚笃的刘宗周。二人思及王时熙，不禁痛哭流涕。更不幸的是，约5

---

[1] （清）王猷定：《祭侍御少文李老师文》，见陶福履、胡思敬编《豫章丛书》（集部十一），江西教育出版社2007年版，第132页。
[2] （清）韩程愈：《王君猷定传》，见陶福履、胡思敬编《豫章丛书》（集部十一），江西教育出版社2007年版，第218页。
[3] （清）王猷定：《表贞遗墨弁言》，见陶福履、胡思敬编《豫章丛书》（集部十一），江西教育出版社2007年版，第149页。

年后的崇祯三年（1630），王猷定的母亲又离开了人间："庚午，定有母之丧。"① 短短五年，挚爱的父母双亲、发妻相继离世，可想而知，对王猷定的打击之大。自此，王猷定心中也开始萌生不再参加科举考试的种子，并有焚"制义"之举："崇祯季寇乱，余弃诸生，制义尽焚去。"②

崇祯三年（1630），王猷定与万寿祺初次相遇于淮："迨庚午，君得隽，予始遇君于淮，而两家之先人已下世。"③ 王时熙尚在世时，就对王猷定称许过万寿祺的才华，可惜未能相见。造化弄人，二人相见之时，两家之先人均已离世，虽然此次见面未免有世事无常之叹，但却为二人之后的交往提供了契机："因为身体染病，不利于行，万寿祺在生命的最后几年里大都困居淮安。而天下名士，凡过淮者，多相造访，前后算来，不下百人，其中大部分为明朝遗民。著名的有阎尔梅、顾炎武、归庄、胡介、王猷定、梁以樟、邢昉、宋曹等。"④ 万寿祺向以天下为己任，去世后王猷定等人专门作文悼念之，彰显了天崩地坼易代之际的"文章气谊"⑤。

旅淮期间，王猷定与姻亲袁继咸交往密切。崇祯十六年（1643），王猷定到袁继咸家中探望，同时见到了女儿和两岁的外孙：

> 先是癸未，公罢江督，挈家之金陵。余自广陵省公，吾女抱外孙，甫二岁，随别去。⑥

---

① （清）王猷定：《祭侍御少文李老师文》，见陶福履、胡思敬编《豫章丛书》（集部十一），江西教育出版社 2007 年版，第 132 页。
② （清）王猷定：《孝廉张公传》，见陶福履、胡思敬编《豫章丛书》（集部十一），江西教育出版社 2007 年版，第 103 页。
③ （清）王猷定：《祭万年少文》，见陶福履、胡思敬编《豫章丛书》（集部十一），江西教育出版社 2007 年版，第 133 页。
④ 田秉锷、张瑾：《书香徐州》，南京出版社 2015 年版，第 130 页。
⑤ 曹虹：《集群流派与布衣精神——清代前期文史的一个观察》，《苏州大学学报》（社会科学版）2012 年第 6 期。
⑥ （清）王猷定：《外孙袁子制义序》，见陶福履、胡思敬编《豫章丛书》（集部十一），江西教育出版社 2007 年版，第 42 页。

根据当时王猷定外孙的年龄推测，他和袁继咸结成儿女亲家当在此期间。通过袁继咸的介绍，王猷定在崇祯七年（1634）结识了"与其仲兄职方公超宗并有名于时"[①]的郑侠如：

> 时袁公临侯以御史出为扬州副使，忤阉人，远嫌罕有至者。公独偕职方公往，侃侃言地方事，于利弊罔不中。袁公重之，数为余言，余之知公自袁公始也。[②]

郑侠如仗义直言、不惧权贵的性格颇得王猷定的钦佩，二人共同经历了"天下盛衰、骨肉友朋合散"[③]之事，结下了深厚的友谊，为王猷定的晚年留下了许多美好的回忆。诚如王猷定晚年自己所说：

> 余敝庐荡析，而公门阀既完且新。因叹人生盛衰合散，虽百年，须臾事。然自余知公以来，及见公壮年慷慨论列时，天下之变，骨肉之所存、友朋之相见有几？而公与夫人转徙兵戈中若干年，迄今春秋方艾，见子之荣，虽余衰且老，流离患难之余犹获从公歌咏，以再睹其盛，岂其幸哉！[④]

虽然王猷定自己"敝庐荡析"，但看到好友"门阀既完且新"，心中还是颇多欣慰的。人生知己，本就难得，更何况他还为自己贫困的晚年生活带来了充足的、满满的回忆，这何尝不是一种别样的幸运、幸福！

除郑侠如之外，王猷定此期还结识了袁芳、李长科、李缁仲等

[①] （清）王猷定：《贺郑水部士介公暨汪夫人五十双寿序》，见陶福履、胡思敬编《豫章丛书》（集部十一），江西教育出版社2007年版，第74页。

[②] （清）王猷定：《贺郑水部士介公暨汪夫人五十双寿序》，见陶福履、胡思敬编《豫章丛书》（集部十一），江西教育出版社2007年版，第74页。

[③] （清）王猷定：《贺郑水部士介公暨汪夫人五十双寿序》，见陶福履、胡思敬编《豫章丛书》（集部十一），江西教育出版社2007年版，第74页。

[④] （清）王猷定：《贺郑水部士介公暨汪夫人五十双寿序》，见陶福履、胡思敬编《豫章丛书》（集部十一），江西教育出版社2007年版，第75页。

名士。袁芳,"长洲人。善医,所至多活人,间为画,皆不欲有名,自号樗叟"①,为人爱憎分明,好打抱不平。李长科,字小有,"故相国李文定公之孙"②,在医学和文学领域都成就颇著,一生有《残本金汤十二筹八卷》《广仁品二集》《兴化李氏传略附别记》《牧怀五纪》《李小有诗集》《淮南三凤文钞》《妇科秘方胎产护生篇》《广遗民录》等多部著作③,与王猷定感情甚笃,去世前将自己的《广遗民录》遗稿交给王猷定保管,可见对其信任有加:"小有殁,以其稿属王于一。"④

综上所述,此一时期,王猷定父母、妻子等亲人的离世给他造成了很大打击,但是在这一时期,他与许多故朋新知相会,对世事有了更深刻的体察。与万寿祺的初次谋面,与袁继咸的相处,与郑侠如、袁芳、李长科等坦坦荡荡、才华横溢之人的相识,都丰富了他的人生见闻,从某种程度上弥补了他心灵所受到的创伤,丧亲之痛在志同道合的朋友那里得到了缓解,这些宝贵的经历都是一笔无形的财富,对他未来的人生和文学无疑是大有裨益的。

二 中年时期(1644—1650)

崇祯十七年(1644)到顺治七年(1650),这七年的时光看似很短暂,但于王猷定而言,却是炼狱般的七年。国破家亡,先是入史可法幕做记事参军,"情文动一时"⑤。随着南明小朝廷的覆灭,他不得不携带续娶之妻子及家眷四处逃生,多次遇险于途,差点丧命。尽管每次都能逢凶化吉,死里逃生,但生活上却时常困窘,经

---

① (清)王猷定:《樗叟传》,见陶福履、胡思敬编《豫章丛书》(集部十一),江西教育出版社2007年版,第105页。

② (清)钱谦益著,(清)钱鲁笎注,钱仲联标校:《钱牧斋全集》,上海古籍出版社2003年版,第1607页。按:钱谦益记,"长科"为"字"当为误记。

③ 郭馨馨:《明末清初李长科世系、著述考述》,《苏州大学学报》2010年第5期。

④ (清)钱谦益著,(清)钱鲁笎注,钱仲联标校:《钱牧斋全集》,上海古籍出版社2003年版,第1607页。

⑤ (清)韩程愈:《王君猷定传》,见陶福履、胡思敬编《豫章丛书》(集部十一),江西教育出版社2007年版,第218页。

常断炊，王猷定不得不靠鬻文为生，甚至有时还要靠妻子和孩子挖野菜自给，甚而自嘲"贫而乞食"①。王猷定专门有《黄叶篇·纪年七咏》来记载这特殊的七年，可见这七年在他不平常的人生中是极具特殊意义的，这也是他人生中最为艰难、彷徨、痛苦的七年。

崇祯十七年（1644），甲申之变不仅对国家的影响是颠覆性的，对王猷定的影响亦是如此。其《东湖二仲诗序》云：

> 两公皆明德之后，有声名于时，卜筑东湖，人谓之"东湖二仲"云……予居湖上，两公年皆六十余…迨国变而两公（仲阳、宣仲）死，予浮家江淮。②

可见，"国变"之前，王猷定曾在南昌东湖居住，东湖自古就是南昌的主要行政区域，当地许多高官、名人等皆曾在此安家，由此也可以看出王猷定家世曾经的显赫，但这一切均被"国变"打破，他不得不举家迁移，流徙于江淮。因此，"国变"可以看作是王猷定人生的重要转折点之一。

王猷定先入史可法幕，担任文书工作，撰写了名噪一时的迎立福王的檄文，轰动一时："甲申之变，史公倡大义，表迎福藩于留都，又草檄，檄四方忠节之士，情文动一时，皆于一为之谋也。"③《清史列传·王猷定传》亦有类似记载："史可法闻其贤，征为记室。可法迎立福王，传檄四方，情文动一时，皆猷定为之谋也。"④由此可见，王猷定杰出的文学才华在当时得到了南明小朝廷的认可。此时的王猷定也一定是期盼有一番作为的，可现实是血淋淋的、残酷的，山河破碎、小朝廷的腐败、百姓流离失所等真实情况都逐渐

---

① （清）王猷定：《祭万年少文》，见陶福履、胡思敬编《豫章丛书》（集部十一），江西教育出版社2007年版，第133页。
② （清）王猷定：《东湖二仲诗序》，见陶福履、胡思敬编《豫章丛书》（集部十一），江西教育出版社2007年版，第30页。
③ （清）韩程愈：《王君猷定传》，见陶福履、胡思敬编《豫章丛书》（集部十一），江西教育出版社2007年版，第218页。
④ 王钟翰点校：《清史列传》，中华书局1987年版，第5721页。

凝固了他的热血，所以后来亲家袁继咸屡次致书邀请他出仕时，都被他坚决拒绝了：

> 弘光之世，文耻郎署，武鄙参游……于时奉命江楚，特疏荐公可大用于朝，又以书起于一。于一方坚卧，为书累千言复袁公，道不乐仕进意。及玄纁到门，竟不赴，今其书载集中。及两京陷没，人士沮丧，遂绝意人间世，日以诗文相娱乐。①
>
> 袁继咸奉命江楚，亦疏荐猷定可大用，猷定坚卧，复书累千言，道不乐仕进意。既入国朝，遂绝意人世，日以诗文自娱。晚寓浙中西湖僧舍，大吏重其人，皆虚左事之。按察使宋琬尤与相契。已而琬以事被逮，宾客散亡，猷定独周旋患难中。②

可见，"国变"以后，王猷定已再无仕进之意，而是把主要精力都放在了诗文创作上，为后来所取得的文学成就奠定了坚实基础。此后，因为到处战乱、硝烟四起，王猷定便真正开始了四处漂泊、颠沛流离的生活。

"九庙殄灭"③的同时，对王猷定影响较大的还有另外一件事，就是继妻的亡故。他一度万念俱灰、自暴自弃，在《黄叶篇·纪年七咏》中，如是记道：

> 右甲申。是年三月，予自石城归，九庙殄灭，一妻沦亡，病卧一小楼，人伦念绝。④

继妻亡故，王猷定自己也因身体虚弱，"病卧一小楼，人伦念

---

① （清）韩程愈：《王君猷定传》，见陶福履、胡思敬编《豫章丛书》（集部十一），江西教育出版社2007年版，第218页。
② 王钟翰点校：《清史列传》，中华书局1987年版，第5721页。
③ （清）王猷定：《黄叶篇·纪年七咏》，见陶福履、胡思敬编《豫章丛书》（集部十一），江西教育出版社2007年版，第198页。
④ （清）王猷定：《黄叶篇·纪年七咏》，见陶福履、胡思敬编《豫章丛书》（集部十一），江西教育出版社2007年版，第198页。

绝",但是自古男儿肩上就扛着更多更重的责任,于是最终在亲友"宗祧大义"的劝说下,于同年九月再娶,渐渐地从继妻离世所带来的阴影中走出来,并赋诗一首来记载这一年的遭际:"国破家亡此一时,天崩岂复问干支?新裳已溅铜驼泪,旧枕难听薤露辞。母到墓门劳淑妇,天为祖庙锡孤儿。当年阁下东湖水,短草幽燐却照谁?"①国破家亡,物是人非,王猷定面对此情此景时复杂惆怅的心情不言而喻。

顺治二年(1645)至顺治三年(1646)两年间,王猷定由南向北,携家人不断地逃难:

> 乙酉。时事日非,正月,挈氏归里,改葬先王父,二月改葬先王母。及葬,先太仆公氏从予处,荒谷诛茅,营窀穸毕,始入城。七月兵乱,予居围城中得不死,氏奔窜落星桥。土寇发难,趋丰城。十月乱平,复迁省城。②

顺治三年(1646),王猷定作的一首诗颇能说明当时的境况和心态:"包胥谁为哭秦庭?仡仡崇墉战血腥。白鹭舟前醑古月,黄河马上乞残星。廿龄弓韣愁边酒,半夜刀环梦里萍。我去天津桥畔望,兵声都作杜鹃听。"③他真切体验到了古人所说的行路之难,妻子终日以泪洗面,抱儿痛哭,虽然"无怨声"④,但王猷定也非常难过,奔波之苦尽然体现。此间,袁继咸被捕,他沿途北上,想与之相见,可惜历尽千辛万苦到达时,袁继咸早已死于三忠祠。他不得不沿途寻找袁继咸坠亡遗迹,吊访崇祯遗墟,流离于淮阴、南京之间:"迨乙酉,袁公以皖督被执北去,君橐饘徒步崎岖燕市,而袁公死

---

① (清)王猷定:《黄叶篇·纪年七咏》,《黄叶篇·纪年七咏》,见陶福履、胡思敬编《豫章丛书》(集部十一),江西教育出版社 2007 年版,第 198 页。
② (清)王猷定:《黄叶篇·纪年七咏》,《黄叶篇·纪年七咏》,见陶福履、胡思敬编《豫章丛书》(集部十一),江西教育出版社 2007 年版,第 199 页。
③ (清)王猷定:《黄叶篇·纪年七咏》,《黄叶篇·纪年七咏》,见陶福履、胡思敬编《豫章丛书》(集部十一),江西教育出版社 2007 年版,第 199 页。
④ (清)王猷定:《黄叶篇·纪年七咏》,《黄叶篇·纪年七咏》,见陶福履、胡思敬编《豫章丛书》(集部十一),江西教育出版社 2007 年版,第 198 页。

三忠祠已阅月。于是访鼎湖之遗墟,寻西袁之坠迹,流离淮阴,踯躅邗上。"①值得说明的是,袁继咸早在临死前即知自己性命难保,所以特地密书一封,托"牧儿"致王猷定:

  书衣带藏败筥,使牧儿授定,俾蚤达。又贻定书曰:"从此,雪窖冰天,为异域鬼矣。寄语家人,收我骨南归,幸甚!"②

可见,王猷定为袁继咸深信之人。袁继咸离世后,其门人高孝先整理袁继咸手迹时,没来得及收录的《浔阳》一编,嘱托王猷定补入:"所不及收者《浔阳》一编,属猷定补入。"③王猷定也表示自己与高孝先"当效铁函沉狼山古井,年年焚香陈酒浆祭酹,听杜宇哭冬青耳"④,悲恸之情显而易见。

此时的王猷定已经非常困窘,常到万寿祺处畅饮抒怀,"望故垒",狂吟大叫,世俗之人见王猷定此举很奇怪,好奇其已经贫穷至此,为何还如此猖狂自是?王猷定对此给出的回答是"苟非是,将不活":

  当是时,予赴友难,窜身燕、蓟间,已,挈妻孥泾上,颠毛种种,羸惫非人。而君亦缊袍草屦,瞥见似不相识。久之,乃执手相劳曰:"子为故人良苦。"自是,每过韩王台下,必造君之浦,委巷春泥,茅堂秋草,不留连不已,酒酣则徜徉于黄河之岸,望故垒,闻水声溅溅,雄心激荡,相与走狭邪,狂吟大叫。世俗之人鲜不诧王子贫而乞食,何乃猖狂若是?而不知

---

① (清)饶宇朴:《四照堂集序》,见陶福履、胡思敬编《豫章丛书》(集部十一),江西教育出版社2007年版,第221页。

② (清)王猷定:《书袁山先生四山楼藏卷补入浔阳手迹事》,见陶福履、胡思敬编《豫章丛书》(集部十一),江西教育出版社2007年版,第146—147页。

③ (清)王猷定:《书袁山先生四山楼藏卷补入浔阳手迹事》,见陶福履、胡思敬编《豫章丛书》(集部十一),江西教育出版社2007年版,第147页。

④ (清)王猷定:《书袁山先生四山楼藏卷补入浔阳手迹事》,见陶福履、胡思敬编《豫章丛书》(集部十一),江西教育出版社2007年版,第147页。

王子苟非是，将不活，盖举人世可悲可涕之事藉君以少宽焉。及予再迁邗上，求一髣髴君之声音笑貌而不可得。予以是叹友朋之难也。①

由此可以想见王猷定当时的困顿愤懑之境。顺治三年（1646），王猷定到达京师，在那里他第一次见到了宋琬，并相谈甚欢。②

顺治四年（1647），王猷定自北向南归，《黄叶篇·纪年七咏》载："右丁亥。正月，予出都。二月返淄川，携家南归。城戒严，从兵间十余日始渡河，侨寓宝应。四月，予往于湖问故园消息，舟回銮江，不幸效相如反成都事，噫！竹竿裊裊吟可再咏邪？八月返泾上，氏病脾，憔悴甚矣。"③ 在此期间，王猷定与梁以樟订交："公少负王佐才，余知公二十年，丁亥始订交泾上。"④。且与梁以樟、梁仲木兄弟"从容抵掌论天下事"，相谈甚欢：

初，丁亥春，余自京师来宝应，君在越中。公狄为予言君与海内贤豪游，既，从其司马公驰驱王事，及佐弟戎行，孤城血战时，心窃壮之。迨相见，言昔年收召中原河北义士事不就，酒酣击柱，髯戟张，靴顿地起。余既悲君之志，自念未即衰，与君兄弟，风雨鸡鸣，从容抵掌论天下事，尚未至潦倒无用于世。⑤

王猷定与梁以樟性情相似、个性相投，二人的相识给王猷定带来了极大欢喜，精神上自然是愉悦的。可是现实很残酷，王猷定的

---

① （清）王猷定：《祭万年少文》，见陶福履、胡思敬编《豫章丛书》（集部十一），江西教育出版社2007年版，第133页。

② 汪超宏：《宋琬年谱》，人民文学出版社2010年版，第59页。

③ （清）王猷定：《黄叶篇·纪年七咏》，见陶福履、胡思敬编《豫章丛书》（集部十一），江西教育出版社2007年版，第199页。

④ （清）王猷定：《赠鹡林梁公序》，见陶福履、胡思敬编《豫章丛书》（集部十一），江西教育出版社2007年版，第51页。

⑤ （清）王猷定：《祭梁君仲木文》，见陶福履、胡思敬编《豫章丛书》（集部十一），江西教育出版社2007年版，第135页。

平时生活日益窘迫不堪,至顺治五年(1648),甚至到了有时无食可吃,靠妻子和儿子采野菜自给的地步:

> 戊子。正月,江省乱,道路荒塞。夏秋乞食于淮,归则行戚家溪草上,手一编。忆乱城中火三日,氏弃裙布,纳书于篚,良苦。旅烟不起,有枭来庭,氏携儿子采野菜自给。殡之日,无嫁时衣。悲夫![1]

身为书香世家、名门之后,却落得如此困顿,王猷定深感悲哀和羞愧,但字里行间却又透露着无可奈何,或许只有他的诗才能最真切地表现他此时的心情:"乡心曲曲阵云西,老惯穷愁咽鼓鼙。每对黄花羞汗漫,可能白发有端倪。绸衣葬火残书泪,土灶生尘野鹂啼。剩得一棺萤苑冷,戚家芳草尚萋萋。"[2]凄凉中充斥着无限哀伤。

顺治六年(1649),王猷定携家眷在高邮、南京等地继续漂泊,加上受到洪水影响,生活条件愈加艰苦。《黄叶篇·纪年七咏》载:"己丑。五月,迁高邮,寄孥走邗上。秋大水,及其半扉,予惊操短舫屋梁下,手持门扇渡,乱流至河故道,乃易两舟,泛太湖,双行树杪止寒河。十一月去淮,稍得食。祠灶日反,氏作食,请余祭诗。"[3]幸得友人高胎簪之母张太夫人救助:

> 吾家在涂,去夏大水,挈孥居馆舍,荫一壁,炀一灶。母察之,给米假薪,十五朔以来无倦容。先是,余室病三日,前导而往。室既蒋蚁,母亦就木。[4]

---

[1] (清)王猷定:《黄叶篇·纪年七咏》,见陶福履、胡思敬编《豫章丛书》(集部十一),江西教育出版社2007年版,第200页。
[2] (清)王猷定:《黄叶篇·纪年七咏》,见陶福履、胡思敬编《豫章丛书》(集部十一),江西教育出版社2007年版,第199页。
[3] (清)王猷定:《黄叶篇·纪年七咏》,见陶福履、胡思敬编《豫章丛书》(集部十一),江西教育出版社2007年版,第200页。
[4] (清)王猷定:《祭高母张太夫人文》,见陶福履、胡思敬编《豫章丛书》(集部十一),江西教育出版社2007年版,第138页。

这让王猷定非常感动,将其当做亲生母亲看待,"小人无母,二子之母,吾母也"①。此间,他一度鬻文为生,作于顺治十六年(1659)的《祭尚宝丞刘公文》云:"十年以前,兄约身不取一钱,余卖文以食,穷且殆"②,说的就是此一时期的事情。

至顺治七年(1650)正月,王猷定自己独居,备感忧愁,遂与高姓友人自广陵抵滁阳,游览山水名胜,并作《滁游记》一篇以记之,开篇即云:

> 岁庚寅,叶诸大横之卜。乃中悾悾兮,独居块处,如不可以终日,因思《离骚》,赋《远游》。远游必涉江,乃抱食檽笔簏,偕高子从广陵雨行三十邮签抵滁阳。滁,古南北谯也,土荒俭无足观,亦无地道主款交者,乃仿《禹贡》,纪山川不纪人物如左。③

这或许是王猷定七年中唯一一次真正放松身心的机会,他很珍视这次滁阳之行,每一日的游览都记得颇为详细,而且创作出多首诗歌,正如他在最后作结时说的那样:

> 兹游也,不经旬而雨三日,雪一日。吾得洞三,得泉四,亭之可停者八,台之可以望云物者一,潭之骏鬻可畏者亦一,而观止;得古体、歌行、近体凡二十首,删其六,而诗亦止。昔屈原见放,彷徨山泽,见楚先王庙及公卿祠堂,图画天地、山川、神灵,琦玮僪诡,及古圣贤、怪物行事,因书其壁而问之,以泄愤懑。刘梦得游连、朗州,亦效屈子作《九歌》,使楚

---

① (清)王猷定:《祭高母张太夫人文》,见陶福履、胡思敬编《豫章丛书》(集部十一),江西教育出版社 2007 年版,第 138 页。
② (清)王猷定:《祭尚宝丞刘公文》,见陶福履、胡思敬编《豫章丛书》(集部十一),江西教育出版社 2007 年版,第 134 页。
③ (清)王猷定:《滁游记》,见陶福履、胡思敬编《豫章丛书》(集部十一),江西教育出版社 2007 年版,第 114 页。

人以迎送神，乃倚其声作《竹枝词》十余首。予之呼龙、拜梅，毋乃类是欤？枯居沉郁，则游以散之，而山川蔽亏，道路荒塞，周流而无所极也，犹有寒产而不释者，谓之何哉！①

由此可见，王猷定此行收获颇丰。该年农历十月十四日，王猷定喜得一女，字琼生，可惜刚出生四十日母即身亡，又过十日，琼生亦亡。王猷定极为悲痛，作《庚寅，孟冬十四日，予产一女。以蕃釐台花字之，曰琼生。四十日，母亡；又十日，琼亦亡。悲哉！作百十二字，忏之。冀此种不复再落人间，与一切有情永断终古耳》诗悼念不幸离世的妻女，诗云：

母死儿生知不知？儿生儿死一人悲。悲时不为寻娘乳，乳断生前母是谁？

何曾啼母只啼饥，也脱绯衣换孝衣。孝得母时刚十日，两衣齐着一棺微。

忏汝来生勿再生，只今恩怨未分明。弟兄但识娘恩重，头血濡濡撞阿穷。

百千万恨无言说，想像惟怜肖母形。忏得情销天地外，残生只写法华经。

由是可见，妻子、幼女的相继离世对王猷定的打击之大，外部环境本就恶劣，家中又屡遭变故，此时的他感到深深的绝望和无力只想"残生只写法华经"。

综上所述，从崇祯十七年（1644）到顺治七年（1650），是王

---

① （清）王猷定：《滁游记》，见陶福履、胡思敬编《豫章丛书》（集部十一），江西教育出版社2007年版，第116—117页。

猷定人生当中最为黑暗的七年，南北奔波不停，饱尝丧亲之痛，外部战争不断，家中又屡屡断炊，堂堂七尺男儿，却无法保证家人最基本的温饱，王猷定曾经的意气风发在现实面前不堪一击。这七年让他真切体验到漂泊与贫穷的滋味，同时也让他体会到与梁以樟等人至情至性的情谊，这些都为他后来的文学创作积累了丰富的素材，并能够促使他应用得游刃有余，最终为他成为一代散文名家奠定了坚实基础。

三　老年时期（1651—1662）

在经历了人生的富贵与贫穷、大起大落之后，王猷定对世态人情有了更深刻的体察，表现得也更为理性、冷静、沉着、淡然、成熟。此一时期，他常常参与友人的集会，据汤宇星考证，仅顺治十四年（1657）秋，王猷定就与龚鼎孳、陈维崧、冒襄、余怀、杜濬、姜鹤俦、许宸、梅磊、姜廷幹等人有过多次雅集。[①] 顺治十六年（1659）八月十七日，梁巽卿宴客，王猷定与张鞠存、高汉思、袁青来、程娄东、张季望、阎百诗、张云予等人于梁巽卿处集会，作《得树庭记》：

> 梁子巽卿居枚里之北，有慕乎古之学道者，游饮自晦，不近荣势。居旁有楼，楼之外有隙地，可数亩。有树森蔚参错隅左。主人曰："此可资吾庭之胜者也。累土杂袭，攒以数峰，复架广其上，以宠吾树。小廊回折，随其高下，与后楹接，帘栊窈窕，几席可私。于是乎跬步之内，别有天地。"己亥八月十七日，主人宴客，张乐甚盛，残阳在树，翠竹虚壁。已而月上，影达人面。酒半，主人具绰楔，以属王子命名。
>
> 王子执盏言曰：今何时哉？戎马纷驰，中原无安土。顾兹河曲，犹有昔时丝竹管弦遗音之盛者乎？有之，而觥筹旅献，

[①] 汤宇星：《从桃叶渡到水绘园——十七世纪的江南与冒襄的艺术交往》，中国美术学院出版社2012年版，第214—216页。

不足引重风雅，其谓之何？今群彦毕集，文雅纵横，抑何盛也！何地无树？虽青牛采华，撑霄障日，其不为人游息之具者，犹之丛莽无人之地。而兹庭得之，又何幸与？因取少陵"老树空庭得"之句与标斯胜。古之名庭者不一，如卢征君草堂曰"枕烟幂翠"，皆本于扬雄"爱静神游"之义，今之名亦取诸此。

　　一时同集者为张鞠存先生、高汉思、袁青来、程娄东、张季望、阎百诗、张云予诸君，而王子猷定为之记。①

可见，王猷定应主人梁巽卿之请为其庭命名，他根据杜甫"老树空庭得"之句为其命名为"树庭"，并作文以记当时集会时的情况和参与者。

顺治十八年（1661）正月三日，王猷定与宋琬、宋实颖、唐豫公、张陛等诸友人同游千峰阁，有《正月三日宋使君荔裳携酒过千峰阁对雪》诗记之。

顺治十八年（1661）五月十九日，与施闰章、邹祗谟、徐缄、罗坤同集王晫霞举草堂。王晫《松溪漫兴》有《五月十九日与南州王于一、宣城施愚山、晋陵邹程村、山阴徐伯调、会稽罗弘载诸公过草堂》诗。施闰章《王丹麓松溪诗集序》言：

　　往岁辛丑客西湖，丹麓觞予霞举堂。是时，新建王于一、山阴徐伯调、武进邹訏士、会稽罗弘载与比邻陆荩思高仲兄弟皆在，穷日夜咏言，醉则就榻，今十许年耳。曩者之客，惟余及荩思、弘载三人无恙，余皆地下游矣。良会为难，诗文益可爱惜，予与丹麓相视怃然，未可以一二言尽也！②

由是可见，王晫与施闰章所言为同一事也。该年，王猷定与他

---

① （清）王猷定：《得树庭记》，见陶福履、胡思敬编《豫章丛书》（集部十一），江西教育出版社2007年版，第117—118页。

② （清）施闰章：《学余集》文集卷七，清康熙四十七年刻本。

们醉酒吟诗,何其不是一件快意之事。顺治十八年(1661)夏,王猷定与钱拂水、曹洁躬、周亮工、施闰章、袁于令、祁班孙等诸先生共同泛舟,游杭州西湖,朱彝尊在其《静志居诗话》中对此次盛会有详细记载。

除同友人大规模的集会外,王猷定也常常和友人互相唱和,与钱谦益、施闰章、方文、屈大均、孙枝蔚、杜濬、孙默等人均有往来。如方文就曾在顺治十五年(1658)于王猷定在扬州会面后,作《扬州饮王于一、孙豹人斋头,偕宗兄圣羽学博》一首以记之:

> 芜城好友苦不多,一二寓公藏烟萝。雄文丽句世莫敌,深巷短垣人少过。见予拊掌忽大笑,呼童贳酒且狂歌。广文先生官虽冷,也骑瘦马来婆娑。①

王猷定此时在扬州热情好客,并热衷于集会唱和,看似远离政治,但实际上并不代表他不关心政治。相反,他将满腔的爱国热血、政治见解、思想情感诉诸笔端,借助文字倾诉衷肠、发表自己的想法和见解。

虽然王猷定晚年经常说自己"老而不敏"②"不复言文章事"③,且屡次以"不敏"为由婉拒他人请其作文的要求,但综观他一生的文学创作,显然这一时期的作品更具影响力。流传后世的《义虎记》《汤琵琶传》等作品皆创作于这一时期,他在有意识地为许多忠义之士如钱烈女、张德等作传,在他看来,精神传承更为重要:"俾诸死者庶几于不泯,则予志也夫。"④他想以这种方式使死者精神不朽的同时,感染到更多的人。事实证明,王猷定的选择是正确的,正所

---

① (清)方文:《嵞山集》续集卷一,清康熙二十八年王概刻本。
② (清)王猷定:《王瑞虹先生传》,见陶福履、胡思敬编《豫章丛书》(集部十一),江西教育出版社2007年版,第108页。
③ (清)王猷定:《表烈集序》,见陶福履、胡思敬编《豫章丛书》(集部十一),江西教育出版社2007年版,第40页。
④ (清)王猷定:《表烈集序》,见陶福履、胡思敬编《豫章丛书》(集部十一),江西教育出版社2007年版,第40页。

谓愤怒出诗人，在这一时期，他的文章无论是在数量上还是质量上都较前期有很大的突破，现存的大多数文章都创作于这一时期即为明证。王猷定展示出较强创作能力的同时，对同时代人也产生很大影响，许多人都慕名向其求教，这不乏后来广为后世所知的顾炎武等名人："顾炎武自顺治十四年起北游达二十多年，结交了大量北方学者，他的《肇域志》的最后定稿以及《音学五书》《日知录》的完成皆在此一时期。这些著作与山东、河南、山西、陕西等地'当世之大人先生'的倾力支持是分不开的，而北方学者之所以能'助之闻见，以成其书'，除顾炎武'弛声文苑'的因素外，王猷定等二十余位名士的引荐是极其重要的方面。"① 王猷定此时在文坛的影响力可以想见。

在这一时期，他凭借着"遗民"的特殊身份、至情至性的性格、优秀的文学、书法作品等吸引到了许多仁人志士，与他们志同道合，并最终成为好朋友，如毛先舒、屈大均等。尽管王猷定此期在扬州结识到许多朋友，但是他的内心其实非常渴望能够早回故里，在《寿卢乐居表兄六十序》中，他说："余少有四方之志，及遭世多故，自放于江湖，而流离客处，恒愿得早返故里。"② 想回故乡，却"欲归不得"，思念女儿、外孙，却又无法相见，其悲苦可以想见：

> 余飘泊江淮十余年，回首里门，欲归不得。思吾女而不见，辄呜咽不已。因念外孙昔在襁褓，欲想像其笑啼面目，不复记忆。亦可悲矣！③

他向往一家人欢坐一起，谈笑风生，尽享天伦之乐的晚年生活，但这于他而言无疑是很难得到的事情，他对此也是深有感触：

---

① 何宗美：《明末清初文人结社研究》，上海三联书店2016年版，第366页。
② （清）王猷定：《寿卢乐居表兄六十序》，见陶福履、胡思敬编《豫章丛书》（集部十一），江西教育出版社2007年版，第88页。
③ （清）王猷定：《外孙袁子制义序》，见陶福履、胡思敬编《豫章丛书》（集部十一），江西教育出版社2007年版，第42页。

先太仆门第既更变乱，篱门草舍，历落数椽。亲知故旧，岁时伏腊，候问往来，谈说生平；里社饮酒，歌呼笑乐，放怀天地之外；兄弟姻戚白首追随，口不及户外事；如昔人高话羲皇、儿孙更抱者之乐而不可得。①

随着父亲的离世，"门第"遭遇几次变乱，椽子换过无数，乡亲邻里之间叙旧、怀抱儿孙之福的愿景难以实现。

顺治十六年（1659），他曾与潘陆见面。是年，王猷定在淮安避乱，恰逢"江如从涟水至淮"，二人相见于此，"时南北鼎沸，岷江数百里山飞水立，禽鸟之过者，翔而不敢下"②。王猷定和潘陆登城望战，看见老人、幼儿路边旁哭，心酸不已，潘陆"凄然泣下"，王猷定则表现得相对镇定，安慰他。但之后却也只能借酒消愁，以致于"狂走西东而不自知"③，面对不断的战争，王猷定也想归家，但是"君子生当斯世，有终老他乡而不悔者，其为感愤可胜道哉"④。现实总是残酷的，有多少人囿于现实而不得不终老他乡。友人家尽在咫尺，尚且难回，何况自己离家乡这么远，安慰友人，更是在安慰自己。"城中十万户荡为冷灰，独妻孥屹无恙。呜呼！岂非先世之德然欤？"⑤王猷定在许多文章中皆提到在战火纷飞的环境里，死伤无数，但却总有人"妻孥无恙"，他将这种好运归功于"先世之德"，可见，当无力改变现实时，他有时会寄希望于某种难以言说的力量当中，认为祖荫有德，便可以保佑子孙的平安。在《送孙无言归歙序》中，他表达了自己对"归家"的看法：

---

① （清）王猷定：《寿卢乐居表兄六十序》，见陶福履、胡思敬编《豫章丛书》（集部十一），江西教育出版社2007年版，第88页。
② （清）王猷定：《潘江如穆溪诗序》，见陶福履、胡思敬编《豫章丛书》（集部十一），江西教育出版社2007年版，第36页。
③ （清）王猷定：《潘江如穆溪诗序》，见陶福履、胡思敬编《豫章丛书》（集部十一），江西教育出版社2007年版，第36页。
④ （清）王猷定：《潘江如穆溪诗序》，见陶福履、胡思敬编《豫章丛书》（集部十一），江西教育出版社2007年版，第36页。
⑤ （清）王猷定：《潘江如穆溪诗序》，见陶福履、胡思敬编《豫章丛书》（集部十一），江西教育出版社2007年版，第60—61页。

人而不念其所生之乡乎哉！燕雀之过故都也，犹有啁噍踯躅之意焉，而况人乎！余尝论之，命世王霸皆有情之人，而审时则为英雄。天下既定，何地非家？威加海内而犹思故乡者，隆准之真也。天下未定，何者是家？甫衣锦衣而遽返故乡者，重瞳之陋也……余友孙子无言，歙之隐君子也。淹于广陵，四方贤士多与之游，而于余交更笃。一日归，别余邸舍。余见孙子车马之色，自念十年不归故乡，墟墓之思，伤心战垒间，遭时若此，噫！可哀也。虽然，丈夫不得志而归，与不得志而不归，迹异心同。而离别之际，盖亦有难言者焉。①

"天下既定，何地非家……天下未定，何者是家？"其中不免流露出对国家统一的期盼以及"天下一家"的思想，这实在是难能可贵。诚如杜桂萍所言，在王猷定心中，"文人四海为家，以'志'为主，不必因为黄山是故乡就一定眷眷不舍，非要回去；归与不归，衡量之标准是'心'而非日常行迹，所谓'但令心在黄山中，何妨老作扬州客'"②。

王猷定曾一度很向往平静的生活，能够与两三位遗老谈谈知心话以了残生，足矣。在作于顺治十年（1653）的《祭万年少文》中，他表达了这样的期许："吾侪老人生无井里丘墓之乐，而又畏见一切后来功名之人。惟是二三遗老相与谈洪荒海外之事以送余年。"可是，就是这样简单的心愿却无法达成："而今亦并夺之去，使人寂然如日行阴雪中，仰视苍天，谓之何哉？"③ 在这之后，王猷定的许多好友相继离世，尤其是顺治十四年（1657），好友李长科、刘西佩、弟弟子展均离世，同一年失去这么多好友、家人，这对本已飘零凄苦的王猷定之打击可以想见，如他自己所言："老人飘流

---

① （清）王猷定：《送孙无言归歙序》，《四照堂文集》卷二，清康熙二十二年王玑刻本。
② 杜桂萍：《"名士牙行"与孙默归黄山诗文之征集》，《社会科学战线》2015年第1期。
③ （清）王猷定：《祭万年少文》，见陶福履、胡思敬编《豫章丛书》（集部十一），江西教育出版社2007年版，第133页。

江淮十余年，忧危穷蹙，赖以朝夕者，一载顿尽。"① 随着岁月的流逝，陪伴在王猷定身边的亲人、朋友渐渐地离他远去，他也倍感孤独。这一时期，王猷定时常称自己为"旅人"，《东湖二仲诗序》云：

> 迨国变而两公死，予浮家江淮。南浦人来言：戊子后，东湖蓬蒿十里，白昼多鬼哭。又十年，两公之子孙竟无存者。独予与伯玑从兵火遗箧中搜其残诗，刻之以传……旅人王猷定题。②

"戊子"为顺治五年（1648），所以此文定作于顺治十五年（1658）之后，此时，王猷定自称"旅人"；在《寿喜崇素四十序》中，他如是说："今孟冬之月，公览揆四十。余，旅人也，不能具觞以介礼。"③ 亦以"旅人"自称，可见，王猷定虽然客居广陵十年，结交了许多朋友，但始终没有"家"的感觉，自己仍然是一个"旅人"，尤其晚年的漂泊无依之感，无论是身体还是心灵，其实一直都是在"路上"。

康熙元年（1662），在杭州西湖僧舍，王猷定走完了自己的一生，时年六十四岁。陆莘行《老父云游始末》记：

> 康熙元年壬寅春二月，父友王于一者，自闽至浙，寓昭庆寺。忽疾作，父亟为调治，昼夜不息，王竟不起。父为敛资棺敛，并出床头十金，令其仆扶柩归里。④

---

① （清）王猷定：《祭梁君仲木文》，见陶福履、胡思敬编《豫章丛书》（集部十一），江西教育出版社2007年版，第135页。
② （清）王猷定：《东湖二仲诗序》，见陶福履、胡思敬编《豫章丛书》（集部十一），江西教育出版社2007年版，第30页。
③ （清）王猷定：《寿喜崇素四十序》，见陶福履、胡思敬编《豫章丛书》（集部十一），江西教育出版社2007年版，第87页。
④ （清）陆莘行：《秋思草堂遗集》，江畬经选编：《历代小说笔记选》（清），上海书店出版社1983年版，第65页。

赖友人相助，王猷定之子方能扶柩归里。据载，王猷定卒后原葬本里官庄，后迁到天堂岭。① 周亮工《王于一遗稿序》说：

> 方于一之游于越也，渡江过京口，历吴门，达于武林。以彼其才，交游半天下，所至宜无不合，乃栖迟湖上，落落者两载，卒以客死。死之日，囊无一钱，至不办棺殓。赖陆丽京、严子问、毛驰黄诸君子经纪其丧，广陵诸君子复醵金，俾其子往迎其柩，扶归江右……②

王玞《四照堂集序》也说王猷定"及捐馆武林，不办含殓，赖严子问、陆丽京两先生为之经纪其丧"③。不过，笔者在梳理相关资料的过程中，发现除了陆圻、严津、毛先舒等人为其经纪后事外，亦有其他人参与其中。如：

> 徐林鸿，字大文，一字宝名。钱塘学生，工辞翰，上拟左氏，下类两晋。康熙戊午，诏举博学鸿词，以林鸿荐。既而，归扫一室，读书其中，作为诗歌，清新典丽，所著有《两间草堂诗文集》四十卷。尤笃友谊。汉阳王世显、南昌王猷定客死于杭，太仓王昊、四明周容卒京师，皆为经理其丧，复收遗稿，付其孤，人高其谊。④

> 涂酉，字子山，明季人，入本朝以游为事，无意进取，所至登览名胜，交其地贤士大夫，游踪涉历南北，而客广陵最久，为人守道，狭中，所与游少，当意以是，得狂名。待朋友笃气谊，与南昌王猷定交善，王没，酉为经纪其丧⑤

---

① （清）刘坤一修，刘绎、赵之谦纂：《（光绪）江西通志》卷一百十九，清光绪七年刻本。
② （清）周亮工著，李花蕾点校：《赖古堂集》，华东师范大学出版社2014年版，第277页。
③ （清）王玞：《四照堂集序》，王猷定《四照堂文集》卷首，清康熙二十二年王玞刻本。
④ （清）嵇曾筠：《（雍正）浙江通志》卷一百七十九，清文渊阁四库全书本。
⑤ （清）刘昌岳修，邓家祺纂：《（同治）江西新城县志》卷十，清同治十年刊本。

可见王猷定卒之后，除陆圻、严沆、毛先舒等人为其操办丧失之外，孙默、徐林鸿、涂酉等亦参与其中。此足可见王猷定交游之广、友人之多、影响之远。

王猷定幼有大志，一生胸怀韬略，可惜遭逢国变，时运不济，加上其孤傲率性、狂放不羁的性格，导致其很多心愿未能完成，最终"抱无穷之恨于没世"[①]。在作于顺治十七年（1660）的《表贞遗墨弁言》中，他说自己"老而飘零"[②]，的确，总结其一生，"飘零"一词最合适不过。

由是可见，明清易代，山河破碎，每一个个体的命运都不可避免地受到国家动荡的影响、甚至是冲击，尤其是对出生于书香世家、对国家政治比较敏感的王猷定而言，更是如此。观王猷定一生的命运沉浮，其转折点多与明末清初之际的大事件紧密相连，通过他的生平经历，可以看到当时政治、经济、文化对王猷定及像他一样的文人生命的冲击以及对相关作品风貌的影响。因此，对其生平经历的探求有助于我们更理性、客观地审视当时的文学生态。

第三节 王猷定著述考

王猷定的著述情况，到目前为止，尚未发现有学者作专门的研究。每说到王猷定的著述，广为学人所提及的即是他的《四照堂集》。然经笔者考证，除《四照堂集》外，王猷定流传后世的文集还有《王于一文稿》《轸石文钞》等。此外，他还著有《夏小正辑注》和《怪山谈录》各一部，可惜目前尚没有找到全本，是否存世也不可知，难以窥见全貌。本节将在广泛搜罗文献的基础上，对王猷定的著述情况进行全面、系统的考述，最大限度上弥补当下研究的不足。

[①]（清）王猷定：《祭尚宝丞刘公文》，见陶福履、胡思敬编《豫章丛书》（集部十一），江西教育出版社2007年版，第135页。

[②]（清）王猷定：《表贞遗墨弁言》，见陶福履、胡思敬编《豫章丛书》（集部十一），江西教育出版社2007年版，第149页

一 《四照堂集》版本述略

王猷定的《四照堂集》，最初是由好朋友周亮工在他卒后整理而成的，"（王猷定）客死西湖，篇帙散失。大梁周司农刻其遗稿行世"。① 王猷定之文能流传后世，周亮工功不可没。可惜，周亮工"所梓才十之二三"②。饶宇朴曾如是说：

> 四照堂遗稿凡若干卷，周栎园司农刻其文。辛亥夏，司农复属予选刻其诗未就，兹合刻其诗文者，绍兴郡别驾龙眠王公蒿尹，卷帙较周刻益富，皆高义云。③

可见，王猷定离世后，虽然周亮工整理其文集并付梓，但诗集尚未整理，于是康熙十年（1671），周亮工嘱咐饶宇朴选王猷定诗集，与王猷定文集合刻，但未能如愿。后来王玑将此事完成，"卷帙较周刻益富"。自此，《四照堂集》便一直流传至今，并出现多个版本，兹述之如下：

（1）《四照堂集》七卷，五册。其中四照堂文集五卷，诗集二卷。清康熙二十二年（1683）王玑刻本，前面有王玑和陈僖撰写的序言，所收篇目是目今所见王猷定文集中数量最多的。现藏于上图、鲁图、人大、复旦、南开和国家图书馆。此外，还有清抄本，藏于北京大学图书馆。

（2）《四照堂集》五册，其中第一至四册为《四照堂文集》，五卷；第五册为《四照堂诗集》，二卷。书名据版心题，清康熙二十三年（1684）刻本。前面有王玑、陈僖、饶宇朴、周亮工等人的序言，现藏于国家图书馆。

（3）《四照堂文集》五卷，八册。清康熙二十三年（1684）刻

---

① （清）震钧：《国朝书人辑略》卷一，清光绪三十四年刻本。
② （清）王玑：《四照堂集序》，见《四照堂文集》，清康熙二十二年刻本。
③ （清）饶宇朴：《四照堂集序》，见陶福履、胡思敬编《豫章丛书》（集部十一），江西教育出版社2007年版，第221页。

第一章　王猷定家世、生平与著述

本，八行十九字，白口，左右双边。前面亦有王玑、陈僖、饶宇朴、周亮工等人的序言，现藏于国家图书馆。此本虽然册数较多，但只收录了王猷定文集，未收诗集。文集内容与同一年所刻《四照堂集》一至四册一致。

（4）《四照堂集》六册，其中文集五卷，诗集一卷，豫章丛书本《四照堂集》内容与其一致，但此本脱字较多，诗集有残页，前三首诗、后十三首诗《古月头陀书经后纪事》《仲木出厝东郭挽以绝句》等缺失。书名据版心题，书名页题《王于一先生四照堂集》，破损严重。前面有周亮工写的序言，八行，二十字，白口，四周双边，单鱼尾，有墨笔圈点，清（1644—1911）刻本。现藏于国家图书馆。

（5）《四照堂文集》五卷。清嘉庆十一年（1806）焦循手抄本，十一行二十四字，无格。所收篇目与王玑刻本一致，应是抄写的清康熙二十二年（1683）王玑刻本。

（6）《四照堂集》十六卷。《豫章丛书》本。其中文集十二卷，诗集四卷，校勘记一卷，校勘记补一卷。胡思敬撰校勘记，魏元旷撰校勘记补。书名页题"四照堂集"，现藏于国家图书馆、江西省图书馆。

（7）《四照堂诗集》两卷，康熙刻本，现藏于上海图书馆。

（8）《四照堂诗集》四卷，龙首山房刻本，现藏于粤图。

由上，可以发现，尽管《四照堂集》现存版本众多，但追根溯源，基本就是康熙二十二年（1683）王玑刻本和豫章丛书本。两个版本对读可以发现，尽管豫章丛书本卷数较王玑刻本多[①]，但王玑刻本所收篇目却比豫章丛书本多出《答周栎园书》《文雪堂制义序》《姜张二家七言近体序》《赠程生入学序》《罗篁庵少詹五十寿序》《滦州王处士传》《朱陶蒋列传》《浙江按察司狱记》《古月头陀书经后纪事》《钱烈女别纪》《姚仰田像赞》等篇。由是可见，王玑刻本

---

① 豫章丛书本列《四照堂文集》十二卷，《四照堂诗集》四卷；王玑刻本列《四照堂文集》五卷，《四照堂诗集》二卷。

所收文章比豫章丛书本更为全面，具有较大的价值。值得一提的是，除现有看到的《四照堂集》版本以外，当还有其他版本，只是是否存世还尚未可知，如《江都县志》曾载："《四照堂集》八卷，南昌王猷定著，兵备副史周亮工刊于扬州。"① 这就意味着周亮工曾刊刻过八卷本《四照堂集》，只是很有可能在流传过程中遗失。

二 《王于一遗稿》版本述略

《王于一遗稿》是王猷定作品的选本，现存版本主要由汪楫、康范生等人选订，经笔者查访，主要有以下几种：

（1）《王于一遗稿》四册。九行二十字，黑口，四周单边，单鱼尾，黄纸本，前面分别有康范生、周亮工所撰《王于一遗稿序》，有清光绪十一年施骐墨笔题记，清康熙元年（1662）赖古堂版。

《王于一遗稿》前两册由汪楫选，同乡陈允衡、黄山孙默订，目录中显示序31篇、引2篇、传16篇、记8篇、书4篇、祭4篇。但经笔者核实，序实际收录29篇，分别为《表贞遗墨序》《宋遗民广录序》《宋遗民广录序代》《赠包稚修先生序》《赠张侍玄先生序》《赠鹪林梁公序》《赠卢乐居表兄序》《赠三原梁君序》《二家合刻序》②《容厄叙》《安雅堂诗序》《留松阁诗序》《潘江如穆溪诗序》《元日冒雨寻诗序》《文雪堂制义序》《外孙袁子制义序》《李太虚先生七十寿序》《孙新斋先生六十寿序代》《郑士介先生暨配汪夫人五十双寿序》《罗君震初六十序代》《东湖二仲诗序》《罗母龚太恭人八十寿序代》《贺督学李公石台考绩序》《许菊溪先生诗集序》《客纪诗序》《募修兴教寺藏阁序》《闵宾连菊花诗序》《陈蔼公诗序》《乔简襄诗序》等，比目录所示少出2篇，不知何故。引所收2篇分别为《听杨太常弹琴诗引》《介寿编小引》。

《王于一遗稿》后两册由同乡康范生选，胡介（彦远）、高阜

---

① （清）五格修，黄湘纂：《（乾隆）江都县志》卷三十，清乾隆八年刊，光绪七年重刊本。《（雍正）扬州府志》载："四照堂集八卷，国朝南昌王猷定著，周亮工刊于扬州。"参见（清）尹会一修，程梦星纂：《（雍正）扬州府志》卷三十五，清雍正十一年刻本。

② 王玒本题名《姜张二家七言近体序》，尽管篇名不同，但是内容一致。

（康生）订。虽然目录所示收录传 16 篇、记 8 篇、书 4 篇、祭 4 篇，但实际上仍略有出入。经仔细核对，发现传记文共收录《兵科给事中张公传》《新乐侯刘公家传》《樗叟传》《孝烈张公传》《张仲明先生传》《李一足传》《汤琵琶传》《熊孺人传》《梁烈妇传》《洪母汪孺人传》《毛母许孺人传》《孝贼传》《滦州王处士传》《孝廉张公传》《许氏七义列传》《杜昌之先生传》《义虎记》《浙江按察司狱记》《古月头陀书经纪事》《古月头陀书经后纪事》《寒碧琴记》《得树庭记》《重修五司徒庙碑记》《重建文选楼碑记》等，共计 24 篇，与目录一致；书收录《答周栎园书》《答毛驰黄书》《与顾宁人书》《与友论文书》等 4 篇，亦与目录一致。祭文与目录所示 4 篇有出入，实则仅收录《祭李观生文》《祭尚宝丞刘公文》2 篇。

（2）《王于一遗稿》两册。清（1644—1911）刻本，九行二十字，黑口，四周单边，单鱼尾。王猷定同乡康范生选订。共收录《兵科给事中张公传》《新乐侯刘公家传》《义虎记》《答周栎园书》等文 31 篇，除其中 30 篇篇目与赖古堂本后两册一致外，另多收《祭梁君仲木文》1 篇。两本对读，可以发现，尽管所收篇目数量有异，但有一点是相同的，即两本所收篇目均是传记文居多，由此也可以见出康范生对王猷定传记文的重视。

（3）《王于一遗稿》五卷，康熙元年赖古堂刻本，九行二十字，下黑口，四周单边。

（4）《王于一遗稿》不分卷，康熙三十年邹为桂抄本，现藏于中央党校。

（5）王轸石先生遗集不分卷，清抄本。

综上，可以看出，尽管《王于一遗稿》篇目尚不完全，但对于王猷定文集的传播而言，实有开拓之功，价值毋庸置疑。

三 《轸石文钞》版本述略

《轸石文钞》主要是徐斐然所辑王猷定的部分文章，录为一集，收在徐斐然所辑《国朝二十四家文钞》中，并被徐斐然列为二十四家之首。现存主要是两个版本：

(1)清乾隆六十年（1795）徐氏刻本，十行二十一字，白口，左右双边，单鱼尾。前面有吴兰庭的序言、李慈铭手写的跋文、曾镛的序言等，共收录《元日冒雨寻诗序》《乔简襄诗序》《代宋遗民广录序》《外孙袁子制义序》《梁烈妇传》《孝烈张公传》《孝贼传》《寒碧琴记》《义虎记》《浙江按察司狱记》《祭万年少文》《祭梁君仲木文》《钱烈女墓志铭》等文章13篇，并在其后对王猷定文章进行了总体点评，赞其"开风气之先"。① 同时，辑录了其他人如周亮工、王琓、饶宇朴等人对王猷定之文的评价，并在部分文章如《代宋遗民广录序》《孝贼传》《钱烈女墓志铭》后对这些文章进行了评论，颇有见地。

(2)清道光十年（1830）刻本②，十行二十一字，白口，四周双边，单鱼尾。此本较前一版本较明显的差异是此本没有李慈铭手写跋文，其他内容大体相似。

值得说明的是，两个版本内容一致，徐斐然将王猷定作为第一家收在《国朝二十四家文钞》中，可见其对王猷定的重视。

四 《王于一文选》

《王于一文选》两卷，一册。清人陈维崧选评，清康熙间（1662—1722）刻本，收在《四大家文选》中，书名页题"宜兴陈其年先生评王于一先生文选"，九行十八字，白口，左右双边，单鱼尾。此本第一卷分别收录《许菊溪先生诗集序》《安雅堂诗序》《姜张二家五言近体序》《潘江如穆溪诗序》《文雪堂制义序》《门人乔简襄诗序》《补堂老人生子序》《京江二子诗引》《听杨太常弹琴诗引》《与顾宁人书》《答毛驰黄书》《浙江按察司狱记》《寒碧琴记》《重修五司徒庙碑》《义虎记》等文15篇；第二卷分别收录《观道说》《太傅新乐侯列传》《杜昌之先生传》《孝廉张公传》《许氏七义烈传》《孝烈张公传》《滦州王处士传》《李一足传》《汤琵琶传》

---

① （清）徐斐然辑评：《国朝二十四家文钞》，清乾隆六十年徐氏刻本。
② （清）徐斐然辑评：《国朝二十四家文钞》，清道光十年刻本。

《樗叟传》《熊孺人列传》《梁烈妇传》《毛母许孺人传》《祭梁君仲木文》《祭李观生文》等文15篇，共计30篇。此本有两个比较显著的特点：一是收录了一篇王玠刻本和豫章丛书本均未收的文章——《京江二子诗引》；二是每篇文后皆有陈维崧的点评，部分篇目字里行间亦有陈维崧的点评，可谓字字珠玑，颇为精当。因此，此本重要的价值和地位不容忽视。

五 《四照堂集文录》

《四照堂集文录》两卷，一册。李祖陶收录在《国朝文录》中，清道光十九年（1839）瑞州凤仪书院刻本，九行二十五字，白口，四周双边，单鱼尾。《四照堂集文录》前有李祖陶写的引言，不仅对《四照堂集文录》编写过程加以说明，更是对王猷定之文颇多赞赏之辞。主要收录了《与顾亭林书》《答毛驰黄书》《与友论文书》《榕厄序》《朱宁文邗上草序》《宋遗民广录序》《赠鹢林梁公序》《赠乔简襄归晋序》《昌谷集注序》《李母王太夫人八十寿序》《梁烈妇传》《兵科给事中张公传》《孝廉张公传》《许氏七义烈传》《樗叟传》《汤琵琶传》《桓罍记》《改葬宋金将军墓碑》《扬州募建许真君行宫疏》《钱烈女墓志铭》《书袁山人先生四山楼藏卷补人浔阳手迹事》《题明宣宗画册》《题冯大将军像赞》等王猷定文章24篇，几乎每篇文章后面皆有点评，对于王猷定研究而言有较大启示意义。此外，还有咸丰元年刻国朝文录初编本（丛书综录）；光绪二十六年石印国朝文录初编本（丛书综录）。

六 其他著述考略

事实上，除《四照堂集》《王于一遗稿》《轸石文钞》等以外，王猷定还著有《夏小正辑注》《怪山谈录》等。（光绪）《江西通志》载："（国朝）《夏小正辑注》一卷，王猷定撰"[①]。《江西省出

[①] （清）曾国藩修，刘绎纂：《（光绪）江西通志》卷一百，清光绪七年刻本。

版志》"王猷定"词条中亦有提及。①

(一)《夏小正辑注》

关于《夏小正辑注》，目前能够查阅到的文献不多，除上文提及到的资料之外，以下材料亦可兹佐证。

另，《大戴礼记》中有专记时令、物候、天象的《夏小正》一篇，至唐初仍单行于世，后虽并入，而明、清专治者仍不在少数。细言之，以《宋史·艺文志》所录傅崧卿《夏小正戴氏传》为始。据朱彝尊《经义考》所载，傅氏以下治《夏小正》者尚有张方《夏时考异》、吴观万《夏小正辨》、朱申《夏小正传》、史季敷《夏小正经传考》、赵有贵《夏小正集解》、王廷相《夏小正集解》、杨慎《夏小正解》、顾起经《夏小正补解》、金镜《夏小正传》、王猷定《夏小正辑注》等，今多不存。②

可见，王猷定曾治《夏小正》一书，并著有《夏小正辑注》基本可以认定为是真实存在的历史事实，但遗憾的是，此书是否存世，尚未可知，还有待笔者进一步多方取阅文献，继续查证。

(二)《怪山谈录》

关于《怪山谈录》，《江西通志》中在《怪山谈录》条后写有"王猷定撰"字样③；在今人张德意，李洪编的《江西古今书目》一书中，亦直接在《怪山谈录》后面注明"南昌·王猷定撰"字样④，以示此书作者为南昌王猷定。虽然无法窥见全书原貌，但书中的《梁间老叟》篇却被褚人获《坚瓠集》、于敏中《日下旧闻考》等收录。因资料稀见，兹录之如下：

---

① 谢军总纂，舒圣伦主修：《江西省志·江西省出版志》，江西人民出版社1998年版，第448页。
② 洪光荣：《中国历代文学书目举要·先秦汉魏晋南北朝编》(上册)，新世界出版社2011年版，第42页。
③ (清)曾国藩修，刘绎纂：《(光绪)江西通志》卷一百六，清光绪七年刻本。
④ 张德意、李洪编：《江西古今书目》，江西人民出版社1996年版，第157页。

《怪山谈录·梁间老叟》：崇祯中，慈仁寺僧坐毗卢阁下，闻桯间有人语渐哗，蹑梯窥之，有男女数人，长止尺许。一老叟出，谓僧曰："吾辈本居深山，思睹帝里之胜，携家而来，暂栖于此。师毋见迫，不久当去，师勿露，必有以报也。"居数日，僧复闻哗如前。又问之，叟曰："吾归矣。师可俟我于郭外某处。"僧如言候之，不见，僵卧于道左，觉而探怀中得千钱焉。昔金之将南迁也，有狐舞于宣华殿。元将亡，狐从端明殿出。此殆其类乎？①

王猷定晚年曾在"怪山"居住过："予居怪山垂六十日"②，结合这段经历，根据《怪山谈录》一书题名，可以推测此书当为王猷定居住"怪山"期间所作，而且很可能是一本笔记小说。此期，正是王猷定的创作高峰期，他的散文亦多以传奇叙事为主要风格，故此推知，此书内容也大概多为奇异之事，彰显出他的文学主张。

本章小结

本章结合诸多文献对王猷定的家世、生平、著述等情况做了尽量系统、客观地考述。第一节主要是对王猷定的家世情况予以考辨分析考察出王猷定之曾祖父、从祖父、父亲对王猷定乃至王氏一族的影响。尤其对其从祖父王希烈、父亲王时熙加以细致探究，以突出祖、父辈对王猷定人生选择的影响。努力做到详略得当，层次分明。第二节主要是对王猷定的人生经历加以系统梳理、探究。毋庸置疑，这部分对王猷定文学研究而言尤为重要，故而本节通过多方查阅文献，考察出丧父、国变、丧妻等事件对王猷定的人生经历影响极大，而这些偶然事件背后似乎又蕴含着某种历史的必然，本节

---

① 上海古籍出版社：《清代笔记小说大观》（二），上海古籍出版社2007年版，第1680页。
② （清）王猷定：《安雅堂诗序》，见陶福履、胡思敬编《豫章丛书》（集部十一），江西教育出版社2007年版，第36—37页。

即试图透过王猷定的生平经历，探求明末清初之际的社会环境对王猷定等文人的影响，以有利于研究者更理性、客观地审视明末清初之际的文学生态，为后续相关问题的研究奠定坚实基础。第三节主要是对王猷定的创作情况进行全面、系统梳理，除了对《四照堂集》《王于一文稿》《轸石文钞》等文集的各版本情况进行深入考证和研究以外，还考证出王猷定至少还著有《夏小正辑注》和《怪山谈录》两部书，丰富了对王猷定的现有研究。此外，王猷定还曾为他人编选诗集，如范良的《幽草轩诗集》即是他和方文所选，这在客观上也促进了清诗的传播，为今人全方位审视清诗提供了便利。总之，本章努力做到"知人论世"，对王猷定家世、生平经历、著述等情况加以系统、深入梳理和探究，试图解决王猷定文学创作研究中的相关问题，重新审视明清之际的文坛生态中其作为独特的"这一个"的价值和意义。

第二章　王猷定交游考述

王猷定一生经历丰富，行迹遍布大江南北，性格豪放不羁，"交游半天下，所至宜无不合"①，且人缘极好："客扬十余载，所交客满寰区……时或饮酒，涕泗併下，其亦所感者深也。岁辛丑，薄游武林。武林当轴莫不虚左事之。"② 与清初文坛诸多士人皆有往来，且保持良好的关系，如归庄、钱谦益、顾炎武、屈大均、梁以樟等等。值得说明的是，能够与他真正达成心灵默契的人并不多，计东的一番话颇能说明问题："于一为古文高自标置者三十余年，天下之大，真知于一者周栎园、宋荔裳诸先生外，不过数人。"③ 在计东看来，天下之大，真正能够称为王猷定知己的不过周亮工、宋琬等几人。有鉴于此，本章将重点选取宋琬、毛先舒、周亮工等几位较为重要的人物，深入探求其与王猷定的交游情况，以对王猷定的诗文创作有更深入的理解。

第一节　王猷定与宋琬交游考

宋琬（1614—1673），字玉叔，号荔裳，山东莱阳人。清顺治四年进士，官至四川按察使。历任户部河南司主事、吏部郎中、陇右道佥事、永平副使、浙江按察使等职。少有诗才，"荔裳年弱冠，诗

---

① （清）周亮工著，李花蕾点校：《赖古堂集》，华东师范大学出版社2014年版，第277页。
② （清）韩程愈：《王君猷定传》，见陶福履、胡思敬编《豫章丛书》（集部十一），江西教育出版社2007年版，第218页。
③ （清）计东：《改亭集》（文集卷四），清乾隆十三年计琰刻本。

赋动海内"①，"燕台七子"之一，与施闰章有"南施北宋"之称②。著有《安雅堂文集》二卷、《重刻安雅堂文集》二卷、《安雅堂未刻稿》十卷（含《入蜀集》二卷）、《安雅堂诗集》二卷、《二乡亭词》三卷等。与王猷定的关系尤为亲近，第二次入狱被逮之时尚和王猷定在一起："按察使宋琬尤与相契。已而琬以事被逮，宾客散亡，猷定独周旋患难中。"③ 由此可见二人之间深厚的情谊。对二人交往情况的探析，无论是对王猷定研究、宋琬研究还是对研究明末清初之际文坛均具有重要意义。

一　京师之晤，初始订交

据笔者考证，王猷定与宋琬当相识于顺治三年（1646）。王猷定《安雅堂诗序》云："庚子秋，予客武林。宋公荔裳分守越东，携其近诗，使为之序。予既老，寡言辞，且见天下之言诗者多退而学道，夫己不言诗而为人序诗，不可。"④ 庚子即为顺治十七年（1660）。是年秋天，宋琬邀请王猷定为自己的诗集作序，王猷定以自己年老、寡辞、"不言诗"为由婉拒。"及东渡，越之人士喜公至，欲刻其诗者争恐后。予居怪山垂六十日，未有以报。会大雪，公载酒邀同人咏诗千峰阁。予栩栩觉囊习不自禁，狂歌忽作，乃为序。"⑤ 怪山（塔山）、千峰阁皆在绍兴境内，塔山东麓上有千峰阁。⑥《祭姚亦方文》云："庚子冬，客会稽。"⑦《桓罍记》亦云："庚子冬，

---

① （清）蒋超：《安雅堂诗序》，（清）宋琬著、马祖熙标校：《安雅堂全集》，上海古籍出版社2007年版，第816—817页。
② （清）王士禛："余论当代诗人，目曰南施北宋。施谓愚山，宋谓荔裳"。王士禛：《王士禛全集》（六），齐鲁书社2007年版，第4762页。
③ 王钟翰点校：《清史列传》，中华书局1987年版，第5721页。
④ （清）王猷定：《安雅堂诗序》，见陶福履、胡思敬编《豫章丛书》（集部十一），江西教育出版社2007年版，第36—37页。
⑤ （清）王猷定：《安雅堂诗序》，见陶福履、胡思敬编《豫章丛书》（集部十一），江西教育出版社2007年版，第36—37页。
⑥ （清）嵇曾筠：《（雍正）浙江通志》卷四十五，清文渊阁四库全书本。
⑦ （清）王猷定：《祭姚亦方文》，见陶福履、胡思敬编《豫章丛书》（集部十一），江西教育出版社2007年版，第136页。

予游会稽。"① 据此可知，王猷定本年冬天离开杭州到绍兴，居住在怪山（塔山），得宋琬相邀。

他创作此序乃是在宋琬邀众人咏诗千峰阁之时，一时兴起而作；据其另作《正月三日宋使君荔裳携酒过千峰阁对雪，同集宋既庭、唐豫公、张登子》一诗可知，宋琬邀众人咏诗千峰阁为顺治十八年（1661）正月三日，《安雅堂诗序》亦当作于顺治十八年（1661）。汪超宏所记顺治十七年庚子（1660）"冬，宋琬载酒邀众人咏诗千峰阁，王猷定诗兴大发……作《安雅堂诗序》"②，实误。该序又言："嗟乎！吾与公不获论诗者十五年矣。"如数上溯，可推知二人当相识于顺治三年（1646），地点在京师。王猷定言："自予遭乱，见公京师。公方窜身吴越，归见里社丘墟，渡桑乾，相与悲歌燕市。曾几何时，一旦奋庸，复先人之旧业，视予潦倒无用于世，岂不称大丈夫哉？"③ 在《客纪诗序》中亦自云："丙戌，余先先生别里门，度淮循山以东，过齐、鲁之墟，憩幽州，复返居阳平者三年。"丙戌为顺治三年（1646）。《黄叶篇·纪年七咏》载：

> 右丙戌。三月，吉州城陷，予家上五湖，船至螺子山，寻故人不见。城下睫血为江，掘土泉自汲。峡江白昼焚杀，遂夜渡章江达蠡口。五月繇石头城抵淮，渡黄河，舍舟趋马陵。道上暑雨杂蒸，欙穿鬼谷中十昼夜，耕泥河，蹈橇，恒输予步，亦踵蹙。氏病疡，终日抱儿哭，无怨声。古称'行路难'，未有逾此者。七月朔，驻淄川稍憩。望日，氏初度，予贳酒瓦盆相劳。五鼓，即单骑北道赴所知难也。八月至蓟门，山东兵乱，环淄川道梗，不得归，苦若此。④

---

① （清）王猷定：《桓垒记》，见陶福履、胡思敬编《豫章丛书》（集部十一），江西教育出版社2007年版，第121页。
② 汪超宏：《宋琬年谱》，人民文学出版社2010年版，第140页。
③ （清）王猷定：《安雅堂诗序》，见陶福履、胡思敬编《豫章丛书》（集部十一），江西教育出版社2007年版，第36—37页。
④ （清）王猷定：《黄叶篇·纪年七咏》，见陶福履、胡思敬编《豫章丛书》（集部十一），江西教育出版社2007年版，第199页。

据此可知，顺治三年（1646），王猷定曾因战乱滞留在京师一带，无法南归。"右丁亥。正月，予出都。二月返淄川，携家南归。"①丁亥为顺治四年（1647）。是年正月，王猷定方得以离京南还。因此，他与宋琬相会当为顺治三年（1646）在京避难期间。汪超宏也认为，宋琬于顺治三年（1646）入京，且"与王猷定相会"②。综合以上材料，顺治三年（1646），王猷定与宋琬在京师的相会当为两人初次相遇之时。

二 管鲍之谊，福难与共

顺治十八年（1661），对王猷定和宋琬而言皆意义非凡，他们经历了人生中的重大转折。于宋琬而言，一夜之间，便从人上人沦为阶下囚；于王猷定而言，一夜之间，便因宋琬所遭之祸无家可归，且身患疟疾，并于次年不幸离世。但正是这年二人所共同经历的繁荣与衰败，让彼此更加惺惺相惜，宋琬甚至将二人之交比作"管鲍"。

该年冬天，宋琬因族子宋一炳诬告入狱，备尝世间冷暖，但却从王猷定那里得到了别样的温情：他入狱之时，宾客尽散，王猷定带疾为他四处奔走相救。"岁辛丑，（王猷定）薄游武林。武林当轴莫不虚左事之，按察使东鲁宋公琬尤为知己，晨夕出入不限时刻。已而宋公以他事被逮，宾客散亡，惟于一周旋患难中。亡何遘疾不起，遂卒于杭。"③《清史列传·王猷定传》亦载，"（王猷定）晚寓浙中西湖僧舍，大吏重其人，皆虚左事之。按察使宋琬尤与相契。已而琬以事被逮，宾客散亡，猷定独周旋患难中"④。对此，宋琬倍为感动，并在出狱后创作的《陆际明先生墓志铭》一文中特意提及

---

① （清）王猷定：《黄叶篇·纪年七咏》，见陶福履、胡思敬编《豫章丛书》（集部十一），江西教育出版社2007年版，第199页。
② 汪超宏：《宋琬年谱》，人民文学出版社2010年版，第59页。
③ （清）韩程愈：《王君猷定传》，见陶福履、胡思敬编《豫章丛书》（集部十一），江西教育出版社2007年版，第218页。
④ 王钟翰点校：《清史列传》卷七十，中华书局1987年版，第5721页。

第二章　王猷定交游考述

王猷定：

> 是年冬，于一疽发于项，喘喘然将死，挐一小艇诀余于塘栖，曰："余不幸遘罹虐疾，而吾子且有家祸，命也，奈何！然吾死则委骨于陆氏，子如不讳，亦有如斯人可托七尺者乎？"因相对哽咽，不能一语而别。甫食顷，缇骑骤至，予仓皇就逮，不复知于一消息。今年春，再过钱塘，则于一已前死者四年，获诸孤偕一苍头，载其棺归江西。问谁为经纪其丧，则先生实主之。呜呼！交道之废也久矣。平居杯酒相誓约，人人自以为管、鲍。一旦临利害，殊死生，则弃捐畏避，如鸟兽之不相顾恤。当予陷身穽窨时，行坐惘惘，指尽偻无可收骸骨者。今先生于于一诚厚矣。①

亲人背叛的同时，友人竭尽所能奔走相救愈显弥足珍贵。宋琬深谙于此，他在追思陆际明之时，想到了王猷定的重情重义。在他为官一方时，宾客众多，他自然是人中的焦点，他也将自己与许多人的交往看成是管鲍之交。可当他身陷囹圄之时，人人"弃捐畏避，如鸟兽之不相顾恤"，树倒猢狲散，突然之间的凄清与先前的门庭若市形成鲜明对比，宋琬当时惆怅、悲伤的心情可以想见。患难见真情，此时，王猷定虽孤老穷困，且身患疟疾，能力十分有限，但却挺身而出，想尽办法、竭尽全力营他出狱，与大多数人的"弃捐畏避"形成鲜明对比。陆际明对王猷定"诚厚矣"，王猷定对宋琬又何尝不是？宋琬对这些心知肚明，又因陆际明为王猷定所引荐，所以宋琬自然对陆际明怀有一种特别的感情，借给陆际明作墓志铭之机感怀王猷定也是情理之中的事情，由此足以看出二人感情之深厚。

宋琬将自己与王猷定的感情比作管鲍之交，足以看出王猷定在宋琬心中的地位。这与顺治十八年（1661）的这场变故有关，与彼

---

① （清）宋琬：《陆际明先生墓志铭》，辛鸿义、赵家斌点校：《宋琬全集》，齐鲁书社2003年版，第154页。

此相似的人生阅历有关，亦与之前二人的频繁交往、唱和有关。

如前所述，顺治十七年（1660）秋，宋琬曾携其诗请王猷定作序，王猷定婉拒，在顺治十八年（1661）同友人集会千峰阁时，王猷定兴致勃发，挥笔为其作序。正月初四日，王猷定作《正月三日宋使君荔裳携酒过千峰阁对雪，同集宋既庭、唐豫公、张登子》诗一首①，对正月初三日众友人相聚的场景做了精彩叙述：

> 怪山一夜空林吼，狮子街头绝行走。老夫朝起开半扉，扑面雪花大如手。岩巷俄成白玉阶，山茶满树落莓苔。呼童花雪莫轻扫，扫花厮卒纷喧豗。口称官长来未绝，倒屣坡前车骑列。坡旧名。东武飞来君故山，故山坐到他山雪。古塔盘空何快哉！莱鸡佐酒愧器杯。公任秦州，土人自隗嚣官掘得之者。闲看饥鸟啄簷瓦，鸟惊瓦堕三人来。高台极望迷城郭，翻身再上千峰阁。千峰莽荡化白云，大海波涛涌山脚。天柱倾折石帆悬，渺渺香炉飘玉烟。苦竹城颓何处望？攒宫树死亦凄然。须臾日射山光发，缨带横斜争起灭。乾坤气候变鸿濛，万壑微茫辨禹穴。樽前醺黑天模糊，使君豪气凌五湖。缩取山河来几席，秉烛更看辋山图。辋山图写二十幅，飞走烟云看不足。崔生巧欲夺化工，化工染绘较神速。醉罢莫歌黄竹词，群公骚雅胜南皮。草堂载酒严公少，访戴谁传剡客诗？如公韵事今稀有，朱门酒肉笑屠狗。狂歌莫待春风来，明日春风已白首。次日立春。②

此诗在狂风呼啸、大雪纷飞中开篇，描绘了当日友人相聚，觥筹交错、傍晚微醺之时，宋琬豪气宴饮，兴致颇高，命取王维的《辋山图》，大家秉烛观看，与当日千峰阁漫天飞舞的、"大如手"

---

① 据郑鹤声《近世中西史日对照表》（中华书局，1981年10月版）查，该年立春日为农历正月初五（公历二月三日）。因诗末作者自注"次日立春"，故推测此诗当为正月初四日作。宋实颖，字既庭，号湘尹，长洲人。张陛，字登子，浙江山阴人。

② （清）王猷定：《正月三日宋使君荔裳携酒过千峰阁对雪》，见陶福履、胡思敬编《豫章丛书》（集部十一），江西教育出版社2007年版，第173页。

的雪花美景交相辉映，融为一体，让人无法辨清何者为景、何者为画，表达了王猷定和宋琬等众友人对闲适、恬淡的田园生活的向往。与此同时，作者引用"黄竹词"、①"朱门酒肉"等典故表达了自己想借此一醉方休、不考虑艰难的现实生活但却无力改变现实、无法逃避的无奈，与宋琬拿出《辋山图》与大家共赏的用意不谋而合。此外，王猷定曾作《赠宋荔裳参藩浙东二首》予宋琬：

> 吏部文章绝代雄，卢龙旌节海门东。朔云秋日行秦堑，玉简金书谒禹官。关辅久瞻厘保迹，山河还溯凿疏功。会稽亦是先王地，趋走群灵宝扆中。
>
> 隼旗鼍鼓大江邻，内地安危寄重臣。雅度朝哺三百士，雄心秋祭六千人。日生秦望多怀古，花发兰亭独岸巾。自是风流贤仆射，行厨应洗玉盘新。②

在肯定宋琬文学才华的同时，表达了自己对宋琬参藩浙东的期望，宋琬本就是风流才俊，任职秦州（今属甘肃）时即颇有政声，受到当地百姓的拥戴；督陇西学政期间，"清慎公明，号称得士"③，此次任职浙东也一定会使当地面貌焕然一新，不会让百姓失望。

饶宇朴《四照堂集序》载王猷定："庚子（1660）往依宋荔裳廉使武林，栖迟湖上……"朱彝尊《黄子久浮岚暖翠图》：

> 顺治十有七年冬十一月朔，寓山阴之箪醪河，饮于莱阳宋公之廨。斟隗嚣宫、绿瓷盏劝客，蒸莱鸡为馔，客以醉辞。公出《黄子久浮岚暖翠图》示客以当解酲。图高六尺，广三尺。

---

① 《穆天子传》曰："丙辰。天子游黄台之丘。猎于苹泽。有阴雨。天子乃休。日中大寒。北风雨雪。有冻人。天子作诗三章以哀民。曰'我徂黄竹'。"后人即以"黄竹词"喻哀民生疾苦之诗篇。王天海译注：《穆天子传》，上海古籍出版社2018年版，第137页。

② （清）王猷定：《赠宋荔裳参藩浙东二首》，见陶福履、胡思敬编《豫章丛书》（集部十一），江西教育出版社2007年版，第207页。

③ （清）颜光敏辑：《颜氏家藏尺牍》（下册），商务印书馆1941年版，第271页。

树木之秀挺，山石之诡异，恍如坐我富春江上，浑忘身之在官舍也。画额题识，子久时年八十有三，而局法严整，神韵深厚，反胜少壮时。此全乎天者已。是日南昌王猷定于一、长洲宋实颖既庭、金坛蒋超虎臣、仁和陈晋明康侯、吴江叶燮星期同观。①

据此可知，顺治十七年（1660）冬天，王猷定曾前往宋琬府邸，与朱彝尊、宋实颖、蒋超、陈晋明、叶燮等人集会唱和。

王猷定客居宋琬府邸期间，与宋琬无话不谈，也会适时地向宋琬提出建议。当得知宋琬即将赴任浙江按察司时，他向宋琬言及自己好友朱士稚②因事入浙江按察司狱的所见所闻，趁机向宋琬揭露狱中环境之恶劣，狱卒之冷酷、残忍、暴虐，并专门做《浙江按察司狱记》一篇，以期宋琬在任职期间能有所作为，勤政为民。文中云：

> 浙江按察司，故宋岳忠武第宅也……丁亥，余友朱子以事系狱，久之得释……去岁除夕前一日，朱子没，余悲良友之不可作，而有感于其言也。今年春，宋公将之任按察司。公仁者，既尝道其先世事于其行也，为之记以贻之。③

明确表达了自己对宋琬即将赴任浙江按察司的期待。此外，他还应宋琬之嘱，作《义虎记》一篇。文章开篇即交代缘由："辛丑春，余客会稽，集宋公荔裳之署斋，有客谈虎。公因言其同乡明经孙某，嘉靖时，为山西孝义知县，见义虎甚奇，属余作记。"宋琬亦自作五言古诗《义虎行》一首。《义虎记》表面上是在赞扬老虎之义，但笔者认为，文中的点睛之笔则是最后一句话："世往往以杀人之事归狱猛兽，闻义虎之说，其亦知所愧哉？"借赞扬"义虎"之

---

① （清）朱彝尊：《曝书亭集》卷五十四，四部丛刊景清康熙本。
② 朱士稚（1614—1660），字伯虎，更字朗诣，与同乡张宗观被人们称为"山阴二朗"。参见严迪昌《清诗史》，人民文学出版社2011年版，第216页。
③ （清）王猷定：《四照堂文集》卷四，清康熙二十二年王玑刻本。

机批判世人。与《义虎行》中最后一句"楚国谷于菟，书传非荒唐。作诗表厥异，愧彼中山狼。"有异曲同工之妙。向来不喜誉人的王猷定曾向钱谦益夸赞宋琬的文学才华："豫章王于一，文士之不苟誉人者也，来告我曰：玉叔不独诗擅长也，其文章卓然名家，惟夫子有以表之，俾后学有职志焉。余闻之，喟然叹息。"① 由此可看出二人志趣相投。

这段时间，宋琬"与王猷定过从甚密"②。王猷定寓居宋琬宅邸，宋琬视其为知己，"晨夕出入不限时刻"③。二人与众友人集会唱和、欢歌宴饮，王猷定度过了他人生中极为难忘的时光。在王猷定仙逝后，陆际明之子陆进特地作《饮施愚山先生京邸，话当年湖山高会，为莱阳宋荔裳、晋江林铁崖、南昌王于一、吴门袁箨庵、新城王西樵诸前辈，及毗陵邹评士，新安孙无言，于越徐伯调、罗弘载，同郡诸骏男、王古直、家左城、高仲，极一时之盛。今皆物故，惟弘载与余在耳。感时念旧，各赋一章》七律一首，回忆当时高朋满座的盛况。诗云：

> 忆昔明湖烟景新，春风处处解留人。孤山泛月携红袖，（同人每集，殷较书辄在座）花港垂竿借翠茵。异地荒丘悲宿草，同心潋酒滴青频。今朝重述情何限，欲觅罗含醉十旬。④

让后人透过文字看到了宋琬、王猷定当时与众友人集会时的盛况，可惜物是人非，盛况不再，与旧人阴阳两隔，无法见面，也只能借助文字忆往昔、抚今朝，聊慰心灵。

虽然王猷定于康熙元年（1662）不幸离世，但他与宋琬真挚的

---

① （清）钱谦益著，（清）钱鲁笺注，钱仲联标校：《钱牧斋全集》，上海古籍出版社2003年版，第1588页。
② 汪超宏：《宋琬年谱》，人民文学出版社2010年版，第143页。
③ 韩程愈：《王君猷定传》，见陶福履、胡思敬编《豫章丛书》（集部十一），中华书局1993年版，第218页。
④ （清）陆进：《巢青阁集》卷六，清康熙刘愫等刻本。

友情在后代那里得到了延续。其子王汉卓曾于康熙十二年（1673）随宋琬入蜀，泊石子滩，有《泊石子滩，同宋荔裳先生、张邺仙、沈右文诸子分韵》诗一首。诗云："天梯迢递是蚕丛，万里西征正转篷。二月莺花巴地满，百蛮泉货蜀江通。山深树暝春云黑，峡险滩高夜火红。喜有良朋相慰藉，共携美酒醉郫筒。"① 可惜康熙十二年（1673）冬天，宋琬入京朝觐之时，听闻吴三桂叛乱，成都失守，妻孥杳无音信，抑郁而终。

综上，王猷定与宋琬在精神上有许多相通之处。在宋琬任职宁绍台道期间，不仅对当时贫困潦倒的王猷定伸以援手，更使他获得随时进出自己府内的特权，请其为自己的诗集作序，多次邀请其参加友人集会，无论是在物质层面还是精神层面都为王猷定提供了极大满足，让他暂时获得了体面、尊严的生活。在宋琬入狱之时，王猷定未像大多数人那样，"不相顾恤"，而是拖着病体，四处奔走，竭尽全力、想尽办法营救宋琬出狱，尽管他此时已无多大气力，但他却在尽自己能尽的每一分努力。有福同享，有难同当。二人福难与共，这份情谊在今天看来依然弥足珍贵。

三 《昌谷集注》宋琬序作者考辨

《昌谷集注序》是李贺研究中极为重要的一篇文献，几乎言李贺者必言《昌谷集注序》，言《昌谷集注序》者必言宋琬，认为这就是宋琬之作。笔者为一探究竟，追根溯源，多方查阅文献，发现学人所引此篇大多源于清人王琦所编《李贺诗歌集注》或《李长吉歌诗汇解》，如郭预衡主编的《中国古代文学史长编》、陶尔夫的《李贺诗歌的童话世界》等。但无论是《李贺诗歌集注》抑或《李长吉歌诗汇解》，其所收录文章最早皆源于姚文燮《昌谷集注》一书。然经笔者考证，此文并非宋琬本人所作，而是王猷定的代笔之作。之所以作出如上结论，原因有三。

第一，明末清初之际，产生了大量遗民，他们中有许多人颇有

---

① （清）邓汉仪：《诗观三集》卷十一，康熙慎墨堂刻本。

文学才华，但受到时局因素影响，生活艰难，不得不靠鬻文为生，甚至代他人创作，如后来广为流传的明末之际传奇《绿牡丹》即揭露了明末代笔之风的泛滥。① 诗坛名宿王士禛题赠的许多诗篇均出于其门人之手，并非本人直接创作：

> 渔阳先生题赠诗篇，多出门下士手笔，亲书复少。是册稿本，标题乙亥为康熙三十四年，官少司农时所作。余尝得先生赠汪钝翁手书诗，笔正与此同。是册有端楷数篇，尤为难得，识者不可不宝诸。咸丰丁巳秋八月，元和后学韩崇读记。②

当然，这只是冰山一角。许多文学史上的名人由于各种原因亦不乏代笔之作，宋琬本人二十二岁时即代父创作了《养冲刘公墓志铭》一文，此外，他还代人创作了《钱宝汾太夫人寿序代》《恭贺少保兼太子太保户部尚书觉公荣归序代》《高太夫人六十寿序代》等文。王猷定也代人创作过许多文章，据现有文献查找，王猷定的代笔之作共有十二篇。如《赠张侍元先生序代》《马制台予告还朝序代》《寿少司马李公序代》《昌谷集注序代》等等，李长科③之《宋遗民广录序》即为王猷定代笔之作。潘承玉曾直截了当地指出："不少南明遗民散文经典的荣光已被他人窃占。"④ 大环境如此，宋琬之文中的个别篇章出现由他人代笔的现象也就不足为奇。

第二，据笔者查阅相关资料，最早收录此篇的当为康熙二十二年王玑刻本《四照堂诗文集》文集卷二，作者为王猷定。晚于其后的乾隆宝笏楼刻本《李长吉歌诗汇解》首卷亦收录此篇，但文末注作者为宋琬，后世许多学者援引时多据于此。清代李祖陶《国朝文

---

① 何宗美：《明末清初文人结社研究》，南开大学出版社2003年版，第276页。
② （清）王士禛：《渔洋山人乙亥文稿一卷》，稿本。
③ 李长科，一名盘，字小有，李春芳之曾孙。两中副榜，与弟李嗣京、李乔皆以文名传天下，时称"淮南三李"。参见郭馨馨《明末清初李长科世系、著述考述》，《苏州大学学报》（哲学社会科学版）2010年第5期。
④ 潘承玉：《南明文学研究》，中华书局2012年版，第247页。

录》四照堂文录卷一①、《四照堂集》豫章丛书本均收录此篇。值得注意的是，无论作者标注为宋琬抑或王猷定，内容皆大体一致，这就证明其中肯定有一人是代笔。然《四照堂集》中所收之文题目后明确注一"代"字，以示此篇确为王猷定所写。李祖陶在文末评论曰："妙论长吉得此为不死矣，只爱谀二字颠倒通篇，每拈一解，转一境，皆为寻常屐齿之所不到。"对此文给予高度评价。在《四照堂文录·引》中，李祖陶写道："《四照堂集》者，南昌王于一先生之所著也。往予在京谒汪瑟庵先生，相与论吾乡古文，不数魏叔子，而称于一《四照堂集》。"认为王猷定之文比魏禧更胜一筹。由上，可以确定两点信息，一是《昌谷集注序》确为王猷定代人所写。二是王猷定有代宋琬作此篇的才华和能力。

第三，姚文燮在《昌谷集注·凡例四则》中写道："庚子冬，是帙已付剞劂。蒋太史虎臣与余游会稽，谬为推许。出一编见示，乃尊公楚珍先生所评阅昌谷集也。因谓余曰：'子注必名千古。先大夫亦酷嗜此诗，间独出己见，往多玄解，第未能全释行世，与子注颇相符契。余既说海内之得快书，又深喜先子之有同志，则数语品题，其以子作青云可乎？'余捧读之，因念古今才人亦不必尽叹知希也。先生家学渊源，炳麟彪固。太史公鸿文冰鉴，海内具瞻，珥笔彤犀，纶扉倚毗，乃于余为昌歜之嗜，而重以先志见托也。虽吉光片羽，自足价重鸡林，余亦何幸而得此欤？惜未能亲炙，共相论难，则此帙必更有可观者。因书成，仅续之注末，以公玄赏。"文末作者自注："文燮又识于鉴湖客舫。"② 当代学者傅璇琮认为"此书首次刻于顺治十七年（1660），刻于吴门"③。据以上材料，可以确定，姚文燮《昌谷集注》刻成于顺治十七年（1660），该年恰是王猷定居于宋琬府邸，与宋琬朝夕相处，"晨夕出入"之际，王猷定为感谢

---

① 李祖陶：《四照堂文录》，清道光十九年瑞州府凤仪书院刻本。
② 转引自（唐）李贺著，（清）王琦等《李贺诗歌集注》，上海人民出版社1977年版，第387页。
③ 傅璇琮总主编：《中国古代诗文名著提要》（汉唐五代卷），河北教育出版社2009年版，第376页。

宋琬在其贫寒落魄之时对其的优待，为其作此篇完全有可能，更何况于王猷定而言，这恰是其所长。一来可以借此酬谢宋琬盛情款待；二来可以施展其才华，何乐而不为？于宋琬而言，他偏爱古文，如果能得到当时古文名家王猷定的代笔之作，也未尝不是一件幸事，何况王猷定此时恰在自己府上。在天时、地利、人和皆占的情况下，王猷定为宋琬代笔《昌谷集注序》是完全有可能的。

第二节　王猷定与毛先舒交游考

毛先舒（1620—1688），始字驰黄，后改字为稚黄，浙江仁和（今杭州）人，有姊四人，因在家中排行老五，又被称为毛五。魏耕《简赠毛五先舒》、张丹《怀友人毛五稚黄诗七章》《毛五稚黄朱生南冈送予至昭庆寺》等诗可资佐证。诗文与毛奇龄、毛际可齐名，时人称"浙中三毛，文中三豪"。又与陆圻、孙治、柴绍炳、丁澎等并称"西泠十子"。著述颇丰，文有《潠书》《小匡文钞》《稚黄子文迸》《思古堂文集》《东苑文钞》；诗有《蕊云集》《晚唱》《东苑诗钞》；词则有《鸾情集选填词》三卷，并《填词名解》《填词图谱》等多种。[1] 王猷定在"文学方面给毛先舒较大影响"[2]。考二人交往之情况，无论是对王猷定研究、毛先舒研究还是明末清初文坛生态的审视均具有重要意义。

一　文章创作，相交纽带

《毛母许孺人传》载："甲申国变，孺人怆然劝继斋先生弛业，命先舒曰：'与汝偕隐。'越明年遂殁。"[3]"甲申国变"为顺治元年（1644），"越明年遂殁"即指顺治二年（1645）毛先舒之母许孺人仙逝。毛先舒《祭母文》载："至酉之岁，播乱之余，栖息未定，

---

[1]　参阅孙克强、杨传庆、裴喆《清人词话》（上），南开大学出版社2012年版，第164页。
[2]　邬国平：《明清文学论薮》，凤凰出版社2011年版，第103页。
[3]　（清）王猷定：《毛母许孺人传》，见陶福履、胡思敬编《豫章丛书》（集部十一），江西教育出版社2007年版，第110页。

而母竟以殁。"据上下文，此处"酉之岁"即指顺治二年（1645）。"自孺人殁十七年，余始得交先舒，登其堂，肃雍如也。日与侪伍，尝隤乎其容。"如数推加，可知，王猷定与毛先舒当相见于康熙元年（1662）。虽然二人在该年方得以相见，但二人的交往早在此前就开始了。

（一）虽未谋面，心向往之

王猷定作为当时的散文名家，许多人慕名求教，这不乏许多为我们后世所熟知的人物，如顾炎武、归庄等，毛先舒亦是其中的一位。他在《与王轸石书》中，表达了自己对王猷定的倾慕并想见之而不能的急切心情："私心慕之，愿望见之，至愿见之不可得，则不得不托之书辞以通于左右。"① 因客观环境限制，他一时无法当面向王猷定求教，只得请朋友相助，捎书信一封，希冀得到王猷定的指导。这一点在王猷定之文《答毛驰黄书》中得到了印证：

> 仆自遭乱，飘泊广陵。南北舟车之会，多所接遇，得以周知四方之贤者。闻西陵诸子有足下善为诗古文辞，式间愿见，宜辱埽门，竟以川途辽绝，不得时时望见颜色，城阙之叹，曷日无怀？昨介夫至，承足下书，谬为推誉及惠所著撰。②

可见，毛先舒是托孙金砺③稍书给王猷定的。不仅毛先舒有见王猷定之意，王猷定亦早有会见毛先舒之念。虽然二人素未谋面，但早已深谙彼此。毛先舒身为"西泠十子"之一，王猷定对其文学才华早已有所耳闻，颇多赞赏，加之他向来喜欢提携后进，因此，他想与这个文坛后起之秀相见亦是情理之中的事情，无奈"川途辽

---

① （清）毛先舒：《与王轸石书》，《清代诗文集汇编》编纂委员会编：《清代诗文集汇编》（72册），上海古籍出版社2010年版，第538页。

② （清）王猷定：《答毛驰黄书》，见陶福履、胡思敬编《豫章丛书》（集部十一），江西教育出版社2007年版，第23页。

③ 孙金砺，字介夫，生卒年不祥，甬东人。黄与坚《愿学斋文集》载：甬东孙介夫与南昌王猷定于一善，于一殁西泠时，介夫客虎邱，梦于一叩门而入，噭然哭曰：我死矣！子其以我文定而传之乎？亡何而于一之讣至。

绝",心愿一直难以达成。可见,二人相见之前,早已有书信往来,虽然因种种原因未能见面,但二人都渴望见面、畅谈。毛先舒敬慕王猷定的为人、才学,"先生文老干疏枝苍郁,莫伍比之。众草奄离,而奇松槎枒,挺出于山崖之表,独立霜雪以斗岁寒。"① 王猷定欣赏毛先舒的文才、谦虚、好学:"先舒能文章,不妄交,闭户西泠,以著述自娱,然四方之贤者多造其门,乐与之游。"② "乃足下当今作者,而又虚怀若谷,商于仆无所短长之人,敢不书所见,以畅足下之旨。"③ 二人彼此青睐,神交已久。这为二人见面之后日与侪伍的真挚友情打下了坚实基础。

(二)谋面之后,日与侪伍

王猷定与毛先舒会面之后,"日与侪伍,尝隤乎其容"④。在毛先舒的一再请求下,为其母作《毛母许孺人传》一篇。此传未出之前,毛先舒殷切期盼:"始轸石为《先孺人传》,迟迟不肯出,先舒甚望。"⑤ 传记作成之后,毛先舒欣喜非凡,并给予高度赞誉:"今观是篇,风格既古,而感慨淋漓,开合顿挫,极文章之高妙,在先生集中自属名作,昔者迟迟有以也。"⑥ 毛先舒年少时本就体弱多病,加之他是家中第五个孩子,亦是独子,母亲生他时年事稍长,因此母亲更偏爱于他。"母之生先舒甚晚、甚爱。而先舒少四姐,又多病,为母忧,为母惊。"⑦ 他深知母亲生他时的艰辛和生活中的诸

---

① (清)毛先舒:《书王于一文后》,《清代诗文集汇编》编纂委员会编:《清代诗文集汇编》(72册),上海古籍出版社2010年版,455页。
② (清)王猷定:《毛母许孺人传》,见陶福履、胡思敬编《豫章丛书》(集部十一),江西教育出版社2007年版,第110页。
③ (清)王猷定:《答毛驰黄书》,见陶福履、胡思敬编《豫章丛书》(集部十一),江西教育出版社2007年版,第23页。
④ (清)王猷定:《毛母许孺人传》,见陶福履、胡思敬编《豫章丛书》(集部十一),江西教育出版社2007年版,第110页。
⑤ (清)毛先舒:《书王于一文后》,《清代诗文集汇编》编纂委员会编:《清代诗文集汇编》(72册),上海古籍出版社2010年版,第455页。
⑥ (清)毛先舒:《祭母文》,《清代诗文集汇编》编纂委员会编:《清代诗文集汇编》(72册),上海古籍出版社2010年版,第575页。
⑦ (清)毛先舒:《祭母文》,《清代诗文集汇编》编纂委员会编:《清代诗文集汇编》(72册),上海古籍出版社2010年版,第574页。

多不易。如此种种，母亲在他心目中的重量可想而知。而他自己却因"出交游于师友"等诸多原因，未能在母亲生前让其"尽欢"，未能及时尽孝，他深感内疚、自责和不安：

> 呜呼！先舒为子无状，生不能奉养尽欢，殁葬又淹逾期月，诚负罪，愿不敢自释。
> 昔尝念欲为子者，修洁白华，谐于门内，思其人以湘锜釜，职酒浆，鸡鸣适寝，承父母欢。乃先舒竟祗服，无似生负阿母，致不得一日开口而笑，况于既殁后耶？①

可见，他一直对此耿耿于怀，难以平复。

《祭母文》作于顺治十五年（1658）秋，母亲逝世之时，毛先舒刚刚二十七岁，尚未到而立之年，而此时，十二年过去，毛先舒已近不惑，事业上也有所成绩，他想弥补自己对母亲生前未能尽孝的遗憾感日益强烈，无法让母亲起死回生，只能想尽办法让母亲的精神得以传承后世，得以永存。因此，当看到自己努力为母亲争取到的这篇王猷定亲自撰写的传记时，他顿感自己可以慰藉母亲的在天之灵，也可以舒缓之前积郁于胸的种种自责和愧疚："先舒不孝，然得先生此文，真足以不朽。吾亲则差以自慰，而衔先生之明德，复何穷焉？"②尽管此前毛先舒对王猷定的文名早有耳闻，但是很显然，这次王猷定的文章不仅未让他失望，甚至还超出预期，给他带来了颇多意外的惊喜。这也让他对自己之前的"过相促"深表歉意：

> 两接面谈，知足下文经营惨澹，有深意，不即出者，此厚于仆。即亡亲且衔明德，而况于仆。向未窥尊旨，过相促，诚

---

① （清）毛先舒：《书王于一文后》，《清代诗文集汇编》编纂委员会编：《清代诗文集汇编》（72册），上海古籍出版社2010年版，第575页。
② （清）毛先舒：《书王于一文后》，《清代诗文集汇编》编纂委员会编：《清代诗文集汇编》（72册），上海古籍出版社2010年版，第455页。

罪诚罪。今回思之，益增踧踖耳，迩日家谱且竣事，实望有以惠之，便付刻者。意诚拳拳，欲自吐轵格与鄙怀，左不能宣尽。①

在《闰七月十五日与王轸石书》中，他毫不掩饰对王猷定的敬佩，将王猷定比作高士孙知微、蒲永昇。并进一步强调："以足下之人与文，岂昔孙蒲辈名一艺者可及？聊以相喻耳！"② 给予王猷定极高赞许，由此可看出王猷定在毛先舒心中的重要地位。可见，《毛母许孺人传》让毛先舒对王猷定有了更进一步的了解，也让彼此的友情愈加深厚。

综上，无论谋面与否，联结、维系、增进王猷定、毛先舒二人感情的都是文章创作，从见面之前通过书信往来的文章创作理论研讨，到后来见面之后王猷定对毛先舒之母写作祭文，皆透射出二人关系的日渐亲密。显然，从始至终，文章创作相关问题都是二人友情迅速发展、不可替代的枢纽。可以说，二人的交往是相对纯粹的。

二 亦师亦友，忘年之交

王猷定比毛先舒年长二十一岁，二人既是忘年之交，又享受着师友之谊。王猷定对毛先舒最为重要的影响莫过于其文学创作理论。这主要体现在以下两方面。

（一）主真性情

王猷定本就是至情至性之人，文如其人，他作文亦注重真性情的传达，不作无病之呻吟，不作无意之诗文，好友周亮工对其评价比较中肯："于一好读书为诗，尤工古文辞。偶有所得，激郁缠绵、浏漓浑脱，取抒己意而止，未尝轻为人属笔。人有所求，间应之，不可迫以时日，俟其意与兴会胥属，而后兔起鹘落，一决而就。故

---

① （清）毛先舒：《闰七月十五日与王轸石书》，《清代诗文集汇编》编纂委员会编：《清代诗文集汇编》（72册），上海古籍出版社2010年版，第539页。
② （清）毛先舒：《闰七月十五日与王轸石书》，《清代诗文集汇编》编纂委员会编：《清代诗文集汇编》（72册），上海古籍出版社2010年版，第539页。

意之所至，滔滔汨汨，虽挥洒累日夕，不见其竭。意所不至，不复强为，甚有经岁不成一字者。间友人宴集，即席赋诗，于一颓然甘金谷罚，退亦终无所应，其不能为无意之诗文也如此。"① 王猷定对毛先舒《潠书》的点评也颇多精彩之语，体现出他的文学主张。在评价毛先舒《祭母文》时，他如此写道："反复缠绵，无声有泪，文本于情，情本于性，故也。善学毛子之文者，当自得之。"② 肯定毛先舒之文的同时，渗透出自己对文学创作的看法，即强调"性情"的重要，"文本于情，情本于性"，作文不是矫揉造作、故作姿态，而是性情表达之所需，情感的自然真实流露，只有"真性情"，才能达到感人至深、催人泪下的艺术效果。毛先舒显然受到了王猷定这一文学创作观点的影响，在《愚山诗序》中说：

> 日月，积气之精而成其质者也，故大而有耀光，远而终古不没。夫文也，亦积而已矣。不知积者亡论已，其善积者，积学积才；最上者，积性情焉。古人之文，语少而若多，指若近而卒不可磨者，有大于形者也。善夫轸石王子之论文曰："文当使三分在楮墨，七分在空际。空际者，性情之所积也。"③

在这段文字中，毛先舒直接引用王猷定的话语作为自己的立论依据，足可以看出其对王猷定文学创作思想的重视。

此外，毛先舒在其他文章中亦多次表达"真性情"的重要性，如《与方渭仁论文书》："大凡文根性情而发，有沛然莫遏之势，出之自佳。"《唐诗解序》："古诗无解，解者，为诗者之不得已也。盖诗者，性情之精微也，启乎心声，朦胧开拆；放乎厥辞，演漾善变。旁侧见理，正言而若反。非如典谟记传之文，县一说即可定古人归

---

① （清）周亮工著，李花蕾点校：《赖古堂集》，华东师范大学出版社2014年版，第277页。
② 毛先舒：《巽书》卷八，《清代诗文集汇编》编纂委员会：《清代诗文集汇编》，上海古籍出版社2010年版，第575页。
③ （清）毛先舒：《愚山诗序》，《清代诗文集汇编》编纂委员会编：《清代诗文集汇编》（72册），上海古籍出版社2010年版，第435页。

指矣。"① 等等，都是在强调"性情"之于文章创作的重要性，情到真处，内在之情会自然外化为辞。可见，毛先舒对王猷定的文学创作理论颇多赞同并有意传承与发扬，这些都足以看出王猷定对毛先舒理论思想形成的影响。

（二）重事与理

毛先舒在《与王轸石书》中说："事可述，则文传事；理可明，则文传理。"② 针对此，王猷定引经据典，有理有据地发表了自己的看法：

> 文章之道尽于此矣。然文传理莫过于经。升东岳而知众山之剞巇也，浮沧海而知江河之潴沱也。阳明子曰："圣人忧后世而述六经，犹富贵者之父祖虑其产藏之积或至败散，而记籍其所有以遗之，使子孙世守而受用焉。"故六经者，吾心之记籍也。将之覆军者相继，天下不疑兵书之难行；医之毒人者相望，天下不疑医书之难用。六经为吾心记籍，而缀词之家反欲废焉，此阳明子所以伤也。若文传事莫过于史。昔者，马喜驰骋，班尚裁制。子长胸多愤激，自为文章，故驰骋而易工；孟坚一代史臣，故言必简练。各有短长，未可优劣。晋、宋、齐、梁靡冗，不称史矣，而有李延寿之六朝焉；唐、宋、辽、金僻滥，不称史矣，而有欧阳氏之五代焉。李，唐之初也；欧，宋之盛也。陈寿不学，而能自成一家之言，然为父贬孔明；沈约、魏收之徒多用私意，抑扬失是非；皆史家之弊也。昌黎之才，奚患不史？而顺宗录有取舍之讥，曹王碑多轧茁之诮。宗元以史笔推之至矣，而韩且勿任也。今人才学制义，即便作史，无其才、无其位、无其心，则是非益淆乱。且孔子不敢自居史官之列，而归其权于天子，况下此乎？即以马、班而论之：

---

① 王连熙、顾易生主编：《清代文论选》（上册），人民文学出版社1999年版，第193页。
② （清）毛先舒：《与王轸石书》，《清代诗文集汇编》编纂委员会编：《清代诗文集汇编》（72册），上海古籍出版社2010年版，第538页。

各自为史，史百代而有余，合而为史，史一代而不足。则史非专不可也。马氏不啻谈、迁也，世为太史，至迁始成，而犹少孙补也；班氏不啻彪、固也，半因太史矣，至固始成，而犹大家续也。则史非久不可也，亦足以见文传事之难矣。且非经自经，而史自史也。经不得史，无以证其美刺；史不得经，无以酌其轻重。老泉之说然矣，而未尽也。经可以为史，史不可以为经也……①

在王猷定看来，虽"文章之道尽于此矣。然文传理莫过于经。升东岳而知众山之峛崺也，浮沧海而知江河之潴沱也。"强调"经"之于理的重要性同时，提出"史"之于事的重要性："若文传事莫过于史。"并分别举出王阳明、司马迁、孟迁等人的例子来佐证自己的观点。同时于最后指出，"经"和"史"非但不互相独立，反而相互联结："且非经自经，而史自史也。经不得史，无以证其美刺；史不得经，无以酌其轻重。"以此证明"经"、"史"之于文的重要性，二者缺一不可。可见，王猷定借毛先舒求教之机有针对性地、进一步深度阐发了自己的文学创作理论思想，他的这些思想也对毛先舒产生了重要影响。

王猷定"为文猖狂恣睢，随笔所如，无不深合理道"②，他的这一为文特征似乎对毛先舒产生了影响。在《青桂堂新咏引》开篇，毛先舒即如是写道：

诗之为物，名理而已，顾理弗可以显为辞，而藉情与景逶迤迁延而后出之，故指微而音永，俾之遐思，不可直寻，诗之道也。故曰：诗之亡也，亡于理胜。非理胜之能亡诗也，以理

---

① （清）王猷定：《答毛驰黄书》，见陶福履、胡思敬编《豫章丛书》（集部十一），江西教育出版社2007年版，第23页。
② （清）韩程愈：《王君猷定传》，见陶福履、胡思敬编《豫章丛书》（集部十一），江西教育出版社2007年版，第218页。

言理，而情、景亡，并理亦亡，则诗从而亡。①

指出"理"在文章中的统摄核心地位，认为它是文章的灵魂，但它并不能直接外化为辞，而是借助"情"与"景"等媒介渗透、生发出来，最终起到以小见大、言有尽而意无穷的艺术效果。毛先舒"论文强调理的主宰意义，这在相当程度上与王猷定的影响有关"②。毛先舒《潠书》中所收文章篇末多有王猷定点评之语，对此，毛先舒在《潠书》自记中如是解释："是编所作皆杂文，诸篇末惟王猷定、柴绍炳、沈谦三君语略载数条，以其为亡友之笔故也"③，纪念亡友固是原因之一，更重要的还是他对王猷定文学主张的认可和赞同。

王猷定生前指导毛先舒的文学创作，与其共同探讨诗文，离世之时，赖毛先舒等友人"经纪其丧"，足以看出二人之间真挚、深厚的友情。"以彼其才，交游半天下，所至宜无不合，乃栖迟湖上，落落者两载，卒以客死。死之日，囊无一钱，至不办棺殓。赖陆丽京、严子问、毛驰黄诸君子经纪其丧"④。王猷定幸得毛先舒等友人的帮助，方得以在死后由其子扶柩归里，终归于故土。

综上，王猷定与毛先舒因文章创作而结缘，毛先舒视王猷定为师，对王猷定尊重有加。尽管二人相见较晚，但感情却很牢固，这从二人见面之后"日与侪伍"、王猷定卒后毛先舒"经纪其丧"即可见一斑。总之，王猷定在文学创作上对毛先舒颇多指导，二人亦师亦友，共同度过了人生中较为难忘的时光，尤其是对毛先舒而言，得以亲见王猷定，聆听其指导，对他后来的文学创作产生了重要影响。

---

① （清）毛先舒：《青桂堂新咏引》，《清代诗文集汇编》编纂委员会编：《清代诗文集汇编》（72册），上海古籍出版社2010年版，第446页。
② 邬国平：《明清文学论薮》，凤凰出版社2011年版，第103—104页。
③ （清）嵇璜纂：《清文献通考》卷二百三十一，清光绪八年刻本。
④ （清）周亮工著，李花蕾点校：《赖古堂集》，华东师范大学出版社2014年版，第277页。

第三节　王猷定与周亮工交游考

周亮工（1612—1672），字元亮、减斋、伯安、百安、平安，号栎园、陶庵、褒庵等，别称栎园老人、栎园居士等。① 一生著述宏富，"栎园先生，岁著一书，几与身等。"② 据朱天曙考证，现存《赖古堂集》二十四卷、附录一卷，《通憺集》一卷，《全潍纪略》一卷，《字触》六卷，《同书》四卷，《因树屋书影》十卷，《读画录》四卷，《印人传》三卷，《闽小记》四卷，《尺牍新钞》十二卷，《藏弆集》十六卷，《结邻集》十五卷，《赖古堂文选》二十卷，《赖古堂藏书》十种，《赖古堂印谱》四卷，《周亮工集名家山水》一册。手录《白浪河上集》一卷、《万山中诗》一卷、《瑞木纪》一卷、《杨升庵朱郁仪两先生著述目录》一册。此外，还有许多散佚之作，现多不存。③ 从以上可看出，周亮工多才多艺，诗、文、书、画皆有涉猎，且多为精通，诚如方文所言："栎园周先生，通才博学，无所不能。"④

周亮工为官一方时处处为百姓着想，颇受拥戴。他在王猷定死后，为其整理、刊刻遗集，这对王猷定而言，意义非常。因为他的整理，王猷定才没有淹没在历史的洪流中，才得以在身后引起后来学人的注意，并获得公允评价的机会；对明清文学研究者而言，周亮工搜集整理的《四照堂集》不仅是研究王猷定的重要参考资料，也是考察明末清初士人心态、日常生活环境等方面的重要文献。因此，考二人交往之情况，对研究明清之际文坛具有重要意义。

一　王猷定与周亮工交游时间考

关于王猷定与周亮工交游时间，目前学界主要有以下几种观点：

---

① 朱天曙：《周亮工及其〈印人传〉研究》，北京大学出版社2013年版，第19—20页。
② （清）周亮工辑，刘德军校译：《字触》，民主与建设出版社2017年版，第275页。
③ 朱天曙：《周亮工及其〈印人传〉研究》，北京大学出版社2013年版，第86—101页。
④ （清）周亮工辑，刘德军校译：《字触》，民主与建设出版社2017年版，第1页。

一是孟晗认为二人相识当不早于清顺治二年（1645），"（周亮工）结识王猷定于扬州，当不早于是年"①。二是朱天曙认为二人在清顺治二年（1645）相识。② 三是廖小玲疑二人相识于崇祯十六年（1643），理由是"因王猷定于是年始居广陵，又周亮工是年在武林"③。笔者认为仅凭二人当时距离较近，就猜测二人有可能于是年相识，缺乏可靠的证据，结论有待商榷。孟、朱二人的依据主要为周亮工《王于一遗稿序》中的一段记载："于一，其先南州人。世其尊人太仆公止敬先生家学，少有声于时。自止敬先生殁，丧乱叠臻，始游广陵，遂家焉。余时在广陵，知于一深且悉。"④周亮工该年被清廷授予两淮盐运使。清顺治四年（1647）四月，周亮工即擢福建按察使。此间，王猷定漂泊不定，四处避乱，但结合王猷定曾在顺治二年（1645）辗转流寓于广陵、顺治三年（1646）北上的经历，可以推测出二人极有可能在顺治二年（1645）相识。故朱天曙"二人在清顺治二年（1645）相识"之说可从。

二 王猷定与周亮工交往若干事迹考察

关于王猷定与周亮工的交往情况，散见于各类文献之中，笔者爬梳文献，整理、提炼出以下四个方面，以此管窥二人的交往情况，为研究明清之际文坛生态提供新的参照。

（一）借书信切磋诗文，交流情感

王猷定与周亮工见面后不久，周亮工即到福州任职，王猷定则继续过着漂泊不定的生活，但二人却未中断联系，常用书信联络。提到王猷定写给周亮工的书信，多数学人所引用的都是收在《尺牍新钞》中的《与周减斋》一文，然经笔者查阅文献，发现《与周减斋》全文仅是王猷定另一篇书信——《答周栎园书》中的一部分，或许是因为此篇仅收在清康熙二十二年王玠刻本中，豫章丛书本未

---

① 孟晗：《周亮工年谱》，硕士学位论文，广西师范大学，2007年。
② 朱天曙：《周亮工及其〈印人传〉研究》，北京大学出版社2013年版，第234页。
③ 廖小玲：《王猷定行年简谱》，硕士学位论文，南昌大学，2016年。
④ （清）周亮工著，李花蕾点校：《赖古堂集》，华东师范大学出版社2014年版，第277页。

收，较为稀见的缘故，目前为止，尚未引起学界同人的注意。鉴于此，兹将《答周栎园书》迻录如下，以飨读者：

少陵云："文章有神交有道。"献定读之，未尝不三复也。某佩先大夫之训，不敢以谫闻寡学浪点词场，且飘零以来，屡世藏书，一朝废尽，仅延草木之身，偕老妻弱子流离转徙于江淮间。向幸不为有道所弃，一承绪论，已足千秋。嗣是窜迹荒湖，烟长草白，不复知有人间事，每怀与居阙焉左右，知先生能以物外见宥耳。先生挟纬世之学，长辔利笑，驱驰海内。海内之士闻风而慕之，苟有寸长，无不托足于先生之门，而先生欿然，若以为未足，胸中犹不忘一狂生。行潦岂足以成江海之大哉？惟江海不择，使得毕至其中，人有以服江海之量也。某窃思风雅之在今日，危于一线。先生以苦心积学，上溯有唐暨汉魏屈宋，又进而三百篇，穷源星宿，从佳刻扇头，一一读之，书箧几杖外，殷然留金石声。若寡昧如定，束发有志，白首纷如，连年贫病交缠，心血枯耗。且每对古人，益不敢轻下一笔。自悟三十年读书，方知"惭愧"二字。

承示大业，铿然钟吕，而欲以糠粃为导可乎？适由家问至，骨肉死脾，惨伤肝脾，而又重违大君子之命，勉作数语，着秽佛头，惶悚甚矣！觉翁先生和韵，容再寄请教。觉翁爱定，真古人所未有，三载不一候，定之愧古人多矣。欲制一诗酬之，才一构思，心胆欲堕，自分与笔墨绝缘，非敢负也。唐肯堂笃挚温雅，自是吾乡风格，近什亦超然不凡，已订交杵臼矣。闻台旌不日过润城，棠荫犹存，扬人之歌咏如一日焉，定为怀甚恶，不及买舟向北固山头，携栎园惊人句，呼海岳子瞻而酬之，亦一恨也。李小老三十年老友，承先生高义，此道今日如土矣，代感者岂独一王生哉？因风附候，不尽缕缕。[1]

---

[1] （清）王献定：《答周栎园书》，《四照堂文集》卷一，清康熙二十二年刻本。

从以上叙述可知，周亮工当时定有书信写于王猷定，王猷定方作此文回复。但周亮工晚年曾有焚书之举，康熙九年（1670），"春二月一夕，慷慨太息，尽取生平著作与板行者，尽毁之"①，现无法查找到周亮工写给王猷定的书信，很有可能在被焚之列。即便如此，后人还是能够从王猷定的回信中知晓当时的情况。显而易见，王猷定当时贫困潦倒，"仅延草木之身，偕老妻弱子流离转徙于江淮间"。相对应的是，周亮工能够"挟纬世之学，长謦利笑，驱驰海内"，王猷定对其佩服和赞许的同时，坦然描述了自己生活所处的窘境："白首纷如，连年贫病交缠，心血枯耗。且每对古人，益不敢轻下一笔。自悟三十年读书，方知'惭愧'二字。"并告知周亮工"扬人之歌咏如一日焉"，藉此诉说自己对老友的思念。虽然二人无法见面，但是王猷定可以"买舟向北固山头，携栎园惊人句，呼海岳子瞻而酬之"，睹文思人，借栎园之文、酒以浇心中块垒，平复自己抑郁难鸣的心情。此外，根据周亮工自己的记载，顺治七年（1650），王猷定曾将自己的部分文章交给周亮工："于是合武林、广陵诸君所寄，参以于一庚寅授余俾入文选中者，尽付之剞劂。"②虽具体文章不可考，但可以确定这些文章应都被周亮工收入其编选的《王于一遗稿》中，并流传至今。

由上，可以看出，虽然当时王猷定、周亮工二人身处两地，交通不便，但却未停止往来，常常借书信以切磋诗文，交流日常生活、情感，从王猷定做此文的语气中，可以感受到二人关系很近，但由于受到周亮工晚年焚书、《赖古堂集》曾一度遭到查禁及后世流传等诸多因素影响，往来诗文失传亦再所难免，但不可否认，二人借书信以传情的事实是客观存在的。

（二）王猷定为周亮工《榕厄》诸集作序

《榕厄》是周亮工创作的一本诗集，虽然较《赖古堂集》而言，

---

① （清）周亮工著，李花蕾点校：《赖古堂集》，华东师范大学出版社2014年版，第459页。
② （清）周亮工：《王于一遗稿序》，（清）周亮工著，李花蕾点校：《赖古堂集》，华东师范大学出版社2014年版，第278页。

后人知《榕厄》者甚少，但这曾是周亮工十分看重且倾其心血的一部著作。周亮工曾对黄文焕说："苟非好学深思，莫知予诗。"① 在他看来，若非好学深思之人，是无法真正能够读懂他的诗的。那么，这本诗集究竟包括哪些诗？内容是什么？由于诗集本身现已无法查找，具体内容不得而知。但我们可以从其他人为其作的序言中略知一二。

周亮工自己曾说："此出闽入燕之诗耳。其端在闽，颜曰《榕厄》。'榕'，纪地，'厄'，纪事。"② 黄文焕说："公之政，即公之诗也。以榕为闽堂之蔽芾，以厄为闽邦之饮醇，公命诗之名，又即公之政矣。取诸合观、折观、遡诗所出；取诸达于政事，核诗所布。"③ 由此可见，此集主要为周亮工在闽为政时所作，且主要记录在闽期间的各种活动。陈台孙《与陶庵》云：

> 山野之人，懒慢自废。瞬别四载，未得图晤江干，辱我公垂念殷笃，时切远问，每接云翰，恻恻落落，不异当年握手时。读"昨梦俨然千里驾，前归亦只数行书"之句，又不禁黯然魂消也。弟以仲冬至白下，得尽读榕厄诸集，左顾右盼，如见曹刘。大雅未坠，必有英绝领袖之者，舍我公自难其人矣。我公今年正四十，少壮几何，相逢皆老，未免欣慨交心。靖公征望武夷诗，漫作长歌，聊当忭舞，语言肤率，存其意可也。弟迩益好醉，自著《楚州酒人传》，远近同学，俱有长歌相赠，得鸿篇远惠，糟邱生不朽矣。④

从陈氏此文可知，榕厄诸集于清顺治八年（1651）周亮工四十

---

① （清）黄文焕：《榕厄序》，（清）周亮工著，朱天曙编校整理：《周亮工全集》（18），凤凰出版社2008年版，第268页。
② （清）黄文焕：《榕厄序》，（清）周亮工著，朱天曙编校整理：《周亮工全集》（18），凤凰出版社2008年版，第268页。
③ （清）黄文焕：《榕厄序》，（清）周亮工著，朱天曙编校整理：《周亮工全集》（18），凤凰出版社2008年版，第268页。
④ （清）周亮工辑，米田点校：《尺牍新钞》，岳麓书社1986年版，第414页。

岁时已完成，结合方拱乾、黄文焕等人为其作的序言，可推测王猷定《榕厄序》亦当作于是年前后。王猷定《榕厄序》言："……元亮先生寄予榕厄近什。余读之，异焉。先生著书等身，不汲汲自为寿，惟收拾网罗其乡先达暨四方夭枉旧交之遗文杀青，恐后日传万纸，是非所谓传人乎？先生所至、所居不期崇饰，而独于古贤名迹湮灭是惧。《樵川诗话》有楼翼然，遂堪千载，是非所谓传地乎？乃今而榕厄其集也。三复其诗，凌陶轹鲍，高深要眇，恍然如坐千亩之荫，而积翠横流，酒波微漾，则草木亦传矣。操是以往，楼桑不得以魁奇争，庙柏不得以高古争，大树不得以雄杰争，子荆之松、彭泽之柳、和靖之梅，不得以小有致争。必也求其配，其召伯之棠乎？诗人所谓'勿翦勿拜'者也。然召伯不以能诗闻，而先生之名章迥句使此树被其光华，则草木之遇先生，视古尤幸。而余独窃有慕者。先生来书云：'颇与酒人游，故谓之榕厄。'酒人为谁？使余得厕其间，则余亦传哉！"[1] 方拱乾《榕厄序》亦言："方栎园叱驭入八闽时，是八闽何等时？乃铁骑金戈，轻裘缓带，板荡功成，指顾不言，若大树无可举似者然，顾乃托之诗曰：'聊与酒人游。'噫！与酒人游者，而能如是诗乎？栎园本以文章名，乃勋业复驾其□章。复不自名其勋业，而托以文章名。"[2] 结合王、方二人的序言，可知《榕厄》诸集中有许多优秀的诗作，周亮工"所著书多，尤以表扬人为第一义。其所辑《赖古堂文选》，及《尺牍》四集，皆此意。"[3]《榕厄》诸集也大致若此。王猷定十分欣赏周亮工的做法，认为"草木之遇先生，视古尤幸"，何况人乎？周亮工将其榕厄诸篇寄给王猷定，请其审阅，前提是他已经认定王猷定是"好学深思"之人，能够知其诗。否则，单纯以二人当时的身份和地位，很难想象他会主动将倾注自己大量心血的著作寄给王猷定。事实证明，

---

[1] （清）王猷定：《榕厄序》，见陶福履、胡思敬编《豫章丛书》（集部十一），江西教育出版社 2007 年版，第 27 页。

[2] （清）方拱乾：《榕厄序》，（清）周亮工：《周亮工全集》（18），朱天曙编校整理，凤凰出版社版 2008 年版，第 267 页。

[3] （清）周亮工著，李花蕾点校：《赖古堂集》，华东师范大学出版社 2014 年版，第 449 页。

王猷定确是能够读懂他的，这也显示出二人心灵上的默契，精神上的共鸣。

（三）周亮工出狱时，王猷定和诗赠之

顺治十八年（1661）正月初七日，顺治皇帝驾崩于养心殿，周亮工获释南还，"辛丑，先皇帝释予狱。……予于是年暮春返白门，庐居高座，秋往虞山，乞先人隧志"① 此年，他与王猷定相遇于杭州，得知老友安然无恙，王猷定激动落泪。"余南还，遇于一于武林。于一曰：'公返耶，济叔无恙耶？'闻济叔与予偕返，则泪下。因背诵余若卢中某诗或某句，则声泪俱下。"② 并作《和韵送周栎园先生》诗六首赠之，诗云：

棘土有舁气，圜树惟啼乌。一日谤书起，万里成羁孤。感激破械出，浩荡见江湖。春鸿急归羽，风劲更衔芦。（其一）

问君出幽蓟，君言鬼门还。岂无一杯水？将泪洗尘颜。分明见故旧，疑梦归乡关。夜闻战马嘶，漠漠在阴山。（其二）

裁诗别夻鯀，俨如别故人。昨夕仍秋梦，晓乃知为春。鱼钥开重扃，银铛犹照身。环视四壁中，剑在耻言贫。（其三）

牵衣渡黄河，泣血曾几时。堂上悬双旌，怪云如阵旗。生还亦既多，复官将何为？誓墓未有辞，幽泉心自知。（其四）

置身冰雪外，拂袖怨仇开。车下太行阪，舟自瞿塘迴。唐阜脱险难，众曰夷吾才。还寻侯嬴车，慷激登吹台。（其五）

后先十馀载，君初返丘园。遗民半黄土，白发两三存。晴雨或能习，出处非敢论。秋获田水渍，春耕烧畬翻。（其六）

金圣叹曾说："诗非异物，只是人人心头舌尖所万不获已、必欲

---

① （清）周亮工：《送王庭一入楚序》，（清）周亮工著，李花蕾点校：《赖古堂集》，华东师范大学出版社2014年版，第338页。

② （清）周亮工：《王于一遗稿序》，（清）周亮工著，李花蕾点校：《赖古堂集》，华东师范大学出版社2014年版，第277页。

说出之一句说话耳。"① 王猷定此诗即如此，字字肺腑，借诗志感。此时，王猷定已入耳顺之年，漂泊了大半生，经历了种种磨难，流寓杭州，贫病交加之际，亲眼见到曾经叱咤风云却受人诬陷、险些致死的老友周亮工不仅躲过劫难，重回故里，还能够与其再相逢。这些都是晚年生活艰难的王猷定未曾想到的，可以说，周亮工的遇赦南还不仅给了王猷定一个大大的惊喜，更为他灰暗的生活增添了许多亮丽的颜色，所以他才会未能控制住自己，泪水的背后渗透出的是王猷定悲喜交加、对过往无限回忆的复杂心情。此诗显然是王猷定内在复杂情感的外在表达，真情毕露，令人唏嘘、感动。

顺治十八年（1661）夏，王猷定与周亮工等友人共同泛舟，游杭州西湖。关于此次集会的盛况，有文献载：

> 辛丑夏，留湖上昭庆僧舍，时钱受之、曹洁躬、周元亮、施尚白诸先生，先后来游。杭人有持元《西湖竹枝》请钱先生甲乙者，先生谓曰："和者虽多，要不若老铁。"次日，群公泛舟于湖。曹先生引杯曰："铁崖原唱之外，谁为擅场？各举一诗，不当者罚。"周先生举陆仁（良贵）作云："山下有湖湖有湾，山上有山郎未还。记得解侬金络索，系郎腰下玉连环。"施先生举张简（仲简）作云："鸳鸯蝴蝶尽双飞，杨柳青青郎未归。第六桥边寒食雨，催郎白苎作春衣。"南昌王猷定（于一）举严恭（景安）作云："湖中女儿不解愁，三五荡桨百花洲。贪看花间双蛱蝶，不知飞上玉搔头。"吴县袁于令（令昭）举强珇（彦栗）作云："湖上女儿学琵琶，满头都插闹妆花。自从弹得《阳关曲》，只在湖船不在家。"武进邹祗谟（讦士）举申屠衡（仲权）作云：白苎衫儿双髻丫，望湖楼子是侬家。红船撑入柳阴去，买得双头茉莉花。"钱塘胡介（彦远）举徐梦吉（德符）作云："雷峰巷口晚凉天，相唤相呼出采莲。莫为采莲忘却藕，月明风定好回船。"萧山张杉（南士）举缪侃

---

① 郭绍虞：《中国文学批评史》（下册），商务印书馆2010年版，第623页。

（叔正）作云："初三月子似弯弓，照见花开月月红。月里蟾蜍花上蝶，怜渠不到断桥东。"山阴祁班孙（奕喜）举释文信（道元）作云："湖西日脚欲没山，湖东月出牙梳湾。南北两峰船上看，恰似阿侬双髻鬟。"钱唐诸九鼎（骏男）举马琬（文璧）作云："湖头女儿二十多，春山两点明秋波。自从湖上送郎去，至今不唱江南歌。"予曰："诸公所举皆当，然未若吴兴沈性（自诚）之作也。其词云：'侬住西湖日日愁，郎船只在东江头。凭谁移得湖山去，湖水江波一处流。'不独寄托悠远，且合《竹枝》缥缈之音。"曹先生曰："然。"于是诸公皆饮，予亦浮一大白。回思旧事，四十年矣。"①

可见，此次集会人数众多，大家泛舟于西湖，吟诗唱和，美酒、美景和这些文人共同构成了一幅优美的画卷，王猷定置身其中，其心情不得而知。

（四）王猷定卒时，周亮工整理其集并作序

康熙元年（1662）二月，王猷定卒于杭州昭庆寺，周亮工整理其集并作《王于一遗稿序》。按照方文的说法，王猷定卒后，他的另一好友孙默在安顿好他的遗孀幼子之后，搜集了王猷定的遗文，交付给周亮工，周亮工将其整理成集。"又搜其遗文，以托周侍郎（元亮）。侍郎为梓之，皎如白日光。"② 周氏此篇序言对王猷定家世、喜好、品性、为文特点等各个方面均有介绍。尤其是对王猷定创作过程的描述，颇为精彩。序曰：

> 于一好读书为诗，尤工古文辞。偶有所得，激郁缠绵、浏漓浑脱，取抒己意而止，未尝轻为人属笔。人有所求，间应之，不可迫以时日，俟其意与兴会，胥属而后，兔起鹘落，一决而

---

① （清）朱彝尊著，黄君坦校点：《静志居诗话》，人民文学出版社 2006 年版，第 58—59 页。

② （清）方文：《嵞山集》（再续集）卷一，清康熙二十八年刻本。

就。故意之所至,滔滔汩汩,虽挥洒累日夕,不见其竭。意所不至,不复强为,甚有经岁不成一字者。间友人宴集,即席赋诗,于一颓然甘金谷罚,退亦终无所应,其不能为无意之诗文也如此。及成,出以示人,必先布其大意所在,而后许人读,读未数行,则又卒与人曰:"止,此中意复如此如此也。"若是者数四,而后人得卒读。且更从旁为之点首击节,豁然抚掌大笑,甚有哭失声、泪纵横下者。至以金石碑版之言请,文成,辄睥睨曰:"此等文不当以数百金为乃公寿耶?"以故乡里间多怪之。然至其见人之作有当于其意者,则亦为之点首击节,抚掌大笑,哭失声而泪纵横下,固无异其所自为……①

此段文字让后人看到了一个有血有肉、感情丰富、对作文极为认真的王猷定,对于"乡里间多怪之"之举,周亮工不仅能够理解,还很赞赏,认为这不仅是王猷定至情至性之处,也是他的独特之处。此件小事已足以看出二人志同道合之处,后人或许也可以理解王猷定离世后,周亮工为何急于将其遗文整理付梓了。周亮工对此是有着深深的使命意识的,正如他自己所说:"今于一死矣,尚不及其时为之谋不朽,而使其奇文淹落,不传于世,顾非为之友者之过耶?"②怕王猷定作品失传固然是一个重要原因,但从深层透露出的是周亮工对王猷定之诗文的认可。

三 王猷定与周亮工交情深厚原因初探

王猷定是明朝遗民,入清后无官职,且居无定所,四处游走,常常是贫病交加。而周亮工的人生经历则与他大不相同。明崇祯十三年(1640)中进士,次年就到山东莱州府任职潍县令③;明亡后,也很快受到清政府的重用,历任两淮盐运使、淮扬海防兵备道、福

---

① (清)周亮工著,李花蕾点校:《赖古堂集》,华东师范大学出版社2014年版,第277页。
② (清)周亮工著,李花蕾点校:《赖古堂集》,华东师范大学出版社2014年版,第278页。
③ 朱天曙:《周亮工事迹征略》,《周亮工及其〈印人传〉研究》,北京大学出版社2013年版,第227—228页。

建按察使、福建右布政使、福建左布政使、督察院左副都御史等职，所到之处，深得百姓拥戴，为新朝立下汗马功劳。二人看似身份、地位悬殊，但却有着至真至性的友谊，究竟为何，笔者试加以探讨。

（一）相同的价值追求

王猷定深受儒家文化的浸染，有着深厚的仁政爱民思想，常常对政治发表自己独特的看法，非常重视"人心"的力量。在他的文章中，屡次出现"人心"即可证明。他认为"人心"才是建功立业的根基。而"欲治人心"，则不能忽视"章句之学"的力量，"故今日而欲知治天下万世之故，莫大于治人心；欲治人心，莫急于舍章句之学，而先辨其要。"[①] 在《乔简襄归晋序》中，王猷定亦阐发了类似的观点：

子殆有见于天下之故之微者矣。夫夫差侈则伍嗣寄，知伯贪则辅果行，韦鼎鬻江东之宅，马援弃天水而归洛阳。古之人何为是汲汲者哉？外度诸势，内断诸心。夫固弃目前之安，而图将来于无穷也。[②]

二人同心，其利断金。攘外必先安内，而安内的关键因素则在于"人心"，由此可见，"人心"在王猷定的观念中有多么重要。如果说王猷定是重视"人心"的理论倡导者，那么周亮工则是实践者，正是对这一看法的高度一致，才促使二人惺惺相惜，视彼此为知己。

崇祯十七年（1644）周亮工被授予浙江道试御史不满十天，李自成即攻占京师，周亮工欲自杀殉国，未果。不久，弘光帝立，马士英、阮大铖以官位相要挟，让他弹劾刘宗周，周亮工谢绝并奉父母栖隐：

甲申，授浙江道试御史，未十日，逆闯破京师，公投缳，

[①] （清）王猷定：《宋荣公胡传纂要序》，见陶福履、胡思敬编《豫章丛书》（集部十一），江西教育出版社2007年版，第57页。

[②] （清）王猷定：《赠乔简襄归晋序》，见陶福履、胡思敬编《豫章丛书》（集部十一），江西教育出版社2007年版，第52页。

为家人救免……时江南立弘光帝,马、阮用事。锦衣冯可宗诬公从贼,罗织下镇抚狱,讯无左验,复公官。马、阮又欲公劾刘公宗周,始肯补用,公笑谢之。遂奉两尊人栖隐于牛首幽栖间,不入城郭。①

由此可见,周亮工并不是权欲熏心之人。入清以后,周亮工心系百姓而出仕。为免遭生灵涂炭,他曾不顾个人安危,只身入敌营,单骑招降叛贼首领耿虎。顺治八年(1651),周亮工"自汀州还福州,代左辖篆入闱提调,秋复代篆,赴延平。时邵武有叛卒耿虎之变,公单骑往谕之,虎降"②。

因深得民心,清政府将许多难治之务交由周亮工治理。"时两粤乱,廷议欲以两广督府用先生,或以先生治闽久,得闽人心,闽未大定,未可去闽,乃留先生,而一时闽疆有崔苻警,即以付先生治之。"③顺治十一年(1654)十月,在周亮工离闽赴任督察院左副都御史之际,百姓"嚎哭震天地",不舍其离闽:

计先大夫在闽前后八载,去邵去漳,去汀泉去延建,百姓攀辕卧辙,号哭震天地。去省之日,至于闭门毁桥梁,不使先大夫行,有孺子百余人望而号曰:"小人皆公至始生者,使公不活我父暨我母,安得有某也。"遮道不使去。先大夫亦哭失声。自藩属达洪塘三十余里,香烟不绝,三步五步设酒筵,先大夫各尽一觞,至大醉不忍却。④

当周亮工因受人诬陷赴京受审之际,闽百姓千里送别,为其鸣不平:"当公之被逮入都也,百姓皆炷香号哭,追送数千里,谓'公活我,顾奈何反以闽事累公。'语悲痛不可听。"⑤途经之处,百姓

---

① (清)周亮工著,李花蕾点校:《赖古堂集》,华东师范大学出版社2014年版,第455页。
② (清)周亮工著,李花蕾点校:《赖古堂集》,华东师范大学出版社2014年版,第456页。
③ (清)周亮工著,李花蕾点校:《赖古堂集》,华东师范大学出版社2014年版,第474页。
④ (清)周亮工著,李花蕾点校:《赖古堂集》,华东师范大学出版社2014年版,第488页。
⑤ 钱仲联:《清诗纪事》(三),江苏古籍出版社1987年版,第1579页。

自发出钱、出粮，并列道为其鸣冤，导致道路一度受阻：

> 诏逮下司寇讯，并逮程公等。缇骑至，闽人罢市，阖城痛哭，父老子弟狂奔扶携，解橐助装，或驰诣辇下，效举幡负锧故事。先生由闽而越而吴，泊广陵以达燕齐，道中故民人持百钱或数升米，享周使君，咸为声冤，至拥舟不前。①

从百姓的言行即可看出周亮工得民心的程度，正如钱陆灿所说："闽人之德公如此，宜乎公之始终不能忘闽，"② 因为周亮工始终心系百姓，重视得人心，最后方能取得如此政绩，令百姓不忘。

显然，周亮工的执政理念、策略与王猷定不谋而合，二人的区别仅仅在于王猷定提出了重视"人心"的理念，却始终没有得到付诸实践的机会；而周亮工则是王猷定理论最好的践行者。也正是因为二人理念一致、精神相通，所以才不会受到身份、地位等外因素的影响，成就一番真挚的友谊。

（二）喜借诗文志感，惺惺相惜

王猷定"好读书为诗"③，诗宗杜甫，其好友饶宇朴说他"诗律宗少陵"④，王玑亦言"诗不泥于古而神似少陵"⑤、"遇佳山水游览忘倦，或足迹所至，见前代兴亡诸成败迹，辄慷慨悲歌，流连凭吊，必抒写其胸怀而后止。"⑥ 直抒胸臆，喜借诗歌来表达自己复杂的情感，这是周亮工颇为赞赏的一个方面。周亮工政治上取得成绩的同时，在诗文领域的造诣更大，归根结底，他还是一介文人，"以书生

---

① 黄虞稷：《栎下先生行状》，（清）周亮工：《周亮工全集》（18），朱天曙编校整理，凤凰出版社2008年版，第194页。
② （清）周亮工著，李花蕾点校：《赖古堂集》，华东师范大学出版社2014年版，第462页。
③ 周亮工：《王于一遗稿序》，（清）周亮工著，李花蕾点校：《赖古堂集》，华东师范大学出版社2014年版，第277页。
④ （清）饶宇朴：《四照堂集序》，见陶福履、胡思敬编《豫章丛书》（集部十一），江西教育出版社2007年版，第221页。
⑤ （清）王玑：《四照堂集序》，《四照堂诗文集》，清康熙二十二年刻本。
⑥ （清）王玑：《四照堂集序》，《四照堂诗文集》，清康熙二十二年刻本。

领兵事"①，其子周在浚在对其父的行述中说："三十年来，在官在难，每晨兴即离寝所，出外庭，盥栉饮歠毕，就其处，夜分读书，非漏四下不寝。"② 由此可看出周亮工对诗文发自内心的热爱。周亮工亦喜欢用诗歌来记录生活中不同的侧面，"生平喜为诗，凡按部所过，山川风俗及临阵对敌，呼吸生死，居闲召客，宴饮诙啁，吹弹六博，揄袂献笑，无不以诗为游戏。心拈口授，吏不给书，而颂系前后数年，所得诗尤多"③。可见，无论是"临阵对敌"还是"居闲召客"，周亮工都不忘用诗歌来表达内心感受。他白天"披甲持戟以战"，晚上则"独坐谯楼中，磨盾赋诗，意气自若"④。他们二人对诗歌的热爱和独特理解、对生活相同的表达方式，拉近了彼此的距离，增进了二人的友谊。

为文方面，王猷定和周亮工也有着相似的审美追求：不随波逐流，有自己的思想，独出机杼，不拘一格，最终二人皆形成了自己独特的文学风格，文章流传至今。王猷定"性倜傥，酷嗜两汉八家之文"⑤。为文"自出机杼，成一家言"⑥。王玑非常欣赏其文学才华，认为他的文章"取裁《左》《国》，模范大家。至其自出机轴，为一家言，虽韩、柳诸公不能过。而其沉雄闳肆、激郁缠绵类司马子长"⑦。周亮工对文学创作亦有着独特的看法，他"机杼必自己出，语矜创获，不蹈袭前人一字"⑧，年仅十七岁即表现出强烈的文学自觉意识："与高康生辈为文以复古自任，不肯随附时调。豫章艾

---

① （清）周亮工著，李花蕾点校：《赖古堂集》，华东师范大学出版社 2014 年版，第 460 页。
② （清）周亮工著，李花蕾点校：《赖古堂集》，华东师范大学出版社 2014 年版，第 494 页。
③ （清）周亮工：《周亮工全集》（18），朱天曙编校整理，凤凰出版社 2008 年版，第 190 页。
④ 黄虞：《栎下先生行状》，周亮工：《周亮工全集》（18），朱天曙编校整理，凤凰出版社 2008 年版，第 193 页。
⑤ （清）韩程愈：《王君猷定传》，见陶福履、胡思敬编《豫章丛书》（集部十一），江西教育出版社 2007 年版，第 218 页。
⑥ 王钟翰点校：《清史列传》，中华书局 1987 年版，第 5722 页。
⑦ （清）王玑：《四照堂集序》，《四照堂诗文集》，清康熙二十二年刻本。
⑧ （清）周亮工著，李花蕾点校：《赖古堂集》，华东师范大学出版社 2014 年版，第 471 页。

千子目空一世，独于公敬异之，曰：'此道复振，赖有斯人。'"① 被当时"目空一世"的散文名家艾南英寄予厚望，这是十分难得的。钱陆灿在回忆初读周亮工文章时的情形时如是写道："余惟公之文章事业在人耳目三十余年，初余读公所为河南己卯乡试文，以为王唐瞿薛犹见于世，已而得读公诗与古文词，乃知公则今之韩柳李杜也。"并表示"向往愿执鞭"②。虽不免溢美之词，但足以看出周亮工的文学才华得到了时人的公认。

此外，周亮工"善经济，喜议论"③，"天性倜荡不羁，饮酒歌诗，意豁如也"④。王猷定亦"倜傥自豪，对客亹亹讲论，每举一事辄原其本末，听之醉心"⑤。且二人内心深处皆喜爱、崇尚陶渊明，周亮工所在官署，"辄别置一室，题曰陶庵，图靖节像，自书《归去来辞》于上而祀之，故虽服官三十年，未尝一日不作田园之想。"⑥王猷定晚年甚至直接说自己"生平慕渊明之为人，尤爱《闲情》一赋"⑦。这综上，相似的个性，相同的价值追求，相似的诗文趣尚等是促使二人成为挚交好友的重要方面，二人的交往是诸多因素合力促成的结果，水到渠成，简单地以身份、地位等外在因素来评判二人的交往，对二人来说是不公平的、也是不合理的。

本章小结

本章以宋琬、毛先舒、周亮工三位典型人物为代表，试图以一斑窥全豹，探求王猷定的交游情况，进而揭示出王猷定交游的独特

---

① （清）周亮工著，李花蕾点校：《赖古堂集》，华东师范大学出版社 2014 年版，第 452 页。
② 钱陆灿：《墓志铭》，（清）周亮工著，李花蕾点校：《赖古堂集》，华东师范大学出版社 2014 年版，第 459—460 页。
③ （清）周亮工著，李花蕾点校：《赖古堂集》，华东师范大学出版社 2014 年版，第 470 页。
④ （清）周亮工著，李花蕾点校：《赖古堂集》，华东师范大学出版社 2014 年版，第 468 页。
⑤ 王钟翰点校：《清史列传》，中华书局 1987 年版，第 5721 页。
⑥ （清）周亮工著，李花蕾点校：《赖古堂集》，华东师范大学出版社 2014 年版，第 494 页。
⑦ （清）王猷定：《闲情阁记》，见陶福履、胡思敬编《豫章丛书》（集部十一），江西教育出版社 2007 年版，第 117 页。

性。其中可以发现，王猷定入清后，虽然在政治上独善其身，一直保持着遗民的姿态，坚守气节，但是在文学上他是有一定包容性的，与不同身份、地位的人切磋诗文，不仅开拓了他的眼界，而且提升了他的文学创作能力，这或许也是他的文学作品能够"开风气之先"的外在原因之一。从他与这些人交往的细节来看，不难发现，王猷定的文学思想和作品是维系他们彼此关系的一个重要纽带，而且多数情况下其文学思想都能给他人以启发，这或许也是他虽一介布衣，但却能够"交游半天下"，而且能够获得士林尊重的重要原因之一。

值得注意的是，王猷定虽然交游广泛，但却未必意味着都可以推心置腹。关于这一点，计东看得比较清楚："天下之大，真知于一者周栎园、宋荔裳诸先生外，不过数人，"① 此语较符合王猷定的交游实际。这一方面能够说明王猷定的择友观，另一方面也可以审视出王猷定的生活状态。他一生迫于生计，不得不经常"在路上"，在这个过程中有些人自然成为了知己，但也有些人只是"过客"，甚至可能是逢场作戏也未可知。这在他的文集中亦可窥知一二，《汤琵琶传》中面对汤琵琶本人不被世人所接纳的事实，他发出了"世之沦落不偶，而叹息于知音之寡者，独君也乎哉"② 的感喟，惺惺相惜，其中的辛酸与无奈可想而知。

事实上，王猷定与这些人的交游不仅深刻影响了他的心态与文学创作，亦揭示出明末清初之际文人互动的方式及文坛生态。在他们交游的背后，更多地呈现出明末清初的社会环境以及易代之际文人的复杂心态，当无力改变现实时，这些士人便借助诗文唱和倾诉衷肠，表达亡国之痛，抒发出特定的时代情绪，揭露出一代士人的真实境遇。总之，深度研究王猷定与不同人物的交往情况不仅对深入理解其诗、文具有重要意义，也更有利于推进对明末清初文坛生态的总体认识。

---

① （清）计东：《改亭诗文集》（文集卷五），清乾隆十三年计琰刻本。
② （清）王猷定：《汤琵琶传》，见陶福履、胡思敬编《豫章丛书》（集部十一），江西教育出版社2007年版，第112页。

第三章　王猷定散文综合研究

　　王猷定的散文在清初极负盛名，"正而不诡，密而不漏，切实而不浮，遂足以高自标置，而人亦称之"①，基本符合其创作实际，绝非妄评。谢良琦在文章中直言："余游江南，闻人论当世之能文者，必曰南昌王于一，余得其文读之良然。"②对王猷定文颇加赞赏。陈僖之父曾对陈僖说："子幼而好古，余客东南有年，阅人最多，古文一道未有先于一者，盍请教焉？"③并特地携陈僖拜访王猷定，向其求教。钱陆灿盛赞王猷定："自王于一死，而扬州无古文；自吴野人死，而扬州无诗。"④钱陆灿为人极富个性，对同宗钱谦益敬而远之，"为文不名一家，磊落自喜"⑤，略显清高。他能在王猷定死后，于平时言语中对他人说出这番肺腑之言，王猷定在当时文人中的影响力及在明清鼎革之际文坛的分量可以想见。

　　屈大均《吊王于一》诗云："君本豫章贞女树，一朝摧折向秋风。大名空在遗民传，白首同归恨不同。"⑥计东《赠姜西溟序》中说："而今天下知于一者，见其遗稿，一字一句珍重爱惜之不置。"⑦拭去历史烟云，透过这些记载，我们不仅可以感受到王猷定在当时

---

① （清）董以宁：《正谊堂诗文集》，清康熙书林兰荪堂刻本。
② 谢良琦：读《四照堂集》书后，见（清）谢良琦著，熊柱、唐智、蒋钦挥、吕朝晖、唐志敬、蒋廷炉点校《醉白堂诗文集》，广西人民出版社2001年版，第252页。
③ （清）陈僖：《燕山草堂集》卷二，清康熙刻本。
④ 张符骧：《闵宾连墓表》，闵尔昌编：《碑传集补》卷四十五，民国十二年刊本。
⑤ 李峰：《苏州通史》（人物卷），苏州大学出版社2019年版，第186页。
⑥ 欧初、王贵忱主编：《屈大均全集》（二），人民文学出版社1996年版，第1166页。
⑦ （清）计东：《改亭集》（文集卷五），清乾隆十三年计瑸刻本。

的鼎鼎大名并非虚传，更可以看到其散文在时人心目中的地位，一字一句皆"珍重爱惜之"。乾嘉时期汪廷珍甚至认为王猷定散文成就在号称"国初三家"①之一的魏禧之上："《四照堂集》者，南昌王于一先生之所著也。往，予在京谒汪瑟庵先生，相与论吾乡古文，不数魏叔子，而称于一《四照堂集》。"② 王猷定的散文成就不言而喻。

可见，无论王猷定生前还是身后，其散文成就都获得了诸多文人的认可。王猷的散文"不为时文所左右，在清初文坛上独辟蹊径，别开生面，作品以新颖的内容、独特的手法使文坛耳目一新，尤以论述奇闻逸事的传奇性散文突出"③。遗憾的是，迄今为止，除周萍萍曾撰写一篇《王猷定及其散文研究》的硕士论文外，尚无对王猷定的散文的专门研究，现有研究成果仅仅散见于某些论文的某些段落之中，这对于王猷定散文研究来说显然是不充分的。本章即从材料入手，本着杜桂萍所倡导的从"文献到文心"的研究理念，对王猷定散文创作进行综合研究，尽最大努力弥补前人研究的不足，以期丰富和完善王猷定散文的现有研究。

第一节　王猷定散文创作概述

虽然王猷定"夙以文章知名"④，但是由于生前穷困，所著文章未整理成集，卒后赖由周亮工搜集、整理、刊刻，可惜留存不全，据陈僖《重刻王于一遗稿序》载："今年，晤栾城王令君蒿伊，乃知汉卓出其尊人文集，属蒿伊校订，且知是集为周栎园先生梓于金陵而烬于蜀，今又重梓于栾。"⑤ 由是可知，周亮工曾有焚书之举，《四照堂集》亦在其列，尽管得已重梓，但仍不可避免地有失全貌，

---

① 赵尔巽：《清史稿》卷四百八十九，民国十七年清史馆排印本。
② 李祖陶：《四照堂集文录·引》，清道光十九年瑞州府凤仪书院刻本。
③ 江西省地方志编纂委员会办公室：《江西古代名人》，武汉大学出版社2018年版，第146页。
④ 李滢：《新乐侯家传后序》，《（光绪）再续高邮州志》卷六，清光绪九年刊本。
⑤ （清）陈僖：《重刻王于一遗稿序》，《燕山草堂集》卷二，清康熙刻本。

加上战乱不断,散佚颇多,这对于王猷定散文研究而言不免有些遗憾。庆幸的是,王猷定之子王汉卓又从四方故交中复辑得若干篇,藏于行笈之中,加之周亮工先前所辑之文,一起交由王玑整理刊刻:"时于一先生殁,汉卓尚幼,箧中文草,强半散轶。而栎园先生所梓才十之二三,且是刻为汉卓携入蜀失去。幸原本尚存。汉卓后从四方故交中复搜辑得若干篇,藏之行笈,将有待也。"① 可见,尽管王猷定卒后,友人周亮工整理其集并付梓,但也不过"十之二三",幸亏王玑及时帮助王汉卓整理、刊刻,方使得今人见到更多王猷定的文章。这不仅对王猷定散文研究而言至关重要,更有利于客观审视明末清初文坛生态。

今所见王猷定散文多存于豫章丛书本《四照堂集》和王玑刻本的《四照堂文集》中。豫章丛书本《四照堂集》共收王猷定散文一百二十一篇,王玑刻本的《四照堂文集》所收文章除部分与豫章丛书本《四照堂集》相同外,还有十四篇豫章丛书本《四照堂集》未收录文章,故二种版本《四照堂集》共收王猷定文章一百三十五篇。另,笔者又辑得《古月头陀写经纪事》②《王端淑传》③《京江二子诗引》④三篇。所以,王猷定散文存于现世至少为一百三十八篇。

王猷定散文创作体裁丰富,涵盖了书、序、传、记、碑、祭文、募疏、墓志铭、题跋、杂文等十几种,其中最引人注目的无疑是他的传记文。他创作的《李一足传》《义虎记》等作品虽然在当时遭到诸多非议,但时至今日,传播最广的恰恰是这类作品,甚至有些作品流传海外,入选了国外的教科书。如早在1893年,日本学者村山自疆就将《义虎记》作为汉文化的代表作,选进教材⑤;韩国学者李慎成则将其和本国作品做比较,探寻韩中两国文化差异。⑥ 可见,王猷定的文章

---

① (清)王玑:《四照堂集序》,《四照堂诗文集序》,清康熙二十二年刻本。
② (明)徐树丕:《识小录》卷四,涵芬楼秘笈景稿本。
③ (清)王端淑:《名媛诗纬初编》,清康熙间清音堂刻本。
④ (清)王猷定撰,陈维崧选评:《王于一文选》,清康熙间刻本。
⑤ [日]村山自疆:《汉文学教科书:中等教育卷》2,大仓书店1893年版,第43页。
⑥ [韩]李慎成:《韩国〈孝子里〉和中国〈义虎记〉故事比较研究》,张鹤松译,《民间文化论坛》2005年第5期。

创作风格是非常独特的。

王猷定的作品也为诸多选家所收录,除前文所提及的徐斐然《国朝二十四家文钞》、李祖陶《四照堂文录》以外,张潮《虞初新志》收录《汤琵琶传》《义虎记》《李一足传》《孝贼传》等篇①;郑澍若《虞初续志》卷二收录《梁烈妇传》、卷四收录《孝烈张公传》,并在文末鲜明地表达了其观点:"郑醒愚曰:'张洵孝烈,其仆亦非常人也。如此主仆,俱遭横死,固曰:劫运然天实为之,谓之何哉!'。"② 进入到 20 世纪以后,这些散文也常常因其传奇性被收入小说选集中,如《孝烈张公传》《钱烈女墓志铭》③《李一足传》《梁烈妇传》《汤琵琶传》《义虎记》等文于 1915 年被收在商务印书馆出版的《旧小说》中(铅印本),这套书的特色之一即是:"情节新奇、趣味浓深、极承阅者欢迎。"④ 由此可见,这些散文一方面因为其新奇的情节、极强的趣味性满足了大众的猎奇心理,深受读者欢迎;另一方面也在客观上促进了王猷定文章的传播。

此外,王猷定散文还被徐文驹选入其所辑《明文远》中,平步青《霞外攟屑》载:

> 徐丹厓(文驹)雅意选辑明文。搜纂历二十余年。康熙庚午,遇江右罗亦潭有同志。其选实托始于此。仿文粹、文鉴、文类三书例。自辞赋、诏诰、奏疏以及墓铭、祭文。为类凡九十余种,为卷二百四十。去取之意,则以有关国是人心。有益于纲常名教者为主。大意欲与明史相表里,将成书而卒。遗稿未付梓。不知视梨洲文海何如。详见丹厓自述。及《二十四家文钞》丛谈,《四库提要存目》有《明文远》,无卷数,前后无序、跋、目录,圈点批语皆用八比法。戴良系元代遗老,王猷定系国朝人,俱收入。殊失限断也,似直隶总督采进本。或其

---

① (清)张潮:《虞初新志》,清康熙三十九年刻本。
② (清)郑澍若:《虞初续志》,清咸丰小嫏嬛山馆刻本。
③ 此书此处应少印了一个"铭"字。
④ 吴曾祺:《旧小说》(己集一),商务印书馆 1915 年版,第 117 页。

初稿，二百四十卷者。①

由是可见，在徐文驹看来，王猷定散文当在"有关国是人心，有益于纲常名教"之列。

综上可见，王猷定散文以其丰富的内容、独特的文学风貌吸引了众多选家的注意，并被众多选家给予了较高的评价。光绪九年（1883），施骐偶然从朋友处看到王猷定散文数篇，借来读之，便爱不释手，他自己形容"有如尝鼎"②，因此想"得全稿读之"③，于是他"时时走书市访之"④，可是"皆不获遇"⑤。即使遇到时，也因"无赀而失"⑥，当然"失即忽忽数日不乐"⑦。直到光绪十年（1884）夏四月四日才找寻到《王于一遗稿》，他大喜过望，写下"喜何如也！珍何如也"⑧之语，足见其对王猷定之文的喜爱。

随着时代的发展，已经有越来越多的学者注意到了王猷定散文的独特性以及在清初文坛的重要性，"猷定为文雄健，尤擅长传奇性古文，在清初文坛独辟蹊径"⑨。在马积高看来，以王猷定《钱烈女墓志铭》《李一足传》《汤琵琶传》等为代表的人物传记"才是清初古文中最光辉的部分，不仅明代古文不及，唐宋八大家古文中在数量上亦不及"⑩。给予王猷定散文评价之高显而易见，这种评价并非毫无根据，而是基于王猷定散文的艺术成就而言。因此，王猷定理应在文学史上占有一席之地。通过对其散文的研究，客观审视其在文学史发展进程中的独特地位，这是尤为重要的。

---

① （清）平步青：《霞外攟屑》卷六，上海古籍出版社1982年版，第345页。
② （清）王猷定：《王于一遗稿》，清康熙元年赖古堂本，清光绪十一年施骐墨笔题记。
③ （清）王猷定：《王于一遗稿》，清康熙元年赖古堂本，清光绪十一年施骐墨笔题记。
④ （清）王猷定：《王于一遗稿》，清康熙元年赖古堂本，清光绪十一年施骐墨笔题记。
⑤ （清）王猷定：《王于一遗稿》，清康熙元年赖古堂本，清光绪十一年施骐墨笔题记。
⑥ （清）王猷定：《王于一遗稿》，清康熙元年赖古堂本，清光绪十一年施骐墨笔题记。
⑦ （清）王猷定：《王于一遗稿》，清康熙元年赖古堂本，清光绪十一年施骐墨笔题记。
⑧ （清）王猷定：《王于一遗稿》，清康熙元年赖古堂本，清光绪十一年施骐墨笔题记。
⑨ 谢军总纂，舒圣伦主修：《江西省志·人物志》，方志出版社2007年版，第233页。
⑩ 马积高：《清初经世致用之学对散文的影响》，《中国文学研究》1995年第2期。

第二节　王猷定散文渊源初探

关于王猷定的散文渊源，诸家略有异议。韩程愈《王君猷定传》说他"性倜傥，酷嗜两汉八家之文"[①]，饶宇朴说他"为文规摹欧、曾而时出新意"[②]，王巩又说他"取裁《左》《国》，模范大家，至其自出机轴，为一家言。虽韩、柳诸公不能过，而其沉雄宏肆，激郁缠绵，类司马子长"[③]。的确，王猷定文章中"沉雄宏肆，激郁缠绵"的风格与司马迁颇为相似，但绝不是单纯地模仿、学习某一位古人，而是他既善于集诸家之长，又擅长独创，并最终形成了独特的风格。韩愈曾言："圣人之道，不用文则已，用则必尚其能者，能者非他，能自树立，不因循者是也。"[④] 王猷定堪称"能自树立，不因循"的典范，最终方能"独开风气"。因此，综合考察王猷定散文的艺术渊源十分重要。概而言之，王猷定散文的渊源基本可以概括为上溯秦汉、师法唐宋两个大的方面，并在此基础上形成了自己的独特内容、风格特色，本节将结合具体作品对这一问题详加探析。

一　上溯秦汉

王猷定的散文渊源可以一直上溯到先秦、两汉时期，尤其是《左传》《史记》等对王猷定散文的创作影响颇深。《左传》中的志怪故事、民本思想、虚实结合的写作手法等在王猷定的散文中均有所体现，典型如《李一足传》《汤琵琶传》等。汪中曾经在《〈左氏春秋〉释疑》一文中说："左氏之言天道，未尝废人事也。"[⑤]"《左

[①] （清）韩程愈：《王君猷定传》，见陶福履、胡思敬编《豫章丛书》（集部十一），江西教育出版社2007年版，第218页。

[②] （清）饶宇朴：《四照堂集序》，见陶福履、胡思敬编《豫章丛书》（集部十一），江西教育出版社2007年版，第222页。

[③] （清）王巩：《四照堂集序》，《四照堂诗文集》，清康熙二十二年刻本。

[④] （唐）韩愈：《答刘正夫书》，参见（唐）韩愈著，马其昶校注，马茂元整理《韩昌黎文集校注》（上），上海古籍出版社2018年版，第243页。

[⑤] （清）汪中撰，戴庆钰，涂小马校点：《述学》，辽宁教育出版社2000年版，第24页。

传》认为,天命控制着人类历史,道德决定着人的命运,天(神)与人的思维是一致的,即天(神)是'福仁而祸淫'的。"① 王猷定的散文很显然继承了这一点,亦时常在行文中提及"天道",并往往借此宣扬他的某种观点,如《寿喜崇素四十序》中,他说:"由此观之,其不仁而得祸与仁而得福,所谓天道非耶?"② 将"不仁"与"得祸"、"仁"与"得福"联系在一起,认为这均是"天道"所致,警示世人要仁义,多做善事。《孝廉张公传》中"天道无亲,尝与善人"③、《寿司理武公序》中"天道具在,士民歌之,予复何言哉"④ 等语均昭示出王猷定的此种思想,这显然受到了《左传》的影响。

《左传》刻画了许多栩栩如生的人物形象,王猷定散文中的人物形象亦特色鲜明,具有典型性,除广为流传的李一足、汤琵琶等形象以外,许宸、张清雅、刘文炳等人物亦刻画的立体而生动,足可以与《左传》相媲美。"故事情节化,看重事件发展过程中的因果关系的描写,可以说是《左传》一大特色"⑤、"中国古代叙事文学强调'故事情节化',最早就是从《左传》开始的。可以说《左传》把通过揭示事件之间的因果关系而使故事情节化,不论从大处的宏观的角度,还是从细处的微观的角度,都十分重视因果关系的揭示"⑥。可见,除刻画人物形象以外,"故事情节化",重视揭示因果关系亦是《左传》的一大特色,这些特色在王猷定的散文中均表现

---

① 刘丽文:《论〈左传〉"天德合一"的天命观——〈左传〉预言的本质》,《求是学刊》2000年第5期。
② (清)王猷定:《寿喜崇素四十序》,见陶福履、胡思敬编《豫章丛书》(集部十一),江西教育出版社2007年版,第87页。
③ (清)王猷定:《孝廉张公传》,见陶福履、胡思敬编《豫章丛书》(集部十一),江西教育出版社2007年版,第104页。
④ (清)王猷定:《寿司理武公序》,见陶福履、胡思敬编《豫章丛书》(集部十一),江西教育出版社2007年版,第67页。
⑤ 童庆炳:《中国叙事文学的起点与开篇——〈左传〉叙事艺术论略》,《北京师范大学学报》2006年第5期。
⑥ 童庆炳:《中国叙事文学的起点与开篇——〈左传〉叙事艺术论略》,《北京师范大学学报》2006年第5期。

十分明显。如《许氏七义烈传》一文，开篇即交代出许宸的基本情况及事件发生的背景："按察许公，内乡人也，有弟曰宣、曰寀、曰官。崇祯壬午，流贼陷南阳，许氏居山寨固守。先是，河南诸府县既陷贼，辄置官吏，许氏先人协守孤城不下者十余年。"[①] 特意提及许氏先人独守孤城十余年，与多数河南府县被"流贼"张献忠攻陷的情况形成鲜明对比，暗示许氏族人的气节与保家卫国的决心，为下文作出铺垫。紧接着，王猷定写道：

> 既岁饥，无储，城乃陷。置吏时朝命会勘，诏诸路山寨起兵恢复城池。按察公闻命，乃图恢勘，知乡寨不可守，欲挈家东下，谋聚众再举。宣曰："寇敢据城邑，以境无声援，易以虚声恫喝耳。岁无常歉，吾率丁壮且耕且守，与村社相联为犄角，乘时观变可也。奈何弃坟墓去，将安之？"公曰："时势至此，恐未可卒图也。"趣诸弟尽室行，不可。公复警以覆宗，宣欲行，寀不可。公不得已，乃行。已而族人承业倡义入邓州，执伪官戮之。事闻烈皇，手敕授都司，为诸道劝。宣等率义勇夜袭内乡，擒伪知县主簿，以露布送之，上功督府，道逸去。[②]

恰好赶上闹饥荒，因许氏所守孤城没有储备粮食，城乃沦陷。此时，面对守城还是弃城的问题，许氏兄弟发生了分歧。许宸明知乡寨不可守，所以主张以退为进，暂时先"挈家东下"，待日后寻找时机，再图恢复。为此，许氏兄弟展开了一番对话，许宣认为，粮食不可能连年歉收，他可以率壮丁边耕地边守城，并可以与村社形成犄角之势，随机应变即可，他实在是不愿放弃生活了那么久的家园。但是许宸认为时势至此，暂且离家也是无奈之举，还是主张一切从长计议，并催促弟弟们尽快离开。这番对话不仅从侧面展示出

[①] （清）王猷定：《许氏七义列传》，见陶福履、胡思敬编《豫章丛书》（集部十一），江西教育出版社2007年版，第104页。

[②] （清）王猷定：《许氏七义列传》，见陶福履、胡思敬编《豫章丛书》（集部十一），江西教育出版社2007年版，第104页。

兄弟二人不同的性格，实际上也预示了后面的悲剧。后来，许宣也确实取得了阶段性胜利，"擒伪知县主簿，以露布送之，上功督府，道逸去"。可是，王猷定笔锋一转，将视角转移至朝廷之上：

> 是时，朝廷日严旨，督大臣勦贼。顾总督多畏缩不敢击，朝议往往以朋党私隙谋报复，阳为推毂，实借寇兵报仇。督抚一命，如驱羊就虎，甚则借招抚与贼通，而诸将益骄蹇不用命。以故贼益张，至以亡国。使尽如宣等，天下事不尚可为哉！①

这段话看似"闲语"，与前文并无太大关系，但事实并非如此。此时，全国农民起义军风起云涌，朝廷"督大臣勦贼"。但是这些总督们却"多畏缩不敢击"，而且朋党之争十分严重，常常"以朋党私隙谋报复"，甚至会借寇兵报私仇，更有甚者，竟然会和起义军私通，将士们也愈加骄奢，不服从命令。所以起义军们更加猖狂自是，已经到了可以亡国的地步。这些朝中大臣们虽然身居高位，却不考虑国家兴亡，只是一味的勾心斗角，重视自己的一己私利。相比之下，许宣的行为便不由地让人心生敬意。所以王猷定发出了"使尽如宣等，天下事不尚可为哉"的感叹，但是他并不仅仅停留在对许宣的歌颂上，而是有着更深层次的表达：

> 伪官既逸，贼帅怒驱众，力攻许氏寨，他寨无敢援，寨遂破。且破，寀生母常氏先坠井死，寀绕井悲号，随入井；宣妻锺氏、寀妻陈氏自缢；妹许氏嫁布政季公子占鳌，寡居，从母兄亦自缢。贼断绳坠，将胁辱，皆厉骂，一贼谓许氏曰："我孝廉也，汝好顺我，我不杀汝，兄弟为婚姻。"许氏大骂曰："汝既为孝廉，负义辱身甘从贼，又欲犯吾名门妇耶？"时贼方肆焚火，烈甚，欲奋身入火，贼刃交下，斫骸死。宣、官、锺氏、

---

① （清）王猷定：《许氏七义列传》，见陶福履、胡思敬编《豫章丛书》（集部十一），江西教育出版社2007年版，第104—105页。

陈氏皆死。①

因许宣"擒伪知县主簿"之举，起义军们被激怒，"力攻许氏寨"，只可惜"他寨无敢援"，山寨遂被攻破。攻破之际，许氏众多族人选择以身殉国，自缢身亡，这其中不乏许多烈女。惨死之际，王猷定仍不忘加入精彩的情节，写到一贼人对许氏说："我孝廉也，汝好顺我，我不杀汝，兄弟为婚姻。"面对贼人，许氏表现出无所畏惧，对其破口大骂："汝既为孝廉，负义辱身甘从贼，又欲犯吾名门妇耶？"二人对话颇显得意味深长，一孝廉甘为贼，其气节尚不如一介女流，其中缘由值得深思，也是王猷定欲表达之意。如果朝廷没有党争，大臣们齐心协力，在许氏寨需要救援之时及时出手相助，或许许氏寨就不会被攻破，许氏族人尤其是处于弱势的妇女也不会惨遭毒手。而如果许宣当时听从许宸的建议，暂且搬离许氏寨，或许惨剧也不会那么快的发生。所以许氏一族的悲剧固然有许宣个性的原因，但根本原因并不在此。而在于当时朝廷的腐败，这才导致了一个又一个的村寨相继被攻破，直至亡国。综观整篇文章，不仅在微观上展示出了许宸、许宣兄弟的性格，更在宏观上深刻揭露了朝中大臣的丑恶嘴脸，他们才是导致明朝亡国的罪魁祸首。可以说，王猷定从细微处着手，千里伏线，微言大义，最终揭露出事情的本质，可以看出其受《左传》影响之大。难怪陈维崧会说："叙事俱本《左氏》，此于一独长。"②

观王猷定《四照堂文集》，会发现陈维崧所说并非虚言，除《许氏七义列传》以外，《孝烈张公传》《观道说》等文受《左传》影响的痕迹亦十分明显。《孝烈张公传》开篇即对张清雅的家世情况做了简单介绍，言简意赅："公讳清雅，字玉楚，世居潜山县北乡。父纯吾公，生三子，长即公，次清宪，次清寰，皆业儒。公贫而力

---

① （清）王猷定：《许氏七义列传》，见陶福履、胡思敬编《豫章丛书》（集部十一），江西教育出版社2007年版，第104页。

② （清）王猷定撰，陈维崧选评：《王于一文选》，清康熙间刻本。

学，累试辄不售。立塾授生徒。尝截竹为筒，每食必念父，乾糇脯馐藏诸筒，袖归以进。年三十一，清寀死。公昼夜哭，愤以头触柱，遂眇左目，人咸敬之。"① 特意从细微处着眼，提及其"每食必念父"之事，并且着重写到其弟张清寀去世以后，张清雅的强烈反应，以至于悲痛欲绝，导致左眼失明，所有人都十分敬重他。这些看似无关紧要之语实质上有很多"意思"深蕴其中，与《左传》异曲同工，因为"以《左传》为开篇的中国叙事文学，表层是在讲'故事'，可更深层则在讲'意思'"②。这也为下文埋下了伏笔。下文提到：

> 其家在城北白玉涧之滨，距城八里。崇祯十年，献贼焚杀北乡，举家迁头寨，长子超载同清宪居城授经。公力劝父避寨上，父不可，时年八十矣。公乃偕幼子超艺侍朝夕。外报贼势急，父病将革，命公携超艺去。公痛哭，掖父起，父瞑目曰："吾恨不能杀贼，同毕此命。"言未讫，气绝，犹视。公抱父，痛几陨，复苏。超艺同仆云满从窖中舁棺，具衣冠以殓。贼将至，满趣公去，公擗踊叱曰："吾身，亲身也。肉未寒而舍之去，将安归？汝从超艺伺涧中，倘焚庐，吾以身殉。"满曰："满年七十余，敢惜死？愿守棺煮茶待贼。"公从之，于是蹲伏梁隅，超艺匿厕舍。③

在这段文字中，王猷定有意提及张清雅之家"距城八里"，为后面情节的展开作出铺垫。崇祯十年（1637），张献忠"焚杀北乡"，张清雅之长子张超载及弟弟张清宪居住城中，张清雅力劝其父"避

---

① （清）王猷定：《孝烈张公传》，见陶福履、胡思敬编《豫章丛书》（集部十一），江西教育出版社2007年版，第98页。
② 童庆炳：《中国叙事文学的起点与开篇——〈左传〉叙事艺术论略》，《北京师范大学学报》2006年第5期。
③ （清）王猷定：《孝烈张公传》，见陶福履、胡思敬编《豫章丛书》（集部十一），江西教育出版社2007年版，第98页。

寨上",可是其八十岁的老父亲不同意。无奈之下,张清雅和幼子张超艺朝夕侍奉老人左右。可是情势危急,老父亲命令张清雅和张超艺离开。张清雅痛哭不已,其时,老父带着"不能杀贼"的遗憾离世而去,这对张清雅的打击可以想见,其悲痛欲绝。张超艺和仆人云满帮忙将其老父入殓,此时,贼兵将至,云满催促张清雅尽快离去,张清雅捶胸顿足,斥责云满,表示老父尸骨未寒,他不可能舍父而去,并叮嘱云满和张超艺藏于山涧之中,倘若有危险,他将以身殉葬。令人没有想到的是,仆人云满以他七十多岁为由,表示希望"守棺煮茶"以等待贼兵,张清雅听从于他,"蹲伏梁隅",张超艺则"匿厕舍"。由此可见,王猷定将这些琐碎之事写得极为简洁,几乎没有冗字,将自己对张清雅的敬佩与赞赏如穿针引线一般埋藏于字里行间,为下文奠定基调。可以说,接下来的描写已经越来越能彰显出其所要表达的特殊情感和态度:

  贼拥入,大索不得,欲开棺,满捧茶叩头乞免,贼童笑将加刃,一贼曰:"徐之,老汉尚知礼。"一贼抽刀逼其喉,曰:"出汝主,贷汝。"一贼裂布拭膏系竿首,将举火。满仰屋睨公,公从梁间坠,贼大惊,斩棺。公抚棺哭,以两手覆棺,手断,血溅贼手,群贼笑,贼怒砍公仆地。超艺闻杀公,从厕旁跃出,泣求代,将伏公背,贼举刀碎其首,父子死焉。超艺死年十六,英爽不群。贼悔而怜之,相与移棺中堂,以草覆公父子尸而去。有顷,后堂火发,满登屋以带渍水扑之,火灭。越三日,贼尽去。满泣告邻人,乞两棺殓其主尸,长号不食死。①

  贼兵已至,想要开张清雅之老父棺木,已七十几岁高龄的老仆云满"捧茶叩头乞免",可是贼兵依然不为所动,坚持要开棺木。对峙之时,张清雅"从梁间坠",可以说这一段描写与前文衔接得天衣

---

① (清)王猷定:《孝烈张公传》,见陶福履、胡思敬编《豫章丛书》(集部十一),江西教育出版社2007年版,第98页。

无缝,展示出王猷定叙事艺术的成熟与精湛。接下来,王猷定写到了贼兵斩其老父棺木,张清雅抚棺哭泣,并用"两手覆棺",贼兵将其手砍断,此处王猷定特意写到了一个细节,即"血溅贼手",贼兵不但未心生恻隐之心,反而大笑,再次将张清雅砍倒在地。张清雅与群贼形成了鲜明的对比,其善良、孝顺的形象跃然纸上。此时此刻,张超艺边哭泣边请求代父请死,可是贼兵却毫不留情地将父子二人全部杀死,他们的凶狠面目昭然于世。在贼兵离开以后,老仆云满将父子二人入殓,自己也绝食而死,老仆忠厚老实的形象鲜明得呈现在读者面前。可以说,张清雅之死"极其壮烈,故称之为孝烈张公。穿插老仆事迹,亦风义可敬"①。张清雅不忍舍弃其父棺木,被贼所杀之事在明清之际颇有影响,王猷定将这实有之事加以文学性的表达,愈显深刻。尤其是王猷定文末的一段文字尤为耐人寻味:"使其出而事君,则捐躯报国,岂顾问哉?予又闻云满死,邻人焚其骸,踰昼夜心坚赤不化,如方剖然,群鸟飞噪不敢食。呜呼!世之罹祸而不顾其主者,视满为何如也?"② 正常人死以后,其心怎么可能焚烧"坚赤不化"?王猷定将这一传奇笔法加入,显然有意为之,最后一句或许是最好的回答,假如世间遭遇祸患,仆人都能像云满一样顾其主,可能明朝就不会那么快速的灭亡。陈维崧在此文后点评:"每读《左氏》泌之战、鄢之战、鄢陵之战,喜其叙次琐碎处却简径,可能也;琐碎而简径,不易能也。噫!难言之。"③ 很显然,陈维崧对王猷定此文虽然写的是琐碎小事,但能简洁颇加赞赏。何况王猷定能从细微处着眼,暗讽那些对国家不忠之人,笔法娴熟老道,不着痕迹,颇有《左传》之风。

在叙事方式上,王猷定的散文大多数都是按照自然时间来叙述的,这也与《左传》颇为相似。因为"《左传》的叙事按自然时间演进的占了绝对多数,逆时间的演进,如倒叙、插叙也有,但不是

---

① 石昌渝主编:《中国古代小说总目·文言卷》,山西教育出版社2004年版,第524页。
② (清)王猷定:《孝烈张公传》,见陶福履、胡思敬编《豫章丛书》(集部十一),江西教育出版社2007年版,第99页。
③ (清)王猷定撰,陈维崧选评:《王于一文选》,清康熙间刻本。

很多"①。在叙事视角上，王猷定的散文也多采取了全知全能的视角，除上文所提到的《许氏七义列传》《孝烈张公传》外，其他篇章如《太傅新乐侯刘公传》《张仲明先生传》等亦如是。钱锺书曾在《管锥编·左传正义》中说："上古既无录音之具，又乏速记之方，驷不及舌，而何其口角亲切，如聆謦欬？或为密勿之谈，或乃心口相语，属垣烛隐，何所据依？……史家追叙真人实事，每须遥体人情，悬想事势，设身局中，潜心腔内，忖之度之，以揣以摩，庶几入情合理。盖与小说、院本之臆造人物、虚构境地，不尽同而可相通；记言特其一端。"②观王猷定之散文，叙述者无所不知，无所不晓，甚至于对当时双方的对话内容都了如指掌，很显然借鉴了《左传》。当然，从以上分析也可以看出，除《左传》以外，王猷定的散文受《史记》的影响也比较大。

"司马迁'成一家之言'，他要在记叙历史中阐明历史演变的因果关系，表明自己的分析和看法，这就是理。叙事说理，交融关合，天衣无缝"③。王猷定显然受到了司马迁这种叙事方式的影响，如《孝贼传》中面对偷盗的贼，他没有一味地痛斥，而是从更深层次对这种现象发表了自己的见解，认为贼乃是因为贫穷不能养母而不得已作出的选择，若能解决基本的温饱，他也不会沦而为贼，将矛头直指统治者，揭示出"上焉者之罪"④。《杜昌之先生传》中，王猷定将杜昌之家几代的人丁兴旺归功于杜氏家族从祖上至今连绵不断的德行所致："古称世禄之家，鲜克由礼。先生生长王官，身亲绮纨骄贵之习，而孝友好士，其天性然哉！天下变故，祸及宗支，过秦州者念京周之遗墟，不胜下泉之感焉。而先生之家，联婚帝胄，今复振起于功名，诗书之业不坠，盖流风遗泽，所从来者远矣！"⑤将

---

① 童庆炳：《中国叙事文学的起点与开篇——〈左传〉叙事艺术论略》，《北京师范大学学报》2006年第5期。
② 钱锺书：《管锥编》（第一册），生活·读书·新知三联书店2011年版，第271—273页。
③ 张大可：《〈史记〉研究》，华文出版社2002年版，第461页。
④ （清）王猷定：《孝贼传》，见陶福履、胡思敬编《豫章丛书》（集部十一），江西教育出版社2007年版，第111页。
⑤ （清）王猷定：《杜昌之先生传》，见陶福履、胡思敬编《豫章丛书》（集部十一），江西教育出版社2007年版，第107页。

家族的兴盛归结于几代人的努力。如此种种，与司马迁《项羽本纪》中将项羽的失败归结于"自矜功伐，奋其私智"①，《孙子吴起列传》中将吴起被乱箭穿身的悲惨结局归结于其"刻薄少恩"②的性格有异曲同工之妙，可见王猷定在创作时无形之中受到了《史记》的影响。当然，这只是《史记》对王猷定散文影响的一个方面。

《史记》对王猷定散文影响的另一个方面是其文的"爱奇"③倾向。"文章惟叙事最难，若平铺直叙，淡而无味。司马迁却擅长叙事，使'《史记》一书，以参差错落，穿插变化为奇，而笔法句法，绝无一律。'受到历代学者的一致肯定。"④这不仅被王猷定承袭下来，而且成就了其在文学史上的地位，除《汤琵琶传》《孝贼传》《义虎记》等为后世流传较广的篇章外，王猷定散文中的这种倾向可谓比比皆是，信手拈来，所用恰到好处，彰显了其独特的文风。如《樗叟传》开篇王猷定即交待："叟姓袁，名芳，长洲人。善医，所至多活人，间为画，皆不欲有名，自号樗叟云。"证明袁芳确有其人，紧接着，王猷定写到袁芳和其父到湖口之事：

> 万历季，总理内官监李道权湖口税，叟父故与李交，因从父之湖口。其地当上流之冲，山势险阻，江、楚、闽、粤、川、蜀、阗、滇、黔之人操百货而来者，风樯多不利。其游倅四望，一舟至，则先扼之巨浪中，掠其货，以漏税报阉，商贾吞声，莫敢辩。叟一一白其冤，左右咋舌，阉为感激，下令捕诸害商者，坐以法，连疏乞休。叟别，寿以千金。顷之，遇盗马当山，攫金，将加刃，岸土忽崩十里许，水涌数丈，舟覆，群盗骇散。叟从波间跃出，得不死。水平，舟复全，人咸诧神助云。⑤

---

① 司马迁：《史记》，崇文书局2012年版，第133页。
② 司马迁：《史记》，崇文书局2012年版，第133页。
③ 参阅张新科《〈史记〉文学经典的建构过程及其意义》，《文学遗产》2012年第5期。
④ 张大可：《〈史记〉研究》，华文出版社2002年版，第462页。
⑤ （清）王猷定：《樗叟传》，见陶福履、胡思敬编《豫章丛书》（集部十一），江西教育出版社2007年版，第105页。

盗贼抢劫之时，突发土崩水涌，导致"舟覆"，盗贼皆散，本就已经骇人，可是王猷定却写道袁芳能够从惊涛骇浪中一跃而出，不仅人未死，船也完好无损，别人都诧异有如神助，怪异反常。写完此事后，王猷定似乎还嫌不过瘾，又写了另外一桩事：

> 崇祯十二年来豫章，余见之东湖，貌壮，气温和，粥粥若无能者。淮南李盘曰："此叟外和而中严。"越二年，李盘为怀集知县，叟往粤，复遇盗浔阳江口，伤刃堕水，水赤，有物蠕动若败絮，惊视，腹穿出肠矣。恍惚一人掖之，得故舟，自纳肠于腹，缉桑皮纫之，而裹帛焉，不死。国变后，癸巳渡江访予扬州，须发尽白。己亥复来，闻李盘死，往高邮哭之。六月，江上兵动，余偕奔湖中，而叟七十矣。十月，叟归，执手言曰："老人去，不复出矣。与子交将三十年，能无一言？"余唯唯。①

崇祯十二年（1639），王猷定与袁芳相见于东湖，后来过了两年，李盘为怀集知县，袁芳在去往广东的路上，再次遇强盗于浔阳江口，袁芳为刀所伤，血染江水，且他的肠子已露出体外，此种情况下，袁芳竟能"自纳肠于腹，缉桑皮纫之"，得以大难不死，且高龄七十仍健在，有很强的传奇性，传奇色彩之浓厚显而易见，升华了其要表达的主题，诚如胡思敬所言"其胸中素所蕴蓄，殆非寻常所能测也"②。李祖陶对此篇点评颇为精当："起处先横下一语作赞，次乃历次其事状，历落生动，殆不减太史公。"③ 再如《浙江按察司狱记》一文，王猷定从友人之口听说了监狱的阴森晦暗，于是在宋琬即将赴任按察司之际作此文以赠之。其中关于狱司黑暗的描写尤其令人惊奇，振聋发聩：

---

① （清）王猷定：《樗叟传》，见陶福履、胡思敬编《豫章丛书》（集部十一），江西教育出版社2007年版，第106页。
② 胡思敬：《四照堂集·识》，见陶福履、胡思敬编《豫章丛书》（集部十一），江西教育出版社2007年版，第217页。
③ （清）李祖陶：《四照堂文录》卷二，《国朝文录》，清道光十九年瑞州府凤仪书院刻本。

始入狱，卒导罪人至狱司前，索金。故事，罪人入见狱吏，无重轻，皆输金。卒如之，又推罪人有赀为牢头者，主进焉，而后掠其私，谓之常例钱。金多者，虽重罪处净室，或自构精舍以居。否，置一狱，名套监，周遭树木栅，地秽湿，覆以腐草，郁蒸之气，是生恶虫，罪人械而入，卒持其两手縶栅上，使不得便。须臾，虫触人气，百千攒集，人体自耳鼻缘入衣袱，凡属有窍，虫满其中。经昼夜，虽壮夫生者，什不得一二。折而下，一径黝黑，盘曲深坳。突有石门，犴狴司之。门坚重，启之声似吼，阴风飒飒从内出，炎暑当之股栗。中多积尸，臭达门以外。罪人既入，狱卒闭两门，逻者仅存一窦通勺糜。白昼，鬼呜呜狰狞立人前，强有力者与之角，众鬼来，人力不胜，则立毙。①

王猷定首先写到其友人入狱后，便被狱卒带到狱司前，需要先交常例钱等，钱财多少决定了犯人的居住环境，而并不以犯罪轻重而论。如果犯了重罪，但是肯舍金给狱吏，便可以"处净室"，否则只能居于"套监"，饱受折磨，当时政治的黑暗程度可想而知。所谓的"套监"，恶虫遍地，犯罪人员一进入，便会被狱卒绑住双手，动弹不得。虫子因为闻到了人的气味，不一会便会爬满罪人全身，更恐怖的是"凡属有窍，虫满其中"，经过这么一折腾，即使是身强力壮者，也很快便会经受不住。王猷定描写狱中之恐怖并未到此结束，而是又写到了此番折腾以后狱卒将其关在一"积尸"处，此处远远地就能闻到臭味，狱卒让这些未给钱的犯人与这些腐烂的尸体居住在一起。王猷定特意提到白天鬼魂面目狰狞站在这些犯人面前，而最终犯人终究斗不过这些鬼魂，最终死亡，让人不寒而栗："惟读其《浙江按察司狱记》一篇时，寒夜毛骨森竖，鬼欲攫人，涕縻缚不可断"②。这段描写充满奇异色彩，尤其是将白日鬼魂这一在现实中根

---

① （清）王猷定：《浙江按察司狱记》，《四照堂文集》卷四，清康熙二十二年刻本。
② （清）彭士望：《耻躬堂诗文钞》文钞卷三，清咸丰二年刻本。

本不可能出现的情形穿插其中,更显波澜,深刻思想蕴含其中,彰显出王猷定为文的气势磅礴。诚如郭预衡所言:"中国的牢狱,尤其是明代以来的诏狱,无非人间地狱。其中所言白昼之鬼,似属玄虚,实则人而鬼者,更厉于鬼。"① 王猷定写完人间地狱,又将笔墨转移到现实生活中:

> 庚子,莱阳宋公荔裳分守浙东,余适游会稽,以此告之。公曰:"明天顺间,吾先世御史公讳戭者,尝臬是邦矣。廨旁有庙,祀银瓶女。祀之日,例拜女。一日,自念我朝廷执法吏,乃屈膝女子耶?命择日改庙他所。甫鸠工,忽空中见女子持弓矢射中背,顷之疽发。"余闻之,作而叹曰:有是哉!以一女子死四百年,而英爽赫奕如是,况忠武乎?夫忠武婴贼臣之害,亡宋社稷,迄今过其墓者,见贼桧之像,樵夫牧竖,犹争击之。胡至陵谷屡迁,而以幽陷忠武之阱,为狱卒贾利之场,为之吏者,若之何仍其地而不思所以废之。去岁除夕前一日,朱子没,余悲良友之不可作,而有感于其言也。②

交代了他于清顺治十七年(1660)对宋琬言及此事,宋琬对他说了银屏女之事,王猷定不仅慨叹,有女如此,何况岳飞呢?由银屏女很自然地过渡到了抗金英雄岳飞,其用意已经十分明显,"令人不息不尽"③。特别是最后,他又强调,因为好友朱士稚去世,他悲痛万分,联想起其友的遭遇,有感而发,这更凸显出其文的高妙,浑然天成。陈维崧也不吝对此文的赞美,给予很高的评价:"以史迁列传笔画吴道子《地狱变相图》,千古绝调。"④ 这篇文章对后世影响极大。据载,此文至今还可见于汤阴县岳飞庙,但没有写作者姓名:"此记见汤阴精忠庙殿庭左侧碑阴,原文完整,但未列

---

① 郭预衡:《中国散文史》(下),上海古籍出版社2011年版,第354页。
② (清)王猷定:《浙江按察司狱记》,《四照堂文集》卷四,清康熙二十二年刻本。
③ (清)王猷定撰,陈维崧选评:《王于一文选》,清康熙间刻本。
④ (清)王猷定撰,陈维崧选评:《王于一文选》,清康熙间刻本。

作者姓名。"①

从《四照堂集》中，不难看出《史记》的语言也对其产生了潜移默化的影响。"《史记》语言却极为简洁精练，有意识地不造排句偶句，行文总是长短不齐，参差错落，句式活泼生动，接近口话，富有生命力"②。比如《项羽本纪》中关于巨鹿之战的描写就十分精彩。在《四照堂集》中，亦可见到《史记》般的奇妙语言。如《汤琵琶传》中关于汤琵琶弹奏塞上之曲的描写，十分传神，有如神来之笔，金戈铁马，尽收曲中，仿佛就在眼前："令弹塞上之曲。戏下颜骨打者，善战阵，其临敌，令为壮士声，乃上马杀贼。"③不仅展现出汤琵琶精湛的技艺，更显示出王猷定驾驭语言的高超能力。陈维崧曾盛赞此段描写有如"太史公叙垓下之战，风雨飒沓，金铁皆鸣"④。再比如后来"当其两军决战时，声动天地，屋瓦若飞坠，徐而察之，有金声、鼓声、剑声、弩声、人马辟易声，俄而无声。久之，有怨而难明者，为楚歌声；凄而壮者，为项王悲歌慷慨之声、别姬声；陷大泽，有追骑声；至乌江，有项王自刎声、余骑蹂践争项王声"⑤的描写，陈维崧亦赞其"淋漓奇幻，似史迁《项羽列传》"⑥，尤其是"余骑蹂践争项王声"，"此八字更奇"⑦。

除以上篇目外，王猷定创作的其他散文也可以看到其有意学习《史记》的痕迹，陈维崧对此有颇为精当的点评，如他评价《义虎记》"极无理事，最有数文。篇中叠四大王，是《史记》笔法"⑧。评价《李一足传》"写得唏嘘，其笔法零碎处，更不可及。以母姊

---

① 康普华主编；李焕兴，肖锦先副主编：《李汉魂将军文集》（中），中国社会出版社2014年版，第239页。
② 张大可：《〈史记〉研究》，华文出版社2002年版，第480页。
③ （清）王猷定：《汤琵琶传》，见陶福履、胡思敬编《豫章丛书》（集部十一），江西教育出版社2007年版，第111页。
④ （清）王猷定撰，陈维崧选评：《王于一文选》，清康熙间刻本。
⑤ （清）王猷定：《汤琵琶传》，见陶福履、胡思敬编《豫章丛书》（集部十一），江西教育出版社2007年版，第112页。
⑥ （清）王猷定撰，陈维崧选评：《王于一文选》，清康熙间刻本。
⑦ （清）王猷定撰，陈维崧选评：《王于一文选》，清康熙间刻本。
⑧ （清）王猷定撰，陈维崧选评：《王于一文选》，清康熙间刻本。

作主，略如《刺客传》中聂政一段"①等等，这皆可看出《史记》对《四照堂集》的影响。当然，《四照堂集》独特的文风并不仅仅局限于《左传》《史记》之影响，在他的文章中有时也能感受到秦汉之际其他文人的风貌，如《李一足传》开篇的叙述方式就与班固较为相似。由此也可以看出，王猷定的散文是在充分继承了前代散文的基础上，形成了自己独特的文风，并影响到了后世的创作。事实上，中国古代许多优秀的古文家都是在充分吸收、借鉴前人丰富的创作经验后形成了自己的文风，并成为了文学史上独立的存在，继续影响后来文人的创作。所以，中国古代文学的辉煌从来不该归功于某一位具体的作家，而是一代又一代优秀的文人共同缔造了中国古代辉煌灿烂的文明，每一位优秀的作家都是中国古代文学链条中必不可少的"这一个"，从这个角度来说，《四照堂集》同《左传》《史记》一样功不可没。

二 师法唐宋

王猷定幼时曾师从当时散文名家黄汝亨，受教良多，影响颇深。而黄汝亨早年曾师茅坤，受"唐宋派"影响较大，故散文风格亦似之。茅坤编选的《唐宋八大家文抄》流传广泛，"该书共一百六十四卷，凡韩愈文十六卷、柳宗元文十二卷、欧阳修文三十二卷，附欧氏《五代史》文二十卷、王安石文十六卷、曾巩文十卷、苏洵文十卷、苏轼文二十八卷、苏辙文二十卷，每家之前各有小引，以唐顺之、王慎中评语标入。不仅'唐宋八大家'之名自此广为人称引，而且唐宋派之影响也因此卓著"②。深厚的师学传承在潜移默化中对王猷定的散文创作产生了深远影响，从他的文章中，可以窥见他有意效仿唐宋八大家的痕迹，但并不限于单纯的模仿，而是在继承中有所创新。

王猷定散文之气脉与韩愈相通，如《文雪堂制义序》一文以

---

① （清）王猷定撰，陈维崧选评：《王于一文选》，清康熙间刻本。
② 祁志祥：《中国文学美学史》，山西教育出版社2014年版，第190页。

"扬州东去有白沙里,土风淳朴,士好读书。余友周盛际授经其地,尝为余言之"①为引,写到"夫广陵,江淮都会,豪杰特立之士固应不乏。而余客寓此中,自朝夕一二君子外,鱼盐负贩,实繁有徒,而相与俯仰今古,窥测治乱之故者无闻焉"②。从周盛际之言说开去,表达自己的观点。扬州作为江淮都会,自古繁华,亦不乏豪杰之士,但是自己自从客居扬州以后,除与"一二君子"朝夕相处以外,并未听说"相与俯仰今古,窥测治乱之故者"。紧接着王猷定又进一步借用《管子》中的话来谈自己对该问题的看法:

  《管子》曰:四民者无使杂处,杂处则其言庞,其事易。广陵之为士者,不及商贾之半。又四方辐辏,士夫舆马,武人靴袴,市滑游冶之色,交错于道。士生其地,学力寡而浮华荡,其卓然有以自立者,盖亦鲜矣。③

王猷定这段话不仅与前文有了很好的呼应,而且非常有意味地回答了自己前面提到的问题,认为自己之所以寓居扬州后,仅有一二知己,一个很重要的原因就是扬州汇聚各色人等,士、农、工、商等各行各业之人"杂处",而且士人"不及商贾之半",所以在这种情况之下,土生土长的士人"学力寡而浮华荡",卓然自立、独立超群者非常少,此处之言看似"闲笔",实则是在不动声色地为下文做好铺垫,叙述连贯自如,不着痕迹,自然而然地引出了下文:

  顾子一西,白沙士也,雅慕余,携所为举业,访余问序。余读之,秀外而惠中,一如其人。因谓曰:制义之盛衰,系世道之升降,子知之乎?成、弘而下,治道休明,甲兵之气不作,其人浸渍太平,而雍熙汯穆之象尽见于文。及其季也,宦官之

---

① (清)王猷定:《文雪堂制义序》,《四照堂文集》卷一,清康熙二十二年刻本。
② (清)王猷定:《文雪堂制义序》,《四照堂文集》卷一,清康熙二十二年刻本。
③ (清)王猷定:《文雪堂制义序》,《四照堂文集》卷一,清康熙二十二年刻本。

祸、盗贼之祸、水旱灾祲之祸，相寻不已，而国步遂移，则其患害不祥之气，一一于文见之。由此言之，文之关于世道，岂不然哉？以广陵形胜之地，气习杂糅，岂非今古之学不讲，而暗于治乱之源欤？今子之于文则诚善矣，不懈而及于古，则天下之安危必有熟筹其故者。归以语周子，其以余言为何如也？①

此处巧妙地引出顾一西其人，并借助其请王猷定作序一事，郑重地提出自己的文学主张，说出了自己对"文"与"道"之关系的看法，认为"制义之盛衰"与"世道之升降"紧密相连，天下太平，人民安居乐业，"雍熙沕穆之象"也会在其文中有所体现。若国家遭遇祸患，文章中也会有所反应。最后总结"文之关于世道，岂不然哉？"清楚地表达出王猷定的文章观。结尾又巧妙地对应开头，重回到"广陵形胜之地"上来，并且再次提到了周盛际，不仅照应上文，而且浑然天成。整篇文章虽然篇幅短小但却议论精深，语言简洁而又娓娓道来，重要的是使读者感到始终有一股"气"蕴含其中，酣畅淋漓。"气甚浑，有身份，全似昌黎。"② 除此篇以外，王猷定的其他散文如《与顾宁人书》一文引经据典，"辩论文字似《讳辨》"③。可见，王猷定散文吸收了韩愈之长并形成了自己独特的文风。

相较而言，八家之中，他更推崇欧阳修、曾巩的创作，因此，饶宇朴说他"为文规摹欧、曾而时出新意"④乃肯綮之谈。如他创作的《寒碧琴记》一文，最后总结说："兹琴也，失于海，沉于江，淹于属国，其濒于危者亦屡矣。幸而复返于中国，使又不幸而终于击剑负贩之徒，无宁其在江海也。而今得公而托焉。公其毋易视此石之铿然者也。"⑤ 流连反复，颇似欧阳修之文。再如《潘江如穆溪诗序》

---

① （清）王猷定：《文雪堂制义序》，《四照堂文集》卷一，清康熙二十二年刻本。
② （清）王猷定撰，陈维崧选评：《王于一文选》，清康熙间刻本。
③ （清）王猷定撰，陈维崧选评：《王于一文选》，清康熙间刻本。
④ （清）饶宇朴：《四照堂集序》，见陶福履、胡思敬编《豫章丛书》（集部十一），江西教育出版社2007年版，第222页。
⑤ （清）王猷定：《寒碧琴记》，见陶福履、胡思敬编《豫章丛书》（集部十一），江西教育出版社2007年版，第119页。

一文，虽然是为潘陆诗集作序，但其中抚今追昔之感却异常强烈，始终贯穿其中。文章开篇即言："穆溪在莺脰湖之滨，其地多隐君子。江如尊人木公先生世居于此，厥后徙润之北顾山下。余昔往来经过，疏篱野水，庐井萧然，大江横流于山之外。每寻孙、刘当日谈兵狠石处而不可得，因叹英雄寂寞，唯留胜地以待后之隐君子。几欲造访，而先生殁矣。"①虽然是诗序，却以地名"穆溪"开篇，别有深意。紧接着写到"厥后徙润之北顾山下"，这也是王猷定第一次写到迁徙，结合全篇来看，显然是有意为之。随后他便很巧妙、自然地提到了孙权、刘备当年之事，将自己"英雄寂寞"的感慨不着痕迹地展露出来，可谓是"最冷而深"②。在将自己的特殊情感稍微呈现出来以后，他很快便写到了潘江如的诗名，并且又写到再徙之事：

> 江如承家学，以诗名海内。余交二十年，未尝一言诗。丁酉夏遇于北顾，问其居，健儿系塞，马践庭户，粪与睫齐。而其家又徙于城西，求所谓疏篱野水者，无有也。相与叹息别去。今年秋，余辟乱适淮，江如从涟水至淮。时南北鼎沸，岷江数百里山飞水立，禽鸟之过者，翔而不敢下。余与江如登韩信城望战云，城下羽檄飚驰间左，幽障之兵鞭淮戍卒，挽舟以就锋镝，老弱号哭于道。江如凄然泣下，曰："吾家城西不当如是耶？"当是时，余虽勉慰之，而中怀慷慨，恒与振腕终宵，以至酒悲歌怨，病呓梦魇，狂走西东而不自知。而世所号为明哲者，目语心笑。江如掉头不顾，方欲涉下邳，历齐鲁之墟以自坚其志，以此思君子生当斯世，有终老他乡而不悔者，其为感愤可胜道哉！比少安，其子钟渡江省亲，抱头相慰，言润州事辄呜咽，城中十万户荡为冷灰，独妻孥屹无恙。呜呼！岂非先世之德然欤？而欲求城西之居，则又不可得矣。凡此皆江如之诗之

---

① （清）王猷定：《潘江如穆溪诗序》，见陶福履、胡思敬编《豫章丛书》（集部十一），江西教育出版社2007年版，第36页。

② （清）王猷定撰，陈维崧选评：《王于一文选》，清康熙间刻本。

所为作也。①

在这段文字中,王猷定并未用美妙的语言极力夸赞潘陆的诗歌,而是仅用"以诗名海内"五个字一笔带过,铿锵有力,言简意赅。他仍然把重心放在了潘氏在不断迁徙之事上,先是写"其家又徙于城西",后来又写"方欲涉下邳,历齐鲁之墟以自坚其志",不断迁徙的过程不仅揭示出清兵入侵对百姓的影响,更揭露出清兵的残暴,"老弱号哭于道",凄惨画面可以想见。面对此情此景,以王猷定、潘陆为代表的士人们却无能为力,爱莫能助。"而欲求城西之居,则又不可得矣",清兵入侵不仅导致很多百姓流离失所,更失去了宝贵的生命,这些有良知的士人们将这些惨痛均写在了他们的诗歌里。"凡此皆江如之诗之所为作也",一语道破真谛,一方面写出了潘陆诗歌之内容、特质及其复杂之情感,回应主题;另一方面也借此表达出自己的无限凄婉之叹,可谓是一箭双雕,言简意深,王猷定之特殊用意显露无疑。虽然表面上看似是在写现实,似乎与诗序相差甚远,但实际上不仅未脱离诗序之主题,更是于字里行间反衬出潘陆诗集的内容及其深沉的思考,让读者对潘陆的诗有了更深刻的体悟,起到了不同寻常的效果,意蕴悠长。文章最后更是升华主题,展现出王猷定为文的高明之处。文末云:

>秋尽,余南还,执手河干,谓之曰:"霜露既降,天意沉寥。九州之大,麋麋而未可骋也。子盍归?"江如曰:"诺。穆溪,先人之遗业在焉。吾十年来间关道路,由乌石至于延津,吊双龙之逝。其所为诗,皆先人之志,而不敢忘也。吾不敢忘先人,敢弃其遗业耶?"然则江如之于诗深矣。题曰"穆溪",夫江如岂终以穆溪老者哉?②

---

① (清)王猷定:《潘江如穆溪诗序》,见陶福履、胡思敬编《豫章丛书》(集部十一),江西教育出版社2007年版,第36页。

② (清)王猷定:《潘江如穆溪诗序》,见陶福履、胡思敬编《豫章丛书》(集部十一),江西教育出版社2007年版,第36页。

此处,"穆溪"的意义已不同于开篇,不再是简单的地名,而是被作者赋予了更丰富的象征意义。潘陆一徙再徙,最后还是想返回故里,对家的特殊情感展现的淋漓尽致。明清易代的特殊时期,家、国更是一体,难以割裂,王猷定在文末特意提及潘陆对家的思念无疑有特殊情感蕴含其中,对清军南下的不满,感怀明朝的时代情绪弥漫全文。而且,文章中虽然多次提及潘氏子孙后来多次迁徙之事,但却始于"穆溪",终于"穆溪",不但结构非常巧妙,其中所蕴含的微妙情感更是让读者感同深受,慨叹唏嘘,"通篇以一徙再徙作波澜,以诗作骨子,结更烟波无限。"① 令读者动容不已。欧阳修曾在《六经简要说》中云:"妙论精言,不以多为贵,而人非聪明,不能达其义。"强调语言精练的重要性,不追求繁缛的语言,但主张"言简意深"。王猷定此文显然达到了这一效果,无形中似乎是对欧阳修创作思想的一个隔空回应。此外,"欧阳修往往在散文中寓抚今追昔之感。抚今追昔,感慨万千,是欧阳修擅长的绝技"②。王猷定之文亦如此,观此篇,无限感慨蕴含其中,颇有欧阳修散文之遗风,尤其是与欧阳修《送田画秀才宁亲万州序》之文有异曲同工之妙。

为了更加直观地说明王猷定对欧阳修的继承与创新,兹将欧阳修的《苏氏文集序》和王猷定的《宋遗民广录序》共同比较,这两篇文章皆是作者为友人之集所作的序言,因此,有一定代表性。《苏氏文集序》乃欧阳修为已离世的友人苏舜钦所作,他开篇即言:"予友苏子美之亡后四年,始得其平生文章遗稿于太子太傅杜公之家,而集录之以为十卷。"③ 而后夸赞苏舜钦的文章:"斯文,金玉也,弃掷埋没粪土,不能销蚀。其见遗于一时,必有收而宝之于后世者。虽其埋没而未出,其精气光怪已能常自发见,而物亦不能掩也。故方其摈斥摧挫、流离穷厄之时,文章已自行于天下,虽其怨家仇人,及尝能出力而挤之死者,至其文章,则不能少毁而掩蔽之也。凡人

---

① (清)王猷定撰,陈维崧选评:《王于一文选》,清康熙间刻本。
② 王春元、潘峰:《欧阳修散文艺术论》,《江西社会科学》2002年第4期。
③ (宋)欧阳修著,洪本健校笺:《欧阳修诗文集校笺》(中),上海古籍出版社2009年版,第1063页。

第三章　王猷定散文综合研究

之情,忽近而贵远,子美屈于今世犹若此,其伸于后世宜如何也!公其可无恨。"① 苏舜钦的文章,就像黄金、玉石一样,即使掩埋于粪土之中,亦能闪闪发光,他的"精气光怪"由内而外散发而来,并非其他任何外物所能遮住,所以说当苏舜钦困陋流离之时,他的文章已自行流传于天下,即使是那些平日里想尽力排挤他之人亦不能诋毁、蒙蔽其文的价值。"忽近贵远"乃人之常情,苏舜钦委屈于今世,其文尚能有如此之地位,延伸到后世,他文章的价值已经能够不言而喻。此段还是就苏舜钦其人其文而言,但是再接下来的一段,欧阳修笔锋一转,考察了唐以来的文章发展历程:

予尝考前世文章政理之盛衰,而怪唐太宗致治几乎三王之盛,而文章不能革五代之余习。后百有余年,韩、李之徒出,然后元和之文始复于古。唐衰兵乱,又百余年,而圣宋兴,天下一定,晏然无事。又几百年,而古文始盛于今。自古治时少而乱时多,幸时治矣,文章或不能纯粹,或迟久而不相及。何其难之若是欤!岂非难得其人欤?苟一有其人,又幸而及出于治世,世其可不为之贵重而爱惜之欤?嗟吾子美,以一酒食之过,至废为民而流落以死,此其可以叹息流涕,而为当世仁人君子之职位宜与国家乐育贤材者惜也。②

欧阳修强调他曾经考察过前代文章"政理之盛衰",认为唐太宗治世之时几达"三王之盛",可是文章却不能革除五代之习,此后一百多年,韩愈、李翱等人方出现,"元和之文始复于古",唐朝衰败荒乱以后,又时隔一百多年,宋朝乃兴,天下统一、安定,安然无事。又过了几百年,古文方盛于今日。自古以来天下太平时少,战乱时多,有幸赶上太平盛世,文章有的不能精粹,有的跟不上时代

---

① (宋)欧阳修著,洪本健校笺:《欧阳修诗文集校笺》(中),上海古籍出版社2009年版,第1064页。
② (宋)欧阳修著,洪本健校笺:《欧阳修诗文集校笺》(中),上海古籍出版社2009年版,第1064页。

发展的步伐，这么困难的事情，难道是因为人才难得吗？如果有一个人，有幸在太平盛世之时脱颖而出，世间人能不引以为贵并爱惜他吗？只可惜子美仅仅因为一餐之过，就被废黜为民且流落至死，不禁令人扼腕叹息！该部分从远及近，寥寥数语即回顾了自唐以来几百年的文章发展历程，并逐渐引申到了好友的悲剧命运，不禁无限感伤，充满了历史的沧桑感。在接下来的两段中，欧阳修再次将视角转移到苏舜钦身上：

> 子美之齿少于予，而予学古文反在其后。天圣之间，予举进士于有司，见时学者务以言语声偶擿裂，号为时文，以相夸尚。而子美独与其兄才翁及穆参军伯长，作为古歌诗杂文，时人颇共非笑之，而子美不顾也。其后天子患时文之弊，下诏书讽勉学者以近古。由是其风渐息，而学者稍趋于古焉。独子美为于举世不为之时，其始终自守，不牵世俗趋舍，可谓特立之士也。
>
> 子美官至大理评事、集贤校理而废，后为湖州长史以卒，享年四十有一。其状貌奇伟，望之昂然而即之温温，久而愈可爱慕。其材虽高，而人亦不甚嫉忌，其击而去之者，意不在子美也。赖天子聪明仁圣，凡当时所指名而排斥，二三大臣而下，欲以子美为根而累之者，皆蒙保全，今并列于荣宠。虽与子美同时饮酒得罪之人，多一时之豪俊，亦被收采，进显于朝廷，而子美独不幸死矣，岂非其命也？悲夫！①

这两部分欧阳修将笔墨重点放在苏舜钦身上，写到他独特的文学追求，不盲目追随世俗，溢美之词显而易见。可惜苏舜钦生不逢时，遭人妒忌，最终不幸落得悲惨结局。通观全文，欧阳修的"抚今追昔之感"完全是围绕着苏舜钦的文学才华和成就而展开，相对

---

① （宋）欧阳修著，洪本健校笺：《欧阳修诗文集校笺》（中），上海古籍出版社2009年版，第1065页。

于叙述而言，议论略少。

再看王猷定的《宋遗民广录序》，他开篇以遗民的角度切入："古帝王相传之天下，至宋而亡。存宋者，遗民也。知宋者，遗民也。知宋所以存，则当知宋之所以亡；知遗民之所以存宋，则当知宋之所以存遗民者安在也。"① 作品已经深深地打上了明末清初之际作者身份认同的烙印，接下来王猷定发表了自己的议论："夫一代创业之君，其得天下与夫享国之久长，非徒恃其威力，其深仁厚泽有以收忠臣义士之报。一再传，而英武之君残忍寡恩以篡夺之，故推刃懿亲，屠毒忠良，使国家之元气中更推折。虽其子孙培养绵延数百年，而怨毒之气终乘时而发，至于庙社丘墟，本支凋落。然节义之在天壤，不独杀戮之所不能禁，而玺书徵辟或至再三，不能回入山蹈海之心，则开国之德泽入于人心者深也。"② 王猷定的观点很明显，君王若想要国家长治久安，不能凭借暴力，而应该"深仁厚泽"，"收忠臣义士之报"。随后他回顾了从"艺祖"初得天下之时的仁厚德泽到南渡而后的历史变迁，以此揭示出统治者的政策对文人乃至国家的影响。在最后，王猷定发出了"天能亡宋于溺海之君相，而不能亡宋于天下之人心"③ 的慨叹，升华了全篇。诚如李祖陶所言："明之亡也，遗民遍天下，以成祖之屠戮忠良，似不宜有，而卒有者，则高皇帝开国之初，所以养之者厚也。此文借酒杯浇块垒，慷慨激昂，足以维持天地。"④

综合比较《苏氏文集序》和《宋遗民广录序》，就会发现，欧阳修、王猷定二人均从历时的角度回顾了社会发展对文学的影响，二者同中有异的是王猷定的议论成分更多一些，更重视从历史的角度深入，有理有据，进而表达出自己的思想，他没有刻意宣扬李长

---

① （清）王猷定：《宋遗民广录序》，见陶福履、胡思敬编《豫章丛书》（集部十一），江西教育出版社2007年版，第38页。
② （清）王猷定：《宋遗民广录序》，见陶福履、胡思敬编《豫章丛书》（集部十一），江西教育出版社2007年版，第38页。
③ （清）王猷定：《宋遗民广录序》，见陶福履、胡思敬编《豫章丛书》（集部十一），江西教育出版社2007年版，第38页。
④ （清）李祖陶：《四照堂文录》卷一，《国朝文录》，清道光十九年瑞州府凤仪书院刻本。

科的文才，而是从历史的角度切入，使得读者在其对历史的叙述与议论中产生新的思考，"抚今追昔之感"更为浓烈。因此，从这个角度而言，王猷定对欧阳修之文是有所继承并有所创新的。

此外，王猷定有些散文的艺术成就可以和柳宗元相媲，如《重修五司徒庙碑》"诘屈离奇中有一种幽愤沉郁之气，罗池以后，无此手笔。以《离骚》《天问》作记，得未曾有"①。还有些散文虽然篇幅短小却意味深长，如《听琴诗引》一文，成就不逊王安石，"短峭亦逼真荆公"②。此外，王猷定的有些文章可以说是集诸家之长，并彰显出自己的特色，如《答毛驰黄书》一文"大略出于八家，然有一二似汉，其议论最有裨史学"③。

综上，王猷定上溯秦汉、师法唐宋的散文渊源并非无源之水、无本之木，而是有迹可循的，钱谦益在《茅副使坤》一文中说茅坤"为文章滔滔莽莽，谓文章之逸气，司马子长之后千馀年而得欧阳子，又五百年而得茅子。疾世之为伪秦汉者，批点唐、宋八大家之文，以正之。人谓顺甫之才气，殆可以追配古人，而惜其学之不逮也。"④虽然是对茅坤之文的夸赞，但有助于我们厘清王猷定散文的源流，《左传》、《史记》、韩愈、欧阳修、茅坤、黄汝亨、王猷定分别代表了不同历史时期文章创作中的翘楚，但是他们的文风一脉相承且有着其鲜明的时代特征。无论如何，他们都在文学史上做出了自己独特的贡献，因此，对于中国文学史而言，他们的创作皆是一笔宝贵的财富。

第三节 "侯王"并称及其文学史意义

文人并称现象古已有之，屡见不鲜，如李白、杜甫并称"李杜"，屈原、宋玉并称"屈宋"等等，关于这方面的成果也非常

---

① （清）王猷定撰，陈维崧选评：《王于一文选》，清康熙间刻本。
② （清）王猷定撰，陈维崧选评：《王于一文选》，清康熙间刻本。
③ （清）王猷定撰，陈维崧选评：《王于一文选》，清康熙间刻本。
④ （清）钱谦益：《列朝诗集》（丁集卷三），清顺治九年毛氏汲古阁刻本。

多。值得一提的是，古人并称次序的先后与其身份、地位并没有直接的关联，王安石曾对"李杜"并称一事谈了自己的看法，他说："名姓先后之呼，岂足以优劣人哉？"① 可见王安石认为古人并称的次序并不能以文章优劣来评断，也基本说出了古人并称之实。因此，关于"侯王"并称，不能因为侯方域在前而先入为主地认为其散文成就比王猷定高。本节将在上一节从历时的角度对王猷定散文渊源进行研究的基础之上，从"侯王"并称入手，从共时的角度对以侯方域、王猷定为代表的清初散文特有的一脉进行研究，试图揭示清初散文的特有风貌及其独特的文学史价值与意义。

一 "侯王"并称的由来及文学影响

清初以来，人们常常将王猷定与侯方域并列而谈。如董以宁在《黄庭表文集序》中说："天下言文章者自虞山钱氏而外，皆推南昌王于一、归德侯朝宗。"② 朱彝尊在《与查韬荒弟书》中亦写道："文章之难，古今不数。仆频年以来，驰驱道途，幸不后君子之教。然自商丘侯朝宗、南昌王于一二子之外，其合于作者盖寡。二子又未尽其蕴以死，仆诚痛之！比来京师，五方之人操翰管而高视者何啻百计。求其若二子者已不多得，况夫与古人方驾者哉！"③ 明确表达了在当时一众文章创作者中，超越侯方域、王猷定者甚寡，不仅将王猷定与侯方域置于同等地位，且对王猷定的文学成就给予了充分肯定。认为"求其若二子者已不多得"，在当时的文坛中，已经很难找到能够与之比肩的作家，更遑论达到他们的文学水平了，由此可见王猷定的散文创作颇得朱彝尊赏识。朱彝尊曾在《与顾宁人书》中提到顾炎武向屈大均等人称赞他的文章"出朝宗、于一之上"④，

---

① 程毅中主编：《宋人诗话外编》（上），国际文化出版公司1996年版，第332页。
② （清）董以宁：《正谊堂诗文集》，清康熙书林兰苏堂刻本。
③ （清）朱彝尊：《曝书亭集》卷三十一，四部丛刊景清康熙本。
④ （清）朱彝尊：《与顾宁人书》，黄珅、严佐之、刘永翔：《顾炎武全集》（第22册），上海古籍出版社2011年版，第437页。

他对此也作出了回应，认为"夫人所尚不同，则文亦异焉"①。很显然，他对侯方域、王猷定二人独特的文风给予了充分理解与肯定。

需要说明的是，不仅对侯方域、王猷定文风持赞赏态度者习惯将二人并称，对他们持异议者亦如此，如黄宗羲《陈令升先生传》一文曾引陈之问之语："侯朝宗、王于一，其文之佳者，尚不能出小说家伎俩，岂可名家。"②汪琬亦言："夫以小说为古文辞，其得谓之雅驯乎？既非雅驯，则其归也，亦流为俗学而已矣。夜与武曾论朝宗《马伶传》、于一《汤琵琶传》，不胜叹息，遂书此语于后。"③很明显，尽管陈之问、汪琬等人对王猷定的创作手法颇有微词，但却也不得不承认王猷定为"名家"之实，其中透露出的信息不言而喻。当然，后来还有人承认侯方域和王猷定的文学史地位，但却将其归功于"天分"："吾以为清初遗民之文多苦于佶屈不驯，独于一与商丘侯氏机轴调利，音节铿锵，故当时得名即出诸家之上。然两公学殖皆不厚，惟天分高胜耳。"④对于此种观点，笔者并不完全认同，天分高固然重要，但后天的努力与对生活的体悟同等重要，侯方域和王猷定的散文多数都创作于人生的后期，足以说明一切。但即使是批评王猷定以"小说当家"，也不能否认其文学才华："王于一文颇有笔力，善状情事，而不读书，多伧气，与侯朝宗皆是小说当家耳。"⑤所以，赞成与持异议者双方争论的焦点都在于侯方域、王猷定"以小说为古文辞"的创作手法，而不能否认二人"得名即出诸家之上""颇有笔力"的文学成就与才华，这基本能达成共识，说明二人的文学地位与影响毋庸置疑。

当然，质疑与肯定之声并存者亦有，典型如黄宗羲，他虽然也

---

① （清）朱彝尊：《与顾宁人书》，黄珅、严佐之、刘永翔：《顾炎武全集》（第22册），上海古籍出版社2011年版，第437页。

② （清）黄宗羲：《陈令升先生传》，《黄宗羲全集》第10册，浙江古籍出版社2012年版，第599页。

③ （清）汪琬：《跋〈王于一遗集〉》，李圣华笺校《汪琬全集笺校》，人民文学出版社2010年版，第907页。

④ 袁长江主编，王开学辑校：《郭象升藏书题跋》，山西古籍出版社2007年版，第426页。

⑤ （清）徐斐然辑评：《国朝二十四家文钞》，清道光十年（1830）刻本。

曾有过对侯方域、王猷定这种创作手法的质疑，但是在《论文管见》中明确表示对陈之问这种说法的不认同，同时强调"风韵"的重要性："叙事须有风韵，不可担板，今人见此，遂以为小说家伎俩，不观《晋书》《南北史》列传，每写一二无关系之事，使其人之精神生动，此颊上三毫也。史迁《伯夷》《孟子》《屈贾》等传，俱以风韵胜，其填《尚书》《国策》者，稍觉担板矣。"① 在黄宗羲看来，《晋书》《南北史》列传能够使得其中的人物生动有趣，恰恰是源于那些看似"一二无关系之事"的点缀，黄宗羲的看法是比较客观和冷静的。但值得一提的是，对他们的文风无论持何种态度，喜欢将二者并列而谈都是一个无法忽略的事实。这也引起了今人的注意，谢苍霖在《王猷定其人其文》中言："《四照堂文集》，奇文佳作使人耳目一新。在清代文人中，他与侯方域（字朝宗）齐名，世称'侯王'。"②"侯王"并称于此正式确立。

与古人不同的是，今人对"侯王"二人多持肯定态度，如王凯符就认为侯方域、王猷定等人在推动清代散文发展方面起了重要的"带头作用"，他说："清代散文创作能够取得成就，与清代散文家善于消化吸收其他文学体裁的表现方法也有密切关系。文学要创新，要发展，就必须要突破某些传统。清代散文家在散文表现方法方面，从小说、戏剧中引进了某些有益的技巧方法，在创新上也有所突破。小说写作需要有人物形象的刻画描写，需要有生动的细节和曲折引人的故事情节，清代文学传记突破传统史传文的束缚，大量采用小说手法，是清代散文借鉴其他文学体裁的重要表现。在这方面起了带头作用的是清初侯方域、王猷定等人，"③ 可以说，王凯符的这番话确有道理，因为"作为中国文学的基本文类，散文与小说在各自发展的紧要关头，都曾从对方获得变革的动力与方向感，这点或许更值得评说。"④ 侯方域、王猷定二人能够在明清之际的社会大变革

---

① （清）黄宗羲：《论文管见》，《黄梨洲文集》，中华书局2009年版，第481页。
② 谢苍霖：《王猷定其人其文》，《江西社会科学》1989年第2期。
③ 漆绪邦：《中国散文通史》（增订本·下），首都师范大学出版社2014年版，第227页。
④ 陈平原：《中国散文小史》，北京大学出版社2019年版，第17页。

中，大胆借鉴小说的创作手法，变革散文风貌，颇为难得。王利民认为在明末清初之际的特殊历史时期，侯方域、王猷定乃是为数不多的"文章高手"，他说："当时京城，操笔为文、自视甚高者数以百计，而像侯方域、王猷定那样的文章高手却不可多得，更找不到能与古人并驾齐驱的文章宗匠。"① 由此可见，"侯王"二人的文学价值与地位已逐步获得认可。关于"侯王"，明末清初著名学者张自烈的一番话颇能引发深思：

> 闻王子向者过贾静子，见侯子文十余篇，心畏之。使王子今日尽读侯子之文，畏必加于昔，必不自矜为独能。又使侯子尽读王子生平之文，虽未必不畏，必严所去取不阿。此二子所以相伯仲也。虽然，王子老矣。侯子方强仕，不幸先王子卒，文故止是。令侯子迟二十年而后死，恶知侯子不愈于王子哉？②

依照张自烈的说法，王猷定读完侯方域之文后"心畏之"，证明在内心深处，王猷定十分认可并赞赏侯方域的文章。通过张自烈所作出的设想：假若侯方域读尽王猷定之文，即使不一定畏惧，但也会"必严所去取不阿"，对王猷定之文充满钦佩之情，这也是二人难分伯仲之原因。张自烈甚至在文后发出了假若侯方域晚二十年而卒，其文是不是会超过王猷定的感叹。当然，这只是一种永远不可能实现的假设。可见，在张自烈心目中，彼时侯方域之文只是与王猷定旗鼓相当，并未达到超越王猷定的能力和水平。诚如今人罗宗阳所言："王猷定以小说笔法融入散文创作的时候，大力打破传统古文以叙述和议论为主的固有模式，而代之以精当细致的描摹，这种绘声绘色的描摹只有稍后的侯方域可与之颉颃。"③

---

① 王利民：《朱彝尊传》，浙江人民出版社2006年版，第89页。
② 张自烈：《书王侯二子集后》，《芑山诗文集》，清初刻本。
③ 罗宗阳：《开清初散文风气之先的王猷定》，《南昌大学学报》2002年第4期。

二 "侯王"之异及文学史意义

由上，可以发现，侯方域作为"清初古文三大家"[①]之一，其与王猷定并称很大程度上是缘于二人都"以小说为古文辞"[②]，有"以传奇入古文的文风"[③]。二人之文确实难分伯仲，但这并不意味着二人的表达完全相同，对于二人的研究不应因为共性而忽略个性，诚如于金苗所言："在并称视域下，文人彼此间存在的相似或相通特质被过度放大，个人往往不再是孤立的个体，而是被放置于并称关系整体来审视，这就很容易造成过于重视共性而忽略个性。"[④]作家的个性不应被共性所遮蔽，对于"侯王"二人来说，尤其如此。我们不应该仅仅看到他们的共性，更应该看到他们的个性，这主要从他们的各自的作品中显现出来，下文将着重探析之。

（一）叙述侧重点不同

通读王猷定、侯方域二人的作品，就会发现，二者虽然均擅长将传奇笔法融入到散文创作中，但叙述视角仍存在着明显差异。如同为他人作传，但二人观察、摹写的角度显然不同。典型如王猷定的《汤琵琶传》和侯方域的《马伶传》，二者皆为名篇。《汤琵琶传》在开篇对"汤琵琶"的名字来由做了简单介绍："汤应曾，邳州人，善弹琵琶，故人呼为汤琵琶云。"[⑤]紧接着第二段就写到了汤应曾天生的灵性受到了周藩王的赏识：

[①] 因清初宋荦、许汝霖编选《国朝三家文钞》而得名。宋荦认为"迨今上躬天纵之圣，奎章宸藻，炳耀区寓。风声所被，文学蔚兴。上之卿大夫、侍从之臣，下之韦布逢掖，争作为古文、诗歌以鸣于世，绘绣错采，韶濩间"，"三君（笔者按：侯方域、魏禧、汪琬）际其时，尤为杰出，后先相望，四五十年间，卓然各以古文名其家"。见宋荦《国朝三家文钞序》，载《国朝三家文钞》卷首，清康熙三十三年刻本。

[②] （清）汪琬：《跋〈王于一遗集〉》，李圣华笺校《汪琬全集笺校》，人民文学出版社2010年版，第907页。

[③] 张云龙：《清初散文三家研究》，齐鲁书社2007年版，第227页。

[④] 于金苗：《"松陵四子"并称的意义及文学影响》，《苏州大学学报》（哲学社会科学版）2022年第1期。

[⑤] （清）王猷定：《汤琵琶传》，见陶福履、胡思敬编《豫章丛书》（集部十一），江西教育出版社2007年版，第111页。

世庙间，李东垣善琵琶，江对峰传之，名播京师。江死，陈州蒋山人独传其妙。时周藩有女乐数十部，咸习其技，罔有善者，王以为恨。应曾往学之，不期年而成。闻于王，王召见，赐以碧镂牙嵌琵琶，令着宫锦衣，殿上弹《胡笳十八拍》，哀楚动人。王深赏，岁给米百斛以养其母。应曾繇是著名大梁间。①

王猷定笔下的汤应曾至情至性，非常有天分，周藩王数十人的乐队中，竟然没有一人能习得蒋山人弹奏琵琶的妙处，在周藩王深以为恨之时，汤应曾竟然能够在不满一年的时间里学成，而且弹奏之声"哀楚动人"，周藩王大喜的同时，也给了他许多好处，汤应曾的生活境遇也因此发生改变，为众多人所熟知，名扬四海。通观全篇，王猷定着重刻画汤应曾非同寻常的天赋对他成功的重要性。王猷定显然是将自己的情感投射到了汤应曾身上，并由汤应曾外化出来，最后使得读者在汤应曾的身上看到了王猷定的影子。就如王猷定在文末所说："世之沦落不偶，而叹息于知音之寡者，独君也乎哉？"②

《马伶传》在塑造马伶形象时观察到的视角与王猷定笔下的汤琵琶不同，他在开篇先对马伶的身份和相关的背景做了简短介绍，为下文马伶的出场作了铺垫："马伶者，金陵梨园部也。金陵为明之留都，社稷百官皆在，而又当太平盛时，人易为乐。其士女之问桃叶渡、游雨花台者，趾相错也。梨园以技鸣者，无虑数十辈，而其最著者二：曰兴化部，曰华林部。"③接下来写到兴化、华林两部共同演奏《鸣凤》时，观众大多被华林部中严嵩的扮演者李伶吸引，不自觉地向其靠近，这让兴化部的马伶觉得很不堪，"易衣遁矣"④，三年后，马伶重新归来，登台演奏，这次不仅让观众折服，而且让

---

① （清）王猷定：《汤琵琶传》，见陶福履、胡思敬编《豫章丛书》（集部十一），江西教育出版社2007年版，第111页。
② （清）王猷定：《汤琵琶传》，见陶福履、胡思敬编《豫章丛书》（集部十一），江西教育出版社2007年版，第112页。
③ 侯方域：《马伶传》，《侯方域全集校笺》，人民文学出版社2013年版，第297页。
④ 侯方域：《马伶传》，《侯方域全集校笺》，人民文学出版社2013年版，第298页。

昔日的李伶"失声，匍匐前称弟子"，马伶三年间飞速成长的生动演技跃然纸上。紧接着，侯方域写到了兴化部因为马伶的复出再次红火起来，并以华林部之口问马伶三年间取得如此成绩的原因：

> 兴化部是日遂凌出华林部远甚。其夜，华林部过马伶："子，天下之善技也，然无以易李伶。李伶之为严相国至矣，子又安从授之而掩其上哉？"马伶曰："固然，天下无以易李伶；李伶即又不肯授我。我闻今相国昆山顾秉谦者，严相国俦也。我走京师，求为其门卒三年，日侍昆山相国于朝房，察其举止，聆其语言，久乃得之。此吾之所为师也。"华林部相与罗拜而去。

侯方域写到了马伶这三年取得了如此大的进展完全是凭借自己的志向，勤勤恳恳在顾秉谦府中"为其门卒三年"，朝夕服侍，并极其用心地观其言、察其行，努力将其神态牢记心中，最终外化为在台上的精彩表现，这才使得昔日的对手有忽然失声，"匍匐前称弟子"之举。相较于天分，马伶的成功更是取决于他矢志不移的志向和持之以恒的努力。如邹自振所说："侯方域的传记散文不仅以人物语言的个性化取胜，还以人物自身的行动擅长，《马伶传》就是这样的一篇名作。"[1]

通过王猷定、侯方域对汤琵琶、马伶取得成功的方式比较，可以看出王猷定侧重于从人物自身的性格着手，刻画人物，汤琵琶能够在短时间内学成源于他的天性；而侯方域则更重视志向、后天的努力对人成功的影响，马伶最终能够表演的惟妙惟肖、取得成功源于他吃了许多常人难以忍受的苦、三年坚持不懈的努力。这从二人在文末的结语中亦可看出端倪，王猷定说："夫人苟非有至性，则其情必不深，乌能传于后世乎？"[2] 侯方域说："呜乎！耻其技之不若，

---

[1] 邹自振：《侯方域散文论》，《东华理工大学学报》（社会科学版）1983年第7期。
[2] （清）王猷定：《汤琵琶传》，见陶福履、胡思敬编《豫章丛书》（集部十一），江西教育出版社2007年版，第112页。

而去数千里为卒三年,倘三年犹不得,即犹不归耳。其志如此,技之工又须问耶?"① 可见,二人所选取的叙述视角有着明显的差异。其他如王猷定的《杜昌之先生传》,在总结杜昌之一生所取得的成绩时,有"先生生长王官,身亲绮纨骄贵之习,而孝友好士,其天性然哉"②之语,《熊孺人列传》认为熊孺人的至诚至孝"盖天性也"③等等,亦可以看出王猷定侧重从人物性格的角度入手,来观察、摹写人物的特点。

(二)表现手法不同

虽然王猷定和侯方域均擅长"以小说为古文辞"④,但在表现手法上却有明显不同。为了情感表达的需要,王猷定的散文常常加入"虚构"的成分,如《汤琵琶传》中,王猷定有意加入了"老猿"一段的描写:

> 襄王闻其名,使人聘之,居楚者三年,偶泛洞庭,风涛大作,舟人惶扰失措,曾匡坐弹洞庭秋思,稍定,再泊岸,见一老猿须眉甚古,自丛箐中跳入篷窗,哀号中夜。天明,忽抱琵琶跃水中,不知所在。自失故物,辄惆怅不复弹已。归省母,母尚健而妇已亡,惟居旁坏土在焉。母告以妇亡之夕,有猿啼户外,启户不见。"妇谓我曰:'吾迟郎不至,闻猿啼,何也?吾殆死,惟久不闻郎琵琶声。倘归,为我一奏于石楠之下。'"应曾闻母言,掩抑哀痛不自胜,乃取它琵琶,夕陈酒浆,弹于其墓而祭之。⑤

---

① 侯方域:《马伶传》,《侯方域全集校笺》,人民文学出版社2013年版,第298页。
② (清)王猷定:《杜昌之先生传》,见陶福履、胡思敬编《豫章丛书》(集部十一),江西教育出版社2007年版,第107页。
③ (清)王猷定:《熊孺人列传》,见陶福履、胡思敬编《豫章丛书》(集部十一),江西教育出版社2007年版,第94页。
④ 汪琬:《跋王于一遗集》,李圣华:《汪琬全集笺校》,人民文学出版社2010年版,第907页。
⑤ (清)王猷定:《汤琵琶传》,见陶福履、胡思敬编《豫章丛书》(集部十一),江西教育出版社2007年版,第111—112页。

虽然情节上看起来有些离奇，但却将汤应曾惆怅的心情和妇人之哀真实地传达出来，给读者带来心灵上的震撼，虚实结合，承上启下。妇人的离世对他的打击很大，自此他"猖狂自放"、沉迷酒色，并为后来悲惨的遭遇埋下了伏笔，更能令读者信服，产生共鸣，真正实现了生活真实和艺术真实的高度统一，升华了全篇的主题。徐斐然曾评价此篇曰："然或杂以芜秽，至有不堪寓目者，何与？有极赏《汤琵琶传》，谓得龙门之神，为集中第一佳搆，窃所不取，此远芜秽尽去，精华毕露。"①可见其对此篇的高度欣赏。无独有偶，清人李祖陶如是评价此文："近人讥侯朝宗、王于一文为不脱小说家习气，殆指此等文而言，然其文实妙。读书焦苦时偶一阅之，不啻琵琶声闻于耳畔也。明末异才迭出，此君琵琶可与柳敬亭说书并称。"②对王猷定《汤琵琶传》一文的喜爱之情溢于言表。"王猷定的《汤琵琶传》，运用'巧合'等小说技法，并把传说故事杂入文中，颇有传奇色彩，对传统散文是一个很大的突破。"③除《汤琵琶传》外，王猷定的其他篇章也时常可见"虚构"的手法。如《李一足传》中李一足将仇人脑袋砍掉，仇人还能复活，到处寻找他的故事显然是虚构、在现实中不能发生的，但王猷定却有意将其融入到写作中，巧妙地渲染了当时的紧张气氛，为下文作出铺垫；《樗叟传》中为表现袁芳的勇敢坚韧，王猷定借李盘之口写到袁芳当年在旅途中于江边遭遇强盗袭击，肠出于腹，有若败絮，血染江水，袁芳尚能泰然自若，"缉桑皮纫之"④的情节，确实有些不合常理，但却突出了袁芳的性格。像这样为突出人物个性而故意虚构出的情节在王猷定的散文中十分常见，显示出王猷定为文与众不同的一个侧面。

再观侯方域的散文，他显然并不局限于此，而是有着自己的叙

---

① （清）徐斐然辑评：《国朝二十四家文钞》，清道光十年刻本。
② （清）李祖陶：《国朝文录》，清道光十九年瑞州府凤仪书院刻本。
③ 漆绪邦：《中国散文通史》（增订本），首都师范大学出版社2014年版，第228页。
④ （清）王猷定：《樗叟传》，见陶福履、胡思敬编《豫章丛书》（集部十一），江西教育出版社2007年版，第106页。

述风格和策略，他曾在《与任王谷论文书》中说："行文之旨，全在裁制，无论细大，皆可驱遣。当其闲漫纤碎处，反宜动色而陈，凿凿娓娓，使读者见其关系，寻绎不倦。至大议论，人人能解者，不过数语发挥，便须控驭，归于含蓄。若当快意时，听其纵横，必一泻无复余地矣！譬如渴虹饮水，霜隼搏空，瞥然一见，瞬息灭没；神力变态，转更夭矫。"① 在侯方域看来，行文的主旨，全在于作家如何裁制，不管题材大小，都可以成为可用的材料，到了细碎的地方，反倒应该着力陈述，让读者能够明白其中的关系，条分缕析，读来也不会感到厌倦。而到了人人都能够理解的地方，寥寥数语即可，含蓄为妙，他非常注重细节的重要性。如《马伶传》注重以小见大，从在舞台上马伶意识到自己的表现不如李伶："耻出李伶下，易衣遁"的细节发微，凸显丰富的故事情节，最终塑造出一个有血有肉、积极向上、个性鲜明的马伶形象。《李姬传》中侯方域对李香的高洁品性并没有进行面面俱到的描写，开篇仅用寥寥数语揭示出李姬的姓名、出身、性格、特长等方面之后，就写到李香识破了阮大铖的诡计，劝侯方域与其故意走近的王将军绝交之事：

  姬曰："王将军贫，非结客者，公子盍叩之？"侯生三问，将军乃屏人述大铖意。姬私语侯生曰："妾少从假母识阳羡君，其人有高义，闻吴君尤铮铮，今皆与公子善，奈何以阮公负至交乎？且以公子之世望，安事阮公！公子读万卷书，所见岂后于贱妾耶？"侯生大呼称善，醉而卧。王将军者，殊怏怏，因辞去，不复通。②

没有繁冗的语言，没有很多的事例，侯方域仅仅通过李香短短的几句话即揭示出李香的独具慧眼、机智可人和女中豪杰之态，写

---

① （清）侯方域著，王树林校笺：《侯方域全集校笺》，人民文学出版社2013年版，第137页。
② （清）侯方域著，王树林校笺：《侯方域全集校笺》，人民文学出版社2013年版，第292页。

完此事后，侯方域又写到了他落第之时李香特意为他演唱《琵琶词》的事情：

> 未几，侯生下第。姬置酒桃叶渡，歌《琵琶词》以送之，曰："公子才名文藻，雅不减中郎。中郎学不补行，今琵琶所传词固妄，然尝昵董卓，不可掩也。公子豪迈不羁，又失意，此去相见未可期，愿终自爱，无忘妾所歌《琵琶词》也！妾亦不复歌矣！"①

在送别侯方域之时，李香虽饱含不舍，但她仍然"歌《琵琶词》以送之"，以此告诫侯方域要一直自爱，坚持气节。从这临别赠言中亦可看出闪耀在李香身上的侠义之气、卓尔不群之姿。在侯方域离开以后，田仰以重金欲求见李香，却被李香拒绝：

> 而故开府田仰者，以金三百锾邀姬一见，姬固却之。开府惭且怒，且有以中伤姬。姬叹曰："田公岂异于阮公乎！吾向之所赞于侯公子者谓何？今乃利其金而赴之，是妾卖公子矣！"卒不往。②

可见李香并非重利之人，她有着自己的操守，不会因为他人无端地中伤而改变品行。通观全篇，侯方域没有对李香进行全景式的描写，而是分别选取规劝侯方域、送别之时为侯方域演唱《琵琶词》、拒绝田仰重金求见三个典型的事件，用简短有力的语言，生动地为读者呈现出李香刚正不阿的形象，绘声绘色，栩栩如生，彰显出侯方域重视描写生动的细节、引人入胜的情节等写作技巧。他尤其擅长以清新、凝练的语言描摹生动的细节，将自己的文学思想、

---

① （清）侯方域著，王树林校笺：《侯方域全集校笺》，人民文学出版社2013年版，第292页。
② （清）侯方域著，王树林校笺：《侯方域全集校笺》，人民文学出版社2013年版，第292页。

人生观念等巧妙地寓于细节之中，并通过其有效地展现出来，自然而然地与读者连在一起，读者会不自觉地与其产生共鸣，同悲同喜，情感真挚动人，进而产生一种直击人心的艺术力量，这也可以看出他与王猷定的笔法不同之处。此外，侯方域的其他篇章诸如《吴伯裔伯胤传》《徐作霖张渭传》《任源邃传》等亦重视从细节入手，选取典型事件，进而刻画出人物鲜明的个性特征。

综上，可以发现，虽然王猷定和侯方域均擅长"以小说为古文辞"，但是在表现手法上还是有着各自的特点，这与二人的成长经历有关，亦与二人自身的性格相联，同中有异。他们没有孰优孰劣，亦没有伯仲之分，他们在文学创作上的探索及大胆创新的写作手法使其篇章尤显珍贵，对推动整个文学史的进程而言都具有着其独特的存在价值与意义。

通过"侯王"并称，可以看出清初文坛另外一种散文风貌，这种风貌尽管在当时不为传统文人所接受甚至会遭受非议，但是却有力地"开风气之先"①，为诸多文人的创作提供了另外一种可能，如魏禧的《大铁锤传》《卖酒者传》等均有此特点，恰如邬国平所言："文无定评，却有真价。"②"侯王"之文经过大浪淘沙，在今日逐渐释放出其应有的光芒，得到极高的评价，可以说，他们"以小说为古文辞"这一创作手法功不可没。这一方面体现了文学批评发展史上不同时期审美趣味的变化，另一方面证明了"侯王"散文独特的文学、文化价值。从这个角度来说，他们不仅开启了文坛新风尚，而且足以带动文坛产生更多的优秀作品，在文学发展史上具有不可磨灭和无法替代的重要作用。

本章小结

在中国古代文学史上，有很多文学家的政治地位并不高，也没

---

① （清）徐凤辉：《国朝二十四家文钞》，清道光十年刻本。
② （清）侯方域著，邬国平选注：《侯方域散文选集》，百花文艺出版社2002年版，第20页。

有太多的"身份",但他们却取得了备受瞩目的文学地位,如蒲松龄,终其一生没有高中进士,但却留下了宝贵的文学巨著《聊斋志异》;吴敬梓亦如是,一生穷困潦倒,却留了深刻揭露儒林众生相的《儒林外史》,至今给人以深沉思考;曹雪芹、冯梦龙更不必说,其留给中国乃至世界的文化遗产都是难以估量的,为后世留下来了宝贵的文学财富,代代相承。生活在明清易代之际的王猷定,其作品虽然至今没有产生《红楼梦》《聊斋志异》等那样的影响力,但是他在当时文坛的风尚引领足以引起我们重视,为什么这样一位穷困潦倒的布衣之文能获得时人如此高的评价?这是值得我们深入探讨和思考的。没有政治身份,反倒让他的文学、思想摆脱了更多的束缚,得以较为自由的写作,这从另一方面促成了其对文风的开拓,诚如陈僖所言:"规模先正而自开一境"①,并对他人产生影响。

王猷定的散文在明末清初文坛独树一帜,有"独开风气"之评。"国初文体,尚沿明季积习,好为艰险奇涩,至不可句读。学者束经史而不观饾饤子书,一二险僻语,秘为奇宝。"② 在这样一种时代背景之下,王猷定敢于"开风气之先",实属难能可贵。需要说明的是,王猷定散文之所以能够取得如此高的成就,固然与他独特的文学才华和能力有关,但绝不仅仅局限于此。他善于博采众长,汲取前人创作的精华,去其糟粕,也是另一个不容忽视的重要方面。诚如刘开所言:"夫天下有无不可达之区,即有必不能造之境;有不可一世之人,即有独成一家之文。此一家者,非出于一人之心思才力为之,乃合千古之心思才力变而出之者也。非尽百家之美,不能成一人之奇;非取法至高之境,不能开独造之域。"③ 因此,本章主要从宏观的角度对王猷定散文创作情况加以概述,从历时的角度对王猷定散文渊源进行了探析,努力厘清其散文上溯秦汉、师法唐宋的源流。同时,从共时的角度对"侯王"并称展开研究,并结合作品

---

① (清)陈僖:《重刻王于一遗稿序》,《燕山草堂集》卷二,清康熙刻本。
② (清)吕懋先修,帅方蔚纂:《(同治)奉新县志》卷九,清同治十年刻本。
③ (清)刘开:《与阮芸台宫保论文书》,《刘孟涂集》文集卷四,清道光六年姚氏檗山草堂刻本。

探求他们在文学史上的影响、地位与意义。总之，本章努力做到历史与逻辑相统一、宏观与微观相结合，试图给王铚定一个准确的文学史定位，这对全面、深入研究王铚定而言具有重要意义，为下一章对王铚定散文的微观阐释奠定基础。

第四章　王猷定散文分体研究

王猷定的散文创作体裁丰富，有传记文、序体文、碑志文、哀祭文、题跋文等等。其中，最有特色的是他的传记文，数量最多的是他的序体文，因此本章着重针对其传记文、序体文展开研究，同时兼顾碑志文、哀祭文、题跋文等其他文体的创作，力图透过对其文章体裁的研究，全面而深入地揭示王猷定散文特有的风貌，在现有研究基础上为王猷定散文的研究注入新鲜血液，丰富和完善当下的研究。

第一节　不落窠臼之传记文

王猷定的传记文是最能代表其创作风格的文体，学界对其关注也较多。同时，又饱受争议。无论如何，在今天看来，王猷定的传记文都足以使他在文学史上占有一席之地。本节将着重从"以小说为古文辞"、"情韵绝好"与郁勃之气三个维度来探讨王猷定的传记文。

一　"以小说为古文辞"

王猷定的传记文打破了传统古文或以叙事为主、或以议论为主、或夹叙夹议的固有模式，巧妙地融入故事情节，绘声绘色地进行描摹，"以小说为古文辞"[①]。罗宗阳曾说："传记文发展到明末表现出

[①] 汪琬：《跋王于一遗集》，李圣华：《汪琬全集笺校》，人民文学出版社2010年版，第907页。

两个明显的特征：一是写时人，以记眼前熟悉的人物居多；二是以小说笔法入文。这两点王猷定同样具有，只是他的目光不在写当时的名人名事，而是写市井小民的奇情异举或传闻中的怪异。这与当时风尚不同。按照唐宋古文的传统观点，传记文一般应写社会贤达、文化名人、本人经历或重要社会事件，对于里巷传闻是不屑一为的。而以古文自雄的王猷定恰恰对此感兴趣。像《汤琵琶传》《李一足传》《义虎记》都是这方面的名文。"[①] 王猷定散文最为人所津津乐道的就是它的传奇性，赵尔巽《清史稿》载："猷定好奇，有辩口，文亦如之。"[②] 王猷定擅长将传奇叙事融入到其散文创作中，"且以传奇志怪事丰富其内容，始变明末文坛之风"[③]。最典型的就是他的传记文，正所谓"开风气之先"。如至今为人所津津乐道的《李一足传》一文，因其传奇色彩较为浓厚，且常常被视为王猷定代表作之一，重要性不言而喻，故将全文移录如下：

> 李一足，名夔，未详其家世，有母及姊与弟。貌甚癯，方瞳，微髭，生平不近妇人。好读书，尤精于《易》，旁及星历医卜之术。尝驾牛车，车中置一柜，藏所著诸书，逍遥山水间，所至人争异之。
>
> 天启丁卯至大梁，与鄢陵韩叔夜智度交，自言其父为诸生，贫甚，称贷于里豪。及期，无以偿，致被殴死。时一足尚幼，其母衔冤十余年。姊适人，一足亦婚，母召其兄弟告之。一足长号，以头抢柱大呼，母急掩其口，不顾，奋身而出，断一梃与二弟各持，伺仇于市，不得；往其家，又不得；走郭外，得之。兄弟奋击，碎其首。仇眇一目，抉其一祭父墓前。归告其母，母曰："仇报，祸将及。"乃命弟奉母他徙，遂别去。时，姊夫为令于兖，往从之。会姊夫出，姊见之，惊曰："闻汝击

[①] 罗宗阳：《开清初散文风气之先的王猷定》，《南昌大学学报》2002年第4期。
[②] 赵尔巽：《清史稿》卷四百八十九，民国十七年清史馆本。
[③] 邱树森主编：《中国历代人名辞典》，江西教育出版社1989年版，第932页。

仇，仇复活，今遍迹汝，其远避之。"为治装，赠以马。一足益恚恨，乃镌其梃曰："没稜难砍仇人头。"遂单骑走青、齐，海上见渔舟数百，泊市米。一足求载以济，遂舍骑登舟，渡海至一岛，名高家沟。其地延袤数十里，五穀尠少，居民数百户，皆蛋籍，风土淳朴，喜文字，无从得师。见一足至，各率其子弟往学焉。其地不立塾，晨令童子持一钱诣师，师书一字于掌以教之，则童子揖而退。明日，复来。居数年，积钱盈室。辞去，附舟还青州。走狭邪，不数日钱尽散，终不及私。由辽西过三关，越晋，历甘、凉，登华岳，入于楚，抵黔、桂，复历闽、海、吴、越间，各为诗文纪游。二十载，乃反其家。仇死，所坐皆赦。母亦没，登其墓大哭，数日不休。

　　自以足迹遍天下，恨未入蜀。会鄢陵刘观文除夔守，招之同下三峡，游白帝、绵梓诸山，著《依刘集》一卷。其弟自母丧，不知所在。一日，欲寄弟以书，属韩氏兄弟投汴之通衢。韩如其言，俄一客衣白袷幅巾草屦，貌与一足相似，近前揖曰："我，张大夔也。兄书已得达。"言讫不见。辛巳，李自成陷中州诸郡，韩氏兄弟避乱至泗上，见一足于途，短褐敝屣，须眉皆白。同至玻璃泉，谈笑竟日，数言天下事不可为。问所之，曰："往劳山访徐元直。"韩笑之，一足正色曰："此山一洞，风雨时，披发鼓琴人时见之，此三国时徐庶也。"约诘朝复来，竟不果。甲申后，闻一足化去。先一日，遍辞戚友，告以远行。是日，鼻垂玉筯尺许，端坐而逝，袖中有《周易》全书一部。后数月，济人有在京师者，见之正阳门外，又有见于赵州桥下，持梃观水，伫立若有思者，韩子智度，不妄言人也，述其事如此。①

　　王猷定不仅没有详述传主生平家世，反而有意回避于此："未详

---

① （清）王猷定：《李一足传》，见陶福履、胡思敬编《豫章丛书》（集部十一），江西教育出版社2007年版，第100—101页。

其家世",打破传统写作方式的同时,着重传奇手法的运用,虚实结合,将一个又一个精彩片段有机地结合在一起,最终形成这样一篇文章。文章的结尾写到李一足"鼻垂玉筯尺许,端坐而逝,袖中有《周易》全书一部"时,升华了全篇的神话色彩。张潮在《虞初新志》中评价此篇:"观一足行事,亦孝子,亦侠客,亦文人,亦隐者,亦术士,亦仙人,吾不得而名之矣。"[①] 醉翁之意不在酒,王猷定显然是想通过树立李一足这样一个典型形象来隐晦地表达自己内心深处的想法。王猷定在此文后的一番"论"颇能说明问题:

> 古今传神仙事多怪诞。一足为报父仇,遂仙去,然则神仙必由于忠孝哉!吾独怪其以击仇不死,悲愤穷蹙,竟窜身海外,复极幽遐辽远之游,夫岂专避祸?亦其志之所存,终不能一息安也。卒之既化,而持桲观水。得道之后,此心不忘,不亦悲乎!然事之济否,则天也。子房博浪之恨,千载而下,可胜道哉!

王猷定为文,虽长于叙事,但议论甚佳,其议论往往如神来之笔,起到画龙点睛的作用,升华其文章主题,使读者对其创作意图心领神会,产生共鸣。观王猷定一生,他有大多数文人"修身、齐家、治国、平天下"的高远情怀,可是国破家亡,现实中的种种磨难导致他无法实现自己的梦想,所以他表面上是在写李一足,实则是在写自己。不论世事如何变迁,他都"存志""此心不忘","然事之济否,则天也"。事实证明,王猷定最后也是含恨离世,但是他的选择与坚持代表了当时许多遗民的想法,因此,具有典型意义。

王猷定的其他传记文,如《孝贼传》《义虎记》《汤琵琶传》等亦采用了"以小说为古文辞"的独特创作手法,道出了深刻的思想。《孝贼传》用较少的篇幅讲了一个令人深思的故事,文中云:"贼不详其姓名,相传为如皋人。贫不能养母,遂作贼。久之,为捕者所

[①] (清)张潮辑,王根林校点:《虞初新志》,上海古籍出版社2012年版,第97—98页。

获，数受笞有司，贼号曰：'小人有母，无食以至此也。'人且恨且怜之。一日，母死。先三日，廉知邻寺一棺寄庑下。是日，召觉具酒食邀寺中老阇黎痛饮，伺其醉，舁棺中野，负其母尸葬焉。比反，阇黎尚酣卧也，贼大叫叩头乞免，阇黎惊不知所谓，起视庑下物亡矣。亡何，强释之，厥后，不复作贼。"① 表面上看，"孝"和"贼"似乎是难以并列而谈，但是此篇却别开生面，正是因为主人公无钱养母，所以不得已才被迫做贼。张潮在文后之问："有孝子如此，而听其贫，至于作贼，是谁之过欤？"② 较为深刻。王猷定在文末亦言："于戏！民不幸生于乱世，不得已而为盗贼，此上焉者之罪也。苟遇良有司为之，给其衣食殡葬之资，教之忠义，其民可使也。至穷而作贼，岂不悲哉？虽然，贼而孝，可以傲矣！"③ 正是国家、社会的动荡不安才导致百姓贫苦不堪，"孝贼"背后揭示出的是更深层次的社会问题，这才是王猷定作此篇的深刻寓意之所在。徐斐然赞其"竖笔如锋，炼金成液，临川胜处"④，颇具见地。《义虎记》也是如此，借助"义虎"反衬人类的暴戾，如王猷定自己所言："世往往以杀人之事归于猛兽，闻义虎之说，其亦知所愧哉？"⑤ 此文深意不言自明，令读者回味悠长，给人以深沉思考，起到振聋发聩之效。《汤琵琶传》作为王猷定传记文的代表作之一，同样极具特色。此篇"运用'巧合'等小说技法，并把传说故事杂入文中，颇具传奇色彩，这对传统散文都是很大的突破"⑥。黄宗羲曾称赞王猷定《汤琵琶传》《李一足传》等文为"近日之铮铮者"，并将《义虎记》等文收录在《明文海》中。游国恩等人认为王猷定之文"如

---

① （清）王猷定：《孝贼传》，见陶福履、胡思敬编《豫章丛书》（集部十一），江西教育出版社2007年版，第110—111页。
② （清）张潮辑，王根林校点：《虞初新志》，上海古籍出版社2012年版，第98页。
③ （清）王猷定：《孝贼传》，见陶福履、胡思敬编《豫章丛书》（集部十一），江西教育出版社2007年版，第111页。
④ 徐凤辉辑评：《国朝二十四家文钞》，清道光十年刻本。
⑤ （清）王猷定：《义虎记》，见陶福履、胡思敬编《豫章丛书》（集部十一），江西教育出版社2007年版，第121页。
⑥ 王凯符：《论清代散文的繁荣及其原因》，《北京社会科学》1994年第2期。

《李一足传》《汤琵琶传》《义虎记》都是绝好的传奇性散文。《义虎记》尤属志怪之作。"① 王猷定的这些传记文在文学史上的独特地位与价值显而易见。谢国桢曾将明末的学者分为"顽固保守和开明前进的两派",并指出:"明末的学者所以为人民群众所推崇,除了在学术上有崇高的地位,就在于他们扶持正义,坚持真理,有百折不挠的精神,对于事物抨击旧的而提出了新的和比较正确的看法。"② 王猷定显然属于开明前进的一派。

李长祥曾言:"近世海内古文名家钱虞山以外,则归德侯朝宗、南昌王于一、粤西谢石臞、长洲汪苕文与毗陵四家董文友、龚介眉、邹訏士、陈虞明。虞山之文,余不敢言之,归德当荆棘之日忽有萌芽,粤西则绝林之干,盖以才胜者与故余乐与言文,自是南昌、长洲、毗陵,遂得各见面目。"③ 对王猷定独特的文才、别具一格的写作文风颇多赞誉。魏耕说:"豫章人王猷定,擅文笔,负时誉"④ 康范生在与周亮工谈论王于一古文时如是说道:

> 自丧乱以来,高明之士,救死不暇,遑事笔墨;后来之俊,又无所师承,以意求合。学欧曾而气索步蹇,摹晋魏而肤腴神枯,遂至两失,无复一是。得于一出,毅然以大家为法,而其才其学,又足以副之,真可谓救时之具矣。⑤

若康范生直接对王猷定说此话,或许还有恭维或客套的成分,但此言是康范生在与周亮工论及王猷定时提到的,其可信程度就增

---

① 游国恩、王起、萧涤非、季镇淮、费振刚:《中国文学史》(四),人民文学出版社1987年版,第201页。
② 谢国桢:《明末清初的学风》,上海世纪出版集团2006年版,第14页。
③ (清)李长祥:《无异堂文集序》,《清代诗文集汇编》编纂委员会编:《清代诗文集汇编》(106册),上海古籍出版社2010年版,第73页。
④ (明)魏耕:《和王猷定听杨太常弹琴作》,《雪翁诗集》,浙江古籍出版社1985年版,第74页。
⑤ (明)康范生:《与周减斋论王于一古文》,(清)周亮工辑,米田点校:《尺牍新钞》,岳麓书社1986年版,第267页。

强了许多,给王猷定散文评价之高可以见得。漆绪邦在谈及王猷定散文之后曾说道:"历史的经验证明,每当具有突破传统、开辟新路的事物出现时,总会引起争论"①,对王猷定来说更是如此。他这种不随波逐流的写作方式为他赢来了赞誉的同时也遭到不少非议,如汪琬《跋王于一遗集》有言:

小说家与史家异。古文辞之有传也,记事也,此即史家之体也。前代之文有近于小说者,盖自柳子厚始。如《河间》《李赤》二传、《谪龙说》之属皆然。然子厚文气高洁,故犹未觉其流宕也。至于今日,则遂以小说为古文辞矣。

太史公曰:"其文不雅驯,搢绅先生难言之。"夫以小说为古文辞,其得谓之雅驯乎?既非雅驯,则其归也,亦流为俗学而已矣。夜与武曾论朝宗《马伶传》、于一《汤琵琶传》,不胜叹息,遂书此语于后。②

在这段文字中,汪琬直接批判王猷定"以小说为古文辞"的写作方式,批判其"流为俗学"。王士禛也表达过类似想法,在谈到王猷定《寒碧琴记》时,他说:

南昌王于一猷定作《寒碧琴记》,云:"昔子瞻为登州司户参军,子由省之,携琴游大海。舟覆,琴堕海。后高丽人得之,献其王。王知为苏氏物也,藏之数百年。迨明崇祯间,高丽困于兵,请援。遣总兵某帅师救之。濒行,赠以琴,琴遂复还中国。"按《东坡年谱》,元丰八年乙丑五月复朝奉郎知登州。到郡才五日,即以礼部郎官召,作《别登州举人诗》,有"五日匆匆守"之句。公未尝为司户参军,且到郡非久即召,少公亦

---

① 王凯符:《论清代散文的繁荣及其原因》,《北京社会科学》1994年第2期。
② 汪琬:《跋王于一遗集》,李圣华《汪琬全集笺校》,人民文学出版社2010年版,第907页。

未尝省公于登也。崇祯间亦未尝遣师援高丽。于一好奇诞，而考证甚疏，每为人欺，多此类。①

在王士禛看来，苏轼当年并未有担任司户参军之事，所以此文所写之事自然子虚乌有，以此批判王猷定"考证甚疏"，他显然只是从文章所记之事真实性的角度出发，而忽略了文章艺术真实、艺术价值的重要性。无独有偶，徐斐然评价《寒碧琴记》时，说道："《寒碧琴记》，清雅纡徐，风致颇近颖滨遗老，其援引失实，则渔洋驳之详矣，至《李一足传》《汤琵琶传》，虽脍炙人口，其实与雪苑马伶李姬传同属谐体文字，均非雅制，不足存也。"②彭士望说：

> 敝乡徐巨源之《江变纪略》、王于一之《汤琵琶》《李一足传》，取炫世目，不虑伤品，其文纵工，未免携琬玉易羊皮，终必为明眼人所厌弃。而巨源更颠倒是非，罗织口语，快其私怨。友人已痛言之，属其毁去，巨源不听，卒死横折。推朝宗"闲漫纤碎"、"动色而陈"之言，不善用之，其流必至为徐王之失，即朝宗诸小传亦不免见其疵类。③

无论是王士禛批评的"考证甚疏"、徐斐然所说的"谐体文字"，还是彭士望所说的"取炫世目"，对王猷定之文而言都不免有片面之嫌，因为这是王猷定精心选择、并借此表达情感的一种独特写作方式，比如《寒碧琴记》，陈维崧就曾赞其"外枯中腴最有味，色亦驳挚如藓纹"④。"一般来说，每个致力于某种文体创作的作家，都会在文体掌握和表现力的开拓上贡献一定的独创性"⑤。也正是因

---

① （清）王士禛：《题王猷定文稿后》，《带经堂集》卷九十二，清康熙五十年程哲七略书堂刻本。
② （清）徐斐然辑评：《国朝二十四家文钞》，清道光十年刻本。
③ （清）彭士望：《耻躬堂诗文钞》文钞卷二，清咸丰二年重刻本。
④ （清）王猷定撰，陈维崧选评：《王于一文选》，清康熙间刻本。
⑤ 蒋寅：《权德舆与唐代赠序文体之确立》，《北京大学学报》2010年第2期。

为如此，才奠定了王猷定在文学史上的独特地位。在今天看来，"这并不是艺术上的弊病，而应是艺术上的创新"①；"以小说传奇体打破传统古文写法，应是作者成就。"②

今人降大任曾说，王猷定"写的《李一足传》《汤琵琶传》《义虎记》，以志怪传奇体为散文，打破了传统古文写法，与魏禧《大铁椎传》，开蒲松龄《聊斋志异》之先声。"③ 可见，虽然人们对王猷定这些以《李一足传》《汤琵琶传》《义虎记》为代表的传记文褒贬不一，但从文学发展的角度来看，王猷定敢为风气之先，"自出机轴，为一家言"④ 这本身就是值得肯定的。

二 "情韵绝好"

李慈铭曾在咸丰六年（1856）九月初五日的笔记中对王猷定之文作如是评价："文学史记，少嫌霸气，然情韵绝好。"⑤ 对王猷定文之"情韵"赞赏有加。王猷定为文十分讲求"情韵"，从不轻易为文，好友周亮工曾说王猷定作文"意之所至，滔滔汩汩，虽挥洒累日夕，不见其竭。意所不至，不复强为，甚有经岁不成一字者"⑥，评价比较中肯。其他人的序言亦能证实周亮工所言不虚，如王玑在《四照堂集序》中说王猷定"后遁迹江湖，以著述自娱。遇佳山水游览忘倦，或足迹所至，见前代兴亡诸成败迹，辄慷慨悲歌，流连凭吊，必抒写其胸怀而后止。"⑦ 所谓"不平则鸣"，王猷定作文向来如此，有感而发，这在其传记文中体现尤为明显。其文亦颇具"情韵"，最典型也颇为当代学人所津津乐道的即是他的名篇《闲情阁记》，兹引录如下：

---

① 周寅宾：《明清散文史》，湖南人民出版社2004年版，第199页。
② 何香久：《中国历代名家散文大系·清卷》，人民日报出版社1999年版，第68页。
③ 降大任：《论明清之际的文学环境和三大家散文成就》，《晋阳学刊》1992年第4期。
④ （清）王玑：《四照堂集序》，《四照堂诗文集》，清康熙二十二年刻本。
⑤ （清）李慈铭撰，由云龙辑：《越缦堂读书记》，中华书局1963年版，第720页。
⑥ （清）周亮工：《王于一遗稿序》，《赖古堂集》，华东师范大学出版社2014年版，第278页。
⑦ （清）王玑：《四照堂集序》，《四照堂诗文集》，清康熙二十二年刻本。

  轸石子老而笃于情，放逐江湖之上，跕跕若孤鸢，饮啄一听乎天，或竟日不得食，未尝辍乎情也。生平慕渊明之为人，尤爱闲情一赋，欲筑小阁名之。然且未能，而姑为之记。曰：
  夫人，未有无情者也。人百其情，要皆止于两端。利福者，天之所以私众人，而智福之人不与焉。是两者交相仇，而忙与闲亦随之以毕世，彼固各有权焉。至尊而不争，性情主之，即天不能与之抗，至死而各不相悔也。今天锡我以贫，故吾于世也，如行虚空，偶有所触，一往而深，虽周、孔、仙、佛不能以旁挠吾情。然其中虚止萧寂，无一切尘垢染着其间也。至矣，阁之中无一物，登斯阁者不一二人，以是老焉。
  客有笑之者曰："子方求道，盍去其情而可乎？"轸石子曰："子欲求道，是大妄想，谨闭吾阁，谢勿入。"①

  郭预衡先生评价此文"颇见情志"②、"别具一格"③。"情"是王猷定晚年的一种生活追求，亦是他的精神家园，在一天都可能没有食物供给的情况下，他借助"情"满足自己的精神追求并怡然自得。在他看来，无论忙与闲，皆"性情主之，即天不能与之抗"，即使是他已经很贫穷，但是任何人任何事包括周、孔、仙、佛等都不能"以旁挠吾情"。可见他文章中展现出来的绝妙"情韵"根源于他对"真性情"的珍视与执着。徐斐然对此颇为赞赏：

  轸石子，少即能文，东南主墠坫者，啧啧称道之，由是名声籍甚。轸石文不沾粢白，独写性灵，其心花之所结撰，往往情文相生、沁人肺腑，而骨节姗姗、风神奕奕，读者有餐霞吸露之思焉。当是时，士竞为公安竟陵之文，诡琐俚碎，或类于优俳者之所为，得此不啻拨云雾而见青天也。自后名流辈出，

---

① （清）王猷定：《闲情阁记》，见陶福履、胡思敬编《豫章丛书》（集部十一），江西教育出版社2007年版，第117页。
② 郭预衡：《中国散文史》下，上海古籍出版社2011年版，第352页。
③ 郭预衡：《中国散文史》下，上海古籍出版社2011年版，第353页。

咸知通经学古为高，先生其开风气之先者与。①

在徐斐然看来，王猷定的散文在当时文坛如一股清流，沁人心脾，"情韵"与"文章"真正实现了有机融合，内在的"真性情"自然而然地外化为"情韵"，并通过文章缓缓地散发出来，使"读者有餐霞吸露之思焉"，王猷定的传记文尤其鲜明地体现出这一特点。由是可见，王猷定对转变当时的文风确实起到了一定促进作用。王猷定重视"情韵"，并不意味着他一味地沉浸在自己的世界里，只谈"情韵"，不管其他。事实上，他文章中所展现出来的"情韵"归根结底还是来源于他的真性情，他之所以尝试文风的改变，亦主要基于以下两方面的原因：一是世风；二是性格。

"夫人上急君父，既及身家，此性也，情也。至君父身家之不可问，性情将安抵乎？天地蔽亏，元阴沍结，百鸟为之寒噤，岂复有雷电达诸重冥？即偶见于《小雅》《十月》之篇，灵均《山鬼》之什。一则忧埋瘝血，一则路阒幽篁，皆性情之变也。"② 在他看来，上急君父，下及自己，如果不知道身在何处，那性情也将陷入无处安放的境地。《诗经》《楚辞》之所以不同，皆因为"性情之变"。归根结底，"性情之变"还是源于世风的转变。今人方良有言："清初有相当多的遗老写作诗文，不能提笔直书，或借用典故，或托物言情，或比事寓意，非几番注疏不能清楚其本意。美名其曰'明哲保身，逃避时忌。'难料其中多少文过饰非与足踏两舟心态。针对这些文弊，猷定以其鲜明的创作风格纠正之。作为铮铮硬汉，猷定从不掩饰其真实情感，认为'道'胜于'文'；'辞'无须'饰'而直达；'意'不待'微'而自表。"③ 所以说王猷定注重"情韵"的

---

① （清）徐斐然辑评：《国朝二十四家文钞》，清道光十年刻本。
② （清）王猷定：《陈蒿公诗序》，见陶福履、胡思敬编《豫章丛书》（集部十一），江西教育出版社2007年版，第55页。
③ 方良：《为留道义存天下——评清初文学家王猷定》，《九江学院学报》（社会科学版）2006年第2期。

原因之一即是世风的转变。他曾说："夫人苟非有至性,则其情必不深,乌能传于后世乎?"① 李邺嗣《梁公狄先生遗集序》载:

> （梁以樟）先生初与豫章王于一交,两人相论诗,每篇成,不即示草,率相携至荒台古寺车马不经处,始出诗共读,狂呼惊拜,或至恸哭而后返。先生每在酒坐,主客献酬,先生独据席,出袖中白板扇字,高声三读,不觉四坐有人。其所读,必王豫章诗也。其后先生客甬上,复与余定交,谓得余所赠诗"一字千泪,一行百拜,我生四十年,乃有一邺嗣"。复言:"携邺嗣《海东歌》向荒烟淼水间读,当使湖之滨,海之涯,尽化为碧血苍磷耳!"②

可见,王猷定同梁以樟一样,乃至情至性之人,在创作中真正达到了忘我的境地,能够将自己的真实情感投射到作品中,并为此感动不已,这才是为文的至高境界。正因如此,王猷定之诗深得梁以樟的喜爱,能让梁以樟与其产生共鸣。谢良琦在《读〈四照堂集〉书后》中说:

> 及读周侍郎栎园刻于一遗稿,则云于一为文章示人,必先言其大意,然后许人读,未数行则又言,若是者数四,或更从旁点首击节。又安成康孝廉亦言之如侍郎。
>
> 嗟乎,于一之为文是也,其自言其文非也。凡文章之妙,当使读者自得之,其不知者不能强也。譬之化工赋物,山巍巍然,水融融然,草木花实历历然,方是时虽化工亦不能自知也。古人往矣,千百世而下,精神若将见之,亦不待其自言也。且于一言之则必详言之,于一能详言之乎?不能详则必略言之,

---

① （清）王猷定:《汤琵琶传》,见陶福履、胡思敬编《豫章丛书》（集部十一）,江西教育出版社 2007 年版,第 112 页。
② （清）李鄴嗣:《梁公狄先生遗集序》,《杲堂诗文钞》卷一,清康熙刻本。

于一能略言之乎？鬻千金之璧者不之于市，而愿观者塞其门，观者叹息而主人无言，非不能言，知言之无加也。此苏子之言，所为善有其璧者也。故曰：于一之为文是也，其自言其文非也。①

在谢良琦看来，文章的妙处在于能使读者"自得"，而不能勉强，比如能赋予山、水、草木以生命，达到出神入化之境而不自知。王猷定显然做到了这一点，知道何时"详言"、何时"略言"，真正地感染到读者，这是十分难能可贵的。"余每读轸石文，见其喜亦喜，见其哀亦哀，忽不知感叹之何自而生，涕泗之何自而集也。"②"共鸣""净化""领悟""延留"常常被视为文学接受的高潮阶段，王猷定作品的价值不言而喻。法国学者布封"风格却就是本人"③的观点足可以说明一切，王猷定文章中所体现出来的浑然天成的绝好"情韵"恰恰是其内在风格的外在体现。因此，世风和性格是王猷定转变当时文风的两个重要原因。

三 "郁勃"之气

除真性情以外，王猷定的传记文多"郁勃"之气，嵇曾筠说王猷定"为文郁勃，如殷雷未奋；又如崩崖压树，槎枒盘礴，旁枝得隙，突然干霄。或间露卑率语，然苍骨老气，终不可没。"④李元度《国朝先正事略·王于一先生事略》说王猷定："为文多郁勃，如殷雷未奋；又如崩崖压树，枒槎盘礴，旁枝得隙，突然干霄……自明季公安、竟陵之说盛行，文体日琐碎。先生与新建陈士业、徐巨源、欧阳宪万辈，均能独开风气。"⑤《清史列传·王猷定传》亦有相同记

---

① （清）谢良琦：《读〈四照堂集〉书后》，见（清）谢良琦著，熊柱、唐智、蒋钦挥，吕朝晖、唐志敬、蒋廷炉点校《醉白堂诗文集》，广西人民出版社 2001 年版，第 252—253 页。
② （清）徐斐然辑评：《国朝二十四家文钞》，清道光十年刻本。
③ 此句又常常译为"风格即人"，［法］布封：《论风格》，《译文》1957 年第 9 期。
④ （清）嵇曾筠：《（雍正）浙江通志》卷一百九十四，清文渊阁四库全书本。
⑤ （清）李元度纂，易孟醇校点：《国朝先正事略·王于一先生事略》，岳麓书社 2008 年版，第 1137 页。

载,并说"自明季公安、竟陵之说盛行,文体日琐碎。猷定能独开风气,名与方域相埒。"① 这在他的传记文中体现尤为鲜明。如《太傅新乐侯刘公传》中,写刘文炳抗贼归家后的场景时,王猷定写道:

> 侯归见楼焚,投井,忽顾影曰:"戎服也,不可以见皇帝。"觅冠服不得,申湛然免己帻与侯,帻小不可冠,左右曰:"曷不裂帻?"帻裂乃冠,投井死。初少保公继祖与侯伯仲,尝爱坐井旁汲水饮之,戏曰:"苟急难,当死此。"城陷,少保赴井,叹曰:"吾平日戏言,今死是,岂非天哉!"大呼皇帝数声,投井死。左夫人先焚死。文燿在外城,驰百里至浑河,内城陷,入见阃门焚死,抚膺痛哭曰:'天乎!文燿之不死,以君与母在也。"大书一板,置井禽曰:"左都督刘文燿毕命报国处。"亦投井死。侯年三十,一门媵妾仆从死者凡四十二人。②

感情色彩十分浓烈,"郁勃"之气贯穿其中,酣畅淋漓、一气呵成,活生生的人物形象跃然纸上。他在传后说道"今文炤流落江淮,贫困无以自活。予因感昔之故家大族,其飘零散处于穷荒僻远之境,如文炤比者,不知几何也,呜乎,可胜叹哉!"③,似乎是在借他人之传以浇自己胸中之块垒。值得一提的是,王猷定的文章创作风格、创作态度不仅获得了同代人的肯定,更影响了后世许多学人。如与朱彝尊并称"朱李"的李良年少时即受到王猷定之文的影响,走上了创作的道路,据清人钱林《文献徵存录》载,李良年"少时见侯朝宗、王于一所为文,乃学之,遂善为古文"④;据陈布雷回忆,他的岳父杨敏曾"诗不喜西江,文不喜桐城,而于王于一、姜西溟、曾涤生数家,时时称诵。平生所作诗文稿凡数易,务求精审,不轻

---

① 王钟翰点校:《清史列传》卷七十,中华书局1987年版,第5722页。
② (清)王猷定:《太傅新乐侯刘公传》,见陶福履、胡思敬编《豫章丛书》(集部十一),江西教育出版社2007年版,第93页。
③ (清)王猷定:《太傅新乐侯刘公传》,见陶福履、胡思敬编《豫章丛书》(集部十一),江西教育出版社2007年版,第93页。
④ (清)钱林:《文献徵存录》卷十,清咸丰八年刻本。

示人，颜曰自恔室，示谦也"①。由此可见王猷定对后人的影响。

综上所述，尽管有些人对王猷定传记文的"以小说为古文辞"颇多微词，但不可否认，它正是王猷定传记文最大的闪光点之一。此外，"情韵绝好"与郁勃之气同样是王猷定传记文的特色之一，这些方面均成就了王猷定散文的独特价值。

第二节　风格多变之序体文

除传记文以外，序体文是王猷定散文创作中另一个比较重要的文体类型，在王猷定散文中所占比例很大，据笔者统计，王猷定现存至少六十一篇序体文，几乎占据了王猷定散文总数的一半。因此，研究王猷定的序体文对全面认识其散文具有重要意义。概括而言，王猷定的序体文主要分为赠序文、寿序文、诗序三类，风格不一，各有千秋。

一　赠序文：情真意切，不拘形式

赠序文作为一种独有的文体，在晋代即已出现，如傅玄有《赠扶风马钧序》一文，但一直发展比较缓慢，直到中唐以后，逐渐在韩愈等人手里发展、成熟并壮大。蒋寅直言："赠序是唐代新兴的一种文体，其源流肇自魏晋，起初是赠诗附序，后来演变为唱和冠序，迄唐代发展为送别赠诗前冠序，最终形成无诗的徒序，后人称之为赠序。"② 观王猷定的赠序文，主要有以下两方面的特征。

（一）情真意切，有强烈的现实意义

陈平原曾指出："'赠序'所带有的应酬意味，本是这一文体的最大陷阱。"③ 蒋寅亦说："较之其他文体，赠序文体一个很突出的特征就是它所负载的社交功能，赠序的产生一开始就与一个特定的

---

① 程丽珍主编：《江北历代名门望族资料选编》，宁波出版社2018年版，第360页。
② 蒋寅：《权德舆与唐代赠序文体之确立》，《北京大学学报》2010年第2期。
③ 陈平原：《中国散文小说史》，上海人民出版社2014年版，第117页。

事由——送别有密切的关系,"① 由于赠序文本身的文体特点,就不可避免地使得许多人的赠序文陷入了满载离情和伤感的固定模式,有许多为迎合序主的虚浮之语,进而产生"扭曲己见而屈从序主"②的流弊。郭预衡曾指出多数赠序文都"不出一种格式",即"先叙离情,后缀风景,情致物态,尚似六朝"③,罗书华亦概括出赠序有"内容以表达欣赏羡慕之谊、抒发离情别绪之感为主,形式以齐整美丽为务"④ 两个鲜明特征,不无道理,但是王猷定之文摆脱了赠序文固有的窠臼,形成了鲜明的特色。

王猷定赠序文一个很明显的特征就是少有迎合之语,情真意切,具有较强的现实意义。如《赠鹪林梁公序》一文,开篇就写自己与好友梁以樟在其五十岁生日之际望拜孝陵之举,文云:

> 余友上谷鹪林梁公隐于宝应之免避村,学道既十年。丁酉夏来广陵,约余游摄山。六月癸未,为公五十生辰。先一日,斋戒严洁。昧爽,肃衣冠,陟中峰之巅,望拜孝陵。拜且哭,余亦哭。拜毕,风大作,泉瀸瀸若悲鸣。公旁皇绕山行。已出其《中原遗纪》及《狱中上先皇帝书》,其经理山东、河北、中原诸纪,则甲申三月十九日后,公从贼中结义士以图恢复,所上阁部史公而不见用之书也。余抚卷太息者久之,流涕言曰:"嗟乎!士君子不幸而躬丁末造,家国之际,可胜叹哉?⑤

开篇就有感思故国之举,这也为后文奠定了基调。"先一日,斋戒严洁",说明了王猷定和梁以樟对此次登中峰之巅,望拜明孝陵的

---

① 蒋寅:《权德舆与唐代赠序文体之确立》,《北京大学学报》2010 年第 2 期。
② 陈惠琴、莎日娜、李小龙:《中国散文通史》(清代卷),安徽教育出版社 2013 年版,第 338 页。
③ 郭预衡:《中国散文史》(中),上海古籍出版社 1999 年版,第 182 页。
④ 罗书华:《墓志与赠序:韩愈文体创造的范例》,《西南民族大学学报》(人文社会科学版)2012 年第 2 期。
⑤ (清)王猷定:《赠鹪林梁公序》,见陶福履、胡思敬编《豫章丛书》(集部十一),江西教育出版社 2007 年版,第 50 页。

重视。祭拜时，二人痛哭，加之对旁边狂风流水的描写，更让读者真切感受到了二人的悲恸之情。接着王猷定写到了一个细节，即梁以樟将随身携带的甲申之变后写的以图恢复之文——《中原遗纪》和《狱中上先皇帝书》拿给王猷定看，忠君爱国之情溢于言表。以这段文字开篇以后，王猷定即用一个又一个的具体事例说明梁以樟当时如何英勇善战、坚贞报国，情真意切，文末又道出了自己的心声："今吾与公繇此山登降，循览京口、鹳河，以达石头、龙关诸胜。思古帝王战争之地，考其故垒，杳不可得，有足悲者。况当太祖功业之所在，开平、中山遗烈迄于今不衰，而俯仰江山盛衰之故，亦可知矣。"① 可见，王猷定写此篇赠序的目的并不仅仅在于叙述二人的友情，而是藉此抚今追昔，感怀明朝。很显然，他并没有拘泥于自己和序主的一己小天地，而是将视角放在了国家兴亡的宏观维度，把个人和国家的命运紧密结合，既表彰了梁以樟的骁勇善战，又写出了二人的真挚友谊，同时达到了追思故国的目的，感情真诚，言辞恳切，现实意义很强烈，这也显示出王猷定笔法的老练，十分难能可贵。诚如李祖陶所言："中叙梁公所建白，皆当时大计，而阁部竟不能用，宜其言之有余悲也。结处收到游摄山上去，亦有远神。"② 他的其他赠序文如《赠三原梁君序》《赠紫峰道人序》《赠程生入学序》等亦是如此，既能让对方感到欣喜，又表达出自己的思想、感情，彰显出王猷定为文技巧的娴熟。

（二）不拘形式，因人赋文

王猷定赠序文的另一个显著特征就是不拘泥于固定的形式，而是根据不同的写作对象来创作文章，因人赋文。如《赠乔简襄归晋序》《赠紫峰道人序》《送魏雪窦序》等文主要采用对话的形式来结构全篇，阐发自己的观点。限于篇幅，兹举《赠乔简襄归晋序》一例以析之，王猷定在《赠乔简襄归晋序》中开篇交代完自己将要离

---

① （清）王猷定：《赠鹪林梁公序》，见陶福履、胡思敬编《豫章丛书》（集部十一），江西教育出版社2007年版，第51页。

② （清）李祖陶：《四照堂文录》卷一，《国朝文录》，清道光十九年瑞州府凤仪书院刻本。

开扬州，与乔简襄道别时，如是写道：

简襄曰："先生去，吾亦归平阳之坂矣。"余曰："子胡为者？"简襄曰："吾纵目江海之上，惨阻而不获吾志。平阳之阪，昔之同心在焉。夙夜以思，安能郁郁久居此也？"余曰："若然，子殆有见于天下之故之微者矣。夫夫差侈则伍嗣寄，知伯贪则辅果行，韦鼎鬻江东之宅，马援弃天水而归洛阳。古之人何为是汲汲者哉？外度诸势，内断诸心。夫固弃目前之安，而图将来于无穷也。今子晋人也，而居于楚，楚之城郭人民，非其旧矣。以子之晋，阻四郡十一州之间，斩龙门、大陆而东西封之。首揖秦、陇，肘压燕、蓟，倚茧狐而窥荥阳。成皋之险，盐池之利，桑麻之饶，旃裘羊马之富甲于天下。古帝王尝用以安内攘外，所以总职贡、张挞伐于边陲者，皆有其故。当周之衰，蛮夷之毒方燔也。重耳，一亡公子，崛起太原，仗栾、狐、原、赵之力，遂能西抑强秦，东招齐、鲁，南服荆楚，岂非得山川之势，士马车甲之雄，易立强于中原也哉？吾读《诗》至《蟋蟀》之章，知其忧深思远，可与图治也。读《椒聊》之章，叹其有刚果之气，而待人之作之也。读《扬之水》之三章，曰'素衣朱襮，从子于沃'，知其可亲上而从长；曰'我闻有命，不敢以告人'，知其可与安患乐难，且可与微言，百世而下，犹可取而用之也。今子轻去其乡而来于楚、扬、越之间，下土郁郁蒸，其民嚣杂，昔人之所哀也。鲁颂曰：'蠢尔蛮荆。'夫楚起荆山，荐及吴、越、徐、僮之南，遂皆为楚蛮夷。君岂其类也哉？又曰：'荆舒是惩。'当春秋之世而能惩楚者，惟晋耳。悼公三驾而临郑之东门，虎牢之南，楚军埽迹而不敢问也。故析公、雍子、苗贲皇皆楚产也，而犹北托于晋，彼诚熟睹，夫当日之势，而又察盛衰顺逆之端，故断然去之而不疑。子从此北渡黄河，过大梁之墟，入壶关之口，逾羊肠，绝井陉隘员而登太行之巅，远瞻江、淮，近顾景霍，追霸王之雄图，悼生民之多难。其有慨然思起荀罃、赵武诸公而从游者乎？予老矣，虽不获从三晋豪杰，饮酒上汾阳之桥，说剑入榆次之市；然而于子之归，北望河山，心焉往矣。子其勉之！"①

针对乔简襄不愿归平阳之阪，认为在那里只会郁郁不得志，无法施展自己才华的失落、痛苦的心态，王猷定晓之以理，动之以情，劝慰乔简襄，不但毫无做作之感，而且妙语连珠，引用《诗经》《楚辞》以及晋公子重耳历经磨难最终成就春秋霸业的故事激励乔简襄，让他不要对晋充满畏惧，好男儿志在四方，无论身在哪，都要修心养性，要有长远的眼光，而不必拘泥于暂时不安的处境，不必为一些微不足道的小事所困扰。二人同心，其利断金，只要大家同心协力，甘愿放弃现在固有的安宁，才会在未来大展宏图，成就一番伟业，以为实现报国的宏愿提供可能。王猷定在最后表示自己虽然也想跟随三晋豪杰，饮酒汾阳之桥，说剑榆次之市，但无奈年老，无法身体力行，乔简襄若能够入归于晋，"北望河山"，自己也算略感欣慰。通观此文，王猷定完全打破了赠序文中常常出现的诉说离情的固有模式，而是采用对话的形式劝说乔简襄，让他对未来充满期待和希望，彰显出王猷定为文的独特思路。

除采用对话的形式外，王猷定有的文章开篇即开始议论，采用夹叙夹议的创作模式。如《送鹿谷崔君归晋序》篇首即云："将为豪杰之士，则必勤苦以求天下之财。勤苦以求天下之财，则必趋人急、振人危，结天下之豪雄以成其名。天下之名未可以骤成也，则必始于孝悌姻睦之事。世道坏，而此事殆难为言。故天下之为豪杰者寡。"② 紧接着叙述了崔鹿谷的与众不同，之后又是议论之语，总之，该文以议论开篇，中间叙议结合，最后又以议论结尾："余见天下人士多矣，未有若君者。彼朱家、田仲、王公、剧孟、郭解之徒，虽著声当代，然时扞世之文罔。而君外能慷慨接客，内奉其父母，

---

① （清）王猷定：《赠乔简襄归晋序》，见陶福履、胡思敬编《豫章丛书》（集部十一），江西教育出版社2007年版，第52—53页。
② （清）王猷定：《送鹿谷崔君归晋序》，见陶福履、胡思敬编《豫章丛书》（集部十一），江西教育出版社2007年版，第54页。

婆娑丘园之下以乐其天年，曾无危疑变患以忧其心，世乌得而及之？"① 叙议结合，且不是笔墨均分，而是根据情感表达的需要，因人而异，该叙则叙，该议则议。

陈平原曾说赠序文"毕竟是赠别寄语，不好过于扫他人之兴，而自家立场又不能不坚持；这就必须靠变化语调转换笔法来体现关系的亲疏与意见的违合"②。但这同时也对作家的创作水平和能力提出了更高的要求，王猷定的赠序文显然做到了这点，他既能够照顾到对方的实际，又能够抒发出自己的真情实感，而且能够根据创作对象的不同，运用不同的形式，十分难得，可见王猷定创作经验的丰富、笔法的醇熟。显然，王猷定的赠序文打破了这种文体所固有的藩篱，具有鲜明的时代特色和个人印记。

二　寿序文：摆脱束缚，独辟蹊径

关于寿序文，黄宗羲（1610—1695）在《施恭人六十寿序》中云："自挚仲洽撰《文章流别集》，其中诸体，惟序为最寡见之文，选者止九篇耳。唐宋而下，序集序书，加之送行宴集，稍稍烦矣……至元程雪楼、虞伯生、欧阳原功、柳道传、陈众仲、俞希鲁，集中皆有寿序，亦文体之一变也。归震川所作寿序，不下百篇，然终以其变体不古，置之外集。"③ 对寿序文的历史做了简单梳理，有一定的参考价值。寿序文常常被人先入为主地打上了"受人之托写的应酬文"④之标签，认为"受托的文人几乎都没有直接见过寿星，无法了解其为人。只好着重描写其子孙的德行，最后加上'有如此品德优秀的子孙，足以见得其仁德宽厚而得以长寿'作为结尾来衬托寿星德行高尚"⑤。这不免有些武断，因为阅许多人的寿序文之

---

① （清）王猷定：《送鹿谷崔君归晋序》，见陶福履、胡思敬编《豫章丛书》（集部十一），江西教育出版社2007年版，第55页。
② 陈平原：《中国散文小说史》，上海人民出版社2014年版，第118页。
③ （清）黄宗羲著，陈乃乾编：《黄梨洲文集》，中华书局2009年版，第508页。
④ 张宏生：《明清文学与性别研究》，江苏古籍出版社2002年版，第23页。
⑤ 张宏生：《明清文学与性别研究》，江苏古籍出版社2002年版，第23页。

后，就会发现事实并非如此，王猷定就是突破这些常规写法的典型一例。

观王猷定的寿序文，至少有二十篇，占据了其序体文的三分之一，其中包括六篇代笔之作，颇具特色。为了便于读者理解，兹举王猷定的《寿卢乐居表兄六十序》一文加以分析，文云：

> 岁甲寅，先太仆官御史时，忤党人，归里，道秦邮，过舅氏卢家。长舅体泉公相见，道故旧为笑乐，饮酒极欢。久之别去，自是不复相见。历于今乙未，盖四十年。四十年来，先太仆既已见弃，舅氏亦即世。世变多故，南北道阻，两家声问杳然。余兄弟避乱迁徙，衣食于四方，客广陵。
>
> 今春过秦邮，始得与乐居相见，与余称外家兄弟，握手道故，悲喜兼至。余追惟四十年前，天下太平，民物安阜，亲戚虽远在异地，往来问遗犹东西州也。况仕宦于朝而足迹在天下如先太仆者，尚或以道阻且长不得岁时相见。甲寅以后，天下渐多故矣。军旅一兴，靡然骚动。四十年间，普天之下无一非戎马蹂践之区，而国步遂倾。至使流离在道，亲戚睽阻，经数十年，而先太仆、先太恭人及舅氏皆已逝，乃今于迁徙奔窜之余，惊悸之暇，两家兄弟始得相见。嗟乎！合离之难易如此，谁实为之？岂非天哉！于是，君年六十矣。
>
> 君居于湖之东，余兄弟过访，见湖水环匝，蒹葭柽柳，蓊郁如昼。君行阡陌间，操短舿，举网取鱼。嫂氏习浮图，家修净业，为予兄弟亲执烹饪，与予酌酒而言曰："吾邮频苦旱涝，岁入之秋，酿酒不过十数石，尽此而归，毋笑田家鄙陋也。"余为之流连累日。既念君孝弟醇谨，生平不知官府事，输官税外，足不至公庭，又何幸也！
>
> 余少有四方之志，及遭世多故，自放于江湖，而流离客处，恒愿得早返故里。先太仆门第既更变乱，篳门草舍，历落数椽。亲知故旧，岁时伏腊，候问往来，谈说生平；里社饮酒，歌呼笑乐，放怀天地之外；兄弟姻戚白首追随，口不及户外事；如

昔人高话羲皇、儿孙更抱者之乐而不可得。即君家与余客舍相去百余里，亦至今才得一见，不意君忽忽便为六十岁人也。君年可贺，而余蹙蹙靡骋，维忧用老，亦岂能忘今昔之感哉？①

此篇寿序完全打破了寿序文惯常的恭维写法，开篇即追溯甲寅（1614）年，王猷定之父任御史时，与长舅相遇时的场景，时隔多年，仍对昔日之景象记忆犹新，舅氏一家在王猷定心目中的地位显而易见。虽然多年未见，但感情依旧，王猷定紧接着写到了"今春过秦邮"，与表兄相见时"悲喜兼至"的情景。在这部分，王猷定自然而然地将天下形势融入文中，揭示出天下多故对他们这些"小家"的影响。很快，王猷定从故国之悲中抽离出来，写到了表兄"举网取鱼"与周围碧水绿荫交相辉映的温馨画面，宛如世外桃源。最后一段有感而发，抒发了自己也愿"早返故里"的心情，言及他人的同时抒一己之怀。计东有言："近日为寿之文，大指有四：一曰祝，祝其将来寿祉之多也；一曰谀，谀其人人文之美、誉望之重也；一曰述，述己与寿者平生之交，以致其相厚之意也；一曰规，于三者之中微寓规勉也。如是而已。"②观王猷定此文，显然超出了计东所概括的范畴。除最后一段有"君年可贺"之语，没有任何奉承、谄媚之词，而是融过去与现实、大国与小家、叙事与抒情等为一体，既道出了与表兄一家连绵不断的、根深蒂固的情谊，又尽显黍离之悲。魏禧曾在《叙引》中将叙分为四类："一文，一诗，一赠送，一寿，"坦言四类之中，"惟寿为难工易俗"③，可见寿序欲"工"，难度之大。然王猷定此文不仅拓宽了寿序文的题材表现内容，而且创新了寿序文的写作形式，可谓难得。陈惠琴、莎日娜、李小龙等主编的《中国散文通史》（清代卷）将此文列为清初寿序文中不多

---

① （清）王猷定：《寿卢乐居表兄六十序》，见陶福履、胡思敬编《豫章丛书》（集部十一），江西教育出版社2007年版，第87—88页。
② （清）计东：《宋既庭五十寿序》，《改亭集》（文集卷七），清乾隆十三年计瑸刻本。
③ 周书文、伍中、万陆：《魏禧文论选注》，江西人民出版社1984年版，第86页。

的佳作之一，认为这是一种可喜的开拓，① 乃精准独到之见。

王猷定的其他寿序文诸如《李太虚先生七十寿序》亦是如此，摆脱了寿序文固有模式的束缚，独辟蹊径。王猷定在万历四十六年（1618）与李明睿相识，当时，二人同为诸生。据施祖毓先生考证，李明睿是谭元春、吴伟业的座师。生于明万历十三年（1585），天启二年（1622）中进士后入朝为官，颇有作为，然崇祯五年（1632）底六年（1633）初，在回江西老家奔丧期间，遭人暗算弹劾，最终于崇祯九年底（1636）十年（1637）初，被罢官；崇祯十六年（1643）十二月二十二日，复被崇祯帝急召入朝；崇祯十七年（1644）正月初三日复被崇祯帝召见，在德政殿密议南迁之事，其建议深合崇祯帝之心；正月二十九日，李明睿就被提升为"右春坊右庶子，管左春坊印，由正六品晋级正五品"，可是，碍于各方阻力，崇祯帝并未执行二人的的决议，随着李自成入京，崇祯帝自缢，李明睿亦经历了一番跌宕起伏的事件，最终于清康熙十年（1671）与世长辞。② 可见，李明睿的一生是极具传奇色彩的。此事也被王猷定写到了《李太虚先生七十寿序》中：

> ……彼媚珰者，以要典乱天下。先生不欲争是非于一书，毁则顺用，存则逆用，两言而一时之邪正卒赖以定。亡何，先生伤于谗，去国十年。巨寇豕突，畿辅荡若飘絮。天子寒心，独立思先生，一日三召，及见，痛哭陈迁都事，而宵壬修钩党之隙，尼弗行，致神京沦陷。向之朋党安在哉？先生围危城，被盗拷掠，血肉糜沸，昏仆中不敢死，乃徒跣泣血，倡谋以葬先帝。③

王猷定将真实的历史事件融入到寿序文的创作中，不仅突出了

---

① 陈惠琴、莎日娜、李小龙：《中国散文通史》（清代卷），安徽教育出版社2013年版，第339页。
② 施祖毓：《李明睿钩沉》，《复旦学报》（社会科学版）2002年第5期。
③ （清）王猷定：《李太虚先生七十寿序》，见陶福履、胡思敬编《豫章丛书》（集部十一），江西教育出版社2007年版，第67—68页。

李明睿为国鞠躬尽瘁的可贵精神，而且具有补史的功能，其中亦蕴含着王猷定对明朝的思念。事实上，王猷定有心将自己的经历记录下来，补充"国史"，无奈因四处漂泊，未能实现这一宏愿。他说："定不才，尝有志累朝掌故。自宫府边镇及用兵以来，一切忠义感愤留连之事，录其见闻，断自神庙戊午，以备国史。而历年流落，墨墨不得语。"① 显然，他没有实现最初的设想，这或许也是他不受文体的束缚，不遗余力地将自己真实的情感投射到文章创作中的原因之一。郭英德、张德建认为："寿文是一种程式化文体，其内容无外乎铺叙功德、祝诞贺寿，但在具体写法上却可以腾挪变化。"② 综上，可以发现，王猷定的寿序文已经远远超出了"铺叙功德、祝诞贺寿"的范畴，有其独特的审美追求，再如《李母王太夫人八十寿序》一文，"此真备福，而文更从其大处书之，慷慨低徊，声满天地。昔王章之妻，牛衣涕泣，汉史以为美谈，而矜言节义者辄讥之。若王太夫人，其可免于议矣"③，难怪代亮说他"试图改弦易辙"④。

无论寿序文文体本身承受了多少批评，不可否认的是，它至今仍流传于世。能够经过历史风尘的洗礼、沉淀，流传至今，本身就证明了这种文体的不可替代性，而任何一种文体的成熟、延续，都离不开世代作家们的共同努力，王猷定就是其中的一分子，可能微小，却不容忽视，其在寿序文内容和形式上所作出的种种努力、取得的成绩及其自身的存在与价值他人无法取代，诚如姚鼐所言"论文之高卑以才也，而不以其体"⑤，王猷定独特的文才足以使他的寿序文在文学史占有一席之地。

---

① （清）王猷定：《李太虚先生七十寿序》，见陶福履、胡思敬编《豫章丛书》（集部十一），江西教育出版社2007年版，第68页。
② 郭英德、张德建：《中国散文通史》（明代卷），安徽教育出版社2013年版，第406页。
③ （清）李祖陶：《四照堂文录》卷一，《国朝文录》，清道光十九年瑞州府凤仪书院刻本。
④ 代亮：《清初遗民寿序的新变及其意义》，《苏州大学学报》（哲学社会科学版）2016年第4期。
⑤ （清）姚鼐著，刘季高标校：《惜抱轩诗文集》，上海古籍出版社1992年版，第270页。

三 诗序：因人而异，风格多样

除赠序文和寿序文以外，王猷定还有十五篇专为他人创作的诗序，占其序体文总数的四分之一，且独具特色。刘洋总结说："诗序亦是应用论文，往往是受友人之托，为叙其理、彰其名而作，因此，每篇诗序中都会有一个足以使求序人扬名的理由，写序者于此或通过褒奖诗集作者本人，或者嘉许诗歌来达到扬其名之目的，这个核心理由往往是论点所在。在行文时，通常主要由两部分内容构成：其一，交代作序缘由；其二，议论诗集内容。"① 观王猷定的诗序文，不乏一些应请之作，但多数都是为同乡好友而作，且少有刻意地"褒奖诗集作者本人"或者"嘉许诗歌"，基本都是从文本出发，融叙事、抒情、议论于一体，让人产生亲近之感。试举《客纪诗序》一文以析之：

> 《客纪诗》，余乡罗切庵先生遭时抑郁之所为作也。王子读而叹曰：予于先生非所谓居则同里，而遭亦同时者耶？丙戌，余先先生别里门，度淮循山以东，过齐、鲁之墟，憩幽州，复返居阳平者三年。而后，乃知先生客天长之小关。然则客途之长且久，未有如余者也，而余不知其为客也。及余客秦邮，水寇数百里，人来辄问曰："小关无恙乎？"曰："罗先生吟诗自若也。"再客广陵，岁饥，人来辄问曰："小关无恙乎？"曰："罗先生吟诗自若也。"至是，余始知有客意焉。辛卯八月，先生来邗上。余访之西寺，先生顾余，惊曰："异哉，吾昨梦与子吟诗。诗曰：'乱后逢君瘦，如予更白头。'噫！两人六载不相见，而面皱发宣若此，岂非客之验耶？"于是续梦中诗成，使余和。已乃索其小关所吟者歌之，使人忽而越南洽，忽而游巨海，忽而行麦光宫黍之间，忽而堕空坑厓山之畔，忽而见故乡战垒焉，忽而见父母丘墓焉。愀乎！恤乎！何其感人一至于此则

---

① 刘洋：《明代台阁文人诗序文结构与论述话语流变》，《北方论丛》2015 年第 6 期。

甚矣。

　　客之有功于诗，而余之无功于客也。客亦何负于人哉？顾有幸不幸耳。杜甫陷贼中，脱身西走而受拾遗，幸矣；及出，为华州掾，则似不幸。入蜀后，依严武，幸矣；蜀乱，逃梓州，次云安，移夔州，以至下峡，走荆南，而卒老剑外，则似不幸。夫时与地第较量于世所可少之人。甫窜其身，于四十年中，仅收俄顷拾遗之涕，究其所传者安在，而幸不幸，非所论也。先生行之类于甫也，以拾遗；而诗之类于甫也，以客。今天下之为客者众矣，而工于为客者不概见。何哉？盖以客于一时者多，而客于天下万世者寡也。客于天下万世矣，则何悲之足云。先生其可以奭然游于世矣。①

此文没有客套之语，开篇即阐明《客纪诗》为其同乡罗讱庵抑郁之作，言简意赅，清晰明了。王猷定采用倒叙的手法，回忆起他在先于罗讱庵离开家乡后时刻惦念他的心情，在不同时间、不同地点反复询问"小关无恙乎？"其与罗讱庵的深厚感情显露无遗。待二人相见以后，共同和诗，"忽而越南浧，忽而游巨海，忽而行麦光宫黍之间，忽而堕空坑厓山之畔，忽而见故乡战垒焉，忽而见父母丘墓焉"，复沓手法的运用，二人产生的共鸣跃然纸上。所谓知人论世，王猷定透过写自己与罗讱庵的相熟程度增强读者对其所作序的信任，可谓用心良苦，从中也可以看出其虽不轻易为文，但一经为文，则必是情之所至的个性特征。叙述过后，王猷定在最后一段发表了充满辩证色彩的关于幸与不幸的论述，并以杜甫为例加以说明，最终得出了"盖以客于一时者多，而客于天下万世者寡也"的结论，道出了罗讱庵的不平凡性。综观全文，王猷定没有直接地褒奖、赞美作者和诗集，而是从细节着手，采用倒叙、复沓等艺术手法，旁征博引，融入自己的独特体悟，使得整篇诗序连贯、真诚，更容易

---

① （清）王猷定：《客纪诗序》，见陶福履、胡思敬编《豫章丛书》（集部十一），江西教育出版社2007年版，第27—28页。

第四章 王猷定散文分体研究　187

使读者信服，字里行间抒发出了作者内心的感情，尤其是最后一段精彩的议论体现了他的认真、深沉思考。与此篇先从王猷定与序主关系谈起不同，王猷定有的诗序采取了与此完全不同的写法，直接从序主本人谈起，如《姜西铭诗序》：

> 姜子能诗。余初不知姜子之能诗，徵之于其志也。厥志维何？曰："事关忠孝者，吾为之。"然姜子，儒生也，而善贫，不得志于时，曷行其志？
>
> 余少闻之长老云，万历初，慈溪有姜给事者，言建储事，上怒，贬极边。党人当国，复挤之，居北山，咏诗阚湖者四十年。光宗即位，诏复天下言官。甫用公，寻为阉党所锢，天下惜之。余尝想慕其人而不得。
>
> 姜子西铭，其曾孙也。姜子曰："先曾祖年八十三而吾生。去世，吾三岁，不克亲承其训，其志可师也。"夫当神庙时，天下士大夫莫不欲得高爵厚禄为子孙计。而给谏独有见于社稷根本之重，危其身而不恤，至于贬谪边尉，困阨流离。归念君父，犹欲抗疏论官府封疆大事，为执政所泥，郁郁以终。姜子生当太平，长而遭世变，所见戎马之尘弥天涨海。数十年所号为"高爵厚禄"之家，子孙澌灭不知凡几，而北山、阚湖之间，有穷居隐约而歌咏不衰者，此何人之裔也？噫！忠孝之食报于天，讵必其身亲见之哉？此余所谓不知姜子之能诗而徵之于其志也，姜子勉之。
>
> 今世之言诗者多矣，吾惧其或亡也，子力持其作诗之本有旨哉？惟无惑于邪说，吾将执是编以考其后焉。①

此文开篇即言"余初不知姜子之能诗，徵之于其志也"，似乎是其诗名不如其志，为读者留下了一个小小的悬念，接着王猷定从姜

---

① （清）王猷定：《姜西铭诗序》，见陶福履、胡思敬编《豫章丛书》（集部十一），江西教育出版社2007年版，第34—35页。

宸英曾祖父刚正不阿的事迹谈起，以说明姜宸英深厚的家学积淀对其人生、创作的影响。在"天下士大夫莫不欲得高爵厚禄为子孙计"的历史时期，姜宸英之曾祖却能以天下社稷为重，不顾个人安危，挺身而出，"言建储事"，以致于被贬边疆，"困阨流离"，最后抑郁而终。姜宸英在成年时期也遭遇世变，贫穷不堪之际仍能坚持"歌咏不衰"，王猷定认为其承传了家族的优秀品质，也直接回答了篇首所提出的问题，"此余所谓不知姜子之能诗而徵之于其志也，姜子勉之"，以此勉励姜宸英。最后一段王猷定警戒姜宸英要"无惑于邪说"，秉持敢于直言真性的优良传统。综上，可以看出，王猷定对友人和后学所作的诗序是有所不同的，无论对象为谁，他都会认真对待、写作。姜宸英比王猷定年轻二十九岁，所以王猷定在给他作序时，完全是以一个长者的身份，追溯其家学渊源既能体现出他对姜氏家族的了解、敬佩，又可以拉近与后学姜宸英的距离，给他以指导，使他明白"作诗之本"的正确性。诚如罗宗阳所说："按照常理，诗序主要是谈诗的创作，但作者打破固有模式，重点写人。写该人的思想品格：或清廉自守，或高风亮节，或不逐时俗。种种风貌，在作者看来，只要值得推崇的，便一一加以张扬，并把自己的评判夹杂其间。"①《姜西铭诗序》即是如此，他推崇姜宸英祖父的不逐时俗、高风亮节，所以作为重点来写，也彰显出他的审美偏好。王猷定的其他诗序如《闵宾连菊花诗序》《留松阁诗序》《峥嵘山诗序》等亦是如此，根据不同的写作对象融入不同的内容，且采取差异化的叙述策略，因而他的诗序呈现出多样的风格，如《榕庼序》"意蕴深，波澜阔，风神足，词气古，小小狡狯，自具大文"②。这也凸显出王猷定驾驭文章创作的超然能力。

综上所述，无论是赠序文、寿序文还是诗序，王猷定都有别出心裁的见解和为文的章法、思路。他的序体文既浸润着他作为个体生命的独特体认，又渗透出他对文章创作的自主、理性思考，可谓

---

① 罗宗阳：《开清初散文风气之先的王猷定》，《南昌大学学报》2002年第4期。
② （清）李祖陶：《四照堂文录》卷一，《国朝文录》，清道光十九年瑞州府凤仪书院刻本。

别开生面、匠心独运。

第三节 各有风貌之其他文体

除传记文、序体文以外，王猷定还创作了碑志文、哀祭文、题跋文等。虽然总体数量不多，但却有其独特的文学风貌，是全面研究王猷定不可缺少的一个有机组成，因此，本节将给予其必要的关注。

一 碑志文：托物寓意，思辨性强

"碑志文是中国古代丧葬礼仪的主要文学载体，包括碑记、墓碑、神道碑、墓志铭、墓碣铭、墓版文、圹志、权厝志、神道表、阡表、墓表、石表辞、塔铭等。"[1] 王猷定的碑志文虽然数量较少，但却有一定独特性，透过此，可以窥见王猷定散文的另一风貌。

（一）史、叙、论融为一体

王猷定的碑志文和多数碑志文侧重歌功颂德不同，常融历史、叙述、议论为一体，彰显自己对生命价值的独特体认和思考，思辨性较强。如《重修汉寿亭侯庙碑》一文，虽然开篇即对汉寿亭侯关羽的功德进行了歌颂："汉寿亭侯以佐汉忠义，死而威灵昭赫，自天子达于庶人，薄海内外都邑庙社，无贵贱贤愚、老稚男女，所在无不尊仰崇祀，隆以位号，至推加"大帝"，历千百祀不衰，"[2] 但显然是在基于事实基础上进行的描述，并没有为了刻意突出碑主的闪光之处而加入过多的夸张成分，在接下来的描写中更能体现出王猷定的深刻寓意，他由汉寿亭侯关羽的忠孝写到时人王藉茅因诚孝感动神灵的故事：

---

[1] 郭英德、张德建：《中国散文通史》（明代卷），安徽教育出版社2013年版，第266页。
[2] （清）王猷定：《重修汉寿亭侯庙碑》，见陶福履、胡思敬编《豫章丛书》（集部十一），江西教育出版社2007年版，第123页。

盟津王公藉茅，事神最谨。一日，告余曰："吾邑有关王庄者，庙貌岿然，禋祀隆赫，尝奔走远近之人。岁久渐隳，藩拔级夷，梁桷赤白，堕剥不治，今合族人而新之。余尝有疑祷神，辄见报梦中。兄病笃且死，余叩神曰："先宗伯公殁，赖兄持门户，请以身代。"叩头至血出，神终不许，兄遂卒。嫂有遗腹，众咸庆得延兄嗣，余怦怦未敢言。适两室皆娠，乃哀号跽告神曰："愿嫂得男，余生女可也。"已室人生女，余喜谢又祷曰："愿余再生女，嫂必得男。"已又生女，而嫂果得男也。子为我纪其事，永诸石焉。"①

这才是王猷定《重修汉寿亭侯庙碑》一文想要着重描写的故事，并想通过此表达出自己的观点，即诸事好的结局并不真的是神灵所致，而是自己忠孝所应得的自然结果，像王藉茅这样善良、孝顺之人最后能够达成自己的心愿完全是情理之中的事情，不必过多地迷信鬼神，诚如他自己所说："甚哉，诚之至于神也！匪神所为，此天地之理也。日星云汉、风霆水火，以至川流岳峙、草升木降，鼓盪于天地而不自知，此何故也？而何疑于神乎？则由公推之，而天下之为兄弟者可以劝矣！由兄弟推之，而天下之为君臣父子夫妇朋友者可以劝矣！则凡天下有志于忠孝者，皆可自信而不必问诸鬼神矣。"②王猷定没有将笔墨单纯地停留在歌颂、赞扬的层面上，而是借为重修汉寿亭侯庙作碑之机，将历史与现实紧密结合，层层深入，托物寓意，重点揭示出自己的人生观、价值观，呈现出深沉的理性思考，含蓄蕴藉，引人深思。

《重修五司徒庙碑》一文将对"五司徒"——茅、许、祝、蒋、吴历史由来的叙述和自己对仁孝观念的理解有机杂糅在一起，一气呵成，给人以启迪。文中开篇即渲染出"五司徒"的能量并揭示为

---

① （清）王猷定：《重修汉寿亭侯庙碑》，见陶福履、胡思敬编《豫章丛书》（集部十一），江西教育出版社2007年版，第123页。
② （清）王猷定：《重修汉寿亭侯庙碑》，见陶福履、胡思敬编《豫章丛书》（集部十一），江西教育出版社2007年版，第123—124页。

之立传的缘由:"扬州神异传五司徒与蒋子文并传,异甚。神茅姓,胜其名,与许、祝、蒋、吴四姓结为兄弟。忽溪旁见一姬,遂迎归,以母事之,不知其非所自出也。饥虎食其母,五人奋,立杀之,地无虎患。州人思德,为立庙。"① 五司徒为当地解决了虎患,当地人为纪念他们的德行,方为之立庙。在接下来的叙述中,王猷定从正反两方面分别举陈思王曹植"大啮者咋断其舌,左斧右钺,伤夷一身"② 的观点、"怪鸟九首相啖,而不悟其为腹之一,何胞,何阆,何胁属支偶,而厥宗以噬肤之"的事实等几个例子,并在最后进一段引用"三人行则损一人"、"二人同心,其利断金"的观点,将历史与现实相融合,昭示出同心同德、团结一致的重要性。再如《改葬宋金将军墓碑》一文"格老气苍,真大手笔。歌词慷慨激烈,读之令人击碎唾壶"③。

通观王猷定的碑志文创作,他没有流于俗套,一味地谄媚碑主,而是大多将"忠""仁""孝"等作为他文章的核心观点,并以此为主线,借助作碑文之机,将历史与现实、叙述与议论有机融合,将自己对人生、生活的理性思考深蕴其中,体现出他创作碑志文的独特性。

(二)《钱烈女墓志铭》——碑志文的代表作

《钱烈女墓志铭》不仅是王猷定碑铭文中的名篇,亦是散文中的佳作。被刘咸炘奉为"佳篇",收入《推十书》中,并以"雄"字评之。④ 此外,《清朝文征》《续古文观止》等也都将此篇选录其中,可见历代选家们对这篇文章的偏爱。为了便于分析,兹将此文移录于此:

扬州有死节而火葬于卞忠贞祠南十五步,为镇江钱烈女之

---

① (清)王猷定:《重修五司徒庙碑》,见陶福履、胡思敬编《豫章丛书》(集部十一),江西教育出版社2007年版,第124页。
② (清)王猷定:《重修五司徒庙碑》,见陶福履、胡思敬编《豫章丛书》(集部十一),江西教育出版社2007年版,第124页。
③ (清)李祖陶:《四照堂文录》卷二,《国朝文录》,清道光十九年瑞州府凤仪书院刻本。
④ 刘咸炘:《推十书》(增补全本·戊辑)(第一册),上海科学技术文献出版社2009年版,第143—145页。

墓。烈女死乙酉四月二十七日，五日乃火。以家于忠贞祠，即其地为墓。当其死，告于父"无葬此土，以尸投火"，父如其言。

南昌王猷定客扬州，与里人谈乙酉事，辄为诗文吊之。岁丙申春，其父乞余铭，痛哭言曰："吾老人无儿。自吾女死，而老人不欲生也。城破，督师史公率兵趋东门，女决其必死，已持刀欲自刭，余挽其手；积薪以焚，余又夺去；结缳，丝绝，缳又断。余皇急不知所出，不得已乃予以药曰：'汝姑视缓急可也。'"猷定为之感泣，时宾客闻者皆流涕。

又言曰："呜呼！吾老人十年以来，头童然秃且尽，而视听茫然，而肝肺崩裂，如沸如屠。然每忆吾女吞药不得死，吾老人不知生之可恋，而死之可悲也。兵入，以戈刺床下，数刺辄抵其隙，乃去，不知女反匿床下。药发，喘不绝，余与老妻抱之恸，强饮以水，不死。女泣谓余曰："儿必死，无缓儿为也。儿受生养十六年，父母又无男儿，不能与父母相养以生，相待以老，俾至于终身。而今使父母收我骨，目不瞑矣。父老，祖宗之不血食。家世江南，当与母勉图归计耳。"时注水庭中，立起，以头投水，水浅，自顶以上，不及颈，余力持之起，目瞪，口泻水如注。是时雨甚，门外马蹄践血与泥声溅溅，比屋杀人焚庐，火四起。夜，女以纸渍水塞口鼻，强余手闭其气令绝。余心恸，手不能举。又解衣带，强母缢之，母仓皇走出，闻足击床阁阁。呜呼！死矣。"猷定闻益悲，忍不铭？

烈女名淑贤，父为镇江钱公应式，母卞氏。公善医，活人者众。女死后，受兵挺刃数十，不死。兵缚公，欲杀，以手格之，皆仆地，反得免。卞时病甚，亦受刃，久之复苏，人以为女之阴助云。铭曰：

三光绝，一炬烈，后土争之，土欲裂。瘗尔于忠贞之旁，丽重离以照四方之缺。①

---

① （清）王猷定：《钱烈女墓志铭》，见陶福履、胡思敬编《豫章丛书》（集部十一），江西教育出版社2007年版，第145—146页。

"碑志文一般由文（志）和铭两部分构成，文为散体，铭为韵体。"[1] 但王猷定此篇铭文显然未拘泥于此，他不刻意追求文章外在形式的整饬，而是完全以内在情感为主线，内容大于形式，气势宏伟，一气呵成，尤其是写钱淑贤的殉难过程、钱父的死而复生，颇具传奇色彩。钱淑贤欲持刀自刎、"积薪以焚"、上吊自杀都被其父阻止以后，竟然在经历了"吞药不得死"、投身水中不得死、以纸塞口鼻不得死等一系列惨痛的折磨后方离世而去，王猷定通过这几个具体的事件表明钱淑贤的刚烈、坚贞不屈，但同时也通过"兵入，以戈刺床下，数刺辄抵其隙""是时雨甚，门外马蹄践血与泥声溅溅，比屋杀人焚庐，火四起"等描写揭示了清兵的残暴，表达出自己对清朝入关铁蹄践踏的不满与无奈，这或许也是王猷定创作此文的真正意图。王猷定一直心怀明朝，所以他总是不失时机地揭露清兵的残暴，借创作碑铭文之机以表达自己的某种政治立场是王猷定碑志文的又一特色之所在。

二　哀祭文：情感丰富，不求章法

"哀祭文即哀悼祭奠死者、以寄寓哀伤之文，种类繁多，主要包括祭文、吊文、诔、哀辞、祝文等。"[2] 徐师曾《文体明辨序说》有云："按哀辞者，哀死之文也，故或称文。夫哀之为言依也，悲依于心，故曰哀；以辞遣哀，故谓之哀辞也"[3]、"按祭文者，祭奠亲友之辞也。古之祭祀，止于告飨而已。中世以还，兼赞言行，以寓哀伤之意，盖祝文之变也。其辞有散文，有韵语，有俪语；而韵语之中，又有散文、四言、六言、杂言、骚体、俪体之不同"[4]，这段文字对哀祭文产生的历史演变和形式做了概说，让我们对哀祭文有了较为直观的了解。虽然王猷定流传至今的哀祭文总体数量不多，但

---

[1] 郭英德、张德建：《中国散文通史》（明代卷），安徽教育出版社2013年版，第266页。
[2] 陈惠琴、莎日娜、李小龙：《中国散文通史》（清代卷），安徽教育出版社2013年版，第310页。
[3] （明）徐师曾著，罗根泽校点：《文体明辨序说》，人民文学出版社1962年版，第153页。
[4] （明）徐师曾著，罗根泽校点：《文体明辨序说》，人民文学出版社1962年版，第154页。

仍有其特色，下面将分别从两个方面加以述之。

（一）生不逢时的感伤，报国无门的无奈

从内容上看，王猷定创作的哀祭文除了徐师曾所说的"兼赞言行，以寓哀伤之意"①的文字外，还有许多生不逢时的感伤、怀才不遇的感慨、难以报国的无奈等蕴藏其中。《祭尚宝丞刘公文》中，王猷定在回忆了二人生前交往的种种细节之后，笔锋一转，谈到了刘西佩去世前的病情：

> 兄病噎，医者谓"久郁伤肺"，人诘其故不答。余曰："此非药可治。"退而涕泪劝勉，告以知命之学，兄然其言而不能用也。呜乎！兄以沈忧而自殒其躯，即今人不知，后世必有知兄者。况当文端公时，主少国危，宵壬窃柄，而兄以英年远略，密参大政。迨国步既移，昔日忠孝之裔走富贵如鹜，能不辱其身如兄者，亦可告无愧于先人矣！惟是旅榇萧然，数日而黄孺人相从以殉。仰视穹苍，不知其所照临者竟何在也。予老且死，亦于前所称"终不遂者，抱无穷之恨于没世"而已矣。②

医者说刘西佩的病情是"久郁"而来，周边的人都不解其故，只有王猷定清楚"此非药可治"，二人惺惺相惜，刘西佩因不能实现报国之志而沉郁、忧伤成疾，但却不被时人所理解，王猷定寄希望于后世："必有知兄者"，不屑于那些国变后"走富贵"之人，认为刘西佩最终未辱其身，无愧于祖先。基于这段文字，可以看出王猷定显然赞同刘西佩的选择，只可惜国破家亡，无法为故国尽忠，"老且死"一词渗透出其万念俱灰的心情，无法改变世态，只能"抱无穷之恨于没世"，其中的无奈与辛酸尽然显现。

在王猷定的另外一篇祭文《祭梁君仲木文》中，王猷定在表达

---

① （明）徐师曾著，罗根泽校点：《文体明辨序说》，人民文学出版社1962年版，第154页。
② （清）王猷定：《祭尚宝丞刘公文》，见陶福履、胡思敬编《豫章丛书》（集部十一），江西教育出版社2007年版，第135页。

了梁仲木离世的悲伤、回忆二人初遇的场景、梁仲木疟疾发作的痛苦之后，感慨道："嗟乎！士不幸而生斯时，以绝世雄略，既潦倒无用于世，世遂目为贱士。使可免饥寒，蓄妻子，不亦甘心老死无悔？"① 在此，王猷定直接指出，士人生于斯时，何其不幸！即使有着"绝世雄略"，最终却落得个"潦倒无用于世"的结局。王猷定在作此篇时，他自己的现实情况亦非常不好，所以此处他发出"士不幸而生斯时"的慨叹与其所处的环境不无关系。在《祭姚亦方文》中，王猷定在开篇简要交代姚亦方的去世时间后，即直言：

> 呜呼亦方！士怀才而生当斯世，岂不悲哉！以子之才，何难立取卿相？而甘自沦弃，至天下之人不知，一国之人不知。栖栖道路，求广陵片席授生徒而不得，亦可矜矣。广陵之人又无知子者，子泣向我曰："嗟乎！吾之隐忍而不死者，以有老母在也。"日登平山之堂而哭焉，人相与笑之。去，明年复来。时江上苦兵革，士出疆载贽于四方者，颇不易。豪门贵客非婥娫善媚，舆隶且将侮之。以子之肮脏不合于时，人不得而荣，矧得而辱之与？则又登平山大哭，喉咯咯呕血盈盂。顾余仰天叹曰："吾慕鲁连、田畴之为人，而不克行其志，命也。遗嘱付汝，苟死，遗我孤儿。"余凄然送之江上，勉以学道之言，留连不能去。讵料不数月而凶问至。呜乎！向之隐忍而不死者，而今竟死矣！邗江如昨，余欲再听平山哭声，其可得哉？②

此篇，王猷定同样感叹了"士怀才而生当斯世"的悲苦，姚亦方如若不生于乱世，凭借其才华完全可以"取卿相"，可惜他"甘自沦弃"，以至于"天下之人不知，一国之人不知"，不仅如此，就连广陵之人都不了解他，这让他有些愤懑不平，向王猷定哭诉：其

---

① （清）王猷定：《祭梁君仲木文》，见陶福履、胡思敬编《豫章丛书》（集部十一），江西教育出版社2007年版，第136页。
② （清）王猷定：《祭姚亦方文》，见陶福履、胡思敬编《豫章丛书》（集部十一），江西教育出版社2007年版，第136—137页。

之所以不死，是因为母亲尚在。而他常常哭泣之举也受到他人的嘲笑，甚至豪门贵客的侮辱，最终导致他积郁成疾，"喉咯咯呕血盈盂"，空有鲁连、田畴之志，报国无门，不久即撒手人寰。王猷定善于抓住生活中这些具体的细节，通过人物的行为、生动的对话，不仅展现出人物的性格，更有利地揭示了易代之际许多知识分子找不到出路的苦闷和彷徨，这也增强了他们生不逢时的感慨。王猷定的祭文让我们更加真实地感受到了易代之际部分士人真实的生存状态，因此，有其独特的存在价值和意义。

（二）文风平实，不求章法

从形式上看，王猷定的哀祭文与同时代有些文人的哀祭文创作方式截然不同。如钱谦益的哀祭文多为四言，甚至骈体，而王猷定文风则比较平实，没有刻意地讲求章法，重细节、对话描写，借文意以展情，并适时用典，点缀其中。典型如《祭李观生文》：

> 维壬辰冬十月，吾友李小有第三子观生卒于清凉山之邸舍。其友人王猷定与小有同客金陵，见其恸悼，不能往，未获吊，惧伤老友之心也。越三年，甲午仲冬，闻归葬于京口驾鼓山之麓，乃不腆为文，隔江招其魂而告之曰：
>
> 以予闻溁阳峡口抱一木以救父于崩涛颠覆之中者，非君也耶？已闻君避乱于句曲之黄连墅，病且殆。后乃祷于三茅峰，梦吞药而愈焉，可谓天道迩矣。胡今一旦奄忽而就死？噫，悲哉君也！君年十二而能救父以不死，君年三十有一而不能自保其生。天亦乌可恃哉？而翁谓我曰："吾老而贫矣，可以慰朝夕者，在子惟泾。"又曰："儿嗜子书法，得片纸，必珍而藏之。有所求，厌之可也。"维时，君杂侪辈，澹静之气，形眉宇间。予私度曰："此必某某也。"已而果然。寒风把袖，雪子落砚池，予为君呵冻书束皙华黍、由庚诸诗，而以养亲为言。君引咎，泫然泣下，别去，遂不复面。呜乎！人生父子友朋之际，百年聚散，竟止于斯，能不悲乎？
>
> 君病，偶中暑耳，非有膏肓不可解之疾。彼何人者，召诸

庸妄，一月之内，凝冰焦火，百战以苦其肺肠？君之见杀于庸医，命也。君孝子也。《诗》曰："哀哀父母，生我劬劳。"而翁思君，而益以老矣。老人废食，其何以堪？君能无以默相之欤？君治《春秋》而明于义。大江以南，韩蕲王战争之地，其英灵至今犹有存者。而曹武惠屯师十万于君墓为近，魂游驾鼓之山，俯听江涛，能无感今昔而奋然也哉？若夫君才而夭，天道之常，苟生而仇书，聪明永锢，君也寿已，夫又何悲焉？呜乎！①

该文开篇即抓住李观生"抱一木以救父于崩涛颠覆之中"这一具体事件，揭示出他果敢有为的性格，继而借助其父的话语进一步揭示李观生的乖巧懂事，最后直接说出"君孝子也"的结论，并引入《诗经》中"哀哀父母，生我劬劳"的语句，愈加渲染了全篇悲凉的气氛。王猷定自然地融细节描写、对话、用典等艺术手法为一体，结构严谨，层次分明，字里行间烘托出人物的生平、性格，真切地表达出哀思之情，情感真挚，毫无做作之感。此外，在上文所提到的《祭姚亦方文》的结尾段，王猷定以"歌"作结，寄托哀思，歌曰：

大江之水滔滔兮，日月奄其下藏。紧尘冒夫古天兮，视下土之茫茫。妖狐夜嗥而昼舞兮，宜麟凤之不祥。举世沈湎而若醉兮，动志士之激昂。嗟诗书之墙壁兮，不得已而悟之以文章。何娥眉之善妒兮，目英雄以为狂。惟余知子之心兮，子亦谬许余以肝肠。曰聂政虽有母兮，岂效委蛇乎薛方。羌借剑投渊之两不可兮，爰洒涕于蜀冈。指呕血之淋漓兮，恨不溅彼沙场。三叹赴玉楼之召兮，翳哀銮之无光。信皇天之忘老而忌少兮，譬草苕而蕙亡。思渍酒以比于古人兮，竟荏苒兮五霜。表章后

---

① （清）王猷定：《祭李观生文》，见陶福履、胡思敬编《豫章丛书》（集部十一），江西教育出版社2007年版，第139页。

死之责兮，留遗文于敝囊。处大梦而忽觉兮，知劳生之可伤。返贞魂于冥漠兮，乘白云兮帝乡。陈片辞以当楚些兮，属介弟之是将。苟白发其无忘兮，浒鸥夷于钱塘。①

此文结尾王猷定完全用"骚体"的形式呈现，气势十足，展现出二人的深厚的友谊以及他离世后王猷定的悲伤之情，对时代、现实不满的愤激之情溢于言表，有较强的艺术感染力。由此可见，王猷定在创作哀祭文时完全是根据行文、情感表达来结构全篇的，并没有刻意地追求行文的整饬。

三　题跋文：寄意颇深，体式灵活

题跋文是王猷定散文创作中的又一个有机组成部分，关于其兴起的源流、分类，明代徐师曾《文体明辨序说》有云："按题跋者，简编之后语也。凡经传子史诗文图书之类，前有序引，后有后序，可谓尽矣。其后览者，或因人之请求，或因感而有得，则复撰词以缀于末简，而总谓之题跋。至综其实则有四焉：一曰题，二曰跋，三曰书某，四曰读某。夫题者，缔也，审缔其义也。跋者，本也，因文而见本也。书者，书其语。读者，因于读也。题、读始于唐；跋、书起于宋。曰题跋者，举类以该之也……"②虽然这类文体的源头"可追溯到唐代甚至六朝，但其正式定型并大量产生则要到宋代，也可以说，题跋文是勃兴于宋代的一类新兴文体"③。其"专以简劲为主"④的文体风格受到了许多文人的青睐，到了明清之际，已经有越来越多的文人选择借助这一文体表达自己的情感，王猷定也不例外。虽然他流传下来的这类作品不多，但却具有一定的范式意义。

（一）寄意颇深

王猷定的题跋文常常借"题"发挥，从某种事件说开去，不拘

---

① （清）王猷定：《祭姚亦方文》，见陶福履、胡思敬编《豫章丛书》（集部十一），江西教育出版社2007年版，第137页。
② （明）徐师曾著，罗根泽校点：《文体明辨序说》，人民文学出版社1962年版，第136页。
③ 朱迎平：《宋代题跋文的勃兴及其文化意蕴》，《文学遗产》2000年第4期。
④ （明）徐师曾著，罗根泽校点：《文体明辨序说》，人民文学出版社1962年版，第137页。

泥于表面的意思，在简单的文字、言语背后寄有很深的寓意，一语双关，刘勇强曾说他的文章"皆有为而作"①。典型如《题明宣宗画册》一文：

> 自古帝王以书法传者多矣。工于画者，推宋徽宗一人。然青城而后，委神器于草莽，魂羁雪窖而传技人间，亦足悲矣。独明宣宗章皇帝英武天纵，当在青宫时，从文皇北征，习知兵略。迨御极十载，巡边阅武者四焉。石门遇敌，以三千铁骑躬履戎阵，何其壮也！高煦之乱，将帅缩朒，涕泣不敢战，乃亲率三军，兵不血刃而大难以夷，此岂寻常之君也哉？绘事其余技耳，而已非专家老画师所能及。
>
> 此册为菊溪先生家藏，一展阅间，山川、草木、虫鱼，飞走腕下，直以造化争气运，非慌氏之业也。余尝怪宣宗时际升平，与宰相诸臣宴饮太液池，染翰赋诗为乐，庶几鹿鸣天保之盛欤？至景星昼见于天门，麒麟屡献于海外，而寿命不及庸主之半。唯是范金抟土，一切制器出宣庙者，辄与商、周彝鼎争重，此其故何也？
>
> 先生谓余，兹册购之荒崖蔓草中，佹失而复得之，此可以知天意矣。当徽、钦时，内府书画悉归于北，而先生此册独自北而南。然则帝王所遭，即一物之微，亦有幸不幸欤？先生其宝而藏之，俟景星见，麟麟生，出以示人可也！②

郭预衡曾评价王猷定的书画题跋，多"情深之语"③，并评价《题明宣宗画册》一文为"一篇不同异常的题跋文字"④。文中开篇

---

① 刘勇强：《王猷定及其〈四照堂集〉》，《中国典籍与文化》编辑部：《中国典籍与文化论丛》（第二辑），中华书局1995年版，第166页。
② （清）王猷定：《题明宣宗画册》，见陶福履、胡思敬编《豫章丛书》（集部十一），江西教育出版社2007年版，第153—154页。
③ 郭预衡：《中国散文史》（下），上海古籍出版社2011年版，第354页。
④ 郭预衡：《中国散文史》（下），上海古籍出版社2011年版，第355页。

王猷定即强调虽然"自古帝王以书法传者多",但"工于画者",却独能找出宋徽宗一人,但是他最后的结局却非常可悲。而明宣宗则不同,从少年时随祖父明成祖朱棣北征蒙古,到后来御驾亲征平定汉王朱高煦叛乱,皆展示出其非凡的胆识和才略,非"寻常之君"。难能可贵的是,其绘画技术亦超群,"已非专家老画师所能及"。接着,王猷定话锋一转,写到眼前所见的这本《明宣宗画册》实为许宸所藏,其间的山川、草木以及虫鱼皆生灵活现,已经达到了"直以造化争气运"的地步,明宣宗的君子之风在其画里有着生动的呈现。最后,王猷定将其与徽宗、钦宗的时代作对比,指出"当徽、钦时,内府书画悉归于北,而先生此册独自北而南"。对帝王而言,仅仅是"一物之微",但却有着"幸"与"不幸"的巨大差距,而这也是"天意"所为,用王猷定的话说,待到"景星""麒麟"等吉象出现,就可以公开示人了。由是可见,王猷定虽然表面上是在说明宣宗与宋徽宗、宋钦宗二人的不同,实则是在借所谓的"天意"诉说内心对明朝复国的渴望,王猷定对明朝的思念溢于言表,此时,说《明宣宗画册》是作为一个"符号"而存在可能更符合王猷定的创作意图,正所谓"以徽宗伴讲,言尽而意仍不尽"①。诚如郭预衡先生所言:"这篇《题宣宗画册》,对宣宗的人品和画品,由衷赞叹,可谓知言。篇末'景星见'、'麒麟生'诸语,又是有为而言。"②

(二) 体式灵活

王猷定题跋文的另一个典型特征即是体式灵活,不拘一格,他会根据自己的表达需要来结构文章,如《跋马忠节公寿刘母序》一文:

> 右马忠节公文,成于癸未,今十年,母且登七十矣。日月既迁,冈陵永峙,读公文,盖不胜欣慨云。其子纯学,思所以

---

① (清)李祖陶:《四照堂文录》卷二,《国朝文录》,清道光十九年瑞州府凤仪书院刻本。
② 郭预衡:《中国散文史》(下),上海古籍出版社2011年版,第355页。

寿母者不可得，复取是文，命猷定书之繁帏而观之，以侑康爵。噫！观公之所为寿母者，即纯学母子可知矣。以此介寿，虽百世可也。①

全篇仅一百多字，却为读者交代出了很多基本信息，诸如马忠节公之文的创作时间、其母的年龄、其子之名等等，他没有直接对这篇序文加入赞美之词，而是通过创作这篇文章的过程来表达对此种祝寿方式的赞同。文章言简意赅，叙事条理清晰。再如《题冯大将军像赞》一文：

将军之貌，虎视鹰扬。将军之绩，破斧缺斨。人见其衣锦玉，归故乡；而不知其饮者血，裹者疮。提三尺剑而经百战之场。其事干撅也，如韩淮阴之未见汉王。其敌背鬼也，如岳少保之破贼颍昌。逮镇蒙、亳，寇逼门墙。谁护陵寝？谁扫欃枪？四镇自夸宗泽，朝廷错认李纲。恨将军之寡助，乃倏忽而沧桑。铜柱标金鳌之顶，俎豆列龙山之阳。超海坐石，变化无方。噫嘻哉！此真大树将军之裔，战赤眉，讨隗嚣，变服而伏道旁时耶？百拜请之，以清我邦。②

此篇较上篇篇幅略长，将冯大将军与韩信、岳飞等名将作对比，赞叹其为保家卫国所作的贡献，其英勇之姿跃然纸上，不愧为"大树将军"——东汉开国名将冯异的后裔，最后一句"百拜请之，以清我邦"说明王猷定对英雄的崇拜，并对他们寄予了厚望。该篇融写人、叙事、议论等表达方式为一体，短小精悍，"字字老炼"③，浑厚圆融。再如《跋紫苔山房帖》一文：

---

① （清）王猷定：《跋马忠节公寿刘母序》，见陶福履、胡思敬编《豫章丛书》（集部十一），江西教育出版社2007年版，第155页。
② （清）王猷定：《题冯大将军像赞》，见陶福履、胡思敬编《豫章丛书》（集部十一），江西教育出版社2007年版，第155页。
③ （清）李祖陶：《四照堂文录》卷二，《国朝文录》，清道光十九年瑞州府凤仪书院刻本。

> 法书自晋、唐以来，墨迹多不可考，前人辨阁帖中犹多赝书。至石刻，必如钟太傅勒石，褚何南双钩，庶几近之。时揭相沿失真，如庸笔写照，面目虽存，神气亡矣。鼎革后，每见内府所藏法书流落人间者，与俗传石本迥绝，因叹良工不易。
> 此帖为新安徐若水从真迹摹勒上石，钩盘磔劲，黍累无差。湮蕴尘土中，余购得之，公之海内，俾后之览者知古人书法之妙，非俗本所能传。而且以知世之传者不必尽工于书，虽能好者，而亦传也。①

此文先对"法书"发展的历史做了简单回顾，并举出钟太傅、褚何南等历史名人的例子加以佐证，因深感"内府所藏法书流落人间者，与俗传石本迥绝"，故发出"良工不易"的慨叹。继而对新安徐若水之帖做了描述，并揭示了做此篇意在期盼如此好贴能流传于后世。该篇采用先总述后分述的写作方式，为读者揭示出徐若水之帖弥足珍贵的收藏价值以及流传后世的重要意义。《柳敬亭为左宁南写照，而自图其像于旁，识不忘也，予为之赞》一文"双拽到底，笔笔生气"②。综上，可以见出王猷定题跋文寄意颇深、体式灵活的鲜明特点。

本章小结

明清之际，改朝易代，不可否认，涌现出了一大批文坛"巨子"，如广为后世所熟知的钱谦益、吴伟业、周亮工等。但诚如清代文人瞿源洙在为《鸣鹤堂诗文集》撰写的序言中所言："古未有穷而在下者操文柄也……独至昭代，而文章之命主之布衣。"③ "在清

---

① （清）王猷定：《跋紫苔山房帖》，见陶福履、胡思敬编《豫章丛书》（集部十一），江西教育出版社2007年版，第154页。
② （清）李祖陶：《四照堂文录》卷二，《国朝文录》，清道光十九年瑞州府凤仪书院刻本。
③ （清）瞿源洙：《鸣鹤堂诗文集序》，（清）任源祥《鸣鹤堂诗文集》卷首，光绪十五年刻本。

前期,'布衣之文'崛起而立,成果丰硕,成为引人注目的文化现象。"① 王猷定之文无疑就是"布衣之文"中的佼佼者,否则也不会于"二三十年间",只有"王于一作文,可得数十金"。② 杜桂萍曾言:"在类似钱谦益、吴伟业、王士禛、周亮工等清初文坛领袖一呼百应的表象之后,尚活跃着一批如工蚁或工蜂般劳碌奔忙的袁重其、孙无言等,彼此互为表里,各司其职,共同架构起了一代文学兴盛之巨厦。"③ 诚然,王猷定或因怪诞的个性、一介布衣身份未能成为像钱谦益、吴伟业那样的声气领袖,但其在清初"文学兴盛之巨厦"中所作的贡献是独一无二的,如他"学必有术,其大者在于拯世抚化"④、"命世王霸皆有情之人,而审时则为英雄"⑤ 等思想在今天看来也是非常超前且富于智慧的。随着文学史相关问题研究的推进,王猷定在文学史中的重要地位也逐渐显现出来,并为越来越多的学者所重视,如马积高直言以王猷定的《钱烈女墓志铭》《李一足传》《汤琵琶传》等为代表的传记文"才是清初古文中最光辉的部分,不仅明代古文不及,唐宋八大家古文中在数量上亦不及"。⑥ 这不仅是对王猷定文学史地位的肯定,更是对文学史演进中的相关问题重新审视,这对于文学史演进规律的探讨是大有裨益的。

因此,本章在上一章对王猷定宏观研究的基础上,引入新发现的文献、史料等,着重从微观角度对王猷定的传记文、序体文、碑志文等不同文学体裁进行全面、深入、系统的研究。他幼时优越的家庭环境、老师黄汝亨对文章创作的独特追求以及他求真、尚情重义的性格都促使他在文章创作中追求一种独特的表达方式,虽然以

---

① 郭英德:《布衣之文:清前期文坛身份意识的强化与文化权力的转移》,《福建师范大学学报》(哲学社会科学版)2019 年第 5 期。
② (清)何絜:《与宗子发书》,《晴江阁集》卷十一,清康熙刻增修本。
③ 杜桂萍:《袁骏〈霜哺篇〉与清初文学生态》,《文学评论》2010 年第 5 期。
④ (清)王猷定:《澹台讲疏序》,见陶福履、胡思敬编《豫章丛书》(集部十一),江西教育出版社 2007 年版,第 42 页。
⑤ (清)王猷定:《送孙无言归歙序》,见陶福履、胡思敬编《豫章丛书》(集部十一),江西教育出版社 2007 年版,第 60 页。
⑥ 马积高:《清初经世致用之学对散文的影响》,《中国文学研究》1995 年第 2 期。

《汤琵琶传》《李一足传》《义虎记》等为代表的传记文在当时饱受争议,但却"独开风气",可以看出王猷定为改变明末以来枯寂的文风所做出的种种努力,这在今天看来也是非常具有进步意义的。王猷定的序体文亦是风格不一,各有千秋,彰显出其为文的独特风貌。碑志文、哀祭文、题跋文等虽然数量有限,但却别开生面,有其独特的价值,这不仅可以丰富对王猷定的研究,还可以透过这类文体深入考察王猷定散文创作的其他特征,使得对王猷定的研究更加立体、全面,更有利于窥视明末清初文坛的新风尚。

"明代科举考试专重八股文,于是明代的文学创作中往往都能看到八股文的影子"[①]。在这种普遍的风气之下,王猷定能独树一帜,形成自己独特的文风,尤为难得。故本章力图改变现有对王猷定研究的碎片化状态,弥补当下研究之匮乏、散乱等不足,努力使得对王猷定的散文研究丰富而立体,真正实现宏观与微观相结合,为今人重新审视明末清初文坛生态提供新的视角、思路和方法。

---

① 廖可斌:《明代文学思潮史》,人民文学出版社2016年版,第15页。

第五章　王猷定的诗歌创作

　　明末清初之际，国家动荡，社会不安，但是正所谓国家不幸诗家幸，伴随着种种社会变革，许多优秀的诗人应运而生。诚如杜桂萍所说，在由明入清"舆图换稿"的特殊历史时期，"诗歌自然是遗民作家的日常首选，甚至是他们的生存方式之一，其不但具有'存史'的功能，……而且诗歌利于抒情言志的艺术功能，也便于许多隐微复杂的思想和情愫的表达，以致'非歌诗无以雪其愤'"[①]。可惜随着时空的推移，加上后来受到王国维"一代有一代之文学"之论的影响，明末清初之际的许多诗作不仅逐渐散佚并受到冷落，而且长期处于被搁置的状态，研究成果寥寥无几，王猷定即是其中较为典型的一位。目今所及，对王猷定诗歌价值的认定仅限于某些零星评论中，尚未发现专门的研究成果。如王铎在《王于一诗集序》中说王猷定"鸿博奇异，众不易识，古慧独照，犹滞耗诸生间"[②]，明末清初文学家计东曾经在《送孙无言归黄山序》中借孙默之口说："故予所积同人赠归诗，凡一千七百余首，其中最知名而诗最工者如顾与治、王于一、胡彦远、侯研德、梁公狄兄弟"[③]，裘君弘《西江诗话》说他"明季与黄冈杜濬俱以诗文名天下。世称于一、于皇"[④]，李元度《国朝先正事略·王于一先生述略》说他"工诗、古

[①] 杜桂萍：《遗民心态与遗民杂剧创作》，《文学遗产》2006年第3期。
[②] （清）王铎：《拟山园选集》卷三十，清顺治十年王镛王鑨刻本。
[③] （清）计东：《改亭诗文集》文集卷六，清乾隆十三年计璸刻本。
[④] （清）裘君弘：《西江诗话》卷十，清康熙刻本。

文"①，等等。对王猷定的诗才给予积极评价。可见，虽然至今无人对王猷定诗歌进行全面研究，但透过这些零星的评论，可以见出王猷定在当时不仅富于文名，亦富于诗名，诗文皆擅，所以对王猷定诗歌进行研究极具意义。本章即从王猷定诗歌创作情况入手，对其诗学思想、诗歌题材及艺术特色等方面进行专题研究，以期探求王猷定诗歌的独特价值。

第一节　王猷定诗歌创作概述

　　王猷定的诗歌同其散文一样，由于生前未整理成集，散佚颇多，后由其子王汉卓多方搜集，最后由王玑整理刊刻。对此，邓汉仪《诗观》记载："轸石先生没于武林，其诗多散佚。令嗣汉卓，乃能搜罗遗稿，藏之行笥；别驾王公蒿伊慨然捐赀，付诸剞劂，皆可传之事，而轸石含笑于九原者也。"②可见，王猷定卒于杭州之后，"诗多散佚"，其子王汉卓广泛搜集其遗稿，并随身携带，最终由王玑出资，刊刻完成。值得说明的是，豫章丛书本在王玑刻本的基础上，重新搜集整理并定名为《四照堂集》，故其所收诗歌较王玑刻本全面，共二百五十七首，涵盖了五古、七古、五律、七律、七绝等不同的诗歌体裁。此外，笔者另辑得《送侯述邺之秦》《螺川早发》《赠某上人》三首，现共存世至少二百六十首。

　　王猷定的诗歌以其独特的文学风貌吸引了众多选家的注意，获得了他们的喜爱，他们纷纷将王猷定之诗编选进他们的集子中，典型如卓尔堪《遗民诗》卷一收录《晚步剑山至朝阳菴复还若公兰若》《看月》《螺舟招集北园小阁漫兴》《姑山草堂歌》《军山看日出》《舟泊杨子桥》《送梁仲木之扬州余亦移家高邮》《招隐寺》《除夕忆儿茂》《听杨太常弹琴诗》《同杜于皇因圃抵足闻叹》《舟

---

①　（清）李元度纂，易孟醇校点：《国朝先正事略·王于一先生事略》，岳麓书社2008年版，第1137页。

②　（清）邓汉仪：《诗观三集》卷十一，康熙慎墨堂刻本。

行》《赠翁山上人》《石城》《阻雨望真州不得到》《金山》《螺川早发》《郑州开元寺野望》《客燕偕内僧话》《己亥七月移家卢家堡舟中即事》《返扬州喜晤孙无言》《送侯充鲁之秦中》（二首）《宿白云庵》《客淮雪夜同四弟子展宿天兴观》《乙酉纪事》《秦邮漫兴》《重阳》《访陈师黄绝句》《中元前一夕泊石门闻岸上作浮屠事泫然有感》等二十九首①；陈田《明诗纪事》收录了《螺川早发》《泊舟扬子桥》《反扬州喜晤孙无言》《阜城》《诞日口号》《登燕子矶》《赠某上人》《赠王雪樵先生》《听柳敬亭说史》《青来为公狄画鹑令图口占绝句》十首诗作，其中，《螺川早发》《赠某上人》两篇未见收于《豫章丛书》中。他在诗前按语中说："于一诗，骚情古意，跌宕萧寥，五律一体，尤哀咽动人。"②可见，在诸多体裁中，陈田尤其钟爱王猷定的五律。

清人曾燠编《国朝江右八家诗选》将陈允衡、王猷定、曾畹、帅家相、蒋士铨、汪轫、杨垕、何在田列为江右八家。"人各一卷，凡八卷"③，其自序云："余汇钞江西历代诗，本朝得二百二十余人，八家盖杰出者也，"④王猷定被曾燠从二百二十余人中选出并列为八家之一本已难得，将其排在第二位更是实属可贵。此外，曾燠《江西诗征》收录王猷定诗歌《北固》《清明夕仙招同方朔、于皇游狼山》等六十余首，足见其对王猷定诗歌的高度认可。

清人沈德潜《清诗别裁集》收入王猷定《螺川早发》一首⑤、朱彝尊《静志居诗话》卷二十一收录《北固》一首⑥、《明诗综》卷七十七收录王猷定《北固》《元日雪登息柯亭》《山阴早春简朱十》三首诗、王士祯《感旧集》卷七收录《北固》《清明夕仙招同方朔

---

① （清）卓尔堪：《明遗民诗》，中华书局1961年版，第22—29页。
② （清）陈田：《明诗纪事》（六），上海古籍出版社1993年版，第3381页。
③ 朱则杰：《清诗知识》，浙江大学出版社1998年版，第86页。
④ （清）法式善：《陶庐杂录》卷三，清嘉庆二十二年陈预刻本。
⑤ （清）沈德潜选注，李克和等校点：《清诗别裁集》，上海古籍出版社2013年版，第263页。
⑥ （清）朱彝尊著，黄君坦校点：《静志居诗话》（下）卷二十一，人民文学出版社2006年版，第664页。

于皇游狼山》《军山看月》三首诗①、清人徐釚《本事诗》卷七收录《听柳敬亭说书》一首②、徐世昌《晚晴簃诗汇》卷十八收录《看月》《舟泊扬子桥》《舟行》等八首③。今人选本所收其诗的情况更是不胜枚举。如袁行霈、张相儒《中国山水诗选》选入《螺川早发》一首,并赞王猷定"诗风沉郁苍劲"④,韩进廉主编《禅诗一万首》收录《晚步剑山至朝阳菴复还若公兰若》《看月》《螺舟招集北园小阁漫兴》《招隐寺》《赠翁山上人》(二首)《石城》《郑州开元寺野望》《客燕偕内僧话》等诗⑤。从以上编选者的偏好也可以看出王猷定诗歌的丰富与多元,既有对祖国山水的描绘,亦有充满哲思的禅诗,王猷定诗歌的意义不言自明。

以上材料也可充分说明,对王猷定诗歌的选录从明末清初至今日从未中断过,虽然对其诗的深入研究尚未开始,但是从古今选家对其诗的青睐程度足以从侧面证明王猷定诗歌自身的价值。王猷定作诗有自觉的审美追求,即从不作"无意之诗文"⑥,厌恶无病呻吟之语,周亮工说他"意之所至,滔滔汩汩,虽挥洒累日夕,不见其竭。意所不至,不复强为,甚有经岁不成一字者"⑦,乃精准之评。王猷定曾在《姜张二家五言近体序》中说:"嗟乎!江河日下,山鬼行吟,予之缄口此道久矣。"⑧ 这或许可以解释王猷定一段时期不作诗的原因,国破家亡之时,江河日下,王猷定不屑与那些临事变节、阿谀奉迎之人为伍,面对他们那些口是心非的谄媚之词,王猷定宁愿选择闭口不言。王猷定的诗歌虽然数量不多,但在当时却影响很大,综合考察王猷定的诗歌,便会发现无论是行旅诗、酬唱诗

---

① (清)王士禛:《感旧集》卷七,清乾隆十七年刻本。
② (清)徐釚:《本事诗》卷七,清光绪十四年徐氏刻本。
③ 徐世昌编,闻石点校:《晚晴簃诗汇》卷十八,中华书局1990年版,第531页。
④ 袁行霈,张相儒注释:《中国山水诗选》,中州书画社1983年版,第209页。
⑤ 韩进廉主编:《禅诗一万首》(下),河北科学技术出版社1994年版,第1199—1200页。
⑥ (清)周亮工著,李花蕾点校:《赖古堂集》,华东师范大学出版社2014年版,第277页。
⑦ (清)周亮工著,李花蕾点校:《赖古堂集》,华东师范大学出版社2014年版,第277页。
⑧ (清)王猷定:《姜张二家五言近体序》,见陶福履、胡思敬编《豫章丛书》(集部十一),江西教育出版社2007年版,第32页。

还是祝寿诗，都是他真实情感的自然流露，几无做作之言，由此也可以审视出王猷定对诗歌创作的独特追求。

第二节 王猷定的诗学思想

迄今为止，笔者尚未发现王猷定有完整的、专门论述其诗学思想的论著，但这并不妨碍我们对其诗学思想的探求。事实上，王猷定的诗学思想大多体现在他为别人写的诗序中。诚如李世英所言："诗序是诗歌批评的重要形式之一，在影响诗坛创作风气方面，往往比专门的论诗著作更有直接的作用。"① 王猷定的诗学思想较为客观、理性，更注意从文学自身探求文学发展的意义，注重诗歌真情实感的抒发，求真写实风格较为明显。

一 "作诗之本"

"作诗之本"是王猷定为他人创作诗序时提及的一个词，如《乔简襄诗序》中云："余序乔子之诗，特有感于一时患难知己之情，而亦以使天下之读乔子诗者，明作诗之有本也。"② 《姜西铭诗序》中说："今世之言诗者多矣，吾惧其或亡也，子力持其作诗之本有旨哉？"那么他所说的"作诗之本"究竟是什么呢？结合他的诗序，笔者可以断定，王猷定所说的"作诗之本"即指性情之真。在《乔简襄诗序》中，王猷定先交代了作此诗序的背景："今年秋，余辟乱于高邮之卢堡，饥驱至淮，寓阎子再彭嘉树轩。时烽火达淮、泗，韩侯台前，马矢塞断。又时传湖水稽天，将穿屋，老稚栖浪头，旅魂数惊。忽疽发，赖友朋周旋，得强饭，而乔子简襄尤朝夕馈问不少间。私念丈夫不能学韩侯提兵百万以与项籍战，而第感王孙之一饭，亦可羞也。士亦惟知己为足重耳。"由是可见，在王猷定辟乱

---

① 李世英：《论杜濬的诗学思想》，《社科纵横》1995 年第 4 期。
② （清）王猷定：《乔简襄诗序》，见陶福履、胡思敬编《豫章丛书》（集部十一），江西教育出版社 2007 年版，第 34 页。

他乡之时，战乱不断，恰赶上他旧疾复发，此时幸有乔简襄朝夕相问，这让王猷定愈加感动不已。一天早上，乔简襄特携其诗请王猷定作序，王猷定遂发表了自己的看法：

> 吾知子之诗矣。人伦相与以情，而莫真于患难之际。三百篇，情之祖也。《北风》、《雨雪》、《携手同行》者，彼何人与？邢、卫之不恤，《旄葛》讥焉。然读其诗，虽至《琐尾》、《流离》，不忍遽绝，而其旨仍归于和平，此古人之厚也。世俗偷薄至今日极矣。余与乔子处戎马崩腾之日，惊心溅泪，俄刻万状，有骨肉不能自保，宗党至相隐辟，而乔子乃勤勤恳恳，未尝一日暂离乎前，其孰使之？此其中有必不可已者存焉。不可已者，山川所不能阻，剑戟所不能夺，谣诼排击所不能挠乱。何者？水湿火燥，天地之经，虽沸鼎浴渊而性终不变也。声诗之盛，至今日抑又极矣。间有镂心刳肾，词虽工而余望之若雏者，诚恶其中之薄，可已而不已者也。乔子深情内蕴，轮囷盘郁，发而为言，如人之歌哭，情至而莫能自喻。余是以未读其诗而知其工也。语云："事变之来，未知所移。"乔子益展其才，将必有大过人者。[①]

这篇序言从患难见真情说起，提及"三百篇，情之祖也"，并由此发轫，自然而然地引到了乔简襄，认为乔简襄在战火纷飞、国家不得安宁的艰难境遇中，还能勤勤恳恳，一日不离地侍奉其左右，十分难得。认为"此其中有必不可已者存焉"，所谓"必不可已"者，即是人始终如一的性格，它是其他任何外界因素诸如山川、剑戟、谣言、诽谤等所不能改变的，在当时的"戎马崩腾之日"，乔简襄能做到这点愈显弥足珍贵。同时，他对那些作诗刻意求工之人表达了不满，直言"诚恶其中之薄"，当收而不收，十分浅薄，毫无真

---

① （清）王猷定：《乔简襄诗序》，见陶福履、胡思敬编《豫章丛书》（集部十一），江西教育出版社2007年版，第34页。

情可言；对乔简襄"深情内蕴，轮囷盘郁，发而为言""情至而莫能自喻"的性格十分欣赏，以至做出判断"未读其诗而知其工"，甚至得出"将必有大过人者"的结论。显然，这种先入为主的主观判断不免有失偏颇，但却可以看出王猷定对诗歌要表达真性情的重视程度，他在评价毛先舒《祭母文》时说的一番话可兹佐证："反复缠绵，无声有泪，文本于情，情本于性，故也。"① 在他看来，诗歌是诗人情感的自然流露，能感动自己方能打动别人，他相信诗如其人，不免到了看似有些极端的程度，但却昭示出其鲜明的诗学主张，"明作诗之有本也"。

刘勇强曾指出："在诗歌理论上，王猷定主张以情为本，不计工拙。"② 颇有见地。对于作家性情对文风影响的论述古已有之，刘勰《文心雕龙·体性》篇中曾说：

> 是以贾生俊发，故文洁而体清；长卿傲诞，故理侈而辞溢；子云沈寂，故志隐而味深；子政简易，故趣昭而事博；孟坚雅懿，故裁密而思靡；平子淹通，故虑周而藻密；仲宣躁锐，故颖出而才果；公幹气褊，故言壮而情骇；嗣宗俶傥，故响逸而调远；叔夜俊侠，故兴高而采烈；安仁轻敏，故锋发而韵流；士衡矜重，故情繁而辞隐；触类以推，表里必符。③

此处刘勰举贾谊、司马相如、扬雄、刘向、班固、张衡、王粲、刘桢、阮籍、嵇康、潘岳、陆机等十二人的例子来论述作家个性和作品风格的关系，以此说明作家个性对其作品风格形成的决定性作用。"白居易赋性旷达，其诗曰：'无事日月长，不羁天地阔。'此旷达者之词也。孟郊赋性褊隘，其诗曰：'出门即有碍，谁谓天地

---

① 毛先舒：《巽书》卷八，《清代诗文集汇编》编纂委员会：《清代诗文集汇编》，上海古籍出版社2010年版，第575页。
② 刘勇强：《王猷定及其〈四照堂集〉》，见《中国典籍与文化论丛》（第二辑），中华书局1995年版，第168页。
③ 刘勰著，范文澜注：《文心雕龙注》，人民文学出版社1958年版，第506页。

宽?'此褊隘者之词也。"① 由是可见作家性情对其文学创作的重要影响。王猷定也表达了类似的看法，在《许菊溪先生诗集序》中，他先以"中乡乃有许氏之学，以澹静为宗。菊溪先生承其家学，以风雅闻于天下，一时慕其风者争进惟恐后"为引，逐渐深入地谈起了他的诗学主张：

> 先生自登仕版，遽罹寇乱，挑刀走戟，塞满南阳。乃溯襄水，历彭蠡，崎岖九折而意气自如。逮干戈甫定，秉节秦岭。秦固有商塞，即沛公攻武关，绕峣关，逾蒉山，击秦军最险要处，而上洛、黄川，亦春秋寇盗之薮匿矣。坞壁弗靖，先生处鱼难虫尾间，朝携壮士，暮接词人，以盾鼻磨墨，吟啸于白云之堂。噫！非得力于淡静而能然与？庄生之言曰，苟能无解五性，擢聪明，则万物炊累而其居渊静。先生无喜怒，无哀乐，无虑叹变慹，一诣乎诗。是以会心而出，六集臻焉，其何能以不工？诗之道吾能言之。其发也，若千钧之弩，一举透革，纵之则文漪落霞。一入促节，则怪雨盲风，窈冥变幻。而苟一收之，则橐声一击，万骑忽敛。斯物也，道摄之矣。而世强以有累之神合之，不亦悲乎！②

在王猷定看来，诗歌绝非闲暇之产物，恰恰相反，它与实际生活和真实的情感紧密相连，它反映的是一种对生活的态度，真正优秀的诗人如许菊溪者，即使身在战场，其亦能"朝携壮士，暮接词人，以盾鼻磨墨，吟啸于白云之堂"，诗歌亦能呈现"澹静"之姿。事实上，关于许菊溪，（康熙）《镇江府志》有载："顺治二年，由进士知丹阳县。时江南初定，大将军征闽、越，征发不时，宸多方应变，而民不扰。居官清谨，公退之暇，焚香赋诗，为名流所重。

---

① （宋）吴处厚：《青箱杂记》卷八，明稗海本。
② （清）王猷定：《许菊溪先生诗集序》，见陶福履、胡思敬编《豫章丛书》（集部十一），江西教育出版社2007年版，第31页。

历任江南按察使。"① 由此可见，许宸不仅是一位爱民之好官，更是一位"为名流所重"的诗人。而他之所以能"为名流所重"，很可能是因为其诗乃"会心而出，六集臻焉"，王猷定在此也对"诗之道"明确表达了自己的见解，即"其发也，若千钧之弩，一举透革，纵之则文漪落霞。一入促节，则怪雨盲风，窈冥变幻。而苟一收之，则橐声一击，万骑忽敛"。结合此篇上下文，可知王猷定此处所说的"道"即是指诗歌的创作过程及表现形态，其应该如行云流水，酣畅淋漓，收放自如，乃是胸中真情的自然流露，而非造作之态，可惜世间却总有人"为赋新词强说愁"，这在王猷定看来，是十分可悲的事情。并在最后总结道："予别先生十余年，习知其家学，因以识其所学之本，而复述其境遇，使学诗者先明其所宗，无漫言风雅，可也。"② 王猷定此处的观点已十分鲜明，即许菊溪诗之"风雅"并非无源之水、无本之木，许菊溪在诗歌创作上取得成就，不仅仅是因为其家学渊源深厚，更是因为许菊溪懂得在诗歌创作中将自己真实、澄静的心灵外化为文字，由此可见胸中真情的重要性。王猷定此段关于诗的论述可以说非常深刻，也彰显了其诗歌理论中性情之真的重要性，诚如陈维崧所言："中间论诗一段极深，文亦幽异"③。

晚明时期"独抒性灵，不拘格套"风靡一时，许多文人纷纷效仿，虽说"性灵"对从前大行其道的八股文是有力地一击，但难免陷入过犹不及的境地，有许多人"为了表现'性灵'而制造'性灵'，敷衍'性灵'"④，文章也就有些缺乏真情实感，对于此种现象，鲁迅曾在《杂谈小品文》中说"虽说抒写性灵，其实后来仍落了窠臼，不过是'赋得性灵'，照例写出那么一套来"⑤，他虽然说的是小品文，但这种现象在诗歌创作中亦普遍存在。而王猷定诗学

---

① （清）高德贵修，高龙光增修，张九征纂：（康熙）《镇江府志》卷之三十四，清康熙二十四年刻本。
② （清）王猷定：《许菊溪先生诗集序》，见陶福履、胡思敬编《豫章丛书》（集部十一），江西教育出版社2007年版，第32页。
③ （清）王猷定撰，陈维崧选评：《王于一文选》，清康熙间刻本。
④ 吴承学、李光摩：《晚明心态与晚明习气》，《文学遗产》1997年第6期。
⑤ 鲁迅：《鲁迅全集》（编年版）（第6卷），花城出版社2021年版，第237页。

理论中所强调的真性情与公安派"独抒己见,信心而言"①有所不同,他所主张的真性情是需在对历史有着深刻思考和对现实有着严肃观照的基础上生发而成,更关注作者主体的存在,重心也是落在作者而非作品上,凸显作者人格的重要性,作品仅仅是作者人格的外化形式,在此基础上最终形成作家自己的独特风格。此外,清人梁章钜曾在《退庵随笔》中有这样一段记载:"西河毛氏曰:往在扬州与王于一论诗,王谓钱诗固佳,而起尚朴僿。相此题意当有缥缈之致,霎然而起,不当缠绕题字时余不置辨,但口诵陈季首句'神女泛瑶瑟'、庄若纳首句'帝子鸣金瑟',谓此题多如是,王便默然。"②这段记载写到了王猷定与毛奇龄论诗时的一个细节,即王猷定认为钱起的诗歌确实为上佳之作,但美中不足的是"起尚朴僿",可见,除真性情外,王猷定还重视诗歌文采的重要性。他的诗学思想对后学尤其是对顾炎武影响很大。

尽管后来顾炎武的名气远超王猷定,但不能否认的事实是,当时顾炎武为了求见王猷定颇费一番周折,而且幸得素与顾炎武有"归奇顾怪"③之称的归庄引荐。归庄为此曾特地作书信一封与王猷定,向其介绍顾炎武,书云:

> 别后不一月,有一札附万年少告讣之使,计已彻览。此子既丧,淮浦遂无人矣。又地处嚣尘,无高山茂林,可容履齿,终日闭门闷坐而已。视仁兄居广陵佳丽地,日与骚人韵士,临风赋诗,登高长啸,声与竹西歌吹相杂,岂非天上人耶!
>
> 敝邑顾宁人兄,德甫先生之孙也。兄间者为我言,方杖苴时,德甫先生不远二千里遣使致生刍,有古君子之风,今宁人亦素车白马,走九百里,哭万年少,家风古谊,不坠益敦。然

---

① (明)袁宏道:《叙梅子马王程稿》,钱伯城笺校:《袁宏道集笺校》(中),上海古籍出版社2008年版,第699页。
② (清)梁章钜:《退庵随笔》卷二十一,清道光十六年刻本。
③ 语出《(同治)苏州府志》:归庄"生平最善顾炎武,以博雅独行相推许,而俱不谐于俗。里中有归奇顾怪之目。"见(清)冯桂芬《(同治)苏州府志》卷九十五,清光绪九年刻本。

此兄非止独行之士也，贯穿古今，指画天地，深心卓识，弟所师事。

弟为言仁兄谆谆问其家世，兹南还便道奉访。兄试略其寝貌，听其高言，知弟之非妄许也。①

此文着重向王猷定介绍了顾炎武的"古君子之风"以及他身上所具有的"贯穿古今"的"深心卓识"，并特地告诉王猷定忽略顾炎武的外貌，不要以貌取人，要先听顾炎武表达完自己的思想之后再对其做出评价。事实证明，归庄这封信对于二人之间的关系起了关键性的作用。后来，顾炎武将他所写的《救文格论》呈给王猷定审阅，王猷定看过之后专门作《与顾亭林书》一篇回复顾炎武。文章先是批判当时学人广泛存在的通病，借以表明顾炎武《救文格论》的与众不同，并对其给予充分肯定："比者郁火上炎，病发两目，不能窥只字。昨稍平复，取足下《救文格论》读之，如饮良药，因思学人通病在于读书寡识，不能观理，而又执心粗翘，急于见名，始不能疑，何繇得悟？如是者安可与之上下今古，言文章得失之故乎？足下学殖既富，勤且敏矣，更心析秋毫，遇一事一物，如赴大敌，必以全力注之，此古人之所难也"②，夸赞顾炎武乐于学习、勤敏善思的同时，王猷定更多的是对顾炎武提出了很多富于建设性、中肯的建议，如针对顾炎武提出的"不当为人作传""年号当以实书""非三公不得称公"③ 等问题皆提出了自己的见解和看法。清人邓绎曾说"以顾亭林之博雅好学，而阎百诗纠其失至十余条；王于一复与论难文章，而深中其所短，学岂有尽藏哉？"④ 当与此事有关。通过与现流传的《救文格论》作对比，发现王猷定提出的这些问题未

---

① （清）归庄：《归庄集》，上海古籍出版社2010年版，第315页。
② （清）王猷定：《与顾亭林书》，见陶福履、胡思敬编《豫章丛书》（集部十一），江西教育出版社2007年版，第21页。
③ （清）王猷定：《与顾亭林书》，见陶福履、胡思敬编《豫章丛书》（集部十一），江西教育出版社2007年版，第21页。
④ （清）邓绎：《藻川堂谭艺》，清刻本。

在《救文格论》中出现，顾炎武是否完全因为王猷定的意见而对《救文格论》作出如此修改，尚不得而知。但可以确定的是，王猷定的意见一定是起了相当大的推动作用，诚如方良所言："明遗民代表人物王猷定有清初学者研究问题的良好素能，遇事能够直接表达意见。他向炎武平和地表达自己的一些看法，从方式上看，语重心长，直抒己见，并没有某些名家的盛气凌人，应属正常的学术讨论；从内容上看，独到见解，有助于顾炎武的思考。"① 否则，便无法解释为何后来问世的《救文格论》与当初顾炎武呈给王猷定的稿子有所不同，并作了很大修改，最重要的是其中的有些观点还与王猷定《与顾亭林书》中的吻合，这足以证明王猷定对顾炎武思想的形成所产生的重要影响。

此外，另据方良考证，从顺治八年（1651）开始，顾炎武就在为其长期远游北方的计划作准备。"他邀请了众多好友在一份《为顾宁人征天下书籍启》上署名，此份'联名启'云：'宁人……读书山中八九年，取天下府州县志书及一代奏疏文集遍阅之，凡一万二千余卷。复取21史并实录，一一考证，择其宜于今者，手录数十帙，名曰《天下郡国利病书》，遂游览天下山川风土，以质诸当世之大人先生。'这是一份古代文人间通常使用的介绍函，函因署名者的身份体现其效能。在这份'联名启'上署名的有21人，列第一位的就是王猷定。"② 从这段材料我们至少可以得出两点信息：一是王猷定在当时文坛颇具名气，有一定身份；二是可见王猷定在顾炎武心中的重要地位。

当代学者蒋寅曾言："亭林学术的真髓实际在寓学问思辨于典礼制度的考究之中，在实证性的考据中阐明古今之变、治道之要，他的全部著述都贯注着通古今之变的闳通见识和以天下为己任的淑世情怀。这种见识和胸襟成就了亭林学术博大的气象。"③ 结合王猷定

---

① 方良：《王猷定与顾炎武文字交往之评判》，《上饶师范学院学报》2006年第1期。
② 方良：《王猷定与顾炎武文字交往之评判》，《上饶师范学院学报》2006年第1期。
③ 蒋寅：《顾炎武的诗学史意义》，《南开学报》2003年第1期。

在《乔简襄诗序》《许菊溪先生诗集序》等文中所展示出的诗学思想和与顾炎武的往来，不难发现，顾炎武的思想可以在王猷定那里找到端倪，王猷定对顾炎武思想的成熟起到了一定程度的推波助澜作用。从这个角度来说，王猷定在其诗序中每每提及的"真性情"的诗学思想具有其独特的重要意义。

二 诗以纪史

"诗史"一词在古代有两种意思，一是指前人的诗作，一是指能反映一个时代的重要事件、时代精神，有重要历史意义的诗歌。① 王猷定在其为他人做的诗序中所主张的显然是第二种，他特别强调诗歌的纪史功能，认为诗歌关乎世运，应该记录时代的发展变迁，诗、政、史三者应该融为一体，互为表里，不能分割。在《峥嵘山诗序》中，他说：

> 诗之关于世运，岂不然哉？古者采诗之官属之太史，以观民风。尝读诗三百篇，其间征人、思妇、戍士、农官之词，不过里巷歌谣而已。何以叶宫商、被弦管，使千载而下，咏叹淫佚而不能已。虽极后世之才，人无以过。窃疑陈诗者有以文饰之，此其人非通于政与乐之微者不能。故尝恨不一见古太史之诗也。自采风贡俗之典废，里巷歌谣，不达于天子，而民间之诗亡。孟子曰："诗亡，然后《春秋》作。"史氏所以纪王政之得失者也。王政不存于诗而存于史。今先生以史氏出为采诗之官，则王政既存于史而又存于诗，先生盖合诗、史而一之者也。所以然者，先生之于诗，根柢三百篇，不为一切浮靡之音，力追雅正。诗与政通也，为其近于乐也，天地之元声，世运之升降，于是乎在。吾不见古太史之诗，今得先生之诗而读之，不可以想见之欤！②

---

① 孙之梅：《明清人对"诗史"观念的检讨》，《文艺研究》2003 年第 5 期。
② （清）王猷定：《峥嵘山诗序》，见陶福履、胡思敬编《豫章丛书》（集部十一），江西教育出版社 2007 年版，第 32—33 页。

从王猷定的序言中可知，此诗集的作者王藉茅彼时身份是一名史官："盟津王藉茅先生以太史藩屏江左。"① 诗人兼具史官的身份在明末清初是很普遍的现象，"明末清初，很多诗人同时也是历史学家，如吴伟业有《绥寇纪略》，钱谦益有《开国功臣事略》《北盟会编钞》，黄宗羲有《弘光实录钞》《行朝录》，王夫之有《永历实录》，钱澄之有《所知录》，屈大均有《皇明四朝成仁录》等。诗人与史家双重身份使诗与史在个人创作中得以融合，突出表现在以'史笔'入诗，诗歌具'史体'，从而形成'诗史'特色"②。观此文，王猷定先是强调了史官采诗制度对诗歌发展的重要意义，接着对王藉茅能够以史官的身份出版诗集给予了极大肯定，认为他"盖合诗、史而一之者也"，最重要的是，以史实为基础创作出的诗歌能够去除"一切浮靡之音，力追雅正"，真正实现了诗、政、史三者的相通，这在王猷定看来，是十分欣喜且令人振奋的事情，很明显，他认为诗歌本就应该反映现实，不赞同盲目追求浮靡之音，优秀的诗人能够将历史与现实巧妙地融入到诗歌作品中，只有与现实、历史相通，才能真正知晓"世运之升降"，诗歌才有它真正存在的价值和意义。在王猷定看来，诗歌不仅要歌咏风土人情，对百姓疾苦、民间之事也要有所关注："先生倡明风、雅，江左之风俗悉形之咏歌，以献当宁，继采风之盛。则是役也，不独政治之得失可考而知，而民间之诗，因之以不亡。其所关于世运，为何如也？"③ 虽然这段序言不免有对王藉茅过誉的成分，但不可否认，它能够彰显出王猷定真实的诗学思想。因为在王猷定的其他篇章中，也有过类似的表达，他的好友孙默家旁曾有"松如苍虬"，为了表达对故园的向往，孙默将自己的书室命名为"留松阁"，并作有《留松阁诗》，王猷定

---

① （清）王猷定：《峥嵘山诗序》，见陶福履、胡思敬编《豫章丛书》（集部十一），江西教育出版社2007年版，第32页。

② 姜克滨：《史笔、诗史与心史：明末清初文学之"历史"轨迹》，《河北学刊》2011年第3期。

③ （清）王猷定：《峥嵘山诗序》，见陶福履、胡思敬编《豫章丛书》（集部十一），江西教育出版社2007年版，第33页。

仅用"思深哉"①三个字表达了对孙默此举的钦佩,认为孙默对书室的命名并不是随意为之,而是深思熟虑的结果,并在为孙默所作的《留松阁诗序》中进一步写道:

> 世之变也,志风雅者当纪亡,今不纪亡而纪存,盖言其仅存者,有深于纪亡者也。思老成者纪人,思中原者纪地。至老成、中原,付之涕泪不可问,而纪草木,则草木亦能传诗哉!今夏,扬州闻江上兵至,倾城奔窜,桴庵坚处委巷中,吟诗不辍。嗟乎!视世之巧于避祸而自为工于诗者何如也?今而有慨于兴亡之故者,读《留松阁诗》,又不徒言甲申之事矣。②

虽然《留松阁诗》的具体内容我们不甚了解,但透过王猷定的这段文字,可以推知,其中有关于"甲申之变"的记载,后人读此诗即可以知晓"甲申之事",孙默家旁的"松树"已经不再是简单意义上的普通植物,已经被赋予了某种特殊的象征意义,成为一种特定的"符号","留松"所表达出的更多是想留住故园、家国的心态,而这种心态无论是对孙默还是对王猷定而言,都是默契一致的,虽然王猷定在《闵宾连菊花诗序》中宣称:"呜乎!风气日下,吾不纪存而纪亡,"③但是他仍然对孙默诗歌这种"不纪亡而纪存"的做法表示肯定,从其对孙默诗歌所持的包容态度也可以体悟到王猷定对诗歌纪史功能的重视。在《元日冒雨寻诗序》中,王猷定特地讲述了友人赵孟迁寻诗、写诗的过程,值得读者玩味:

> 赵子孟迁有诗癖,每酒酣不平,遇山水友朋,必叱咤跳掷,

---

① (清)王猷定:《留松阁诗序》,见陶福履、胡思敬编《豫章丛书》(集部十一),江西教育出版社2007年版,第29页。
② (清)王猷定:《留松阁诗序》,见陶福履、胡思敬编《豫章丛书》(集部十一),江西教育出版社2007年版,第29页。
③ (清)王猷定:《闵宾连菊花诗序》,见陶福履、胡思敬编《豫章丛书》(集部十一),江西教育出版社2007年版,第30页。

不吟诗不已。岁除天腊,则例有纪,自以为诗历,不求工也。壬辰上日,款予扉。甫见,不交一语,投以除夕诗,即反走。予曰:"何为?"赵子曰:"趁此日寻吾诗所在。"予曰:"安在?"曰:"吾诗在梅岭、蜀冈一带,十五年委弃于此,幸今遇之,他日名山物无失也。"去出北门之梅华岭,岭旁为史相国瘗衣冠处,拜而去。会天雨,仓皇走断烟荒草间,左右四顾,执樵者问曰:"若知隋皇一片土耶?"樵者曰:"客何为者?"告之故,樵者笑,赵子亦笑。于是具告以宝城、迷楼、萤苑、平山诸胜,且为指点前代战垒及兴亡之事。赵子且悲且喜,仰天大叫,顾其僮曰:"安所逃雨乎?雨左,则袂障以左;右,则障以右。"卒一一至其地,次第凭吊而归。行市,水从顶下,口哦哦不休,涂之人咸目之,莫测其故也。次日,示予草,备述其赠蹭寻诗状。王子曰:诗之于人,不可以已也如是夫!凡人所为,必其不可已者而后传。赵子可已而不已,其中必有独得者存,而工者顾失焉,赵子传矣。①

该篇对赵孟迁雨中寻诗的细节作了生动的描写,尤其详述了赵孟迁在梅花岭一带的经历。众所周知,史可法为明末抗清名将,王猷定特意提及于此显然是有意为之。赵孟迁睹物思人,又恰逢大雨,这也势必为其诗篇蒙上一层感伤的色彩,他仓皇间对樵者之问"若知隋皇一片土耶"暴露出对前朝的无限思念和哀伤,樵者之笑可能充斥着不解,而赵孟迁之笑则有许多无奈蕴藏其中,只能借助宝城、迷楼、萤苑、平山等历史遗迹,"指点前代战垒及兴亡之事",借史咏怀,故此赵孟迁悲喜交加,悲的是故国不再,朝廷易主,物是人非,喜的是他还可以看到这些故国遗迹,并通过他们感受到前朝的余温,尽管这充满了主观色彩,但却可以让一个失意士子重燃希望并欢欣雀跃。这些行为举止在常人看来或许无法理解,但在王猷定

---

① (清)王猷定:《元日冒雨寻诗序》,见陶福履、胡思敬编《豫章丛书》(集部十一),江西教育出版社2007年版,第28—29页。

看来，这是作出好诗所经历的一个十分自然的过程，正所谓"不可以已也"，诗歌来源于生活，但又高于生活，王猷定认为只有像赵孟迁这样真正记载历史兴衰存亡的诗歌才真正有温度、有持久的生命力，才会流传后世："凡人所为，必其不可已者而后传"，其中所独有的精华也是那些刻意求工者所容易失去的。由此也可以看出，王猷定坚定地认为好诗一定是内心情感的自然流露，而非做作之言，在他看来，有时候刻意追求工整可能还未必会达到好的效果，相较于形式而言，王猷定更看重诗歌的思想内容，在内容与形式之间，形式应该服务于内容，显示出其对诗歌内蕴的独特追求。

关于诗与史之间的关系，明末清初之际许多文人对此发表了自己的看法，如王猷定的好友杜濬即提出"以诗证史"之论，在其《程子穆倩放歌序》开篇言：

> 国固不可以无史，史之弊，或臧否不公，或传闻不实，或识见不精，则其史不信。于是学者必旁搜当日之幽人恚士局外静观所得于国家兴衰治乱之故，人材消长邪正之几，发而为诗歌古文词者，以考证其书，然后执笔之家不敢用偏颇影响之说，以淆乱千古之是非，非漫作也，故世称子美为诗史，非谓其诗之可以为史，而谓其诗可以正史之讹也，盖其关系如此。[1]

杜濬认为历史存在着"臧否不公""传闻不实""识见不精"等弊端，因此作家将自己的所见所得写入自己的作品中，更具有历史真实性，并说明世人之所以称杜甫为"诗史"，并不是说其诗"可以为史"，而是说其诗可以"正史之讹"。黄宗羲则在《万履安先生诗序》中提出"以诗补史"之论：

> 今之称杜诗者以为诗史，亦信然矣。然注杜者但见以史证诗，未闻以诗补史之阙，虽曰诗史，史固无藉乎诗也？逮夫流

---

[1] （清）杜濬：《变雅堂遗集》文集卷一，清光绪二十年黄冈沈氏刻本。

极之运,东观兰台但记事功,而天地之所以不毁,名教之所以仅存者,多在亡国之人物,血心流注,朝露同唏,史于是而亡矣。犹幸野制遥传,苦语难销,此耿耿者明灭于烂纸昏墨之余,九原可作,地起泥香,庸讵知史亡而后诗作乎?是故景炎、祥兴,宋史且不为之立本纪,非《指南》《集杜》,何由知闽广之兴废?非水云之诗,何由知亡国之惨?非白石晞发,何由知竺国之双经?陈宜中之契阔心史,亮其苦心;黄东发之野死宝幢,志其处所,可不谓之诗史乎?①

依黄宗羲之见,诗可以"补史之阙",正是因为有《指南》《集杜》等诗文集的存世,才让我们对当时国家之兴废有了感同身受的了解,"水运之诗"的存在,让我们知道了亡国之惨痛,并举出陈宜中、黄东发之例,来说明他们所具有的"诗史"意义。可以说,黄宗羲的这种"以诗补史"的观念与王猷定"诗以纪史"的诗歌观非常相似,虽然王猷定没有明确提出"以诗补史"的论点,但是他的这一诗学观念在当时来看已经具有一定的前瞻意义。王猷定比黄宗羲年长十一岁,虽然现在没有直接证据表明黄宗羲思想的形成是受到了王猷定的启发,但是正如罗宗阳所说:"因为王猷定比他们年长,当顾(炎武)、黄(宗羲)、王(夫之)名声大盛之时,王猷定早已出道,王猷定的这种思想的出现至少不会在他们三人之后,这是可贵的。"②

值得说明的是,王猷定诗歌理论中所主张的真性情和诗以纪史的功能并不是彼此孤立存在的,而是二者有机融合,互为表里。在《朱宁文邟上草序》中,他说:"夫作诗者,必知其地之山川人物与世代盛衰之故,其性情乃可得而言也。"③显然,王猷定不仅要求诗歌承载着纪史的功能,对诗人也有着更高的要求,认为诗人应该

---

① (清)黄宗羲:《南雷文定》(前集卷一),清康熙二十七年靳治荆刻本。
② 罗宗阳:《开清初散文风气之先的王猷定》,《南昌大学学报》2002年第4期。
③ (清)王猷定:《朱宁文邟上草序》,见陶福履、胡思敬编《豫章丛书》(集部十一),江西教育出版社2007年版,第35页。

对当地的风土人情和历史了如指掌,这样性情才会在此基础上受到浸润、熏染自然而得、散发而来,最终这些都会外化为诗歌呈现出来,如他认为朱宁文的诗"质而靓,婉而多风",能够得"性情之正",皆是源于其受到老师姜图南之影响,能够"洞然于古今"[①]之故。诗人能够将了然于胸的历史和真性情有机融合,方能使得所作的诗歌达到一个新高度,自成一个新境界。由此可见,王猷定不仅重视诗歌内容的丰富性、思想性,而且还重视诗人自身的能力。

综上,王猷定论诗注重"作诗之本""诗以纪史",认为诗人主体很重要,诗人的性格会对作品产生直接影响,作品是诗人性格的反映。同时,诗歌应该承载起记录时代变迁、国家兴衰的责任,相较于形式的整饬、工整,王猷定更重视诗歌的内蕴。可以说,王猷定的诗学思想具有一定的进步意义,就像是一粒种子孕育了后来诸如"以诗补史"等理论的发展、成熟。

第三节 王猷定诗歌题材及艺术特色

正如前文所言,受明末清初之际特殊的时代情势影响,王猷定一生大多数时间都漂泊在"路上",而且在漂泊的过程中,他常常借诗歌以抒情,表达彼时最真实的心境与情感,从他的诗中,也能感受到明清之际如他一样的众多文人处境的艰难。可以说,他的诗歌不仅深刻揭示了明清之际易代文人的窘迫与苦闷,而且也从侧面展现了百姓流离失所的真实生活,对彼时的社会、生活等都有真实、深刻的映照。"诗以纪史",王猷定不仅身体力行地践行着他的诗学思想,更让后人对那段历史有了更为深刻、直接的感受。所以,他的诗歌不仅会为人带来审美上的愉悦,也会让后人对那段风云变幻的历史有更多深刻的思考。综观王猷定的诗歌,至少半数是行旅诗,

---

[①] (清)王猷定:《朱宁文邗上草序》,见陶福履、胡思敬编《豫章丛书》(集部十一),江西教育出版社2007年版,第35页。

这也是本节将着重研究的对象。除行旅诗以外，王猷定的诗歌还涵盖了酬唱诗、祝寿诗等不同的诗歌题材，本节将结合作品论析之，以揭示王猷定诗歌的风貌，对明清之际文坛有更深入的体察。

一 行旅诗：慨行路之难，诉飘零之苦

王猷定一生南北游走，许多地方都留下了他的印迹，加上其"遇佳山水游览忘倦，或足迹所至，见前代兴亡诸成败迹，辄慷慨悲歌，流连凭吊，必抒写其胸怀而后止"①的性格，留下了大量行旅诗。关于行旅诗，有学者这样描述："一般来说，行旅诗主要反映行旅生活，书写行旅过程中的见闻，行旅是行旅诗的基础，没有行旅也就没有行旅之作。当然行旅诗不是对行旅生活的简单纪录，而是要书写行旅者行旅过程的思想、情感和审美情趣，是对行旅生活进行艺术呈现。"②笔者基本认同这样的概括。考察王猷定的行旅诗，便会发现，这些诗有对自然风景由衷的赞叹，亦有触景生情，诉说飘零之苦；有对当时战争的描写，亦道出战乱带给自己和家人的影响；同时表达出王猷定对故乡、亲人的无限思念之情，这些均构成了王猷定行旅诗的基本风貌。

（一）借自然风光以抒怀

在王猷定的行旅诗中，不乏记录各地不同的风景，大自然的鬼斧神工之作，如庄严肃穆的大人峰："咄咄慎威仪，胡为兹石在？见之使我惊，苍然无世态。"③但更多的是借自然风光抒发自己的感情，如五律《招隐寺》：

处士当年宅，苍然古木存。双泉明落日，独寺望寒村。炊晚僧归院，钟鸣虎过垣。行行吾自适，高隐不须论。④

---

① （清）王玫：《四照堂集序》，《四照堂诗文集》，清康熙二十二年刻本。
② 赖燕波：《论查慎行的行旅诗》，《学术交流》2013 年第 2 期。
③ （清）王猷定：《大人峰》，见陶福履、胡思敬编《豫章丛书》（集部十一），江西教育出版社 2007 年版，第 168 页。
④ （清）王猷定：《招隐寺》，见陶福履、胡思敬编《豫章丛书》（集部十一），江西教育出版社 2007 年版，第 181 页。

招隐寺是在南北朝时期著名音乐家、书法家戴颙的私宅基础上改建而成,寺内不仅有虎泉亭、珍珠泉等名胜古迹,而且风景秀美,尤以秋日红叶著称,著名的《昭明文选》即是在此编撰而成。面对如此美景,王猷定却感受到了另外一番景象:当年戴颙的宅第、古木犹存,可是主人早已不在,只留下"独寺望寒村","独寺""寒村"的意象不由让人心头涌入丝丝凄凉,落日后僧人回来,钟声伴随着老虎走过城垣,颓败之相浮现眼前,更无须再论"高隐"了。王猷定没有侧重美景的描绘,而将笔力倾注在"独寺"荒丘之上,这显然是作者主观情感的外在显露。王猷定受战乱的影响被迫在外漂泊,其心境定难平复,因此他的诗歌才会呈衰颓之势,给人以沉重感。他的其他写景诗亦是如此,如下面三首:

大江东北望,半壁下孤城。古寺风烟积,春涛日月生。人稀同石静,帆远觉潮平。五夜招提梦,三山空外行。[1]

黄鹤山南路,无僧亦可留。也知前境窄,不禁数峰幽。谷鸟随风乱,沧江何处流?花边春渐老,莫上杜鹃楼。[2]

孤峰百里见,身到识阴晴。满地江风动,如闻庙鼓鸣。苍云连海暗,骇石接沙平。九载登临后,空山草又生。[3]

这三首诗诗题分别是《北固山》《鹤林寺》《金山寺》,从诗题可知,这几首诗皆是王猷定游此地、观此景而作。与多数写景诗清新、明快的风格不同,王猷定的这几首诗基调沉郁,分别用了"孤城""古寺""幽峰""谷鸟""孤峰""苍云"等意象,寓繁于简,将自己的情感深寓于自然的景物之中,同时运用衬托的手法,揭示

---

[1] (清)王猷定:《北固山》,见陶福履、胡思敬编《豫章丛书》(集部十一),江西教育出版社2007年版,第181页。

[2] (清)王猷定:《鹤林寺》,见陶福履、胡思敬编《豫章丛书》(集部十一),江西教育出版社2007年版,第181页。

[3] (清)王猷定:《金山寺》,见陶福履、胡思敬编《豫章丛书》(集部十一),江西教育出版社2007年版,第181页。

了自己行旅中的困顿、孤独之感。其他的诗歌如《登燕子矶》《宿白云庵》等亦如此。与此同时，他也记录下了某些古迹的破败不堪，抒发了一己之怀，如历史悠久之阜城：

> 莫问祖龙辔，嵇琴亦不闻。智愚千载事，今古一溪云。寒鸦啼荒井，枭狐啸野坟。往来多涕泪，几诵芜城文。①

这是一首五律，首联的描述即充满伤悲，嵇康的琴声已经无法听到，更别提祖宗的龙辔了；接着颔联写千古之事，今日也只是化作一抹云烟罢了，对于古今之事充满了无可奈何，借古喻今；颈联进一步写到了现实之荒颓，"寒鸦""荒井""枭狐""野坟"等意象让人毛骨悚然、不寒而栗，使人不自觉地联想到"风萧萧兮易水寒"之句，时间一去不复返；尾联回到现实，写到自己见到此情此景的悲苦之情，古迹犹存，可惜昔人早已不在，唯有"涕泪"留。整首诗"沉郁萧森"②，用诗歌记录下阜城的历史变迁，借史咏怀，颇具"诗史"性质。王猷定借阜城之古今对比揭示自己内心对明亡的悲痛之情，很显然，此处的"阜城"已经被写作主体赋予了深深的主观色彩，是他彼时心境的真实、深刻呈现。可见，王猷定对名胜古迹的描写并不仅仅局限于其自身的秀美风光，更多的是将其个人体验与家国之思融入其中，具有鲜明的时代烙印，他的行旅诗也因此更富于内涵和深度。

（二）深感行路之难，尽显悲苦之情

在王猷定不断漂泊的过程中，受到战乱侵扰是常有的事，所以在他的诗中常常出现描写战争的场景，如《登军山顶，至西南诸庵，访罗汉，不值，两看山茶花》中"北望烟火浓，悲哉见城郭"③ 之

---

① （清）王猷定：《阜城》，见陶福履、胡思敬编《豫章丛书》（集部十一），江西教育出版社2007年版，第176页。
② 徐世昌编，闻石点校：《晚晴簃诗汇》卷十八，中华书局1990年版，第532页。
③ （清）王猷定：《登军山顶，至西南诸庵，访罗汉，不值，两看山茶花》，见陶福履、胡思敬编《豫章丛书》（集部十一），江西教育出版社2007年版，第166页。

句，让我们仿佛嗅到了战场硝烟的味道，能见到城郭，就意味着城中一定有平民百姓，王猷定为他们受到无辜的伤害感到悲伤。《穷天》中"苕苇难巢梦，兵戈又别群。心瘝尝裹药，仆智愿从军"①之句，描绘了当时国破家灭、兵戈满地的情形，并表达了王猷定痛心疾首，宁愿投笔从戎的复杂心情。《舟过如皋怀山松》中"海隅闻战鼓，卤地少春花"②一句道尽战争带给自然、人类的灾难。再如《游上方寺得门字》诗："十里江帆到寺门，春风何处不伤魂？残碑古字留人代，废井苍苔照短垣。墓下鸟耕芳草路，酒边牛散夕阳村。萧条翻爱凭荒墅，城郭疮痍未可论。"③残垣断壁，夕阳照耀下的村庄更显荒凉，满目疮痍，战争种下的苦果显而易见。在描写战争的同时，他也写到了战乱带给自己和家人的影响，如《己亥七月，移家卢家堡，舟中即事》一诗，诗云：

乱离曾几日，两度出严城。国难轻妻子，时危重甲兵。鸟飞赤羽急，月照白江明。茅舍三更梦，茫茫野水声。④

首联写短短几天之内，就要被迫两次逃离戒备森严的城池，足可以见出战乱的频繁。紧接着颔联写出这种频繁战乱带给妻子、儿女、家庭的影响，颈联进一步借助鸟飞的急骤来刻画出战争带给人的措手不及、动荡不安，空留下明月照着澄明的江水。尾联升华主题，慨叹人生多变、世事无常，只剩下流水的声音，孤凄之感可以想见。全诗借助"飞鸟""明月"等意象，有动有静，动静结合，全方位地展现了自己行路之艰难和在逃亡过程中的悲苦之情。再如

---

① （清）王猷定：《穷天》，见陶福履、胡思敬编《豫章丛书》（集部十一），江西教育出版社 2007 年版，第 176 页。
② （清）王猷定：《舟过如皋怀山松》，见陶福履、胡思敬编《豫章丛书》（集部十一），江西教育出版社 2007 年版，第 189 页。
③ （清）王猷定：《游上方寺得门字》，见陶福履、胡思敬编《豫章丛书》（集部十一），江西教育出版社 2007 年版，第 203 页。
④ （清）王猷定：《己亥七月，移家卢家堡，舟中即事》，见陶福履、胡思敬编《豫章丛书》（集部十一），江西教育出版社 2007 年版，第 191 页。

《济阳旅宿》一诗：

> 一剑荒城外，人家半掩扉。梁尘飞破釜，马枥卧群豨。何处青春醉？空怜蛙蟥衣。兵声不聊寐，寒雨况霏霏。①

此诗写了王猷定在济阳寄宿时的场景，荒城之外，好不容易找到了一户人家，推开虚掩的柴门，却看到了满屋飞扬的尘土，闲置许久的马槽，这让他不由得想起了年少时的梦想，可惜今日只剩下身上穿的衣服，对照鲜明，远处不断传来兵士的声音让自己无法入睡，只听得外面冰冷的急雨的声音。全诗荒凉破败的景象背后深掩着作者无家可归的凄怆之感，旅途劳顿，孤苦无依。王猷定用他的诗歌不断吟唱着行旅之中遇到的种种困难，倾诉途中之苦。清人王玠说王猷定"诗不泥于古而神似少陵"②，徐世昌《晚晴簃诗汇》评价王猷定的诗歌"沉郁萧森，五言近体雅近杜老乱中诸作"③，当是针对王猷定这类题材的诗歌而言，评价较为中肯。类似的还有《涿鹿道中》"风尘伤老大，髀骨瘦征衣"④、《杜桥语章甫》中"一路春烟候，灵风动旅魂"⑤、《宿献县》中"荒闶傧秋草，寒光趁铁衣"⑥、《舟泊杨子桥》中"塔影眠寒水，溪声走断桥"⑦、《京口晤苍略》（其二）中"几日淮南棹，扬州复润州"⑧、《宿白云庵》中"寒灯

---

① （清）王猷定：《济阳旅宿》，见陶福履、胡思敬编《豫章丛书》（集部十一），江西教育出版社2007年版，第176页。
② （清）王玠：《四照集序》，《四照堂诗文集》，清康熙二十二年刻本。
③ 徐世昌编，闻石点校：《晚晴簃诗汇》卷十八，中华书局1990年版，第532页。
④ （清）王猷定：《涿鹿道中》，见陶福履、胡思敬编《豫章丛书》（集部十一），江西教育出版社2007年版，第175页。
⑤ （清）王猷定：《杜桥语章甫》，见陶福履、胡思敬编《豫章丛书》（集部十一），江西教育出版社2007年版，第175页。
⑥ （清）王猷定：《宿献县》，见陶福履、胡思敬编《豫章丛书》（集部十一），江西教育出版社2007年版，第176页。
⑦ （清）王猷定：《舟泊杨子桥》，见陶福履、胡思敬编《豫章丛书》（集部十一），江西教育出版社2007年版，第177页。
⑧ （清）王猷定：《京口晤苍略》，见陶福履、胡思敬编《豫章丛书》（集部十一），江西教育出版社2007年版，第182页。

寂照梦难成，但觉逢僧尚有情"①等诗句，道尽了行旅过程中的种种艰辛和不易，尽显悲苦。

（三）对故乡和亲人的无限思念之情

经常在外行走，王猷定常常触景生情，回想起自己的故乡，如当他在山中听到山雉的鸣叫声时，即作《雉雏曲》一首，表达自己的心声，诗云：

> 山中闻雉雏，起我故山心。饮啄一何适？顾盼非旧林。北山有张罗，幽谷无鸣禽。兹山一水隔，草木遂能深。山雉知我闲，耿介发长音。拂彼南山石，可以弹素琴。琴心在千里，声落海山岑。回头顾彩翮，灭没不可寻。②

在异乡的山峰中听到山雉的叫声，勾起了王猷定对家乡的无限思念，看山雉到哪里去饮水啄食呢？回眸一望，并非是家乡的山林。北山有网，幽静的山谷听不到鸟鸣声，这座山只有一水之隔，山雉仿佛知道了"我"现在无事可做，故意发出"耿介"的声音，"我"擦拭着那里的石头，弹琴一曲，可是"琴心"却远在千里，声落之后山里再次回到寂静，回头欲复看山雉的模样，可惜早已无法找到踪迹。"雉之耿介，鸠之守拙"③，山雉天性耿直，王猷定本想多看它几眼，多听一会儿它的叫声，都变得异常奢侈，更别提何时能回到家乡了。全诗围绕"雉雏"表达了自己对"旧林"——故乡的思念之情，是王猷定浓浓乡情、款款心曲的浅吟。再如《安禅自豫章来，分惠武夷茶口号》二首：

> 十年梦断武夷茶，今日才烹倍忆家。记得新时开箬篓，家

---

① （清）王猷定：《宿白云庵》，见陶福履、胡思敬编《豫章丛书》（集部十一），江西教育出版社2007年版，第197页。

② （清）王猷定：《雉雏曲》，见陶福履、胡思敬编《豫章丛书》（集部十一），江西教育出版社2007年版，第167页。

③ 王国轩，王秀梅：《呻吟语正宗》（上），华夏出版社2014年版，第237页。

家汲水到龙沙。

　　一盏微香对夕阳,幔亭云气满衣裳。如何闽海三千里,叶叶春风过故乡。①

这是两首绝句,从诗题可以看出是有朋友从家乡来,并带来了武夷茶,王猷定非常高兴,有感而发,直抒胸臆,提笔作下了这两首诗。第一首前半部分写自己在异乡品茗到了从前常喝的茶水,更加回忆起自己的家乡,后半部分回忆起新茶刚下来时"家家汲水到龙沙"的场景,王猷定沉浸在对故乡亲切的回忆之中。第二首王猷定回到现实,前半部分写道面对夕阳饮茶时的情景,茶香四溢,空气中处处弥漫着这种气息,后半部分写不管闽海地带有多遥远,丝丝的春风都必须经过故乡方能吹到自己身边。总体而言,这首诗的情调较王猷定的大部分诗歌而言相对轻松,可以说具有一定的代表性,王猷定通过故人带茶这一事件唤起了他对故乡满满的、温馨的回忆,并从回忆逐渐走到现实,虚实相生,格调悠闲,寄托着他对家乡的无限思念。其他诗歌如《漫兴》中"思归不为愁衾薄,已有寒风咽暮潮"② 等诗句也都在娓娓诉说着他的这种思乡之情。

二　酬唱诗:自我情感的抒发

关于酬唱诗,吕肖奂、张剑在其《酬唱诗学的三重维度建构》一文中做出如下释义:"除了独抒情志的孤吟或独吟诗歌,一切与人际关系相关的诗歌都是酬唱诗歌。换种说法,酬唱诗歌就是诗人之间各种关系的艺术或诗意书写,也就是既具有交流性而更具有交际性的诗歌"③ 考察王猷定的酬唱诗,不难发现,除了具有吕肖奂、张

---

① (清)王猷定:《安禅自豫章来,分惠武夷茶口号》,见陶福履、胡思敬编《豫章丛书》(集部十一),江西教育出版社2007年版,第210页。
② (清)王猷定:《漫兴》,见陶福履、胡思敬编《豫章丛书》(集部十一),江西教育出版社2007年版,第206页。
③ 吕肖奂、张剑:《酬唱诗学的三重维度建构》,《北京大学学报》(哲学社会科学版)2012年第2期。

剑所说的"交际性"以外,还主要具有以下两方面的特征。

(一) 内心情感的真挚表达

酬唱诗因其具有"交际性"的特殊属性,这也就决定了酬唱诗容易流于形式,常常为了应制而作,缺乏真情实感。但是观王猷定的酬唱诗,并没有无病呻吟之态,而是常常借助与友人唱和之作抒发自己内心最真实的感受。诚如王国维所言:"一切景语,皆情语也。"① "以我观物,故物皆着我之色彩。"② 王猷定的许多酬唱诗即是如此,打上了作者彼时鲜明情感的烙印。如《闰三月十九日,闇衣招集螺舟北园二首》:

> 微雨当初夏,园林忽似秋。感此今何日?敷天有闰愁。气候变寒暄,草木不自由。朝影撑东墙,暮逐水西流。客心能无悲?百鸟正啁啾。飞鸣岂不乐?耻彼稻粱谋。不见池上禽,卑栖各有俦。
>
> 我来杨柳黄,今日见飞絮。飞絮才沾衣,转盼流水去。芭蕉抽新条,剥落弃其故。新条虽可喜,故根委何处?念兹白发生,能不谋欢聚?王子穷且豪,脱衣事酒醑。狎坐四方人,飘零无一遇。我忧与昼长,胸行万里路。日光飏野马,乘空飘且住。日落何所依?悲风在孤树。(其二)③

初夏的清晨,下起小雨,这本应该给人带来一丝清凉的喜悦感觉在王猷定看来却似秋天,更有不知今日是何日、恍若隔世之感,徒增愁情。一年四季变化本是自然规律,亦是常态,诗中却说为草木带来了不自由,很显然,王猷定此处是借"草木"以自喻,天气的变化比喻国家的动荡不安,国家动荡不安导致自己有家不能回,四处漂泊,颇为不自由,能够朝夕陪伴自己的只有影子,客寓他乡,

---

① (清) 王国维:《人间词话》,上海古籍出版社1998年版,第34页。
② (清) 王国维:《人间词话》,上海古籍出版社1998年版,第1页。
③ (清) 王猷定:《闰三月十九日,闇衣招集螺舟北园二首》,见陶福履、胡思敬编《豫章丛书》(集部十一),江西教育出版社2007年版,第169页。

内心无比悲伤，百鸟在叫，他们能够飞鸣难道不快乐吗？只是自己耻与他们为谋罢了。此处王猷定用"飞鸣"的"百鸟"暗讽那些不坚守民族气节之人，并明确表达了自己不屑与他们为伍的情感，无论是"飞鸣"的"百鸟"，还是"池上禽"，都各有各的伴侣，如此而已。王猷定刚到这里的时候，还是春天，杨柳刚刚泛黄，转眼间已是飞絮满天，无奈飞絮刚刚沾衣，即随流水而去，芭蕉生长出新条，虽然可喜，但却不知将根安放在何处，此处王猷定又借"芭蕉"比喻自己无家可归之感，就在这物换星移之中，可怜白发生！虽然想追随太阳奔跑，可是日落之后仍然不知所依，"孤树"一词衬托了无限悲凉。这首诗本是王猷定应友人之邀，游览螺舟北园所作，可是在诗中却没有看出作者与友人共赏美景的闲适心态，相反，他运用了"草木""百鸟""池上禽""杨柳""飞絮""芭蕉""孤树"等多个意象，借景抒情，托物言志，展现了自己坚定不移的遗民心态和孤单的心境。

　　王猷定的其他酬唱诗如《和韵酬鵙林赠别三章》（其一）："贫交惟我友，相背复南行。古道高云照，荒心野水鸣。诗书真糷齑，草木盛戎兵。别后通君意，湖山空外声"[1] 一诗，即用"古道"、"荒心"等意象展现了王猷定旅人之心无处安放的心境。梁以樟曾在清初"自筑忍冬轩，日与张斑、孙尔静讲学其中，四方之士，若阎尔梅、王猷定、刘纯学、崔干城、僧松隐暨其乡人王世德父子，时时过以樟剧饮，慷慨激昂，继以涕泣"[2]，联想到王猷定《赠鵙林梁公序》一文中曾提及他和梁以樟望拜明孝陵，且痛哭流涕之举，可知此段记载所言不虚。此诗中颈联"诗书真糷齑，草木盛戎兵"句生动揭示了明末动荡、草木皆兵之下，饱读诗书的士人在夹缝中生存的艰难。尾联"别后通君意，湖山空外声"一句既诉说了与梁以

---

[1] （清）王猷定：《和韵酬鵙林赠别三章》，见陶福履、胡思敬编《豫章丛书》（集部十一），江西教育出版社 2007 年版，第 178 页。

[2] 邹博主编：《二十四史》，线装书局 2010 年版，第 5217 页。

第五章　王猷定的诗歌创作　233

樟分别后的感情，又巧妙地照应了前文，真实、生动地诠释了国家分崩离析之际对王猷定、梁以樟等为代表的个体士人的影响。《和韵酬鶺林赠别三章》（其二）中"白发殊难料，素心忍更违。海音喧日夜，静听此中希"①之语更是道出了虽然世事无常，但是王猷定还是希望从喧闹中看到未来的款款心曲，隐隐的彷徨与忧虑浸润其中，从中也可以感受到王猷定渴望过上平静的生活，不断"在路上"并不是他人生的自由选择，其中的艰难与困顿可想而知，这实际上也反映出明清之际诸多士人内心难以言说的悲苦。可以说，王猷定的处境与对未来的期待在某种程度上也代表了由明入清多数士人的心声，颇具典范意义。《和韵酬鶺林赠别三章》（其三）："独影残阳外，浮沉泾水鹭。蒙戎赡紫气，鞿鞿老华鞿。丛桂劳人梦，雕云望不齐。同君詹尹卜，莫辨路东西。"②这首诗开篇即创造出形单影只之意境，并以"鹭"自喻，人生浮沉，很多风向个人无法掌握，面对不得不与梁以樟分别的事实，王猷定以"同君詹尹卜，莫辨路东西"相赠，劝慰友人的同时又何尝不是在劝慰自己？其中无法掌控未来的无力感跃然纸上，不免让人一声叹息。通过这首组诗，可以看到王猷定的酬唱诗固然有"交际性"的意味，但更多地是其中渗透出王猷定真实、复杂的心境，这也代表了一代文人真实的历史处境，有着其独特的历史价值和意义。

王猷定的其他诗歌，如《送仲木之扬州，余亦移家高邮，仍用前韵》中："茫茫春气内，不辨鸟禽声"③之句；《酬蜀中杨青石》中"石梁烟水阔，剑阁虎狼愁"④之句；《光岳楼社集酬朱宁文》

---

① （清）王猷定：《和韵酬鶺林赠别三章》，见陶福履、胡思敬编《豫章丛书》（集部十一），江西教育出版社2007年版，第178页。
② （清）王猷定：《和韵酬鶺林赠别三章》，见陶福履、胡思敬编《豫章丛书》（集部十一），江西教育出版社2007年版，第178页。
③ （清）王猷定：《送仲木之扬州，余亦移家高邮，仍用前韵》，见陶福履、胡思敬编《豫章丛书》（集部十一），江西教育出版社2007年版，第178页。
④ （清）王猷定：《酬蜀中杨青石》，见陶福履、胡思敬编《豫章丛书》（集部十一），江西教育出版社2007年版，第180页。

中:"老树惊风雨,高楼自古今。酒酣休感慨,刻烛见升沉"①等皆是借景抒情、托物言志之作,无不渗透着自己漂泊无依与世事沧桑的复杂心境。可见,虽然这些诗篇均是酬唱之作,但王猷定没有仅仅局限于酬唱诗的"交际性",而是集中展示出他内心真实的情感世界,独具特色。

(二)诉说孤独,追思故园

与许多人的酬唱诗流连于诗酒、风雅唱和不同,王猷定的酬唱诗中常常诉说着自己的孤独、愁情。在他的诗中,"孤"、"独"成为醒目的字眼。如《和韵酬刘远公广陵见赠二首》:

见尔容初瘠,伤予久白头。苦从三世好,换作一人愁。夜雨怜孤寺,重云黯客舟。忍商归槖事,凄绝是南州。

旧巷谁经过?难为去住心。孤帆江路渺,春草寺门深。金尽当衰俗,哀多莫苦吟。那堪更飞雪,与汝各分襟。②

"孤寺"、"孤帆"等词尽显王猷定的孤独之感,"重云"、"飞雪"等意象的运用为二人的分别增添了灰色、沉闷之感。"夜雨怜孤寺,重云黯客舟"之语无疑将王猷定的孤独之感表现得极为深刻。"夜雨"、"重云"本是极为正常的自然现象,但是在王猷定客寓他乡、独居"孤寺"之际着重强调,就使得这寻常意象变得不寻常。很显然,王猷定已经将其赋予了极强的象征意义。"旧巷谁经过?难为去住心"诉说着王猷定对故园的思念,想回又回不去的愁情萦绕其中,剪不断,理还乱,正所谓"哀多莫苦吟",其中难以言说的哀苦可想而知。再如《坤五先生赠西佩诗索余和韵二首》:"三洲旧梦鼓钟瘖,片月孤飞海外禽。江上鲤鱼才一字,枕边珠树已千林。乾坤身老何年历?清浊波澄此日心。泪尽同贫方作客,几株残木且秋

---

① (清)王猷定:《光岳楼社集酬朱宁文》,见陶福履、胡思敬编《豫章丛书》(集部十一),江西教育出版社2007年版,第186页。

② (清)王猷定:《和韵酬刘远公广陵见赠二首》,见陶福履、胡思敬编《豫章丛书》(集部十一),江西教育出版社2007年版,第188页。

寻"、"瓠子河边万木瘖，苍茫何处绕孤禽？江云藜火牵秋梦，蔓井蛛簃黯故林。世事只看明镜鬓，干戈犹剩古交心。鸠兹正有黄柑酒，咫尺烟波不可寻。"① 两首诗中均出现了"孤禽"的意象，由此可见王猷定孤独之感的深切，故国已去，只留下"孤禽"、残月，天下之大，却不知身在何处，"江上鲤鱼才一字，枕边珠树已千林"颇有天上只一日，人间已千年的味道，国家动荡不安，而自己却无能为力，于是他发出了"清浊波澄此日心"、"世事只看明镜鬓，干戈犹剩古交心"的心声，表明了自己的款款心曲，清者自清，他宁愿选择这种难以承受的孤独，也不愿随波逐流。其他类似的还有《次韵别瘖明》一诗，诗云：

  廿年击剑老相如，风雨来寻杨子居。白眼看人三斗泪，黄衫授我几行书？
  莲峰雁冷江涛阔，萤苑霜残岸柳疏。别后酒醒何处梦？高天渺渺独愁予。②

"残霜"、"疏柳"意象的运用让读者切身感受到了二人分离时的悲伤，"别后酒醒何处梦？高天渺渺独愁予"，再次展现了王猷定酬唱诗中时常出现的孤独、愁情主题。当然，在王猷定的酬唱诗中，也时常渗透出自己对明朝的思念之情，这种感情于王猷定而言是永远无法割舍的。如《酬姜汇思留别步韵》诗："广陵散后楚声悲，古调泠泠奏此时。满座宾朋依北海，临舠风雨忆南皮。六桥旧梦秋云远，一雁新惊物候移。极目沧江无限意，莫攀堤柳赋将离。"③ 故国旧梦已渐行渐远，物换星移，留下的仅仅是自己面对江水时无限

---

  ① （清）王猷定：《坤五先生赠西佩诗索余和韵二首》，见陶福履、胡思敬编《豫章丛书》（集部十一），江西教育出版社2007年版，第194页。
  ② （清）王猷定：《次韵别瘖明》，见陶福履、胡思敬编《豫章丛书》（集部十一），江西教育出版社2007年版，第195页。
  ③ （清）王猷定：《酬姜汇思留别步韵》，见陶福履、胡思敬编《豫章丛书》（集部十一），江西教育出版社2007年版，第205页。

的哀伤。综合考察王猷定所处的时代和他的家世、性格，就会理解王猷定酬唱诗中出现如此多的复杂情愫的原因，诚如巩本栋所说："诗歌创作是必须有所感触才作得好的，然这种感触并不只限于创作之一时一地的感触，而且还包括着诗人过去曾感受过的外界影响的总和，即过去的全部生活和心理经验。如果诗人确有足够的体验和认识储存于大脑之中，并曾对之作过必要的酝酿加工，那么在唱和之时，他完全可以将其调动起来，有所感、有所为，创作出好作品。"① 很显然，王猷定一生经历非常丰富，少年时期即随父游览了祖国的许多地方，改朝易代之后，风景犹在，可惜物是人非，于他而言，这种鲜明的对比会比其他人更直接，也更强烈，所以他的这些发自内心的诗篇才更能打动后人，并让后人透过他的这些诗篇对明清之际人们之间的交往、当时士人的心灵世界有更直观、深入的了解。

三　祝寿诗：少恭维，重史实

祝寿诗常常因为容易陷入阿谀奉承之窠臼而不受研究者重视，甚至是偏见。但是观王猷定之祝寿诗，其典型特征之一就是较少直接用恭维之词且不会一味地赞美，而是根据所寿对象选择合适的方式进行创作，主要表现为结合史实烘托、凸显寿星的品行和用典与叙事结合，为寿星作寿两个方面，是王猷定诗歌创作中又一个较有特色的诗歌类型。

（一）融史实入诗，展遗民心态

王猷定的祝寿诗很少平铺直叙，直接表达对所寿对象的诸种赞美之词，而是有目的性地撷取相关史实，巧妙融入诗歌中，不仅烘托、凸显出所寿对象的品行，更彰显出其对史实的看法及遗民心态。典型如《刘太夫人节寿诗》：

贞松柏之友，凤停鸾乃翔。同类自森标，匪彝表伉俪。珈

---

① 巩本栋：《关于唱和诗词研究的几个问题》，《江海学刊》2006 年第 3 期。

笄象山河，徽柔协琴瑟。坤仪溯所司，延胡永年配。水流石不泐，蓊郁山有礌。维我读国史，家乘旁搜记。时当神庙中，蟠木有双蒂。曰予先显考，盘错皆远器。同升竭明堂，轩冕皆瑞玼。玄黄门户割，清泾矢不二。谁能号东林，不避豺虎噬。国事渐苞稂，中外蛊元气。梁黍窃空螳，云台徒掩涕。归欤讲席开，吾道存衣带。饮水咏离骚，排闼叫忠义。丹铅星斗殿，山鬼拜萝薜。至今深夜吟，恍惚雷电出。鹿门有敝庐，寒流抱冲閟。揭来剡溪船，枯雪静言对。麦饭共瓦盆，箕帚恒坐地。想其渊泊心，犹嫌紵缟赘。是时海甸宁，三纲赖扶揭。乾坤欻野马，梁木正深嘒。沧乾烽火燃，皮骨无地憩。藐姑予小子，飘流离宾屦。释箨问龙门，冰壑留庭砌。登堂觐肃雍，母也仍象掮。闻咳阒不闻，纬恤有馀忾。再拜欲夫声，哽咽倾倒际。豁达类彭衙，乱离呼兄弟。我翁谱而翁，而母即予媺。振振列闻孙，酾酒各相媚。艰难愧深情，犹子乏甘毳。日月磨铜丸，鬓丝终夜织。潞瀡见乳血，凛然风化视。抚兹念往史，典刑勤瘝寐。介母肃不言，霜柯压百岁。[1]

刘太夫人为刘近思之母，刘近思之父刘永澄（约1570—1619）与王猷定之父"同年立朝"[2]，王猷定直接称其为"年家兄弟也"[3]，可见其与刘近思关系之亲近。因在诗歌前王猷定有"近思征诗寿母"[4]之语，可知此诗是应刘近思之请而作。虽然是应邀而作，但是王猷定丝毫没有因两家之特殊关系而说祝寿诗常用的套话，而是结合史实、环环相扣地写出刘太夫人的与众不同。诗歌开篇"贞松柏

---

[1] （清）王猷定：《刘太夫人节寿诗》，见陶福履、胡思敬编《豫章丛书》（集部十一），江西教育出版社2007年版，第162页。
[2] （清）王猷定：《刘太夫人节寿诗》，见陶福履、胡思敬编《豫章丛书》（集部十一），江西教育出版社2007年版，第161页。
[3] （清）王猷定：《刘太夫人节寿诗》，见陶福履、胡思敬编《豫章丛书》（集部十一），江西教育出版社2007年版，第161页。
[4] （清）王猷定：《刘太夫人节寿诗》，见陶福履、胡思敬编《豫章丛书》（集部十一），江西教育出版社2007年版，第161页。

之友，凤停鸾乃翱。同类自森标，匪彝表伉俪"之语可谓是意味深长，为全诗定下基调。紧随其后，王猷定写下了"珈笄象山河，徽柔协琴瑟。坤仪溯所司，延胡永年配。水流石不勒，蓊郁山有礌"句，大气磅礴，对刘太夫人的赞美隐于字里行间，虽未有直接夸赞之词，但刘太夫人的"坤仪"、"山河"般的大家风范扑面而来，让人感觉到刘太夫人绝非一般女子，而是有着大江大河般的胸怀，读者不得不对其肃然起敬，王猷定祝寿诗之巧妙初见端倪。紧随其后，王猷定很自然地将笔锋引入到国事中来，可见王猷定虽为布衣，但却胸中有丘壑，"谁能号东林，不避豺虎噬。国事渐苞稂，中外蛊元气"隐晦地提及了东林党与阉党之间的争斗，并表达了对阉党的不满，将自己的感情与立场隐含其中。"饮水咏离骚，排阊叫忠义。丹铅星斗殷，山鬼拜萝薜"痛斥阉党的同时，提及《离骚》，念及屈原，其用意已十分明显，虽为祝寿诗，但却巧妙将这些史实融入其中，一方面赞扬了刘太夫人的非比寻常，另一方面表现出他支持东林党的鲜明立场及对阉党"豺虎"般嚣张气焰的不满。

正如前文所说，刘近思之父为东林党人，所以王猷定此言是较有针对性的，绝不仅仅单纯是对刘太夫人的赞美，更是对东林党立场的肯定。尤其是"至今深夜吟，恍惚雷电出"之语绝妙至极，可见屈原的爱国之态对王猷定的深刻影响，如夜空中的一道雷电让王猷定时刻保持清醒，并帮助他做出人生选择。可即使是他想隐居"鹿门"，淡泊宁静，在明清之际的动乱中也难以实现，他发出了"沧乾烽火燃，皮骨无地憩"的喟叹，无奈、绝望之情溢于言表，天下之大，却没有一块容身之地。在这样一种艰难的生存背景之下，刘太夫人柔顺、和善之妇德尤显可贵。"日月磨铜丸，鬓丝终夜织。潲瀡见乳血，凛然风化视"，刘太夫人勤劳、坚韧的美好形象呈现在读者面前，无声胜有声。尾句"介母肃不言，霜柯压百岁"照应开篇，韵味悠长。综观全诗，没有一句"千秋百岁"、"万寿无疆"之类的言辞，也没有一般祝寿诗中出现的觥筹交错的盛大祝寿场面的夸张描摹，而是巧妙地穿插明末清初的史实，如万历时期的党争、当时国家的形势等等，融入太夫人的言行，从细节着手，以小见大，张弛有度，不禁让人感受到刘太夫人的高尚品行，带给读者以温情，如涓涓细流浸入读者的心田，沁人心脾。此外，还展现出王猷定对明清之际时势的认识及其遗民心态，这对于研究明清之际文人心态大有裨益。由是可见，王猷定的这种祝寿方式是独特的，虽然全诗没有一处直接描写贺寿道喜的字样，但是太夫人慈祥、和蔼的性格特征读者已能感受得到，这种方式不落俗套，甚至显得更为真诚，颇有司空图所说的"不著一字，尽得风流"的妙境。王猷定的其他诗歌如《寿王元倬六十》《寿李宗伯太虚先生》等亦如此。

（二）引经据典，旁征博引

除有目的地融入史实以外，王猷定的祝寿诗还有意引入相关的典故，与所寿对象的经历相融合，浑然天成、自然而然地表达出祝福之情，毫无矫揉造作之态。典型如《寿许太翁七十》一诗：

> 郁郁蜀冈松，潆潆邗江水。至人秘栖冲，穆然范视履。当其事呫哔，诗书薄糠粃。焚籍对古人，奇勋策良耜。义浓嗟何辜？而为簪缨浑。卜式椎无文，入粟拜夫子。一室有好爵，白云多微旨。黄山高嵯峨，灵光瞩其里。担簦缅昔游，高踪励展齿。我读睢阳传，翁世传青史。时事棘以艰，壮怀空抚髀。秋风吹燕雀，飞羽白猵猵。大厦迄未成，相率固营垒。不见鸿鹄雏，心期在万里。玄霜将戒涂，日月会龙尾。菌桂已零落，菊芳杂红紫。酌醴餐其英，为翁介繁祉。海气射扶桑，高堂日方始。①

该诗以四季常青之松树和无边无际之江水开篇，大气磅礴，令人心甘。接着王猷定很自然地融入《诗经》中《周颂·良耜》篇、西汉时期卜式的典故，运用白云、黄山等意象，顺理成章地过渡到述说许太翁的家世上来，"我读睢阳传，翁世传青史"一句犹见真

---

① （清）王猷定：《寿许太翁七十》，见陶福履、胡思敬编《豫章丛书》（集部十一），江西教育出版社2007年版，第164—165页。

情，王猷定不仅以此说明自己对许太翁是有所关注的，而且从艺术效果而言，通过说许太翁世代留青史之事来间接突出许太翁远比直接赞美要好很多。此后王猷定将笔锋转移到时事艰难、壮志难酬的事件上来，同时写到"秋风"、"燕雀"等意象，烘托出许太翁高远的志向。最后，王猷定又引用《诗经》《周颂·雝》篇中"绥我眉寿，介以繁祉"①的典故，一是寓示着许太翁乃多福之人，二是表达了自己对许太翁的祝福之意，可谓是一语双关，超越了传统祝寿诗的表现视角，可见其祝寿诗的独特。综观全诗，无直接祝寿之语，但是多处引用典故，旁征博引，表达了对许太翁长寿的祝贺之情。再如《寿辟疆四十》一诗：

我乡玉山郑太史，暗合囊篇见其纪。上溯文皇大典书，序自东林冒公始。经龙义虎星列陈，已识家尊偕令子。巨源尔公数晨夕，日走轻邮与密驿。读得鹡鸰第一篇，王佐才称遍江碛。君过洪崖我远游，翻我东湖露库格。我归君去邓尖山，郑鹧鸪声绕纷碧。十年愿扫舍人门，今日何繇降阡陌？古人不恒轻拜人，亦不容人轻一拜。陈徽庚衮辞未同，相逢讵便低冠紒？吴楚东南望见君，纷纷献紵赠缟带。古今白望殊足愁，芥楫尝横沧海流。未知辅嗣何所道，平叔谈端绪曷抽。松枝尘尾慢相捉，僧虔谁知善自谋？今见夷吾无复忧，始信士慕韩荆州。便坐树下与我语，不令拜止讵即休？听苗齿牙树晐颊，王伯衮衮轻公侯。平原信陵作声价，楼上美人笑蹴者。车骑朱门屠狗迎，珊瑚珠履空豪冶。易水东流麼羽声，荆卿剑术从来下。君身金粟文人慧，为粥于路待蒙袂。空筲涤釜倚苴桐，国人望君犹望岁。春申孟尝不数贤，何况清芬咏载世！能祝之寿寿一室，无祝之寿寿大荒。劝君碧琳之美酒，进君云璈之八琅。河翻渎泻岱岳

---

① 程俊英译注：《诗经译注》，上海古籍出版社2021年版，第840页。

倒，缚树为屋乐未央。游饮自晦适遇君，为君拍叠舞山香。千里渴人多醉色，餐风按剑羽翼张。①

此诗可以说是别开生面，几乎看不到祝寿诗中常用的套话，而是完全根据冒襄的实际情况而写。根据冒襄出生于万历三十九年（1611）推算，王猷定作此诗时当为顺治七年（1650），此时国家已经经历了沧桑巨变。王猷定开篇即提到了"上溯文皇大典书，序自东林冒公始"，因王猷定之父为东林党人，王猷定此言既拉近了与冒襄的距离，又彰显出其对东林党人的特殊感情，可谓一语双关，有着其特殊用意。随后又提到徐世溥、张自烈，以凸显冒襄的王佐之才。中间穿插"君过洪崖我远游，翻我东湖露库格。我归君去邓尖山，郑鹧鸪声绕纷碧"之语，以说明二人曾经错过见面，同时用"古人不恒轻拜人，亦不容人轻一拜"巧妙地将这一情况化解，并在后文引用了韩朝宗、平原君、孟尝君、春申君等诸多历史人物，来阐明他的观点和主张。可以说，此诗摆脱了祝寿诗固有的窠臼，言辞恳切，又不失为长者风范，有一定的代表性。

综上可见，王猷定的诗歌题材丰富又较富特色，清人饶宇朴说王猷定"诗律宗少陵，古体在晞发、席帽之间"②。谢翱（1249—1296），字皋羽，晚号晞发子，福州长溪（今福建霞浦）人。宋末著名的爱国志士，其诗沉郁悲愤，有《晞发集》③；王逢（1319—1388），字元吉，号席帽山人、梧溪子、最闲园丁，江阴（今属江苏）人，元末遗民。二人在诗歌创作上均取得了较大成绩。饶宇朴将王猷定与杜甫、谢翱、王逢相提并论，亦能从侧面证明王猷定诗歌的独特价值。

---

① （清）王猷定：《寿辟疆四十》，见陶福履、胡思敬编《豫章丛书》（集部十一），江西教育出版社2007年版，第170页。

② （清）饶宇朴：《四照堂集序》，见陶福履、胡思敬编《豫章丛书》（集部十一），江西教育出版社2007年版，第222页。

③ 王水照：《唐宋散文举要》，安徽师范大学出版社2014年版，第230页。

本章小结

　　王猷定的诗歌不仅真实记录了其在漂泊过程中的所见、所感，而且力透纸背地向我们展现了其真实的生存状态和心路历程，诚然，王猷定仅是历史狂潮中一朵小小的浪花，但是他诗歌中折射出的士人生存状态和心灵历程却是明末清初之际许多士人真实生活的生动写照，若想对清诗发展的历史"获得较为完备的整体认识，并不断清理去诸种偏见和偏嗜"[1]，离不开对这些个案的深入、细致研究，尤其是像王猷定这样生活在明清之际巨大社会变革中的文人，更应该得到应有的重视。对王猷定诗歌的研究，不仅对清诗研究大有裨益，更有益于后人真实地了解当时的文学、社会生态，并对其有一个公允的评价，为以后的诗学、史学研究均奠定有利基础，这也是研究王猷定诗歌意义的一个重要方面。

---

[1] 严迪昌：《清诗史》（上），人民文学出版社 2011 年版，第 2 页。

结　　语

　　王猷定作为明末清初易代之际著名的散文家、诗人，以《汤琵琶传》《义虎记》为代表的散文被黄宗羲称为"近日之铮铮者"，《清史列传》说他"能独开风气，名与方域相埒"，而且对毛先舒、顾炎武等人文学思想的形成产生了重要影响，本应在文学史上占有一席之地。可惜的是，虽然时人对他的散文评价很高，但目今所见文学史并未对他投以关注、重视的目光，且现有研究成果亦不尽如人意。出现这种情况的原因主要有二：一是终生困窘且科名不显，文集未刊而流布不广。王猷定虽然在当时文坛很有影响力，祖父辈亦科宦显达，但终其一生不过是个拔贡生，尤其国变以后一直处于漂泊动荡之中，贫困至极，温饱尚成问题，更别提出资刊刻自己的文集了。直至他死后，赖由友人周亮工四处搜罗遗文，第一部文集方得以出版。在无人出资和推广的情况下，其文集出版数量、传播和研究必然会受到一定影响。二是文风"独开风气"，毁誉参半。王猷定为文不走寻常路，"以小说为古文辞"的独特文风在当时为他赢得了赞誉的同时亦饱受非议。尤其入清后，此种创作风格得不到传统散文家的认可，随着时间的推移，逐渐被淹没在瀚如烟海的文学作品中。诚如刘勇强所说："今天看来，这一创作倾向，原本可能为古文注入新鲜血液、开辟一个紧追时代潮流的审美天地，终因抵制轻蔑势力过强，未能形成声势，消失于对'义法'复归的声浪中。"① 可喜的是，随着当下对清代诗文研究的重视和深入，王猷定也逐渐引起了部分学者的注意，并将其作为中国散文史上的一个重要作家加以单列评述，如郭预衡的《中国散文史》、尹恭弘的《小品高潮与晚明文化：晚明小品七十三家评述》等等。

在这样一个大的学术背景下，对王猷定的家世、生平、著述、交游、散文、诗歌等方面进行全面、系统、深入的研究实有必要。家世生平方面，本书通过查阅大量原始文献，对王猷定的家世、生平经历等方面进行系统考证、梳理，努力做到知人论世，并取得了富于实际研究价值的成果，力图见出明末清初社会环境对一个家族、对一代文人的深刻影响。著述方面，考察出除《四照堂集》《王于一遗稿》外，王猷定至少还曾著有《夏小正辑注》《怪山谈录》等，为后续研究和文集整理出版奠定坚实基础。交游方面，则选取了宋琬、毛先舒、周亮工三位典型人物，探求王猷定与他们的交游情况，以此揭示出其交游的独特性，探求其与当时文人的互动情况，揭示出明末清初的文坛生态之一隅，呈现出明末清初的社会环境以及易代之际文人的复杂心态，揭露出一代士人的真实境遇和生存之艰。散文方面，着重从宏观与微观、历时与共时两个方面入手，对王猷定的散文渊源、散文体裁等进行研究，努力揭示出王猷定散文的独有风貌。从中可以看出王猷定为改变明末以来枯寂的文风所做出的种种努力，这在今天看来也是非常具有进步意义的，为我们重新审视明末清初文坛提供了新的视角、思路和方法，使得对王猷定的研究立体而又全面，为后来的研究提供有意义的参考。诗歌方面，在全面、深入阅读王猷定作品的基础上，总结提炼出王猷定的诗学思想，并对其较有特色的诗歌题材展开研究，努力透过对王猷定诗歌的研究，丰富学术界对明末清初文学的多维认知。

要之，本书在全面梳理王猷定文学创作的基础上，围绕其家世、

---

① 刘勇强：《王猷定及其〈四照堂集〉》，《中国典籍与文化》编辑部：《中国典籍与文化论丛》（第二辑），中华书局1995年版，第164页。

生平、交游、古文创作与诗歌创作等方面，以古文史、诗歌史的开阔视野，进行系统、深层次的整合研究，将之作为一个独立个体加以审视，努力做到文献考证和理论阐释相结合，既规避琐碎的文献堆积，又拒绝空疏的理论推演，"从文献进入文心"，力争角度新颖，视野开阔，论证绵密细致，以对王猷定文学创作特色、文学史地位给予准确论定，丰富文学史研究，推进清初文学研究进程。

参考文献

一 古籍及整理本

（清）陈田：《明诗纪事》，上海古籍出版社1993年版。

（清）陈僖：《燕山草堂集》，清康熙刻本。

（明）陈子龙、徐孚远、宋征璧等：《明经世文编》，上海书店出版社2019年版。

（清）董以宁：《正谊堂诗文集》，清康熙书林兰荪堂刻本。

（清）杜濬：《变雅堂遗集》，清光绪二十年黄冈沈氏刻本。

（清）王夫之等撰，丁福保辑：《清诗话》，上海古籍出版社2015年版。

（清）方文：《嵞山集》，清康熙二十八年王槩刻本。

（明）冯梦龙编，严敦易校注：《警世通言》，人民文学出版社2017年版。

（清）高德贵修，高龙光增，张九征纂：《（康熙）镇江府志》，清康熙二十四年刻本。

龚延明主编，闫真真点校：《天一阁藏明代科举录选刊》，宁波出版社2007年版。

（清）归庄：《归庄集》，上海古籍出版社2010年版。

（明）过庭训：《本朝分省人物考》，明天启刻本。

（清）顾炎武著，黄汝成集释，栾保群，吕宗力校点：《日知录集释》（全校本），上海古籍出版社2013年版。

（清）何絜：《晴江阁集》，清康熙刻增修本。

（唐）韩愈著，马其昶校注，马茂元整理：《韩昌黎文集校注》，上海古籍出版社 2018 年版。

（清）黄宗羲：《黄宗羲全集》，浙江古籍出版社 1985 年版。

（清）黄宗羲：《黄梨洲文集》，中华书局 2009 年版。

（清）侯方域著，王树林校笺：《侯方域全集校笺》，人民文学出版社 2013 年版。

（清）侯方域著，邬国平选注：《侯方域散文选集》，百花文艺出版社 2002 年版。

（清）嵇曾筠：《（雍正）浙江通志》，清文渊阁四库全书本。

（清）蒋溥：《盘山志》，清乾隆二十年武英殿刻本。

（清）计东：《改亭诗文集》，清乾隆十三年计琬刻本。

（清）计六奇：《明季北略》，清活字印本。

（明）焦竑：《国朝献征录》，明万历四十四年徐象枟曼山馆刻本。

（清）孔尚任著，汪蔚林编：《孔尚任诗文集》，中华书局 1962 年版。

（明）李春芳：《明嘉靖四十四年进士登科录》，明嘉靖吉安府刘氏刻本。

（清）李元度纂，易孟醇校点：《国朝先正事略》，岳麓书社 2008 年版。

（清）李祖陶：《国朝文录》，清道光十九年瑞州府凤仪书院刻本。

（明）李玑：《明嘉靖三十八年己未科会试录》，明嘉靖刻本。

（清）李桓辑：《国朝耆献类征初编》，广陵书社 2007 年版。

（清）李慈铭撰，由云龙辑：《越缦堂读书记》，中华书局 1963 年版。

（清）李铭皖修，冯桂芬纂：《（同治）苏州府志》，清光绪九年刻本。

（清）刘汋：《先君子蕺山先生年谱》，清乾隆四十二年山阴刘毓德刻本。

（清）刘开：《刘孟涂集》，清道光六年姚氏檗山草堂刻本。

（明）吕调阳：《明万历二年甲戌科会试录》，明万历刻本。

（清）吕懋先修，帅方蔚纂：《（同治）奉新县志》，清同治十年刻本。

（清）陆进：《巢青阁集》，清康熙刘愫等刻本。

（宋）欧阳修撰，李之亮笺注：《欧阳修集编年笺注》，巴蜀书社2007年版。

（宋）欧阳修著，洪本健校笺：《欧阳修诗文集校笺》，上海古籍出版社2009年版。

（明）欧阳德：《明嘉靖三十二年癸丑科进士登科录》，明嘉靖刻本。

（明）潘晟：《明隆庆五年辛未科进士登科录》，明隆庆刻本。

（明）潘季驯：《潘司空奏疏》，清文渊阁四库全书本。

（清）彭士望：《耻躬堂诗文钞》，清咸丰二年刻本。

（清）彭孙贻：《明朝纪事本末补编》，涵芬楼秘笈本。

（清）平步青：《霞外攟屑》，上海古籍出版社1982年版。

（清）钱维乔修，钱大昕纂：《（乾隆）鄞县志》，清乾隆五十三年刻本。

（清）钱仪吉编：《碑传集》，中华书局1993年版。

（清）裘君弘：《西江诗话》，清康熙刻本。

（清）秦祖永：《画学心印》，清光绪朱墨套印本。

（清）钱谦益著，（清）钱鲁笺注，钱仲联标校：《钱牧斋全集》，上海古籍出版社2003年版。

（明）孙继皋：《宗伯集》，清文渊阁四库全书本。

（明）孙居相：《两台疏草》，明万历四十年刻本。

（清）孙枝蔚：《溉堂集》，清康熙刻本。

（清）沈德潜，李克和等校点：《清诗别裁集》，上海古籍出版社2013年版。

（清）施闰章：《学余集》，清康熙四十七年刻本。

（清）宋琬著，辛鸿义、赵家斌点校：《宋琬全集》，齐鲁书社2003年版。

（清）宋琬著，马祖熙标校：《安雅堂全集》，上海古籍出版社2007年版。

（汉）司马迁：《史记》，中华书局2005年版。

（明）谈迁：《国榷》，清抄本。

（明）吴应箕：《启祯两朝剥复录》，清初吴氏楼山堂刻本。

（清）汪琬著，李圣华笺校：《汪琬全集笺校》，人民文学出版社2010年版。

（明）汪镗：《明万历二年甲戌科进士登科录》，明万历刻本。

（清）汪中撰，戴庆钰、涂小马校点：《述学》，辽宁教育出版社2000年版。

（清）王猷定：《四照堂诗文集》，清康熙二十二年刻本。

（清）王猷定：《四照堂集》，见陶福履、胡思敬编《豫章丛书》（集部十一），江西教育出版社2007年版。

（清）王猷定：《王于一遗稿》，清康熙元年赖古堂本。

（清）王猷定撰，陈维崧选评：《王于一文选》，清康熙间刻本。

（明）王世贞著，许建平、郑利华主编，吕浩校点，郑利华审订：《弇山堂别集》，上海古籍出版社2017年版。

（清）王士禛著，袁世硕主编：《王士禛全集》，齐鲁书社2007年版。

（清）王端淑：《名媛诗纬初编》，清康熙间清音堂刻本。

王钟翰点校：《清史列传》，中华书局1987年版。

（清）万斯同：《明史》，清钞本。

（明）徐阶：《明嘉靖三十二年癸丑科进士同年便览录》，明嘉靖刻本。

（明）徐师曾著，罗根泽校点：《文体明辨序说》，人民文学出版社1962年版。

（清）徐鼒：《小腆纪传补遗》，清光绪金陵刻本。

（清）徐斐然辑评：《国朝二十四家文钞》，清道光十年刻本。

（清）谢旻修，陶成纂：《（雍正）江西通志》，清文渊阁四库全书本。

（清）王晫撰，陈大康校点：《今世说》，上海古籍出版社2012年版。

（清）于敏中：《日下旧闻考》，清文渊阁四库全书本。

（清）颜光敏：《颜氏家藏尺牍》，商务印书馆1941年版。

（明）严讷：《明嘉靖四十一年壬戌科进士登科录》，明嘉靖刻本。

（明）袁中道，钱伯城点校：《珂雪斋集》，上海古籍出版社 2019 年版。

（明）袁炜：《明嘉靖四十一年壬戌科会试录》，明嘉靖刻本。

佚名：《明万历二十九年辛丑科进士登科录》，清抄本。

（清）尹会一修，程梦星纂：《（雍正）扬州府志》，清雍正十一年刻本。

（明）范涞修，章潢纂：《（万历）新修南昌府志》，明万历十六年刻本。

（明）淮茗评注：《陶庵梦忆评注》，上海三联书店 2013 年版。

（明）张四维：《条麓堂集》，明万历二十三年张泰征刻本。

（明）张居正，（明）张嗣修，张懋修编撰：《张太岳集》，中国书店 2019 年版。

（明）周吉：《明嘉靖十九年庚子科江西乡试录》，明嘉靖刻本。

（清）张自烈：《芑山诗文集》，清初刻本。

（清）朱彝尊著，黄君坦校点：《静志居诗话》，人民文学出版社 2006 年版。

（清）震钧：《国朝书人辑略》，清光绪三十四年刻本。

（清）章学诚：《文史通义》，上海古籍出版社 2015 年版。

（清）张潮辑，王根林校点：《虞初新志》，上海古籍出版社 2012 年版。

（清）曾燠：《江西诗征》，清嘉庆九年刻本。

（清）赵尔巽等撰：《清史稿》，中华书局 1984 年版。

（清）周亮工辑，刘德军校译：《字触》，民主与建设出版社 2017 年版。

（清）周亮工辑，米田点校：《尺牍新钞》，岳麓书社 1986 年版。

（清）周亮工著，李花蕾点校：《赖古堂集》，华东师范大学出版社 2014 年版。

（清）郑澍若：《虞初续志》，清咸丰小嫏嬛山馆刻本。

（清）卓尔堪：《明遗民诗》，中华书局 1961 年。

二 近人、今人论著

陈平原：《中国散文小说史》，上海人民出版社2014年版。

陈平原：《从文人之文到学者之文——明清散文研究》，生活·读书·新知三联书店2004年版。

陈平原：《中国散文小史》，北京大学出版社2019年版。

陈惠琴：《传奇的世界：中国古代小说创作模式研究》，北京师范大学出版社1999年版。

程毅中主编：《宋人诗话外编》，国际文化出版公司1996年版。

邓之诚：《清诗纪事初编》，上海古籍出版社2012年版。

杜桂萍：《清初杂剧研究》，人民文学出版社2005年版。

杜桂萍：《文献与文心：元明清文学论考》，中华书局2009年版。

范培松：《散文通典》，解放军文艺出版社1999年版。

傅璇琮总主编：《中国古代诗文名著提要》，河北教育出版社2009年版。

傅璇琮、蒋寅：《中国古代文学通论·清代卷》，辽宁人民出版社2005年版。

[美]富路特、房兆楹原：《明代名人传》，北京时代华文书局2015年版。

郭绍虞：《中国文学批评史》，商务印书馆2010年版。

郭预衡：《中国散文史》，上海古籍出版社2011年版。

郭英德主编：《多维视角：中国古代文学史的立体建构》，北京师范大学出版社2011年版。

郭英德、张德建：《中国散文通史》，安徽教育出版社2013年版。

龚笃清：《八股文汇编》，岳麓书社2014年版。

高建平、丁国旗：《从文艺复兴到启蒙运动》，安徽文艺出版社2014年版。

洪光荣：《中国历代文学书目举要》，新世界出版社2012年版。

何宗美：《明末清初文人结社研究》，南开大学出版社2003年版。

何香久：《中国历代名家散文大系》，人民日报出版社 1999 年版。

蒋寅：《清代文学论稿》，凤凰出版社 2009 年版。

蒋寅：《王渔洋与康熙诗坛》，凤凰出版社 2013 年版。

蒋寅：《王渔洋事迹征略》，中国社会科学出版社 2014 年版。

康普华主编；李焕兴、肖锦先副主编：《李汉魂将军文集》，中国社会出版社 2014 年版，

吕友仁、查洪德：《中州文献总录》，中州古籍出版社 2002 年版。

李峰：《苏州通史》（人物卷），苏州大学出版社 2019 年版。

罗宗强：《明代后期士人心态》，中华书局 2019 年版，

马积高：《清代学术思想的变迁与文学》，湖南人民出版社 2002 年版。

［美］孟久丽：《道德镜鉴：中国叙述性图画与儒家意识形态》，何前译，生活·读书·新知三联书店 2014 年版。

孟森：《清史讲义》，广西师范大学出版社 2005 年版。

潘承玉：《南明文学研究》，中华书局 2012 年版。

钱仲联：《清诗纪事》，江苏古籍出版社 1987 年版。

钱锺书：《管锥编》，生活·读书·新知三联书店 2011 年版。

祁志祥：《中国文学美学史》，山西教育出版社 2014 年版。

漆绪邦：《中国散文通史》（增订本），首都师范大学出版社 2014 年版。

［日］青木正儿著：《清代文学评论史》，杨铁婴译，中国社会科学出版社 1988 年版。

石昌渝：《中国古代小说总目》，山西教育出版社 2004 年版。

孙克强、杨传庆、裴喆：《清人词话》，天津：南开大学出版社 2012 年版。

孙之梅：《钱谦益与明末清初文学》（增订版），山东大学出版社 2010 年版。

汤宇星：《从桃叶渡到水绘园——十七世纪的江南与冒襄的艺术交往》，中国美术学院出版社 2012 年版。

魏元旷：《南昌县志》，成文出版社有限公司 1935 年版。

吴国富、黎华：《白鹿洞书院》，湖南大学出版社 2013 年版。

王水照：《唐宋散文举要》，安徽师范大学出版社 2014 年版。

王运熙、顾易生：《中国文学批评史新编》，复旦大学出版社 2001 年版。

王利民：《朱彝尊传》，浙江人民出版社 2006 年版。

汪超宏：《宋琬年谱》，人民文学出版社 2010 年版。

邬国平：《明清文学论薮》，凤凰出版社 2011 年版。

吴承学：《中国古代文体学研究》，人民出版社 2011 年版。

徐世昌编，闻石点校：《晚晴簃诗汇》，中华书局 1990 年版。

谢正光：《清初诗文与士人交游考》，南京大学出版社 2001 年版。

谢国桢：《明末清初的学风》，世纪出版集团 2006 年版。

徐雁平编著：《清代家集叙录》，安徽教育出版社 2017 年版。

许振东：《明代京畿文人编年史》，山东人民出版社 2017 年版。

严迪昌：《清诗史》，人民文学出版社 2011 年版。

杨翼骧：《增订中国史学史资料编年》，商务印书馆 2013 年版。

姚名达：《刘宗周年谱》，上海书店出版社 1992 年版。

尹恭弘：《明代诗文发展史》，社会科学文献出版社 2012 年版。

朱天曙：《周亮工及其〈印人传〉研究》，北京大学出版社 2013 年版。

朱则杰：《清诗考证》，人民文学出版社 2012 年版。

朱则杰：《清诗史》，江苏古籍出版社 2000 年版。

朱则杰：《清诗知识》，浙江大学出版社 1998 年版。

占骁勇：《清代志怪传奇小说集研究》，华中科技大学出版社 2003 年版。

张如安、管凌燕：《清初浙东学派文学思想研究》，浙江大学出版社 2013 年版。

张云龙：《清初散文三家研究》，齐鲁书社 2007 年版。

张健：《清代诗学研究》，北京大学出版社 1999 年版。

张宏生：《明清文学与性别研究》，江苏古籍出版社 2002 年版。

张伯伟：《中国古代文学批评方法论》，中华书局 2002 年版。

张修龄：《清初散文论稿》，复旦大学出版社 2010 年版。

张剑：《晁说之研究》，学苑出版社 2005 年版。

张大可：《〈史记〉研究》，华文出版社 2002 年版。

周寅宾：《明清散文史》，湖南人民出版社 2004 年版。

三　期刊论文

邹自振：《侯方域散文论》，《东华理工大学学报》（社会科学版）1983 年第 7 期。

谢苍霖：《王猷定其人其文》，《江西社会科学》1989 年第 2 期。

降大任：《论明清之际的文学环境和三大家散文成就》，《晋阳学刊》1992 年第 4 期．

吴承学：《谈谈古代文人并称的先后次序》，《古典文学知识》1995 年第 3 期。

李世英：《论杜濬的诗学思想》，《社科纵横》1995 年第 4 期。

吴承学、李光摩：《晚明心态与晚明习气》，《文学遗产》1997 年第 6 期。

朱迎平：《宋代题跋文的勃兴及其文化意蕴》，《文学遗产》2000 年第 4 期。

刘丽文：《论〈左传〉"天德合一"的天命观——〈左传〉预言的本质》，《求是学刊》2000 年第 5 期。

罗宗阳：《开清初散文风气之先的王猷定》，《南昌大学学报》2002 年第 4 期。

王春元、潘峰：《欧阳修散文艺术论》，《江西社会科学》2002 年第 4 期。

施祖毓：《李明睿钩沉》，《复旦学报》（社会科学版）2002 年第 5 期。

蒋寅：《顾炎武的诗学史意义》，《南开学报》2003 年第 1 期。

孙之梅：《明清人对"诗史"观念的检讨》，《文艺研究》2003 年第

5 期。

[韩] 李慎成：《韩国〈孝子里〉和中国〈义虎记〉故事比较研究》，《民间文化论坛》2005 年第 5 期。

赵园：《经世与救世——关于明清之际士大夫的一种姿态的考察》，《社会科学论坛》2005 年第 6 期。

方良：《为留道义存天下——评清初文学家王猷定》，《九江学院学报》（社会科学版）2006 年第 2 期。

杜桂萍：《遗民心态与遗民杂剧创作》，《文学遗产》2006 年第 3 期。

巩本栋：《关于唱和诗词研究的几个问题》，《江海学刊》2006 年第 3 期。

童庆炳：《中国叙事文学的起点与开篇——〈左传〉叙事艺术论略》，《北京师范大学学报》2006 年第 5 期。

朱鸿林：《高拱与明穆宗的经筵讲读初探》，《中国史研究》2009 年第 1 期。

吴承学、刘湘兰：《碑志类文体》，《古典文学知识》2009 年第 3 期。

蒋寅：《权德舆与唐代赠序文体之确立》，《北京大学学报》2010 年第 2 期。

杜桂萍：《袁骏〈霜哺篇〉与清初文学生态》，《文学评论》2010 年第 5 期。

郭馨馨：《明末清初李长科世系、著述考述》，《苏州大学学报》（哲学社会科学版）2010 年第 5 期。

姜克滨：《史笔、诗史与心史：明末清初文学之"历史"轨迹》，《河北学刊》2011 年第 3 期。

周明初：《走出冷落的明清诗文研究——近十年来明清诗文研究述评》，《文学遗产》2011 年第 6 期。

罗书华：《墓志与赠序：韩愈文体创造的范例》，《西南民族大学学报》（人文社会科学版）2012 年第 2 期。

吕肖奂、张剑：《酬唱诗学的三重维度建构》，《北京大学学报》（哲学社会科学版）2012 年第 2 期。

张新科：《〈史〉文学经典的建构过程及其意义》，《文学遗产》2012年第5期。

曹虹：《集群流派与布衣精神——清代前期文章史的一个观察》，《苏州大学学报》2012年第6期。

赖燕波：《论查慎行的行旅诗》，《学术交流》2013年第2期。

杨剑兵：《王猷定生卒年考辨》，《贵州师范大学学报》（社会科学版）2014年第5期。

杜桂萍：《"名士牙行"与孙默归黄山诗文之征集》，《社会科学战线》2015年第1期。

刘洋：《明代台阁文人诗序文结构与论述话语流变》，《北方论丛》2015年第6期。

杜广学：《清初古文家姜宸英生平、著述若干问题考述》，《古籍整理研究学刊》2016年第2期。

代亮：《清初遗民寿序的新变及其意义》，《苏州大学学报》（哲学社会科学版）2016年第4期。

吴可文：《王猷定生卒年月补正——兼与杨剑兵先生商榷》，《扬州大学学报》（人文社会科学版）2017年第2期。

郭英德：《布衣之文：清前期文坛身份意识的强化与文化权力的转移》，《福建师范大学学报》（哲学社会科学版）2019年第5期。

于金苗：《"松陵四子"并称的意义及文学影响》，《苏州大学学报》（哲学社会科学版）2022年第1期。

四　硕博论文

孟晗：《周亮工年谱》，硕士学位论文，广西师范大学，2007年。

于海鹰：《查慎行诗歌研究》，博士学位论文，山东大学，2008年。

孙凯昕：《方回研究》，博士学位论文，复旦大学，2010年。

杨年丰：《钱澄之文学研究》，博士学位论文，苏州大学，2010年。

卜庆安：《屈大均研究》，博士学位论文，扬州大学，2010年。

刘青山：《法式善研究》，博士学位论文，上海大学，2011年。

马丽敏：《俞樾文学创作研究》，博士学位论文，黑龙江大学，2011年。
吴琼：《明末清初的文学嬗变》，博士学位论文，上海师范大学，2012年。
周萍萍：《王猷定及其散文研究》，硕士学位论文，南昌大学，2012年。
崔晓新：《朱彝尊交游考论》，博士学位论文，山东大学，2012年。
王伟丽：《江闿研究》，博士学位论文，安徽大学，2014年。
杜广学：《姜宸英研究》，博士学位论文，黑龙江大学，2016年。

后　　记

本书是在我的博士论文的基础上修改、完成的，一路走来，颇多坎坷，其中甘苦，唯有自知。其中凝结了诸多师友、同门的智慧，纵胸有千千言，却总有一种"欲说还休"的滋味。孔子有云："辞达而已矣。"谨借此方寸，向他们聊致谢忱！

感谢从选题到定稿不断给予指导、鼓励的恩师杜桂萍先生，杜师不仅学养深厚、温文尔雅，更是在生活中给予我无微不至的关心、照顾，让我得以在一次次的低谷中重新站起，继续前行。犹记得去岁，我的右肘关节因意外骨折导致僵硬，严重影响工作、生活，我一时无法接受事实，心情跌至冰点，几近崩溃。杜师得知后，不仅帮我联络医院，还经常在繁忙的工作之余询问治疗进展，叮嘱同门对我多加照拂。这一切都让我倍加感动，也让我重拾对工作、生活的信心，于是我将住处搬到国家图书馆附近，治疗之余来这里查阅资料、修改书稿，精神的滋养果然能缓解身体上的病痛，渐渐地，我走出了阴霾，书稿终于得以修改完成。今日，即将付梓，感慨良多，感谢杜师！

感谢北京大学张剑先生，彼时，我正跟随张剑先生在北大做访问学者，他平易近人，对我颇多指点与帮助，不胜感激！感谢我的博士后导师王确先生，他深邃、睿智、从容，不仅将我引入学术上的另一片天地，更身体力行地教会我如何在瞬息万变的生活中直面困难，迎难而上，乐观地生活。感谢蒋寅先生、马大勇先生、陈才训先生、许隽超先生、王洪军先生在博士论文答辩时提出的诸多宝贵修改意见，令我受益匪浅。能得到这么多恩师的指导，何其有幸！

后　记

十年前，杜师创办了以"求是知非，昌明学术"为宗旨的知非论坛，论坛上诸位同门针对某一学术问题各抒己见，唇枪舌战，争论得面红耳赤之场景历历在目。这一次次思想的碰撞，常常使我茅塞顿开，深受启发，为本书的写作奠定了坚实基础。尤其是在修改的过程中，杜广学师兄、于金苗师妹均为我提供了诸多帮助，令我感动不已。马丽敏师姐、李淑岩师姐、刘建欣师姐、马铭明师姐等同门亦常常提点，同门之谊，胜似亲人。

父母、爱人、弟弟、妹妹对生活的热情时常感染着我，使我很快能够调整好在书稿撰写、修改过程中所产生的种种不良情绪，以积极的心态投入研究。小儿活泼可爱，少年意气，无数次融化我身心的疲惫。家人们的支持，是我不断奋进前行的源头活水。

感谢中国社会科学出版社张潜老师的辛苦编校，张老师认真负责，为本书的编校付出了大量心血，向张老师致敬！

囿于学识、精力，书中疏漏之处难免，敬请学界同仁批评指正！

鲁　慧

2023 年 11 月